Martina Sahler und Heiko Wolz
Kasino

AF288334

Weitere Titel der Autor:innen:
Die Zuckerbaronin – Marthas Geheimnis
Die Zuckerbaronin – Gwendolyns Hoffnung

Martina Sahler und Heiko Wolz

KASINO

Alte Klassen, neue Regeln

Roman

Lübbe

Originalausgabe

Dieses Werk wurde vermittelt durch die Michael Meller Literary Agency GmbH, München.

Copyright © by Martina Sahler und Heiko Wolz

Copyright deutsche Originalausgabe © 2024 by Bastei Lübbe AG, Schanzenstraße 6 – 20, 51063 Köln

Vervielfältigungen dieses Werkes für das Text- und Data-Mining bleiben vorbehalten.

Textredaktion: Anna Hahn, Trier
Umschlaggestaltung: Johannes Wiebel | punchdesign, München
Einband-/Umschlagmotiv: © stock.adobe.com: dlyastokiv | Sakedon | smotrivnebo | SG-design
Satz: Doerlemann Satz, Lemförde
Gesetzt aus der Walbaum Buch
Druck und Verarbeitung: GGP Media GmbH, Pößneck

Printed in Germany
ISBN 978-3-7577-0084-3

2 4 5 3 1

Sie finden uns im Internet unter luebbe.de
Bitte beachten Sie auch: lesejury.de

Verzeichnis der Figuren
(reale Charaktere sind mit * gekennzeichnet)

Im Kasino:
Claire Engel, kommt mit großen Träumen nach Baden-Baden
Jean Jacques Bénazet*, ab 1837 Pächter des Spielkasinos Baden-Baden
Suzanne Bénazet*, seine Gattin aus reicher Familie
Edouard Bénazet*, ihr gemeinsamer Sohn
Antoine Chabert*, vormals Leiter der Spielbank
Karl Lindemann, Assistent der Geschäftsführung
Theo Vlissing, Sicherheitsbeauftragter mit bewegter Vergangenheit
Frederic Culot, oberster Croupier mit zweifelhaftem Ehrgefühl
Yves Heger, ebenfalls Croupier
Estelle Rosenberg, Garderobiere mit losem Mundwerk

Im Grandhotel am Park:
Martin Salbach, Direktor des Hotels
Jules Fournier, von den Gästen sehr geschätzter Concierge
Jasper Finken, Portier mit hervorragendem Gedächtnis
Ludwig, Jaspers Lehrling

Als Gäste in Baden-Baden:
Gräfin Irina von Bergfels, gern gesehener Gast im *Grandhotel am Park*
Graf Wolfram von Bergfels, Irinas beinahe siebzigjähriger Gatte, bleibt vornehmlich auf Gut Bergfels in Gernsbach

Anna, vierzehnjährige Zofe in Gräfin Irinas Diensten

George Bedford, attraktiver Engländer mit wechselhaftem Gemüt

Lord Jacob Bedford, sein Vater, sitzt nach einem Unfall im Rollstuhl und residiert während der Saison mit seinem Sohn in einer Privatvilla

Maxim Iwanowitsch Smirnow, russischer Poet

Lorenzo Benedetti, Weinbauer aus der Toskana, der Baden-Baden als neuen Markt erschließen möchte

Sonstige Personen:

Die Eheleute *Gustav* und *Adrienne Engel,* Claires Eltern in Sinzheim, mit Claires jüngeren Geschwistern *Flora* und *Justine.* Besitzer der Gastwirtschaft *Zum Bären*

Knut Engel, Claires Großvater, leitet im Hinterzimmer des Bären das Glücksspiel

Hermann Engel, Claires Halbbruder aus erster Ehe des Vaters

Martha Seibold, Claires überaus neugierige Vermieterin in Baden-Baden

Beate Leberecht, Theo Vlissings Schwester und Gattin des Badearztes *Dr. Günther Leberecht*

Prolog

Vor der letzten Etappe hatten sie im Hotel *Cour du Corbeau* in Strasbourg übernachtet. Bei Sonnenaufgang brachen sie auf, um den Rhein zu überqueren. Suzanne seufzte wegen der frühen Stunde, warf ihm vorwurfsvolle Blicke zu, nachdem sie sich ins Polster der Kutsche hatte fallen lassen und ihren voluminösen Rock um ihre Rundungen herum arrangiert hatte. Sie war müde um die Augen, aber adrett wie immer seit dem Tag, an dem er sie vor vierunddreißig Jahren geheiratet hatte. Wenn auch mit einigen Pfunden mehr auf den Hüften als damals. Doch ob schlank oder üppig, er liebte ihren Anblick. Und ihr Urteil bedeutete ihm viel. Daher wollte Jean Jacques Bénazet seiner Frau ihre neue Heimat im silbernen Licht dieses Frühlingstages präsentieren und nicht erst, wenn es beim abendlichen Eintreffen schon schwand.

Baden-Baden sollte sie freundlich empfangen. Als eine Stadt, malerisch inmitten einer aus Waldtälern, Wasserfällen und Burgruinen bestehenden Landschaft liegend, die mehr und mehr Gäste anzog. Viele waren von all der Aufklärung, Vernunft und Industrialisierung übersättigt. Die Menschen sehnten sich nach Romantik.

Er selbst reiste nicht als Naturliebhaber an. Bestimmt nicht. Er wischte sich ein Staubkörnchen vom roten, mit goldfarbenen Schlaufen versehenen Samtmantel, unter dem er ein weißes Hemd mit offenem Kragen trug. Er wusste um seine Ausstrahlung als weltmännischer Geschäftsmann. Und er wusste, dass allein er diesem verträumten Städtchen einen mondänen Anstrich geben konnte. Mit Beginn der neuen Saison würde alles anders werden im Oostal. Zum Beispiel, dass die Zeit der Vergnügungen erst Mitte Mai begann. Sobald die Gelegenheit günstig war, würde er den Start auf den Monatsanfang vorverlegen.

Bei seinen vorangegangenen Besuchen hatte er sich davon überzeugt, dass der bisherige Pächter des Spielkasinos, der griesgrämige Antoine Chabert, sich redlich mühte, ein zahlungskräftiges Publikum anzulocken, dabei aber zu behäbig war. Zu langsam im Denken. Ein Mann ohne Visionen. Und damit das genaue Gegenteil von ihm.

Chabert war jenseits der sechzig und stockkonservativ, und vor Kurzem hatte er seinen Sohn Joseph verloren. Allerdings bewies er eine sichere Hand in der Leitung seiner Häuser in Baden-Baden, Wiesbaden, Ems, Langen-Schwalbach und Schlangenbad. Jacques ging davon aus, dass Chabert ihn und seine Familie heute in Empfang nehmen und seine Anstrengungen zusammenfassen würde, bevor er das Zepter an ihn weiterreichte. *Zepter.* Das gefiel ihm. Er hätte nichts dagegen, zum König von Baden-Baden aufzusteigen …

Jacques' Blick glitt an seiner Frau vorbei zu seinem Sohn Edouard mit seinen sechsunddreißig Jahren und den akkurat gescheitelten welligen Haaren, dem ordentlich geknöpften Hemd mit schneeweißem Kragen und einer Anzugjacke darüber, die wie festgenäht an ihm saß. Seit ihrer Abreise aus Paris hatte er sich kein einziges Mal nachlässig gekleidet oder die Füße von sich gestreckt. Als könnten sie es sich zu dritt in der Eilkutsche nicht leisten, sich auch einmal salopp zu geben. Stets auf die Etikette bedacht und ohne Sinn für alles, was dem Leben Schwung gab. So war sein Jüngerer. Was ihm an Fantasie und Spontaneität fehlte, glich er mit scharfem Verstand, geschliffenen Manieren und Organisationsvermögen aus. Dennoch hätte Jacques lieber den älteren und ihm selbst im Wesen ähnlicheren Théodore mit in die deutschen Lande genommen. Der zerbrach sich aber weiter in Paris den Kopf darüber, ob er sich als Publizist oder Jurist einen Namen machen wollte. Geschäftliche Interessen lagen ihm genauso fern wie seiner Schwester Clara, die ebenfalls, gut verheiratet und glücklich mit ihrem ersten Sohn Emile, in Frankreich geblieben war.

Also begleitete Edouard ihn bei diesem Abenteuer. Zwangsläufig. Es musste ihnen gelingen, ihre so unterschiedlichen Talente miteinander zu kombinieren. Zum Besten des Kasinos und der Stadt. Und der Familie Bénazet natürlich.

Die höher steigende Sonne blinzelte durchs Blätterdach der Buchen und Erlen, nachdem sie das Rheintal verlassen hatten. Es versprach ein warmer Tag zu werden, der die Menschen vom Hochsommer träumen ließ. Ein einzelnes Bündel Licht wies auf ein Rudel Rotwild hin, das ins Unterholz davonsprang, als die Eilkutsche in ihrem halsbrecherischen Tempo mit den drei Gepäckwagen im Windschatten vorbeipreschte.

Suzanne verzog leidend das Gesicht. Sie waren seit fünf Tagen unterwegs, das Gerumpel zerrte an den Nerven aller, aber sie waren doch bald am Ziel! Jacques war gespannt, was ihn im Kasino erwartete. Mit Antoine Chabert hatte er besprochen, dass er das Personal zunächst übernehmen würde. Es würde sich zeigen, wer geeignet war und auf wen er in der nächsten Saison lieber verzichtete.

Der Kutscher lenkte das Gefährt in einen dicht stehenden Nadelwald, der nun, da es auf Mittag zuging, willkommenen Schatten spendete. Zufrieden registrierte Jacques, dass sich Suzannes Züge leicht entspannten. »Geht es dir besser, *chérie*?«

»Besser wäre es mir gegangen, wenn wir in Paris geblieben wären.«

Er kannte ihre schnippische Art bei schlechter Laune. Sie verschlimmerte sich, wenn sich ihr Hunger meldete. Seit dem Frühstück waren sechs Stunden vergangen. Aber sie würden keine Rast mehr einlegen, nur weil ihr der Magen knurrte.

»Also ist meine Antwort: den Umständen entsprechend«, fügte sie noch an und schenkte ihm zumindest ein halbes Lächeln.

Er öffnete ein Fenster, damit sie frische Luft bekamen. Der Duft blühender Obstbäume und Wildkräuter wehte herein. Sie passierten Wiesen und Weinberge, umgeben von den majestätischen Tannen und den Anhöhen des nördlichen Schwarzwaldes. Er steckte seinen Kopf heraus, um nach den anderen drei Kutschen zu sehen, die hinter ihnen herratterten. Die Haare verwehten, was ihn jedoch nicht kümmerte. Die Gefährte waren vollgepackt mit Möbeln, Kisten voller Geschirr und Kleiderkoffern. Jacques beabsichtigte nicht, in seiner neuen Heimat ganz von vorn zu beginnen. Mit erlesenem Geschmack hatten sie in den vergangenen Jahren, in denen er dem Kasino im Palais Royal vorgestanden und Mitpächter zehn weiterer Spielbanken in Paris gewesen war, ihre Garderobe und Einrichtung gewählt. Diesen französischen Chic nahm er mit in die Provinz, und es sollte nur der Anfang sein. Ein Lächeln glitt über seine Züge bei diesem Gedanken. »Was meinst du, Edouard, wie lange brauchen wir, um aus dem hübschen Baden-Baden eine französische Stadt zu machen?« Er gluckste vor Übermut.

Wie immer blieb Edouard ernst. »Zehn bis fünfzehn Jahre sollten wir einkalkulieren.«

Jacques lachte laut auf, der sonore Ton erfüllte die Kutsche. Suzanne schmunzelte. Sie liebte sein Lachen. Als er um ihre Hand angehalten hatte, hatte sie schelmisch geantwortet: *Wie könnte ich einen Mann, der sich so leicht erheitern lässt, ziehen lassen? Du bringst das Licht in mein Leben, Jean Jacques.*

Er wischte sich mit dem Brusttaschentuch über die Augen, bevor er seinem Sohn erwiderte: »Bis zum nächsten Winter wird alles im Pariser Glanz erstrahlen. Wollen wir wetten?«

Edouard zog einen Mundwinkel hoch. »Das Wetten überlasse ich den Briten. Wir werden sehen, ob die Verwaltung uns mit offenen Armen empfängt, wie du behauptest. Auch wenn wir die mit dem Geld sind, das letzte Wort bei Entscheidungen bleibt in der Politik.«

»Die mit dem Geld sind nicht wir, sondern ich, wenn ich daran erinnern darf.« Suzanne hob die Nase, um gespielt auf Mann und Sohn herabzublicken.

Jacques nahm ihr den Einwurf nicht übel. Sie hatte ja recht. Suzanne entstammte einer wohlhabenden Reedersfamilie, hatte ihm, ihrem geschäftstüchtigen Ehegatten mit den besten Kontakten, jedoch von Anfang an vertraut und ihn über ihr Vermögen verfügen lassen. Er ergriff ihre Hände und küsste ihre Fingerspitzen. »Du bist nicht nur reich, sondern auch unendlich klug. Von deiner Schönheit ganz zu schweigen.«

Sie beugte sich versöhnlich vor, sodass er sie kurz und zärtlich küssen konnte. Er hatte gelernt, ihre manchmal etwas spitze Art als liebenswert zu betrachten. Sie trug sie wie einen Schild vor sich her, und er durfte sich glücklich schätzen, derjenige zu sein, dem sie in den Stunden der Zweisamkeit ihre einfühlsame Seite zeigte. Dass sie es stillschweigend duldete, wenn er in Gegenwart schöner Frauen schwach wurde, rechnete er ihr ebenso hoch an. Wenn er sich eine Mätresse nahm, dann stets diskret, schließlich wollte er Suzanne nicht verletzen. In Paris war das kein Problem gewesen, dort machte sich eher ein Mann verdächtig, der sich neben seiner Ehefrau keine weitere Gespielin ins Bett holte.

In Baden-Baden würde sich zeigen müssen, aus welcher Klientel das Publikum bestand und wie liberal die Gesellschaft war. Jacques hoffte von Herzen, dass er zu einer freizügigen Geisteshaltung beitrug. Nichts war dem Gemüt abträglicher als Engstirnigkeit und starre Regeln.

Dass Suzanne ihm in allem, was er tat, zur Seite stand, war jedoch mehr wert als jedes Techtelmechtel.

Sie fuhren in eine bewaldete Enge ein. Man erreichte die Stadt durch ein von der Natur vorgegebenes Nadelöhr wie eine Kirche durch ihr Portal. Als behüteten die nach allen Seiten aufragenden Berge dieses Kleinod oder bildeten mit ihrem Rund ein antikes Theater. Jacques' Herz machte einen Sprung. Wie rasch man sich in einen Ort verlieben konnte! Er war erst zum dritten Mal hier, aber ihm war bereits, als käme er nach Hause.

Jetzt passierten sie schlichte Häuser. Baden-Baden war noch nicht gänzlich von den Reichen und Adeligen in Besitz genommen worden. In dem Viertel, das sie gerade durchquerten, wohnten Menschen, die sich ihren Unterhalt als Hausmädchen oder Schuster, als Servierhilfen oder Altkleidersammler, als Gerber, Hanfdreher oder Wurstler verdienten. Hier war noch nicht zu erahnen, dass die kleine Stadt mit seinem Eintreffen auf dem besten Weg war, sich zur Sommermetropole Europas zu entwickeln. Aber er würde sie schon aus ihrem Dornröschenschlaf wecken! Zufrieden lehnte er sich zurück, verschränkte die Arme über dem Bauch.

»Wie viele Menschen leben in Baden-Baden?«, erkundigte sich Suzanne.

»Tatsächlich nur etwas mehr als fünftausend«, gab er wahrheitsgemäß zu. »Aber darum geht es nicht, Suzanne. Wir brauchen eine Stätte für all diejenigen, denen Louis-Philippe in Frankreich das Spielen verboten hat. Wir brauchen Engländer, denn nur mit den Briten ist ein Bad vornehm. Und wir brauchen Russen, die mit ihrer seelenvollen Poesie die Menschen unterhalten und mit ihren Taschen voller Geld die Spielbank stürmen. Das ist mein Traum, und ich werde daran festhalten.«

»Und wie lange, meinst du, reicht uns das Geld? Du hast den Verantwortlichen horrende Summen versprochen, damit sie dich diesem Chabert vorziehen.« Edouard schaute seinem Vater nicht in die Augen, betrachtete stattdessen seine Fingernägel.

»Du musst mir nicht vorrechnen, wie viel ich bereits ausgegeben habe. Ich bin sehr wohl in der Lage, den Überblick zu behalten.« Jacques seufzte, als sich Sohn und Gattin wieder in Schweigen hüllten. Die Stimmung war gereizt. Er schob das auf die lange Anreise. Aber er hatte noch ein Stück Arbeit vor sich, bis sie seine Entscheidung wirklich guthießen. Eine Entscheidung, zu der er nach dem Verbot des Glücksspiels in Frankreich gezwungen gewesen war, die er jedoch mit jedem Meter, den sie sich ihrem Ziel näherten, mehr begrüßte.

Vielleicht trug die wechselvolle Geschichte Baden-Badens ihren Teil zu seiner Faszination bei. Von den Römern am Fuße heißer Quellen erbaut, von den Truppen Ludwig XIV. niedergebrannt, aus der Asche zu noch größerer Schönheit auferstanden. Nahm man die Mauern des Schlosses als Vergleich, musste der mittelalterliche Ring um die Altstadt mächtig gewesen sein. Vor zwanzig Jahren hatte man ihn eingerissen und mit den Steinen die Gräben davor gefüllt, um neues Land zu erschließen. Seitdem breitete sich die Stadt wie ein junger Vogel, der die umhüllende Schale gesprengt hatte, nach allen Seiten hin aus. Allerorten wurde gebaut, und zu Jacques' Freude entstanden nicht nur Hütten für das Volk, sondern auch Luxushotels, deren Eleganz sich mit den Häusern in St. Petersburg, London und Paris messen ließe. Und elegante Unterkünfte waren wichtig, um die anzulocken, deren lustigstes Abendvergnügen darin bestand, ihre Gulden und Francs an den Roulettetisch zu tragen.

Natürlich, im Vergleich zu Paris mit den weit mehr als

einer halben Million Menschen war Baden-Baden ein Dorf. Dennoch war seine Wahl darauf gefallen. Zu dumm, dass Suzannes erster Eindruck dieses eher ärmliche Viertel war, wo die Hühner auf den Straßen flatterten und der Geruch einer Gerberei die Luft verpestete.

»Baden-Baden ist perfekt für das, was ich vorhabe«, sagte er im Brustton der Überzeugung.

»Ich weiß nicht.« Suzanne starrte aus dem Fenster. Eine Schar Frauen in schlichten schwarzen Arbeitskleidern und mit Hauben auf den Köpfen trug Körbe schmutziger Wäsche hinunter zum Wasser. Sie blieben stehen und begafften die Kutschenparade. Suzanne lehnte sich zurück, um ihren Blicken zu entgehen. »Du und deine Pläne. Hört das denn nie auf? Du bist fast sechzig. Es wäre der richtige Zeitpunkt gewesen, sich zur Ruhe zu setzen, das sage ich dir.«

»Zur Ruhe setzen sich alte Männer.«

»Oder Männer, die ihren Söhnen Verantwortung übertragen«, warf Edouard provokant ein.

»Ich halte viel von deinen geschäftlichen Talenten«, erwiderte Jacques. »Das weißt du. Lass uns zusammen aufbauen, was mir vorschwebt, dann sehen wir weiter.«

Edouard lachte auf, aber es klang nicht amüsiert. Jacques verstand auch nicht, was an seinen Worten erheiternd sein sollte. Er sah aus dem Fenster, wo die Häuser nun größer und luxuriöser wirkten. Dennoch spürte er Suzannes Blick, mit dem sie ihn musterte. Sie konnte auch ohne Worte aussprechen, was ihr gegen den Strich ging.

Ja, es ließ sich nicht abstreiten, dass er mit seinen neunundfünfzig Jahren nicht mehr der Jüngste war. Aber in ihm brannte dasselbe Feuer wie früher! Er war nicht in die Fußstapfen seines Vaters getreten und Hufschmied in dem verschlafenen Bergnest geworden, in dem er auf- gewachsen war. Die meisten seines Jahrgangs waren in den Pyrenäen geblieben, hatten nun ein Leben lang Schafe gehütet, Schuhe geflickt oder als Coiffeur anderer Leute Haare geschnitten. Sein Vater aber hatte erkannt, dass die große Welt in ihm steckte, und ihn zum Studium der Juristerei nach Bordeaux geschickt. Danach war er nach Paris gegangen und hatte schnell festgestellt, wie wenig die Arbeit in einer Kanzlei ihn ausfüllte. Er hatte Suzanne kennengelernt, hatte sich dank des Wohlstands, den sie mit in die Ehe brachte, nach einem anderen Betätigungs- feld umgesehen und war im Spielbankgeschäft gelandet. Paris war neben London, Venedig, Neapel, St. Petersburg und Warschau, wo man an den Höfen, in den Landschlös- sern und Bädern spielte, der zentrale Ort für alle Glücks- ritter. An den zehn Spielhäusern in der französischen Hauptstadt hatte er zuletzt Beteiligungen gehalten – bis Louis-Philippe per königlichem Dekret beschlossen hatte, dass das Glücksspiel schlecht für die Moral war. Binnen einer Frist von zwei Jahren mussten alle Kasinos im Land schließen. Ein wahres Wettrennen um eine Lizenz jen- seits der Grenze war unter den Betreibern ausgebrochen. Baden-Baden war dabei ins Blickfeld geraten, eine Stadt, günstig gelegen für die Franzosen, Niederländer, Briten. Selbst die Russen fanden halbwegs bequem hierher. Im nahen Iffezheim gab es seit zwei Jahren eine Anlegestelle der Rheinischen Dampfschifffahrt, was sehr praktisch für die Besucher aus aller Welt war und mit dem Ausbau des Schienennetzes der Eisenbahn die Anreise noch einfacher gestalten würde.

Die Stadt hatte dem ehemaligen Großherzog von Baden, Karl Friedrich, viel zu verdanken. Er hatte noch vor dem Erscheinen Napoleons auf der politischen Bühne Europas Veränderungen angestoßen, hatte Klassenschranken eingerissen und manche vormals nur dem Adel gestatteten Vergnügungen dem zahlungskräftigen Bürgertum geöffnet. Er hatte sich vehement für die Verbesserung der Zustände in den Heilbädern eingesetzt. Eine eigens gegründete Kommission überwachte den Betrieb, warf ein Auge auf die Verhältnisse in den Gasthöfen und förderte das gesellige Leben. Nicht zuletzt hatte Karl Friedrich das Hasardspiel den Hinterzimmern einfacher Gasthäuser entrissen und verstaatlicht. Nach allem, was Jacques inzwischen gehört hatte, jedoch nicht, um die eigenen Kassen in Karlsruhe zu füllen, sondern um die Einnahmen aus Pacht und Konzession für den weiteren Aufbau einzusetzen. Etwas, das in Baden-Baden ansatzweise gelungen war.

Neben dem Großherzog hatte ein Unternehmer aus bürgerlichem Stand seinen Anteil am Aufschwung gehabt: Kein geringerer als Johann Friedrich Cotta, Goethes Verleger, hatte das ehemalige Kapuzinerkloster erworben und der Stadt ein derart luxuriöses Hotel wie den Badischen Hof geschenkt. Ein Haus mit einem dreigeschossigen Speisesaal und Räumen für Bälle, Konzerte und Spiel. Zu diesem Schritt musste ihn nicht zuletzt Goethe selbst gebracht haben. Der Dichter hatte stets das Fehlen einer großen Kulturhauptstadt nach Pariser Vorbild in den deutschen Staaten bemängelt. Ganz war Baden-Baden diesem Anspruch noch nicht gerecht geworden, doch Jacques hatte Pläne, die weit über das hinausgingen, was Karl Friedrich und Cotta geleistet hatte. Gut, ihm fehlten begeisterte

Mitstreiter, aber sein eigener Elan reichte notfalls für zehn.

»Es wäre uns doch nur langweilig geworden«, sagte er auf Suzannes Einwand zum verpassten Ruhestand und schenkte ihr das Lächeln, unter dem ihre Versteinerung gewöhnlich bröckelte.

Diesmal nicht.

»Dir vielleicht.« Sie klang verbitterter als sonst. »Ich habe mir die Zeit mit meinen Freundinnen zu vertreiben gewusst. Wir haben uns zum Wein getroffen, Ausstellungen besucht, sind an der Seine entlangflaniert, haben die neusten Stücke angesehen ...«

»Aber auch Baden-Baden hat ein Theater! Es ist wie die Spielbank im Konversationshaus untergebracht. Und was die Prominenz angeht, braucht sich die Stadt genauso wenig zu verstecken. Felix Mendelssohn Bartholdy ist hier aufgetreten und ...«

Edouard unterbrach ihn mit einem Feixen, was selten genug vorkam. Sein Humor deckte sich nicht mit Jacques'. »Das war aber noch vor seinen umjubelten Konzertreisen. Man erzählt sich, ihm sei das Klavierspielen im Konversationshaus untersagt worden. Es hätte die Leute vom Roulette weggelockt.«

»Nachvollziehbar«, sagte Jacques mit einem Schulterzucken. »Man muss solche Dinge trennen. Am Ende ist das Kasino immer der Ort, von dem aus die gesamte Kultur einer Stadt finanziert wird. Selbst wenn Mendelssohn nicht die größten Ehren zuteilwurden, so muss man den Sommerfrischlern doch nicht mangelndes Kulturbewusstsein vorwerfen. Niccolò Paganini an der Geige wurde vor ein paar Jahren umjubelt!« Jacques machte eine Pause und fuhr dann fort: »Wir werden jedenfalls unser Bestes tun, um die Kultur nicht weniger hochzuhalten als den Spielbankbetrieb. Die Bürger und die Sommerfrischler werden es zu schätzen wissen, wenn wir ihnen eine Vielfalt an Theatern und Konzerten bieten, die sich mit Paris und London messen kann.«

Suzanne hob eine Augenbraue. Ja, es war verwegen, das Kulturangebot in diesem Schwarzwaldstädtchen mit den Pariser Bühnen zu vergleichen. Noch. Aber das würde sich ändern. Dafür würde er sorgen. Schließlich hatte er nicht umsonst tief in die Tasche gegriffen, um das Großherzogliche Ministerium zu überzeugen. Neunundzwanzigtausend Gulden hatte Chabert für jede Saison entrichtet. Jacques hatte sich nicht auf ein langwieriges Bietergefecht eingelassen und hunderttausend in den Ring geworfen. Als einmalige Zahlung anlässlich seines Einstands! Weitere fünfundvierzigtausend sicherte er dem Ministerium für jede Saison des auf fünfzehn Jahre ausgelegten Vertrags zu, zusätzlich zur Verpflichtung, in die Stadtentwicklung zu investieren. Dann wäre er Mitte siebzig. *Das* war ein Alter, sich zur Ruhe zu setzen und die Geschäfte Edouard zu überlassen, wenn der sich bis dahin bewährt hatte.

Um sein Ziel zu erreichen und die Dinge ins Rollen zu bringen, hatte er weiteres Geld in die Hand genommen. Davon wussten seine Frau und sein Sohn jedoch nichts. Sie hätten es nicht verstanden. Er hatte auf eigene Kosten eine illustre Schar Künstler und Künstlerinnen eingeladen. Literaten, Musiker, Feuilletonschreiber. Ihre Anreise, die noble Unterbringung im *Grandhotel am Park*, das tägliche Handgeld, das er ihnen zur Verfügung stellen wollte, damit sie sich in der Spielbank vergnügten, all das verschlang ein hübsches Sümmchen, würde sich aber letzten Endes bezahlt machen.

»Karl Friedrich, Cotta, Chabert«, sagte er. »Sie haben den Grundstein gelegt. Aber wir werden aus Baden-Baden die *Capitale d'été* Europas machen. Mit mir als *Maître de plaisir*. Ich sehe es schon vor mir!« Er legte den Kopf in den Nacken und lachte. Ein genialer Visionär, den weder die skeptische Miene seiner Frau noch die auf kühlen Berechnungen fußenden Argumente des Juniors vom Weg abbrachten.

Suzanne lüpfte wieder den Vorhang, um einen weiteren skeptischen Blick auf die Stadt zu werfen. »Es hat sicher schöne Ecken, dein Baden-Baden, mutet insgesamt aber doch recht provinziell an.«

Natürlich, es war ja auch bis vor wenigen Jahrzehnten ein kleines Ackerbauern- und Handwerkerstädtchen gewesen. Daran würde in absehbarer Zeit nichts mehr erinnern!

Unter dem Blätterdach einer Allee fuhren sie nun endlich auf das Konversationshaus zu. Dieses Bauwerk wie das alte Gebäude *Promenadenhaus* zu nennen, verbot sich von selbst. Einen wahren Prachtbau hatte Architekt Friedrich Weinbrenner im Auftrag der staatlichen Badeanstalten-Kommission errichtet! Acht korinthische Säulen stützten die Vorhalle mit dem rot-weißen Greifenfries. Ein Walmdach deckte den Mittelbau, durchaus ungewöhnlich und Grund für etliche Kritik, die den Baumeister getroffen hatte. Und doch fügte es sich in den vorherrschenden Gebäudecharakter des Schwarzwalds ein, verlieh dem Ganzen sein unverwechselbares Äußeres. Ja, dieser Bau konnte die Zeit überdauern und das Wahrzeichen der Stadt werden!

Suzanne und Edouard starrten aus dem Fenster.

»Nun?«, fragte er sanft und war ein wenig nervös ob ihrer Urteile. »Was haltet ihr davon?«

»Ein gelungener Prachtbau im klassizistischen Stil, der sich gefällig in das Umfeld einfügt«, meinte Edouard. »Dieses Gebäude wertet das Stadtpanorama deutlich auf.« Mehr Enthusiasmus war von ihm nicht zu erwarten.

Jacques lächelte erfreut. »Wie schön, dass du mir zustimmst, Edouard. Suzanne?«

Sie schaute mit großen Augen aus dem Fenster, während sie weiter auf seine neue Wirkungsstätte zurollten und schließlich anhielten. Ein livrierter Diener eilte herbei, um ihnen die Tür zu öffnen. Er bot Suzanne seine Hand, zumal sie einige Mühe hatte, mit ihrer Krinoline durch die schmale Tür der Kutsche nach draußen zu gelangen. Jacques presste den Stoff an ihrer Rückseite zusammen, sodass sie hinausschlüpfen konnte, wo sich auf dem Kiesweg ihr Rock wieder bauschte. Jacques und Edouard sprangen hinterher. Auch die Gepäckkutschen kamen zum Stehen, der bärtige Fahrer des ersten Wagens beugte sich seitlich an den Pferden vorbei. »Sollen wir hier warten oder gleich hügelaufwärts zur Villa vorfahren, Monsieur? Wir könnten schon ausladen.«

Jacques machte eine winkende Bewegung. »Nur zu. Wir werden hier ein wenig Zeit brauchen.« Stunden, in denen er erste Pläne zu entwickeln gedachte. An diesem prächtigen Konversationshaus gab es von außen betrachtet nichts auszusetzen. Der Anblick der beeindruckenden Fassade brachte Suzanne und Edouard genau in die rich-

tige Stimmung, um später seine weiteren Visionen gut-
zuheißen. Zum Beispiel dem halben Dutzend kunstfertig
in Paris gegossener Straßenkandelaber für die abendliche
Beleuchtung vor dem Gebäude. Wenn es nach ihm ging,
sogar bald schon mit Gas, für das Leitungen in der Stadt
verlegt werden mussten.

Ihm fiel der nur von wenigen Bäumen bestandene Platz
rechts des Hauses auf. Wäre dort nicht der ideale Ort für
eine exklusive Trinkhalle, in der man sich mit dem heißen
Quellwasser kurieren konnte? Die Ideen schossen ihm wie
Blitze durch den Kopf, Unruhe erfasste ihn.

Er sah seiner Frau lächelnd ins Gesicht und erfreute
sich an dem Funkeln ihrer Augen, bis sie ihm gespielt wütend auf den Arm klopfte. »Du wusstest, welche Wirkung
es auf mich haben würde, nicht wahr?« Sie schaute wieder
die Säulen entlang, ein wenig atemlos, wie es ihm schien.
»Es ist wundervoll, Jacques, einfach nur wundervoll!«

1

Baden-Baden, neun Jahre später
Ende April 1847

»Wo bleiben Sie denn, Fräulein Engel! Die Postkutsche ist doch schon vor über einer Stunde angekommen! Jetzt ist die Suppe, die ich vorbereitet habe, natürlich kalt. Denken Sie nicht, nur weil ich Zimmer vermiete, hätte ich Geld wie Heu! Ich kann es mir nicht leisten, den Ofen so lange am Laufen zu halten. Brennholz und Kohle sind teuer, wer da nicht zur rechten Zeit zum Essen da ist, geht leer aus. Wo waren Sie überhaupt?« Martha Seibold steckte den Kopf aus ihrer Haube wie eine Schildkröte, während sie Claire fixierte, die vor der Haustür stand und mit offenem Mund dem Gezeter der Frau zuhörte, der sie nie zuvor begegnet war.

Bevor Claire geklopft hatte, hatte sie den Lederkoffer neben sich gestellt, um sich die Jacke zuzuknöpfen, die sie auf der Fahrt aus Sinzheim hierher geöffnet hatte. Im Inneren des Gefährts war die Luft mit einer Familie mit zwei übergewichtigen Mädchen und einem älteren Herrn als Reisegefährten verbraucht gewesen. Damit sich die Kleinen nichts einfingen, hatte die Mutter auf geschlossene Fenster bestanden, und auch der Mann hatte von einem nicht auskurierten Lungenleiden gefaselt, das gegen die Frischluft sprach. Claire hätte gern etwas Fahrtwind um die Nase gehabt, hatte aber die übrigen Passagiere gegen sich gehabt. Nachdem sie der Kutsche vor der Post am Leopoldsplatz entstiegen war, hatte sie tief durchgeatmet – froh, der Reisegesellschaft entkommen zu sein.

Während ihres Spaziergangs durch die Stadt hatte sie die Jacke offen gelassen. Die Straßen führten steil bergan und bergab, da kam man unter der Frühlingssonne leicht ins Schwitzen. Das Kurhaus hatte sie schon von Weitem gesehen, dort würde ihr Weg sie heute noch hinführen. Bei dem Gedanken schlug ihr Herz schneller.

Claire war nie zuvor in Baden-Baden gewesen. Grundlos reiste keiner in diesen Tagen von einem Ort zum anderen, es sei denn, man war ein Sommerfrischler und vertrieb sich die Langeweile in der Fremde.

Wie hoch der Marktplatz lag, direkt neben der Liebfrauenkirche, deren Turm die Anreisenden von Ferne stets als eines der ersten Gebäude der Stadt erblickten! Claire hatte sich mehrmals in den engen Gassen und auf den Treppen verirrt, sich schließlich in einer Bäckerei eine Brezel gekauft und die Frau hinter der Theke nach dem Weg gefragt. So hatte sie die Herberge der Witwe Seibold im Schatten des mächtigen Glockenturms in einer Sackgasse endlich gefunden. Obwohl das Haus mit der bröckelnden Fassade und den morschen Holzverschlägen alles andere als einladend wirkte, wollte sie sich bei der ersten Begegnung von ihrer besten Seite zeigen und hatte die Perlmuttknöpfe der Reisejacke vorab geschlossen.

Vermutlich hätte sie aber auch in karierten Männerhosen vor Frau Seibold stehen können. Die sorgte sich nur um ihre Suppe. Claire schluckte die Erwiderungen hinunter, die ihr auf der Zunge lagen. Gleich am ersten Tag würde sie nicht mit der Hausbesitzerin streiten. Ihre Eltern hatten ihr geholfen, diese Herberge zu finden. Ein Stammgast aus ihrer Gastwirtschaft hatte von einer Cousine erzählt, die, wie so viele in Baden-Baden, Zimmer vermietete. Manche zogen während der Saison gar ins Parterre und überließen den Fremden die oberen Etagen. Meistens handelte es sich um bescheidene Unterkünfte, dafür waren sie weit günstiger als die Nobelherbergen wie der Badische oder Englische Hof. Inklusive Verköstigung, wenn gewünscht.

Was der Stammgast nicht erwähnt hatte, war, dass seine Cousine keinerlei Taktgefühl besaß. Claire so anzufahren und gleichzeitig auf plumpe Art auszufragen! Eine Frechheit! Am liebsten hätte sie sich umgedreht und nach einer anderen Pension gesucht. Aber ob sie so spontan etwas finden würde, was ihrem Geldbeutel entsprach?

Die Witwe trat einen Schritt zurück und vollführte eine Geste ins Haus. Claire bemühte sich um Höflichkeit, obwohl es in ihr brodelte. »Verzeihen Sie, Madame. Man kann die Suppe vielleicht morgen aufwärmen? Ich habe den Weg nicht direkt gefunden, deswegen bin ich spät.«

Die Vermieterin schlurfte ihr voran in die kleine Küche. Kohlgeruch hing in der Luft. »Setzen Sie sich mal.« Harsch wies sie auf einen Stuhl. Claire ließ sich darauf fallen, während die Seibold ruckelnd eine Schublade öffnete und einen Zettel hervornestelte. Sie legte ihn vor ihr hin und strich glättend mit der Hand darüber, reichte ihr Tintenfass und Feder. »Und nun füllen Sie das fein aus und vergessen bloß nichts! Name, Stand, Beruf, Nationalität, Herkunftsort und der Zweck der Reise müssen nach bestem Wissen und Gewissen angegeben werden! Das geht an die Polizeibehörde und von den Gendarmen an das Badeblatt. Da steht dann drin, wer wo neu untergekommen ist. Das muss alles seine Ordnung haben!«

Claire setzte den Federhalter an und füllte die Leerstellen auf dem Formular aus. Ihre Vermieterin stand so dicht hinter ihr, dass sie ihren Geruch nach Essig und Kernseife wahrnahm.

»Ledig und keinen Beruf?«, zischte die Frau.

»Das eine bleibt vermutlich noch eine Weile bestehen, das andere hoffe ich in Kürze zu verändern«, gab Claire zurück, ohne sich irritieren zu lassen.

»Wenn Sie in zwielichtigen Gewerben tätig sind, kündige ich Ihnen sofort. So schnell können Sie nicht gucken, wie ich Ihnen den Koffer vor die Tür stelle.«

Zwei Minuten mit ihrer Vermieterin, und Claire fühlte sich mit ihren Nerven am Ende. Dabei war es wichtig, am Nachmittag sämtliche Gelassenheit und Stärke auszustrahlen, zu der sie fähig war.

»Keine Sorge, ich machen Ihnen keine Schande.« Sie senkte die Stimme und musterte die Frau betont beschwörend. »Mir wurde Stillschweigen über meinen Erwerb auferlegt. Sobald ich Genaueres weiß, setze ich Sie als Erste in Kenntnis, Madame.«

Die Seibold kniff ein Auge zu und fixierte Claire. »Als ich Ihren Eltern in meinem Brief die Zusage für das Zimmer gab, bin ich davon ausgegangen, dass Sie einer anständigen Arbeit nachgehen, wenn Sie schon ohne männlichen Schutz auf Reisen gehen.«

»Ich werde zuverlässig für die Miete aufkommen.« Etwaige Zweifel gingen die Vermieterin nichts an. »Wenn Sie mir jetzt die Räumlichkeit zeigen würden?«

»Räumlichkeit, Räumlichkeit«, murmelte die Witwe abschätzig vor sich hin, während sie zur Flurtreppe schlurfte. »Die feine Dame fragt nach der *Räumlichkeit*, ts, ts.« Sie stieg die mit einem abgetretenen Teppich ausgelegten Stufen hinauf, blieb oben stehen und öffnete die Tür zu einer Kammer, in der ein hölzernes Einzelbett mit einer grauen Decke und einem karierten Kissen den größten Teil einnahm. Platz hatten daneben nur ein schmaler Schrank und eine Kommode, auf der eine Waschschüssel und ein Krug standen, dahinter lehnte ein Spiegel an der Wand. Am blank geputzten Fenster hingen gestreifte Gardinen, verdeckten die Aussicht in den mit Unkraut überwucherten Innenhof und einen Bretterverschlag aber nur unvollständig.

»Mehr können Sie für das wenige Geld wirklich nicht verlangen«, kam die Seibold einem Protest zuvor.

Claire hatte sich nicht beschweren wollen. Sie hatte sich schon bei der unfreundlichen Begrüßung vorgenommen, sich so bald wie möglich nach einer anderen Bleibe umzuhören. Gerade war ihr jedoch alles recht, wenn sie nur endlich eine Tür hinter sich schließen und allein sein konnte. »Es ist in Ordnung, Madame, herzlichen Dank.«

Die Vermieterin betrachtete sie, als wolle Claire sie auf den Arm nehmen. Dann legte sie zwei große Schlüssel an einem Eisenring auf die Kommode neben die Waschstelle. »Damit kommen Sie rein. Aber nicht später als einundzwanzig Uhr! Und selbstverständlich keinen Herrenbesuch!« Sie wartete, ob Claire darauf eine Antwort hatte, doch Claire schwieg. »Soll ich Ihnen beim Auspacken des Koffers helfen?«

Fast hätte Claire gelacht. So weit kam es noch! Sie würde sich in Acht nehmen vor dieser Frau, die so angestrengt ihre Nase in ihr Leben zu stecken gedachte. »Danke für das freundliche Angebot, aber das schaffe ich schon.« Sie lächelte ihr zu, nickte und ließ sich auf der Bettkante nieder. Das Gestell knarrte.

Noch ein paar Sekunden blieb Martha Seibold im Türrahmen stehen. Endlich begriff sie, dass sie gehen konnte. »Es reicht, wenn Sie mir morgen den Mietvorschuss für zwei Monate geben«, sagte sie, bevor sie die Tür geräuschvoll schloss und Claire ihre Schritte auf der Treppe hörte.

Gleich für zwei Monate im Voraus! Es würde schmerzen, das Ersparte auszugeben. Sie hatte ihr Geld zusammengehalten, das sie im elterlichen Gasthaus verdient hatte. Am Ende hatten Vater und Mutter noch einen Zuschuss obendrauf gelegt, obwohl sie ihren Traum nicht befürworteten.

Sie trat an die Waschschüssel mit dem Krug, um sich frischzumachen, die Krinoline zu richten und dann in das hellgelbe Kleid mit der Saumstickerei zu schlüpfen, ihre allerfeinste Garderobe. Dazu passten der schmalkrempige hohe Strohhut mit den sonnenfarbenen Bändern und die hellgraue kurze Jacke. Hoffentlich die richtige Kleidung, um einerseits eine adrette frauliche Erscheinung zu sein, andererseits eine Dame, der man Tüchtigkeit, Stärke und Geschäftssinn zutraute. Genau darauf kam es an, wenn sie den Mann traf, den die Menschen den *roi de Bade* nannten, den König von Baden: Jean Jacques Bénazet.

Claire schritt zügig über das Kopfsteinpflaster der Gassen in Richtung Kurplatz, vorbei an Stadthäusern und Baustellen, auf denen die Arbeiter Stein um Stein in Fuhrwerken und Handwagen herbeischafften und verarbeiteten. Manche Gebäude wirkten, als wollten sie in den Himmel wachsen. Bald darauf wanderte Claires Blick über das Grün des gepflegten Rasens und die Blumenrabatte voller Narzissen zu den acht Säulen des Kurhauses. Genau so hatte es auf den Zeichnungen ausgesehen, die sie in Reiseführern und Zeitschriften bewundert hatte. Aber im Schatten dieses Gebäudes zu stehen und den Kopf in den Nacken zu legen, um es in all seiner Pracht zu erfassen – darauf hatte sie kein Zeitungsbericht, keine Beschreibung vorbereitet. Wie Kunstwerke reckten sich sechs grüne, dreiarmige Gaskandelaber vor dem Kurhaus in die Höhe. Majestätisch musste es aussehen, wenn sie das Bauwerk am Abend wie eine Theaterkulisse in ihr warmes Licht hüllten!

Der hellgelbe Stoff ihres Kleids changierte ein bisschen, änderte seine Farbe je nach Lichteinfall. Sie trug es heute zum ersten Mal. Sie war froh, dass sie in die Anschaffung neuer Krinolinenkleider investiert hatte. Obwohl es in ihrem familiären Umfeld mit einem Gastwirt als Vater kaum jemandem auffiel, hatte sie bereits in jungen Jahren Wert auf ihr Äußeres gelegt. Man mochte dies als oberflächlich abtun, aber für sie gehörte es sich, keine Flicken oder Flecke auf ihrer Garderobe zu haben und sich an der aktuellen Mode zu orientieren.

Linkerhand lag die Lichtentaler Allee, auf der die Menschen schlenderten und plauderten. Claire freute sich auf einen Spaziergang entlang der berühmten Straße, die von Wiesen und exotischen Bäumen umgeben war. Ein Luxuspark inmitten der Stadt! In den Reiseführern bekam dieser Weg Priorität als touristisches Ziel, keiner sollte sich einen

Bummel über diese Meile entgehen lassen. Dort picknickten die Leute auf karierten Decken, man sammelte Beeren in den Büschen oder stellte seine Staffelei für eine kleine Übung in Aquarellmalerei auf. Ein Stück Natur in unmittelbarer Nähe des Vergnügungsviertels.

Aber zunächst hatte Claire Wichtigeres zu erledigen. Ihre Zukunft zu regeln, zum Beispiel.

Rechts neben dem Kurhaus erstreckte sich das klassizistische Gebäude der Trinkhalle. Sie sah elegant gekleidete Damen und Herren zwischen den Säulen wandeln, Becher mit heißem Thermalwasser in den Händen. Wer hier entzündete Schleimhäute auskurierte oder Leibschmerzen bekämpfte, trank dreimal am Tag von dem Heilwasser, das aus mehreren Quellen floss. Allerdings wirkte keiner hier wie ein Magenkranker. In repräsentativer Garderobe und mit ihren Bechern erinnerten die Kurenden eher an eine illustre Champagnergesellschaft. Die wenigsten suchten Heilung in der Stadt. Nein, man kam her, um sich in den Geschäften, Ballsälen und Theatern zu amüsieren. Und selbstverständlich im Kasino.

Claire zuckte zusammen, als in diesem Moment in einem muschelförmigen Unterstand das Kurorchester beschwingt ein Stück von Johann Strauss anspielte. Das Walzerfieber machte dieser Tage auch vor Baden-Baden nicht Halt, die schwungvolle Begleitmusik zur Trinkkur.

An den hölzernen Boutiquen auf der Kastanienallee zum Kurhaus und überall auf den Wegen waren Trauben von Menschen unterwegs, Badegäste auf der Suche nach Zerstreuung. Claire passierte elegante Paare, die Damen in bauschigen Röcken mit Fächern in der Hand, die Herren in langen Jacken, mit engen Hosen und Zylindern. Viele spazierten entspannt, manche schienen es eilig zu haben, ihre Gulden ins Kasino zu tragen, das ab den Vormittagsstunden geöffnet hatte. Claire kannte diese Art von Getriebenen. Nicht wenige von ihnen verloren im Spielrausch den Bezug zu ihrer finanziellen Realität. In ihrer Jugend waren das die bedauerlichen Gäste, die ihr Großvater aus dem Hinterzimmer der elterlichen Gaststube verbannt hatte, weil es ihnen nicht mehr guttat, dort ins Spiel zu investieren. Claire war darauf vorbereitet, auch hier solchen Glücksrittern zu begegnen.

Sie hob ihr Kleid an den Seiten, um nicht versehentlich auf den Saum zu treten, und schritt die Stufen des Kurhauses hinauf. Ein bisschen fühlte es sich an, als bestiege sie den Olymp, aber sie schalt sich selbst eine Närrin. Je mehr sie sich von all dem Prunk beeindrucken ließ, desto schüchterner würde sie sich verhalten, und das war sicherlich nicht dienlich. Sie nahm einen tiefen Atemzug, bevor sie an den Portieren vorbei die Eingangshalle betrat. Die Wächter an den Türen, allesamt in dunkelblauer Uniform mit silbernen Knöpfen und Schirmmütze, musterten sie diskret. Einer schien sie besonders prüfend anzusehen – ein Mann von etwa fünfzig Jahren mit stechend blauen Augen. Die sauber geschnittenen, glatten Haare, die unter der Kappe hervorlugten und im Nacken auf den Uniformkragen stießen, durchzogen graue Strähnen. Er drehte den Kopf, um ihr hinterherzuschauen, wie sie bei einem Blick über die Schulter bemerkte. War ihre Garderobe doch unpassend? Aber sie unterschied sich in ihrer Eleganz nicht von den anderen Besuchern. Oder war es unangemessen, als Frau das Haus allein zu betreten? Wieder diese Unsicherheit, die sie nicht gebrauchen konnte. Sie schüttelte sie ab und beschloss, der Aufmerksamkeit des Beamten keine weitere Bedeutung beizumessen.

Längst nicht jeder, der meinte, seinen Hungerlohn ins Kasino tragen zu müssen, wurde eingelassen. Man blieb unter sich, wie Claire wusste. Die Reichen, Schönen und Adeligen vergnügten sich gern ungestört von der Anwesenheit derjenigen, mit denen es das Schicksal weniger gut gemeint hatte.

Im Hinterzimmer ihres Großvaters hatten andere Regeln gegolten: Ausgeschlossen wurde nur, wer seine Spielschulden nicht beglich oder einem zerstörerischen Rausch verfallen war. Da hatten sich der Schmied und der Bäcker, der Apotheker, der Zimmermann und manchmal sogar der Pastor zum geselligen Beisammensein getroffen. Hier in Baden-Baden waren es Menschen, deren hauptsächlicher Zeitvertreib im Vergnügen bestand.

Claire betrat einen über und über mit Blumen bemalten und dekorierten Raum, der jedem Besucher den Atem stocken lassen musste. Und es war nur das Foyer! An dessen Ende führte eine breite, mit Teppichen ausgelegte Treppe in die oberen Stockwerke zu weiteren Sälen. Rechts verlief der Weg ins Kasino. Dort schimmerte an den Wänden und vor den Fenstern roter Samt, gigantische Kronleuchter und Kandelaber erhellten den Saal, goldgerahmte Spiegel zwischen lebensgroßen Porträts auf Leinwand, die Freunde und Förderer der Spielbank abbildeten, reflektierten die Lichter. An einem halben Dutzend Roulettetischen standen vereinzelt Menschen in eleganter Garderobe. Offiziell begann die Saison erst morgen, vermutlich handelte es sich um Stammgäste, die vorzeitig angereist waren und sich auf eine bevorzugte Behandlung durch die Kasinoleiter verlassen konnten. Alle starrten konzentriert auf die rollenden Kugeln, welche die Croupiers in die Spielscheiben warfen. *Rien ne va plus.* Die Mienen der Spielleiter wirkten hart, keine Regung war in ihren Zügen zu erkennen, nur unterkühlte Distanz. Hinter den halb geschlossenen Lidern lag eine gewisse Überheblichkeit, ein Ausdruck der Lust an der Macht, die sie über die am Spieltisch Versammelten besaßen. Ein Kribbeln stieg Claires Rückgrat nach oben.

An ihr Ohr drangen Sätze in verschiedenen Sprachen. Englisch, Schweizerdeutsch, Russisch. Die meisten unterhielten sich auf Französisch. So wollten es die Mode und der gute Geschmack. Ohnehin befand sich Frankreich nicht weit entfernt. Mit ihrer aus Nancy stammenden Mutter war Claire zweisprachig aufgewachsen, entsprechend geschliffen war ihr Französisch. Nur wenn es um Träume und Gefühle ging, vermochte sie sich in der Sprache ihres Vaters besser auszudrücken.

Um Emotionen würde sich das anstehende Gespräch sicher nicht drehen.

Es roch nach Pfeifenrauch und Zigarren und nach dem Wein, den beflissene Kellner auf Silbertabletts anboten. Ein junger Mann, die Frackschöße über den Hocker geworfen, entlockte einem in einer Nische stehenden Piano leise Klänge, Hintergrundmusik für das Klackern der Kugel im Rouletterad und das Murmeln und Plaudern im Saal. Claires Blick glitt umher auf der Suche nach einem Gang, der zu den Büroräumen und dem Direktorenzimmer führte. Sie hätte jemanden fragen können, aber sie befürchtete, man würde sie gleich abweisen, wenn sie damit herausrückte, dass sie bei Jean Jacques Bénazet persönlich vorsprechen wollte, ohne einen Termin zu haben. Keine der Zeitungen und Bücher, die Claire über Baden-Baden und das Wachstum des Spielkasinos gelesen hatte, hatte darauf verzichtet, ihn bei seinem Titel zu nennen, den ihm die Bürger gegeben hatten. *Roi de Bade.* In den neun Jahren seiner »Regentschaft« hatte er mehr für die Stadt getan als je ein Mann zuvor.

Tagelang hatte sie darüber nachgedacht, wie sie mit ihrem ungewöhnlichen Anliegen an ihn herantreten konnte. Sie hatte sich gegen ein Schreiben entschieden, denn sie war überzeugt, dass ihre Chancen besser stünden, wenn sie den Moment der Überraschung nutzte.

Sie entdeckte einen Gang, der am Kasino vorbei zu abzweigenden Zimmern führte. Der dicke Teppich schluckte ihre Schritte. Kein Mensch begegnete ihr bei diesen Büro- und Wirtschaftsräumen, die Türen waren verschlossen, kein Laut drang heraus. Sie studierte die emaillierten Schilder. Ein Raum war als *Umkleide* gekennzeichnet, einer mit dem Hinweis *Arbeitsmittel,* einer als *Archiv,* an einigen Rahmen hingen Namensschilder, von denen die meisten Claire nichts sagten. Nur *Monsieur Edouard Bénazet* war ihr ein Begriff, der Sohn des Spielbankiers. Er zog mit seinem Vater zusammen die Fäden, aber nach ihrem Kenntnisstand war es immer noch der Senior, der das Sagen hatte.

Schließlich stand sie vor einer Tür aus massiver Eiche, dem *Direktorat.*

Claire fühlte ihr Herz gegen die Rippen pochen, ihre Hände wurden feucht. Sie zog ein Tuch aus ihrer Jackentasche und trocknete sie ab. Bloß keine klammen Finger, falls sie der Direktor per Handschlag begrüßte. Ordnend fuhr sie sich durch die Locken, richtete den Hut und drückte das

Rückgrat durch. Dann nahm sie allen Mut zusammen und klopfte kräftig gegen das Holz. Sie zählte die Sekunden, bis von drinnen ein »Herein!« erklang.

Die Tür knarrte, als Claire sie öffnete und sich in einem Büro mit Wandregalen voller akkurat beschrifteter Ordner und einem Schreibtisch wiederfand, auf dem Tintenfass und Feder, ein Aktenkorb und ein Stapel weißes Papier in perfekter Symmetrie angeordnet waren. Dahinter blickte sie ein Mann Ende vierzig über den Rand seiner Brille hinweg an. Er trug Weste, Rüschenhemd und Justaucorps und hielt einen Federkiel in den Händen, mit dem er, wie Claire an den Paragrafenzeichen erkannte, die Abschrift eines Vertrages anfertigte. Offenbar der Sekretär im Vorzimmer zum Heiligtum. Links vom Schreibtisch erhob sich eine doppelflügelige Tür mit kunstvollen Schnitzereien, hinter der zwei Stimmen zu hören waren.

»Was kann ich für Sie tun, Madame?«, wandte der Herr sich höflich an sie, während sie noch damit beschäftigt war, alle Eindrücke aufzunehmen. Ein Namensschild auf seinem Pult wies ihn als K. Lindemann, Assistante de direction aus. So viel zu dem Überraschungsmoment. Dass sie nicht einfach ins Direktorat hineinspazieren konnte, hätte sie sich denken können.

»Ich würde gern mit Monsieur Bénazet sprechen. Ist das möglich, Monsieur?«, fragte sie auf Französisch.

»In welcher Angelegenheit, Madame?«

Claire spürte, dass sie blass wurde. Zu dumm, denn dann traten die Sommersprossen um ihre Nase hervor. Sie hasste diese Punkte im Gesicht, obwohl Johannes immer behauptet hatte, sie wären das Schönste an ihr. Über Lindemanns Züge flog ein Lächeln, vielleicht, weil er seinen

Worten die Schärfe nehmen wollte. Claire erwiderte es etwas wackelig. »Bitte verzeihen Sie, aber das würde ich ihm lieber selbst sagen.«

Lindemanns Lächeln wich einem leicht pikierten Ausdruck. »Ich kümmere mich um sämtliche Belange des Direktors. Wenn Sie mir keinen Grund für Ihren Besuch nennen können, bedauere ich, dass Monsieur Bénazet sich kaum die Zeit nehmen wird. Er ist ein vielbeschäftigter Mann, seine Termine sind kostbar. Darüber hinaus gibt es keinen Grund, an meiner Vertrauenswürdigkeit zu zweifeln.«

Die Nervosität füllte Claires Adern mit einem durchdringenden Sirren. Sie hatte den Mann gegen sich aufgebracht! »Es tut mir leid, bestimmt habe ich nicht den geringsten Zweifel an Ihrer Diskretion. Es ist bloß so, dass …«

Da öffnete sich ein Türflügel, zwei Männer traten heraus, begleitet von einem Schwall französischer Gesprächsfetzen. »… sollten wir die Idee von einer Therme vielleicht fallen lassen«, sagte der jüngere, in der Hand einen Zylinder. Die gescheitelte Frisur wich an der Stirn deutlich zurück, der geschwungene Schnurrbart bildete einen attraktiven Kontrast zu seinen kantigen Zügen.

Der ältere trug eine offene Weste über einem weißen Hemd mit hochgekrempelten Ärmeln. Die lockigen Haare standen ihm zu Berge, als hätte er sie sich gerauft. »Bisher ist es mir immer noch gelungen, die Politiker von meinen Ideen zu überzeugen! Ich lasse mir keine Steine in den Weg legen.«

»Dann ärgere dich weiter darüber, für mich ist die Sache vorläufig abgeschlossen.« Der jüngere verneigte sich förmlich. »Und nun entschuldige mich bitte, Vater.« Im

Vorbeigehen nickte er Claire knapp zu. »Madame.« Dann verschwand er in den Flur.

Zurück blieb der ältere Mann mit offenem Mund. Jean Jacques Bénazet.

»Woher hat er nur seine Sturheit?«, stieß er hervor und kratzte sich am Hinterkopf. »Lindemann, verfassen Sie eine Einladung an den Rat, damit wir das Thema noch einmal durchgehen können. Es ist wichtig, dass wir hier ein Bad haben, wir haben einer Tradition zu folgen! Immerhin haben bereits die Römer hier Thermen errichtet. Es wäre ein weiterer Anziehungspunkt für Gäste aus dem Ausland. Die Sommerfrischler sollen unser ausgezeichnetes Wasser nicht nur trinken, sie sollen nackt wie die Frösche hineinhüpfen! Einen Heil- und Vergnügungstempel brauchen wir, nicht nur ein paar im Innenhof der Herbergen aufgestellte ärmliche Holzwannen wie im Mittelalter. Pah! Warum versteht das keiner, um alles in der Welt!« Er hatte sich in Rage geredet, warf die Arme in die Luft und stutzte im nächsten Moment. Sein Blick blieb an Claire hängen, die er bis dahin nicht bemerkt zu haben schien. Das änderte sich nun. »Und Sie, Madame? Wer sind Sie? Was führt Sie hierher?« Seine Worte klangen streng, aber er schaute mit sichtlichem Wohlgefallen an ihrer Gestalt hinab. Bénazet war ein Mann, der es gewohnt war, Frauen nach ihren äußerlichen Vorzügen zu beurteilen.

Claire hätte gern einen günstigeren Zeitpunkt abgepasst, doch ihr blieb keine Wahl. Womöglich würde sie bei einem erneuten Versuch nicht so leicht hier hereinkommen. Sie straffte die Schultern. »Mein Name ist Claire Engel. Ich bin heute aus Sinzheim angereist, um bei Ihnen als Croupière zu arbeiten, Monsieur Bénazet. Ich habe alles über diesen

Beruf unter der Obhut meines Großvaters gelernt und träume von frühester Jugend an davon, in Ihrem Kasino das Spiel am Roulettetisch zu leiten.«

Die Freude in Bénazets Miene über ihre Erscheinung wich Irritation. Claire hörte ihr Blut rauschen in der Stille, die auf ihre kurze Rede einsetzte. Schließlich legte der Direktor den Kopf zurück und lachte schallend. »Wissen Sie, was ich gerade verstanden habe? Es hat sich angehört, als würden Sie sich als junge Dame um eine Stelle als Croupier bewerben. Verrückt, oder?«

Claire schob den Unterkiefer vor. »Genau das tue ich hiermit. Ich möchte Sie bitten, mir eine Chance zu geben. Ich werde Sie garantiert mit meiner Arbeit zufriedenzustellen, Monsieur. Ich habe …«

»Aber Madame!« Bénazet fasste sich theatralisch an die Stirn, bevor er ihr den Rücken zukehrte. »Den Weg hätten Sie sich sparen können. Gehen Sie mal fein nach Hause zu Ihrem Ehemann und versüßen ihm die Stunden. Das hat die Welt noch nicht erlebt! Eine Frau als Croupier. Himmel, was für irre Zeiten!« Das Lachen nahm er mit in sein Büro, bevor er die Tür mit einem vehementen Knall von innen schloss.

Claire sackte in sich zusammen. So schnell sollte ihr Traum geplatzt sein? Nur weil sie denjenigen, der über ihr Schicksal entschied, auf dem falschen Fuß erwischt hatte? Kurz ließ sie den Kopf hängen und verbiss sich die Tränen. Sie hatte darauf gewettet, dass er sie zumindest richtig anhören und ihr Anliegen abwägen würde. Schließlich war er doch derjenige, der so viel Neues nach Baden-Baden gebracht hatte! Einer Frau eine Chance in einem Männerberuf zu geben müsste in seinem fortschrittlichen Sinne sein! Aber sie hatte den *König von Baden* wohl in einem zu positiven Licht gesehen. Sie fasste sich und nickte Lindemann zu.

Die Züge des Sekretärs waren unversehens weich geworden. »Wie mutig von Ihnen«, sagte er anerkennend. »Aber nach den, äh, Diskussionen mit seinem Sohn ist er immer besonders angespannt und hat kaum ein Ohr für andere Angelegenheiten. Und die Errichtung einer Therme ist schon lange ein Thema, das die Gemüter überkochen lässt. Das hat nichts mit Ihnen zu tun, Madame.«

Claire trat näher an den Schreibtisch heran, stützte die Hände auf die Kante und starrte den Sekretär an, dank seiner Worte plötzlich von neuem Mut erfüllt. »Dann muss ich noch einmal mit ihm sprechen! Können Sie das für mich einrichten, Monsieur?«

Der Mann hielt ihren Blick, schien abzuwägen. Er befeuchtete einen Finger mit der Zunge und blätterte durch einen Kalender. »Morgen um zehn Uhr dreißig hätte Monsieur Bénazet ein Viertelstündchen, da hat ein Geschäftspartner kurzfristig absagen müssen.«

»Oh, ich danke Ihnen!«

Lindemann hob eine Schulter. »Ich kann Ihnen nichts versprechen, Madame. Ich kann nur versichern, dass *Monsieur le Directeur* heute einen besonders unangenehmen Tag hatte und in schlechter Stimmung war.« Er tunkte die Feder ins Tintenfass und sah sie auffordernd an. »Vielleicht ist er morgen besser gelaunt, vielleicht auch nicht. Darf ich Sie eintragen?«

An Jean Jacques Bénazet führte kein Weg vorbei, und wenn sie ihn nicht beim ersten Mal hatte überzeugen können, gelang ihr das möglicherweise beim zweiten Mal. Sie schenkte dem Assistenten ihr schönstes Lächeln und bedankte sich erneut.

Lindemann erhob sich und verneigte sich. Dann trat er um den Schreibtisch herum und öffnete die Bürotür für sie. Claire spürte, dass er ihr Gesicht und ihre Erscheinung genau wie zuvor Bénazet mit Wohlwollen betrachtete. Dass Männer sie so ansahen, war sie gewohnt. Ihrer Ansicht nach konnte es nicht schaden zu gefallen, doch am Ende kam es auf mehr an als auf ein attraktives Äußeres. Auf sehr viel mehr.

Zurück in ihrem Zimmer in der Pension löste Claire die Bänder am Kinn und streifte den Hut ab. Zum Glück war sie der Vermieterin nicht begegnet. Frau Seibold hatte in ihrer Küche hantiert und nicht mitbekommen, dass sie die Haustür aufgesperrt hatte.

Mit geübten Griffen zog sie die Nadeln aus ihrer hochgesteckten Frisur, sodass ihre dichte Mähne bis weit über den Rücken fiel. Wie befreiend! Als hätte sie mit den Klammern die Anspannung von sich genommen. Sie stützte die Ellbogen auf die Oberschenkel und legte ihr Gesicht in die Hände. Nach wenigen Stunden in Baden-Baden fühlte sie sich ausgelaugt und zermürbt. Sie war mit vollem Herzen hergekommen, mit Mut und Vorfreude. Und nun das. So hatte sie sich ihren ersten Tag nicht vorgestellt, doch wahrscheinlich war es naiv gewesen zu glauben, dass es so einfach werden würde. Dennoch würde sie nicht vorzeitig kapitulieren. Noch gab es Grund zur Hoffnung.

Als sie sich später bettfertig machte, wappnete sie sich für eine unruhige Nacht. Die ungewohnte Umgebung, die Begegnung mit den Bénazets, die Ablehnung. Sicher würde all dies in wirren Albträumen aufleben. Aber im Gegenteil, sie schlief so tief und fest wie schon lange nicht mehr.

Am Morgen erwarteten sie in der Küche eine missmutige Vermieterin und ungesüßte Hafergrütze zum Frühstück. Sie fragte nicht nach Zucker, aus der Befürchtung heraus, damit ein Gespräch in Gang zu setzen. So redselig die Pensionswirtin am Vortag gewesen war, so zugeknöpft gab sie sich in der Frühe. Claire störte es nicht. So konnte sie in der nur vom Klappern am Geschirrschrank und dem hereindringenden Gezwitscher von Amseln unterbrochenen Stille gedanklich das Gespräch durchgehen, das sie später mit dem Spielbankdirektor führen würde. Sie brach frühzeitig dazu auf. Unpünktlich zu sein wäre eine Katastrophe. Lindemann würde keinen zweiten Termin arrangieren.

Die Stadt war schon erwacht, aus den Bäckereien strömte der Duft nach frischem Brot, Blumenhändler stellten Gefäße voller Tulpen und Flieder vor ihre Schaufenster, auf den Baustellen hämmerten die Arbeiter. Auf dem Dach eines fast fertigen Privathotels trällerte einer munter ein Volkslied, das über die Straßen wehte und in das andere brummend einstimmten. *Winter ade! Scheiden tut weh …*

An den Andenkenläden in den Holzverschlägen unter der Kastanienallee lief Claire vorbei, warf nur hier und da einen Blick in die Auslagen, zu den Handschuhen und Tüchern, Kuckucksuhren, Krokotaschen und Spazierstöcken. Je näher sie dem Kurhaus kam, desto mehr flog ihr Atem. Sie musste sich beruhigen, sie durfte keine Unsicherheit zeigen. Einer Croupière sollte man zutrauen, dass sie in jeder Situation die Kontrolle behielt.

Als sie die letzte Boutique hinter sich ließ, stockte sie. Ein Mann in einer modischen dunklen Leinenjacke mit einer gestreiften Weste und weißem Hemd hielt auf sie zu. Er schritt zügig aus, setzte sich den Zylinder auf. Die Bartspitzen wippten, und Claire erkannte Edouard Bénazet, offenbar in Gedanken versunken auf dem Weg in die Stadt. Sie verharrte, rechnete damit, dass er an ihr vorbeistürmen würde, weil er sie nach ihrer kurzen Begegnung nicht in Erinnerung behalten hatte. Aber da glitt schon ein freundliches Erkennen über seine Züge, ein Lächeln, das die Härte aus seinem Gesicht vertrieb und ihn beinahe sympathisch wirken ließ.

»Madame, guten Morgen! Bitte verzeihen Sie meine gestrige Unhöflichkeit. Ich hatte später ein furchtbar schlechtes Gewissen, weil ich mich Ihnen gar nicht vorgestellt habe.«

Claire erwiderte sein Lächeln. »Ich weiß, wer Sie sind, Monsieur Bénazet. Ich habe alles über Baden-Baden und das Kasino gelesen. Monsieur Lindemann war so freundlich, mir für heute einen weiteren Termin bei Ihrem Herrn Vater zu geben, um noch einmal vorzusprechen. Mein Name ist Claire Engel«, sie schluckte und senkte kurz den Blick, »und bitte: Mademoiselle.«

»Ah, Mademoiselle Engel, wie schön, Sie kennenzulernen. Ja, Lindemann erwähnte so etwas. Ich habe meinem Vater geraten, für diese Saison noch mehr Personal einzustellen.« Wieder lächelte er. Dann lüpfte er den Hut. »Trauen Sie sich ruhig in die Höhle des Löwen. Er wird Ihnen nicht den Kopf abreißen. Wenn er sich nicht gerade über seinen ungeratenen Sohn ärgert, kann er ein recht liebenswerter Mensch sein.«

Nach dieser Begegnung fühlte sich Claire, als wäre ihr eine bleierne Last von den Schultern gefallen. Das klang doch vielversprechend!

Leichtfüßig eilte sie wie am Tag zuvor die Treppe des Kurhauses hinauf, lächelte den Mann in der blauen Uniform, der sie erneut eindringlich mit seinen hellblauen Augen fixierte, entwaffnend an und betrat fünf Minuten später das Direktionsbüro. Im Gegensatz zum peniblen Vorzimmer bestand dieses aus einem Chaos von Landkarten und Stadtpanoramen, aus architektonischen Zeichnungen, Bücherstapeln, Akten und an die Wand gelehnten Gemälden. Bénazet thronte hinter seinem Schreibtisch und sah auf, als sie das Büro betrat. Mit einem Nicken gab er ihr zu verstehen, dass sie Platz nehmen sollte.

»So schnell geben Sie wohl nicht auf, was? Nun ja, eine so entzückende Erscheinung ... Sie haben Glück, unsere Garderobiere könnte Unterstützung gebrauchen.«

»Oh, nein, Sie müssen mich missverstanden haben. Ich suche nicht irgendeine Anstellung. Ich möchte als Croupière bei Ihnen arbeiten.«

Statt wie am Tag zuvor in schallendes Gelächter auszubrechen, musterte er sie ernst.

»Das ist mehr als ungewöhnlich, das wissen Sie, aber ich verstehe den Zauber, den ein Spielkasino ausüben kann. Mich hält selbst seit vielen Jahren die Begeisterung für die Atmosphäre gefangen. Aber zu einem Kasino gehört mehr als der Roulettetische, und es gibt geeignetere Plätze, an denen sich eine junge Frau hervortun kann. Deswegen mein Angebot, dass Sie als Garderobiere bei uns arbeiten dürfen. Madame Rosenberg, die in diesem wichtigen Bereich die Verantwortung trägt, bittet schon länger um

Unterstützung, und Ihnen würden die Herren sicher besonders gern ihre Mäntel anvertrauen.«

Garderobiere, du liebe Zeit! Wahrscheinlich fänden ihre Eltern eine solche Anstellung angemessener. Sie forschte in Bénazets Miene, entdeckte aber keinen Hinweis darauf, dass sie ihn in diesem Moment umstimmen konnte. Eher lief sie Gefahr, dass er sein Angebot bei einem weiteren Beharren ihrerseits zurückzog. Nein, es war besser, wenigstens einen Fuß im Kurhaus zu haben. Schließlich musste sie ihre Miete verdienen, wenn sie nicht bald mit hängendem Kopf und verlorenen Träumen ins Elternhaus zurückkehren wollte. Sie gab sich einen Ruck. »Ich danke Ihnen für dieses großzügige Angebot, Monsieur. Ich möchte es sehr gern annehmen.«

Bénazet hieb die rechte Faust in die Handfläche der Linken und sprang auf. »*Voilá*, willkommen im Spielkasino von Baden-Baden, Mademoiselle! Sie kommen genau richtig! Die Saison startet offiziell mit dem heutigen Tag, obwohl die Gäste ungeduldig und vorfreudig schon vorher um Einlass bitten! Sie werden hoffentlich einen wunderbaren Sommer hier verbringen. Ich begrüße Sie in unserer *équipe*!« Er fasste sie an den Schultern und küsste zart ihre Wangen. Seine Bartstoppeln kratzten, sein Rasierwasser duftete herb. Es war keine unangenehme Berührung, obwohl für Claires Geschmack eine Spur zu formlos. Der Sohn hätte sie nicht geküsst, da war sie sich sicher.

»Mein Assistent wird alle Formalitäten mit Ihnen klären und Ihnen einen Vertrag fertigmachen.«

Die Sache war anders gelaufen als erwartet. Aber besser, als unverrichteter Dinge den Heimweg anzutreten. Bénazet nahm sich die Zeit, Lindemann Instruktionen zu geben, wie er die Vereinbarung gestalten sollte. Danach führte er Claire durch weitere Büros, stellte sie Mitarbeitern vor, zeigte ihr die Säle. Als sie an seiner Seite durchs Foyer lief, wandte sich dieser merkwürdige Sicherheitsmann in seiner Uniform wieder um und sah direkt zu ihr. Nicht wie ein Mann, dem eine Frau gefiel. Eher fassungslos. Was diese Regung auslöste, war ihr ein Rätsel. Aber nun, da sie Teil der *équipe* war, würde sich sicher bald eine Gelegenheit zu einem Gespräch ergeben.

Bénazet machte nur eine Handbewegung in Richtung der Uniformierten: »Diese Herren sorgen für unsere Sicherheit. Wir arbeiten sowohl mit offiziellen Beamten als auch mit verdeckten Ermittlern, die sich jeden Abend unter die Gäste mischen. Sie werden noch alle kennenlernen. Halten Sie sich gut mit ihnen, man weiß nie, wann man ihre Hilfe braucht.« Mit einem Lachen brachte er sie zur Garderobe, die in einem Winkel neben den Kassen eingerichtet war. Hinter dem Tresen stand eine Frau mit turmhoch gebürsteten Haaren. Ein wahres Vogelnest unter einem weißen Hütchen! Sie trug ein schlichtes schwarzes Kleid mit Spitze am Stehkragen und an den Ärmeln und hielt sich so aufrecht, als hätte sie sich einen Spazierstock in den Rücken geklemmt. Ein Namensschild wies sie als *Madame Rosenberg* aus. Sie knickste tief vor dem Direktor und kräuselte die Lippen, als er ihr Claire vorstellte. »Seien Sie freundlich zu unserer neuen Mitarbeiterin, liebste Estelle. Zeigen Sie ihr alles, was sie wissen muss. Und bitte geben Sie den Auftrag für ein weiteres Kleid, wie Sie es tragen, und einen Anstecker mit ihrem Namen.«

Die Garderobiere hing an den Lippen des Direktors

und floss ihm vor Anbetung förmlich entgegen. »Selbstverständlich, *Monsieur le Directeur.*«

Bénazet verbeugte sich mit einer theatralisch wedelnden Geste und verschwand lächelnd in Richtung seines Büros. Mit seinen Gedanken war er offenbar bereits woanders.

Verunsichert blickte sich Claire um. Was jetzt?

»Nun gucken Sie mal nicht wie der Hase vor der Schlange!« Estelle lachte künstlich. Das Devote in ihrer Haltung wich einer Überheblichkeit, die sich auch in ihrer Sprache zeigte. Sie schien beständig flötend die Lippen zu spitzen, während sie ihr Gift verspritzte. »Und machen Sie sich keine Hoffnungen auf den Alten! Auf den passt seine Gattin auf, obwohl die sich lieber um ihre Figur kümmern sollte. Bénazet nimmt sich Mätressen nur von außerhalb, um kein Gerede im Betrieb aufkommen zu lassen.«

Claire starrte die Frau an. »Entschuldigung?«

»Ach, kommen Sie, Sie haben mich schon verstanden. Alle sind verliebt in den Chef, aber – wie gesagt – es ist vergebliche Müh.«

»Ich würde hier nur gern als Garderobiere arbeiten«, erwiderte Claire so distanziert wie möglich.

»Hmm, natürlich. Dann lassen Sie uns anfangen.«

Den restlichen Tag veranstaltete Estelle Rosenberg ein großes Gewese um die Wichtigkeit ihrer Tätigkeit. Dabei war es kein Hexenwerk zu begreifen, dass die Gäste Mäntel und Taschen abgaben und dafür eine Marke mit einer Nummer erhielten, mit der sie am Ende ihr Eigentum wieder einlösten. Noch am selben Abend begleitete Estelle sie zu einer Schneiderin an der Lichtentaler Allee, die bei Claire Maß nahm, um ein passendes schwarzes Kleid für sie zu nähen. Sie versprach, es in zwei Tagen fertig zu haben. Bis dahin stand Claire im Schatten der Garderobiere und beobachtete, wie sie mit den Gästen umging. Mit übertriebener Freundlichkeit und falschem Lachen begrüßte sie jeden Herrn, jedes Paar, doch sobald die Leute ihr den Rücken zukehrten, schimpfte sie schon über diese *Protze*, die sich aufführten, als gehöre ihnen die Welt. »Was glauben Sie, wie viel Geld die an einem Abend aus dem Fenster werfen! Das wollen Sie nicht wissen. Und was stecken sie in unsere Trinkgeldkasse?« Sie schüttelte die hübsch bemalte Blechdose. Eine einzelne Münze rollte darin. Estelle Rosenberg nickte vielsagend.

An keinem ließ sie ein gutes Haar, nachdem sie ihm die Garderobe abgenommen hatte. »Haben Sie den alten Fettwanst gesehen? Es heißt, seine Frau wirft sich jedem an den Hals. Kann man verstehen, oder?« Sie kicherte gehässig. Und über einen vielleicht vierzigjährigen Russen mit Rauschebart, der seinen pelzgefütterten Umhang bei ihr abgab, sagte sie: »Der war letztes Jahr schon da und hat praktisch Haus und Hof verspielt. Und seine Datscha gleich dazu!« Sie glückste unterdrückt. »Wie der wohl das neue Geld zusammengekratzt hat? Vermutlich wird er seinen Pelz hier spätestens im Juni zum Pfandleiher tragen oder die Stadt verlassen, ohne die Zeche im Hotel zu bezahlen. Ich kenne solche Spieler, denen traut man besser nicht über den Weg.«

Glaubte diese Estelle wirklich, in Claire jemanden gefunden zu haben, mit dem sie nach Herzenslust lästern konnte? Dass Claire sich zurückhielt, fiel ihr anscheinend nicht auf. Wenigstens war Claire zwei Tage später, als sie ihr Kleid, den Namensanstecker und den weißen Hut erhielt, von ihrer passiven Zuhörerrolle erlöst und teilte sich mit Estelle die Arbeit an der Theke. Da Estelle bald schon merkte, wie umsichtig und schnell Claire arbeitete, zog sie sich zurück und überließ ihr den Platz. Claire geriet in den Abendstunden fast ins Schwitzen, während sie zwischen den Kleiderstangen und den Besuchern hin und her eilte.

Eine Woche später verhielt sich Claire an der Garderobe, als habe sie nie etwas anderes getan. Sie kannte einige der Gäste beim Namen, nicht zuletzt dank Estelles Plappermaul, und plauderte kurz mit ihnen, wenn sie ihre Jacken und Hüte abgaben. Mit ihrem Französisch kam sie bestens zurecht, und auch für eine englische Konversation genügten Claires Kenntnisse. Die waren gefragt, denn ein knapp dreißigjähriger Mann mit karierter Hose und heller Jacke war an den Tresen getreten. Er schob einen älteren Herrn in Frack und Zylinder in einem Rollstuhl vor sich her und reichte Claire zwei Schirme. »Wenn Sie für diese beiden guten Stücke bitte Sorge tragen würden? In Ihrer herrlichen Stadt regnet es zwar weniger als in London, aber wir wollen stets gewappnet sein. Das gehört sozusagen zur britischen Natur, nicht wahr?«

Claire verfing sich in seinem Blick. Sein Mund war zum Lächeln geschwungen, aber dennoch lag in seinen Zügen eine Bitterkeit, die ein Mann seines Alters nicht kennen sollte. Sein Gesicht war schmal, die Wangen ein wenig hohl, die langen, dunklen Haare fielen in Wellen über seine Ohren.

»Ich gebe den Schirmen einen Ehrenplatz«, brachte sie scherzend hervor und freute sich über sein Lächeln.

»Sie sind neu hier?«

»Ich habe vor wenigen Tagen angefangen, ja.« Hinter

ihrem Rücken hörte Claire Estelle etwas zischen, aber sie beachtete sie nicht.

»Dann sehen wir uns von nun an öfter. Mein Vater und ich verbringen die Saison hier.«

»George? Können wir weiterfahren?« Der Mann im Rollstuhl wandte ungeduldig den Kopf.

»Gleich, Vater.« Er beugte sich vor und kniff die Augen zusammen. »Mademoiselle Engel«, las er auf dem angesteckten Schild. »Was für ein passender Name.«

Wieder zischte Estelle etwas, aber sie ließ sich nicht beirren und knickste höflich. »Claire Engel.«

Er streckte ihr tatsächlich die Hand hin, die sie zögernd ergriff, schließlich war sie bloß eine Angestellte. »George Bedford. Ich freue mich, Sie kennenzulernen, Claire.«

»Ich freue mich ebenfalls, Mister Bedford.«

Erstaunt darüber, dass jemand eine Garderobiere so zuvorkommend behandelte, schaute sie Vater und Sohn nach, wie sie zu einem der Roulettetische mit freien Plätzen strebten. Für den alten Mann wurde ein Stuhl weggeräumt, damit der Jüngere ihn bis zur Kante schieben konnte. Ach, wie gerne säße Claire jetzt auf dem erhöhten Platz an diesem Tisch, an dem der Croupier die Kugel in die Drehscheibe warf und »*Faites vos jeux!*« rief.

»Die Briten tragen die Nasen am höchsten!« Estelle hatte sich ihr von hinten genähert. »Lord Jacob Bedford und sein Sohn George. Der Jüngere steckt mit dem Kopf in den Wolken, der Alte hält sich für den englischen König.«

»Ich fand sie recht sympathisch, Estelle, und es wäre mir lieber, wenn wir uns in unseren Urteilen über die Gäste zurückhalten würden. Ich gehe davon aus, dass der Herr Direktor und sein Sohn es auch so sehen.« Zum ersten

Mal widersprach Claire ihrer Vorgesetzten. Es fühlte sich richtig an.

Estelle setzte eine saure Miene auf. Sie schien zu einer patzigen Erwiderung anzusetzen, überlegte es sich aber augenscheinlich anders. »Natürlich, nichts für ungut, Claire. Mir war nur daran gelegen, Sie mit allem vertraut zu machen. Da werden Sie dem *Monsieur le Directeur* doch nichts Schlechtes über mich erzählen, oder?« In ihren Blick trat etwas Lauerndes. Offenbar nahm sie an, Claire hätte einen besonderen Draht zu Jean Jacques Bénazet. Dem war nicht so, aber es konnte nicht schaden, wenn die Garderobiere es glaubte und sich künftig sanftmütiger gab.

Später am Abend war ihr kleiner Disput vergessen, als direkt vor ihrem Arbeitsplatz ein Niederländer mit einer Whiskyfahne und gelöstem Kragen einem Russen, der gerade seinen Mantel abholen wollte, in die Rippen boxte. »Holla, da will wohl einer die Jackentaschen durchwühlen! Das ist meine Garderobe, Monsieur!«

Der Russe stieß einen zornigen Schwall in seiner Muttersprache aus, bevor er ins Französische fiel: »Was erlauben Sie sich! Ich habe mit meiner Marke meinen Mantel abgeholt!«

Im Nu entstand ein Gerangel. Estelle schrie hysterisch auf und schlug sich die Hand vor den Mund. Claire hingegen rief über die Theke: »Bitte beruhigen Sie sich, meine Herren. Hier liegt offenbar ein Missverständnis vor.« Dabei schaute sie sich suchend nach dem Sicherheitsdienst um. Solcherart Auseinandersetzungen kannte sie aus der Gaststätte ihrer Eltern. Sie wusste, dass es besser war, nicht in die Ziellinie betrunkener, wütender Männer zu geraten.

Ungerührt stürzte der Niederländer sich erneut auf seinen Gegner. Um die Männer bildete sich eine Menschentraube.

»Meine Herren, ich bitte Sie um …«, setzte Claire ein weiteres Mal an, doch da brach ein Uniformierter durch die Menge der Neugierigen und hielt mit langen Schritten auf die Streithähne zu. Es war der Mann mit den hellblauen Augen, der ihr schon mehrfach aufgefallen war. Resolut schritt er zwischen die Randalierer und nahm die beiden beiseite. Claire hörte ihn murmeln, mal nach links, mal nach rechts, dann reichte er dem Russen die Hand, der kopfschüttelnd davonzog. Den Niederländer hingegen hakte er unter und führte ihn ab. Damit war das Spektakel beendet, das Publikum löste sich auf.

Estelle fasste Claire am Oberarm und stieß die Luft aus: »Puh, das hätte leicht eine ausgewachsene Schlägerei werden können. Gott sei Dank war Theo so schnell zur Stelle. Er wird den Störenfried schon zur Vernunft bringen.« Theo hieß also der Beamte, der sie schon einige Male so neugierig angestarrt hatte. Er warf ihr noch einen Blick über die Schulter zu, während er den Niederländer nach draußen bugsierte.

2

Aufmerksam sah Theo sich um. Er hielt den angetrunkenen Niederländer weiter untergehakt, ein Umstand, den dieser zu ändern gedachte, als Theo ihn die Stufen hinabführte, weg von den Leuten vor dem Portal.

»Der Russ' wollte mir die Gulden stehl…!«

Theo drehte ihm den Arm auf den Rücken, und seine Erklärung ging in einen Schrei über. Trotzdem bockte er wie ein störrischer Esel, sodass Theo mit der freien Hand in den blonden Schopf griff und dem Kerl den Kopf nach hinten bog. Der Jammerlaut verwandelte sich in ein erschrockenes Gurgeln. Endlich war der Niederländer still.

»So ist's brav«, raunte Theo. »Und jetzt da rüber!«

Hätte sich die Rangelei an einem der Spieltische zugetragen, hätte er einen Nebenausgang benutzt. Vor allem der jüngere Bénazet achtete darauf, dass nur Positives über die Spielbank berichtet wurde und kein Gerede entstand, schließlich waren sie nicht irgendeine billige Absteige. Da die beiden Ausländer aber an der Garderobe aneinandergeraten waren, war der Haupteingang der schnellste Weg gewesen, um größeres Aufsehen zu vermeiden. Theo brachte den renitenten Mann fort von den Gästen vor dem Gebäude, dachte jedoch nicht daran, ihn laufen zu lassen.

Mit einem weiteren Blick über die Schulter vergewisserte er sich, dass die betuchten Besucher sich abwandten. Hier gab es nichts mehr zu bestaunen, der Fall war erledigt. Einige strebten schon auf die Mietdroschken zu, die sie in ihre Hotels oder privaten Unterkünfte bringen würden, andere schlenderten die Allee hinab, damit ihnen die kühle Brise des Abends den Kopf frei pustete vom Spiel und Wein.

»Sie brechen mir das Handgelenk«, stöhnte der Niederländer.

Theo nahm die Beschwerde zur Kenntnis, änderte aber nichts an der Haltung, in der er den Querulanten in eine Ecke schob, wo sie nicht zu sehen waren. »Deine Hand ist dein kleinstes Problem, wenn du der bist, den ich suche.« Sein Tonfall schien den Mann mehr zu erschrecken als die Worte selbst.

»I-ich verstehe nicht.«

Theo stieß ihn nach vorn, der Niederländer krachte gegen die Wand. Mit einem wütenden Ausdruck wirbelte er herum. Da hatte einer doch noch Kampfeslust in sich! Theo trat mit einem schnellen Schritt vor, packte ihn am Kragen und drückte ihn so heftig an die Mauer, dass ihm jeder Gedanke an einen Angriff mit der Luft aus den Lungen gepresst wurde. Seine Augen weiteten sich. Etwas in Theos Gesicht schien ihm klarzumachen, dass hier nichts für ihn zu holen war. Gut so. Ängstliche Menschen waren schlechte Lügner.

»Name!«, verlangte Theo.

»I-ich weiß nicht, was ich falsch gemacht haben soll. Der Russ' hat ...«

»Dein Name, verflucht!«

»Willem de Jong.« Der Blondschopf bemühte sich mit einem tiefen Atemzug um Nüchternheit und blickte auf Theos Hände an seinem Kragen, während er sprach. »Wenn ich dem Kasino Unannehmlichkeiten bereitet habe, möchte ich mich in aller Form entschuldigen, Monsieur. Auf mich wirkte es, als habe sich der Russe absichtlich meinen Mantel geben lassen, um die Taschen zu ...«

»Zum ersten Mal in Baden-Baden?« Theo war der Disput mit dem Russen herzlich egal. In dieser dunklen Ecke drängte es ihn, anderes zu erfahren. Er wollte seine Suche zu einem Ende bringen, damit die Dämonen der Vergangenheit endlich ruhten. »Oder haben Sie sich schon einmal in der Stadt *vergnügt*?«

De Jong schaute irritiert. »Zum ersten Mal hier. Und sicher zum letzten, wenn Gäste sich einer solchen Behandlung unterziehen lassen müssen!«

Theo verstärkte den Druck gegen die Wand. »Überlegen Sie lieber, bevor ich Sie beim Schwindeln erwische!«

»Ich versichere es Ihnen! Ich bin ein angesehener Geschäftsmann in Amsterdam. Sie können sich gern über mich erkundigen, falls Sie mir nicht glauben. Gewürze! Zimt und Nelken von den Molukken. Muskat von den Banda-Inseln. Nur beste Ware. Ich wollte Geschäft und Vergnügen miteinander verbinden. Das ginge nirgends besser als in Baden-Baden, hat man mir gesagt. Beim geselligen Spiel wollte ich neue Kontakte knüpfen, verstehen Sie?«

Das tat Theo, er legte jedoch keinen Wert darauf, ob jemand *angesehen* war. Genau genommen hatte er vor allem diejenigen im Blick, die sich für was Besseres hielten. Die glaubten, sich nehmen zu dürfen, was ihnen gefiel, ob es ihnen gehörte oder nicht.

De Jong traute er das nicht zu. Plötzlich war Theo unfassbar müde, seine Hände rutschten am Mantel nach unten, er hob die Rechte mühsam, um dem Niederländer auf die Brust zu klopfen. »Mit dem Russen werden Sie in diesem Leben nicht mehr handelseinig.« Er nickte zur Straße. »Gehen Sie. Das Kasino Baden-Baden freut sich über Ihren erneuten Besuch. Wenn Sie wieder nüchtern sind und sich zu benehmen wissen.«

»Wenn *ich* mich zu benehmen weiß? Das ist …«

»Fort jetzt!« Theo brachte noch einmal die Kraft auf, drohend zu knurren. Vor sich hin stammelnd drückte der Niederländer sich an ihm vorbei. Theo senkte den Kopf. Drei tiefe Atemzüge. Er würde Erfolg haben. Irgendwann.

Er zückte das schmale Büchlein, das er immer bei sich trug. Der Einband und die gelbstichigen Blätter wurden von einer Schnur zusammengehalten, ein fingerlanger Bleistiftstummel klemmte in der Umwicklung. Obwohl der Mann kaum in Frage kam, blätterte Theo bis zur freien Seite vor und notierte in akkurater Schrift Name, Datum und Grund für die Überprüfung. Er wollte sich später, wenn er sich nicht mehr daran erinnern konnte, ob er einen Willem, Wilhelm oder William vor sich gehabt hatte, keinen Fehler vorwerfen. Er verstaute das Büchlein und schritt zum Portal.

Die Niedergeschlagenheit würde sich schon bald verflüchtigen, das wusste er. Sie hielt nie lange an. Danach loderte stets wieder das Feuer auf, das seit elf Jahren in ihm brannte.

Er kehrte zur Garderobe zurück, wo die junge Frau

stand, die seit ihrer Ankunft sein Interesse geweckt hatte. Diesmal erwiderte sie seinen Blick, kam sogar um die Theke herum auf ihn zu.

»Danke! Sie haben die Situation umsichtig und ohne viel Aufsehen geklärt. Ich bin sehr beeindruckt.« Sie lächelte ihn an.

Er nickte, wollte sich abwenden, um ihr nicht in die Augen sehen zu müssen, rang sich aber eine knappe Antwort ab. »Das ist meine Aufgabe, ich komme ihr schon seit zwei Jahrzehnten nach.«

»Kein Wunder, dass das Kasino Sie auch über den Direktorenwechsel hinaus behalten hat.« Sie streckte ihm die Hand hin. »Ich bin Claire Engel.«

Er schlug vorsichtig ein, ihre Finger fühlten sich warm und überraschend kräftig an.

»Vlissing«, erwiderte er. »Theo Vlissing.«

Sie kehrte hinter die Garderobe zurück, und Theo patrouillierte wieder durch den Saal, behielt wie gewohnt die Gäste im Blick, ohne dass ihm jemand seinen inneren Aufruhr anmerkte.

Zwei Stunden später war seine Schicht endlich vorbei. Ihm schmerzten die Füße, er freute sich darauf, sie zu Hause hochzulegen. Er überquerte den Promenadenweg und nahm die Brücke über die Oos. Schnell war er am Leopoldsplatz mit seinen prächtigen Gebäuden ringsum, ließ ihn hinter sich und bog in die Straße ein, in der sich das Ärztehaus befand. In Gedanken war er in der Spielbank bei Claire Engel, deren Gesicht eine solche Ähnlichkeit mit …

»Theo, du kommst wie gerufen!«

Die Stimme seines Schwagers. Dr. Günther Leberecht

war klein von Wuchs, aber umso beeindruckender in seinem Auftreten. Den meisten, Theo eingeschlossen, reichte er gerade bis zur Brust, über seinen schmalen Lippen stand ein gepflegter Schnurrbart nach englischer Sitte, die Nase war zu klein für das große, runde Holzgestell seiner Brille. Die dicken Gläser vergrößerten seine Augen immens, was den Eindruck verstärkte, er betrachte alles und jeden durch eine Lupe, um bloß kein Detail zu übersehen. Die Aufmerksamkeit des Arztes galt einem Trio, das sich um diese ungewöhnliche Zeit vor seiner Praxis mit den daran angeschlossenen Wohnräumen eingefunden hatte: Auf einer Schubkarre lag ein rund vierzigjähriger Mann. Selbst im Zwielicht der Lampe, die ein Junge hielt – vermutlich der Sohn des Verletzten –, war er aschfahl. Das Blut, das durch einen dicken Verband um sein rechtes Bein sickerte, leuchtete dagegen geradezu. Bei der dritten Person handelte es sich wohl um die Ehefrau des Verletzten. Sie war einem hysterischen Anfall nahe und redete ohne Unterlass auf Theos Schwager ein: »… bestimmt zehnmal gesagt, dass er nicht so spät noch allein auf der Baustelle sein soll! Aber hört er auf mich? Nein! *Die Aufträge, Hilde, die Aufträge,* sagt er immer. *Wenn ich sie nicht bediene, schnappt sie mir ein anderer weg.* Und jetzt das! Mitten aufs Bein ist der schwere Balken gefallen. Oh, Herr Doktor, so etwas habe ich noch nie gesehen. Er wird es doch nicht verlieren, oder?«

»Nicht, wenn ich es verhindern kann, Frau Keller«, antwortete Günther mit ruhiger Stimme. »Theo, pack mit an. Wir müssen ihn reinschaffen. Ja, so ist es gut. Und du, Junge, stell die Schubkarre ab und lauf rüber ins Nachbarhaus. Da wohnt Schwester Ursula, die mir tagsüber hilft.

Klingle sie aus dem Bett, sag, es ist ein Notfall, sie wird gebraucht.« Der Bursche flitzte sofort los.

»Als er nicht zum Abendessen auftauchte, haben wir ihn gesucht, der Bub und ich. Und dann ... dann ...« Frau Keller knetete die Schürze, die sie über dem Kleid trug. »Wir wussten nicht, wohin mit ihm, Herr Doktor.«

»Bei mir sind Sie an der richtigen Adresse. Vorsicht bei der Tür, Theo. Hier herein und auf die Liege dort.«

»Es ist nur so«, setzte die Frau an, stand aber immerhin nicht im Weg, wenn sie schon nicht den Mund halten konnte. Sie trat hinter die Liege, auf der ihr stöhnender Mann sich unter Schmerzen wand. Mühsam öffnete er die Augen, in denen fast nur das Weiß zu sehen war. Er verlor zunehmend das Bewusstsein. »Was wird es denn kosten? Wir haben nicht viel, und dann behelligen wir Sie auch noch zu so später Stunde. Oh, vielleicht hätten wir woandershin gehen sollen. Den feinen Badearzt Leberecht aufsuchen, wie dumm von uns! Die Rechnung können wir niemals bezahlen.«

»Das klären wir, wenn es so weit ist. Jetzt kümmern wir uns um das Bein Ihres Mannes. Ihre Schilderungen lassen auf einen komplizierten Bruch schließen. Der Menge des Blutes nach zu urteilen wurde dabei eine Arterie verletzt. Aber ich muss mir das in Ruhe ansehen, um Genaueres zu sagen.«

Der Hinweis auf das Ausmaß der Verletzung schien die Geldsorgen vergessen zu machen. »Herrgott, Allmächtiger! Helfen Sie ihm, Herr Doktor, bitte!«

Theos Schwager löste schon den notdürftigen Verband. Allem Anschein nach handelte es sich um ein Hemd.

Der Junge kehrte mit der Krankenschwester im Schlepp

zurück. Sie trug ihren weißen Kittel und die Haube und packte nach kurzer Begrüßung mit an. Günther setzte sie mit knappen Worten darüber in Kenntnis, was geschehen war.

»Gehen Sie bitte in den Salon«, sagte er zur Frau des Verletzten. »Die Tür im Flur direkt gegenüber. Meine Gattin wird Ihnen einen Tee zur Beruhigung aufsetzen, während wir hier unser Bestes geben. Und du, Junge, begleitest deine Mutter. So solltest du deinen Vater nicht sehen.« Er wartete, bis die beiden der Aufforderung nachgekommen waren, dann nickte er Theo und Ursula zu.

Im Behandlungszimmer hing der Kupfergeruch nach Blut. Theos Schwager und der Krankenschwester machte er nichts aus. Auch Theo kannte ihn. Die schiere Menge dessen, was über das zertrümmerte Schienbein lief, von dem zwei Splitter fast senkrecht aus der Haut ragten, brachte ihn einen Moment lang an den Abend zurück, als er schon einmal so viel Blut …

»Theo, halt ihn fest!« Günther hatte die Verletzung rasch untersucht, Schwester Ursula legte die Instrumente und Verbände zurecht. Nun beugte sich der Arzt über den Patienten. »Wie ich vermutet habe. Ich muss die Arteria tibialis anterior zusammenflicken. Aber zuvor muss ich den Knochen richten. Andernfalls wird er schräg zusammenwachsen, und es war das letzte Mal, dass Sie einen Dachstuhl gerichtet haben, Herr Keller, hören Sie? Für eine ausreichende Narkotisierung fehlt die Zeit. Es wird also wehtun. Haben Sie das verstanden?«

Der Angesprochene schien doch mehr mitzubekommen als angenommen. Schweißtropfen rannen von seiner bleichen Stirn, aber er nickte. Auf ein weiteres Geheiß seines

Schwagers hin trat Theo an die Liege und fasste den Mann an den Schultern, um ihn nach unten zu drücken. Gleichzeitig reichte ihm der Arzt ein Holzstück, auf das er beißen sollte. Dann gab er Schwester Ursula ein Zeichen.

Die Schreie des Verletzten, als Günther Leberecht seinen Worten Taten folgen ließ, fuhren Theo durch Mark und Bein.

Eine Stunde später wusch sein Schwager sich die Hände. Das Wasser lief rot in die emaillierte Schüssel, an der Theo sich zuvor selbst gesäubert hatte. »Das war gute Arbeit«, sagte der Arzt an Theo und Schwester Ursula gewandt.

»Werde ich noch gebraucht?«, fragte die junge Frau mit dem blassen Gesicht.

Günther verneinte und bedankte sich bei ihr. »Kommen Sie morgen gern eine Stunde später, damit Sie die Nachtruhe nachholen können.«

Schwester Ursula winkte ab. »Ach, woher denn. Ich brauche nicht viel Schlaf.« Mit diesen Worten verließ sie das Behandlungszimmer. Sie war hart im Nehmen.

»Eine bewundernswerte Frau«, sagte Theo, »aber das wirkliche Wunder hast du vollbracht. Du hast dem Mann nicht nur das Leben gerettet, er wird auch sein Bein behalten.«

»Sicher ist das noch nicht, mein Lieber. Ich habe mein Bestes gegeben, doch ich weiß nicht, was zuvor in die Wunde gelangt ist. Sie könnte sich infizieren, im schlimmsten Fall kommt es zu einer Sepsis.« Er trocknete sich die Hände. »Ja, fürs Erste habe ich getan, was ich konnte. Und jetzt zu dir.« Er nickte mit dem Kinn auf Theos vernarbten Arm. »Ich dachte, die Salbe hilft?«

Schnell wickelte Theo den Ärmel runter, um den Ausschlag zu verdecken, der ihn seit Jahren immer wieder heimsuchte. So schlimm wie diesmal war es lange nicht mehr gewesen. Die entzündeten Stellen brannten, als hätte er bei einem Spaziergang außerhalb der Stadt in einen Hügel Waldameisen gefasst. »Sie hat geholfen. Anfangs.«

»Kamille und Ringelblume wirken in vielen solcher Fälle. Es ist mir ein Rätsel, wieso bei dir nichts anschlägt. Vielleicht müssen wir auf das Schafsfett verzichten und pflanzliche Alternativen für die Substanz verwenden? Hochwertige Öle. Darüber hinaus hörte ich von einem Kollegen, der die Kräuter mit Schwefel und Zinkoxid mischt. Ich werde mich nach der genauen Zusammensetzung erkundigen. Aber das Beste wäre wohl, du trittst generell etwas kürzer.«

»Meine Haut ist krank, Günther, nicht ich.«

»*Mens sana in corpore sano.* Ein gesunder Geist in einem gesunden Körper! Das wusste schon der Dichter Juvenal. Und vor ihm Hippokrates. Eine psychische Disparität kann sich in körperlichen Erkrankungen zeigen, davon war er überzeugt. Ich bin es ebenso.«

Den Vortrag hielt er nicht zum ersten Mal. Und nicht zum ersten Mal wich Theo aus. Wenn es ein seelisches Ungleichgewicht in seinem Leben gab, dann eins, das weder durch Salben noch Lotionen in die Waage gebracht werden konnte, geschweige denn, indem er kürzertrat. Im Gegenteil, *mehr* Arbeit könnte helfen. Mehr Zeit für Nachforschungen.

»Genug von mir«, sagte er und bemühte sich um einen leichten Ton. »Du solltest Kellers Frau die gute Nachricht überbringen. Ihr Mann ist dank deiner Heilkunst am Leben und wird aller Voraussicht nach kein Krüppel sein.«

Er durchquerte hinter seinem Schwager den Flur und betrat den Wohnbereich. Frau Keller sprang von ihrem Stuhl auf. Ihren Sohn schien es schon zuvor nicht auf seinem Platz gehalten zu haben. Er eilte vom Fenster herbei, und Theo meinte, die Spur auf dem dicken Teppich verfolgen zu können, die er in der letzten Stunde hineingegraben hatte wie ein Tiger auf seiner Route im Dschungel. Was auch an dem Schmutz an seinen Schuhen lag, der sich gelöst hatte. Der konnte auch Theos Schwester Beate nicht entgangen sein. Sicher war sie bei jedem Klumpen, der auf ihren kostbaren Boden gefallen war, zusammengezuckt. Sie erhob sich ebenfalls und strich sich das Kleid glatt.

»Ihr Mann schläft jetzt«, hörte Theo seinen Schwager sagen. Als hätte er bloß einen Patienten mit leichtem Husten abgehört und nicht gerade mit den Fingern in seinem Bein gesteckt. »Auch Sie sollten sich von den Strapazen erholen. Drüben steht ein Sessel neben der Liege. Er ist nicht sonderlich bequem, aber für eine Nacht wird er ausreichen. So lange möchte ich Ihren Mann hierbehalten. Ich werde hin und wieder nach ihm sehen. Sie sollten versuchen, ein bisschen zu schlafen. Sie müssen bei Kräften bleiben, er wird Ihre Hilfe in nächster Zeit benötigen. Und deine auch, junger Mann. Er kann froh sein, einen so tüchtigen Sohn wie dich zu haben. Du hast schnell reagiert und die Blutung unter Kontrolle gehalten, bis ihr hier wart.«

»Danke, Herr Doktor! Wie können wir Ihnen das jemals vergelten?«

»Lassen Sie uns morgen darüber reden.«

Theo sah der davonhuschenden Frau und ihrem Sohn nach. Kaum waren sie verschwunden, kam Beate um den Tisch herum. »Ein Gästehaus sind wir also auch noch? Reicht es nicht, dass ich ihr wie eine Bedienstete Tee reichen musste?«

»Ihr Mann ist nur knapp dem Tode entronnen, Liebste. Ein warmes Getränk und ein Platz für die Nacht – das tut uns wirklich nicht weh, oder?«

»Du vergisst die kostenlose Behandlung, Günther. Oder wirst du diesmal eine Rechnung stellen? Wohl genauso wenig wie der Schneiderin letzte Woche, die ihre Tochter hier angeschleppt hat. Mit Wasserpocken! Wir können froh sein, wenn wir uns nicht angesteckt haben!«

Günther schüttelte den Kopf. »Mehr als Essigwickel gegen das Fieber und eine Salbe, um den schlimmsten Juckreiz zu nehmen, konnte ich ihr nicht empfehlen. Was soll ich da in Rechnung stellen?«

»Deine Zeit, Günther! Sie ist kostbar. Wen du da stattdessen hättest behandeln können! Wir könnten leben wie die Könige, wenn du in der Wahl deiner Patienten etwas mehr Feingespür hättest.«

»Einem reichen Lebemann nutzloses Zeug gegen die Kopfschmerzen verschreiben, die er wegen des Genusses von zu viel Wein selbst zu verantworten hat, während eine Mutter sich Sorgen um ihr leidendes Kind macht? Mir die eingebildete Maladie einer Gräfin anhören und in Kauf nehmen, dass unterdessen ein ehrlicher Arbeiter zu ernsthaftem Schaden kommt, gar zum Tod? Nein, Beate, wahrlich nicht. Das kannst du mir noch so oft vorwerfen, ich erkenne nichts Falsches daran, Menschen in Not zu helfen, unabhängig von ihrem Portemonnaie. Und dass die Kellers gar nichts bezahlen, ist noch nicht gesagt. Wir werden sehen.«

»Und bis dahin brühe ich Tee auf und verteile Decken.«

Theo war ebenso irritiert wie sein Schwager. »Von Decken hat keiner etwas gesagt.«

Beate schnaubte, während sie sich abwandte, um nach hinten ins Haus zu gehen. »Ihr seid mir schöne Helden! Wenn wir heute Nacht schon Gäste haben, sollen sie sich nicht über ihre Herberge beschweren können. Also ja, *Decken*! Zum Zudecken!«

Theos Anspannung ebbte schlagartig ab. So hochnäsig seine Schwester sich gab, es schlug doch ein gutes Herz hinter ihrer ruppigen Schale. Auch sie hatte hart getroffen, was noch immer an ihm nagte. Was wie ein Dorn im Fleisch ihrer Familie steckte. Das, was sie nach außen hin vorgab zu sein, war nur der Schorf über einer Wunde. Doch irgendwann musste dieser Grind ab, wenn er nicht zur wahren Natur werden sollte.

Wenig später saßen sie bei Tisch. Beate hatte den Kellers nicht nur Decken, sondern auch Kissen gebracht, als sie gesehen hatte, dass der Sohn sich auf den blanken Boden vor die Liege des Vaters geworfen hatte. Jetzt löffelten sie zu dritt in der Zwiebelschmelze, die mit den Maultaschen auf dem Herd vor sich hin gesimmert hatte.

»Köstlich«, sagte Theo und beäugte seine Schwester über den Löffel hinweg. »Nach Mutters Rezept, nicht wahr?«

Zu Beginn ihrer Ehe mit dem Badearzt hatte Beate die aus der schwäbischen Heimat stammende Speise als nahrhafte Mahlzeit für den Freitag aufgetischt, doch Günther hatte als guter Christ Protest eingelegt. Nicht einmal ihr

Hinweis, dass klösterliche Köche die *Herrgottsbscheißerle* erfunden hatten, um den Fleischkonsum der Mönche in der Fastenzeit vor Gottes Augen zu verbergen, hatte geholfen.

»Gott sieht alles!«, hatte er gesagt, und damit war die Sache erledigt gewesen. Fisch am Freitag, die Maultaschen ein andermal.

»Weißt du, wer mir auf dem Markt zufällig über den Weg gelaufen ist, Theo?«, erkundigte sich Beate nun.

»Du wirst es mir gleich verraten.« Er tauchte den Löffel in die Suppe. »Ob ich es will oder nicht.«

»Die Witwe Hegmann! Sie hat sich nach dir erkundigt. Ist das nicht nett von ihr? Hach, sie ist richtig aufgeblüht, sage ich dir. Man darf es nicht laut von sich geben, aber so ein Trauerjahr kann einem Menschen auch guttun, findest du nicht, Günther?«

»Ist das ein Angebot deinerseits oder hegst du dahingehend Hoffnungen, Beate?«, erwiderte der Angesprochene mit einem Schmunzeln. »Ich muss dich enttäuschen, ich erfreue mich bester Gesundheit.«

Beate überging die Spöttelei. »Sie sehnt sich nach all den Monaten der Einsamkeit nach Gesellschaft. Wenn es doch nur einen ehrlichen, angesehenen und ungebundenen Mann in ihrem Alter gäbe.« Sie stieß einen spitzen Schrei aus. Als wäre ihr gerade erst in den Sinn gekommen, dass sie den passenden Kandidaten ja jeden Tag vor der Nase hatte. »Wieso machst *du* ihr nicht deine Aufwartung, Theo? Sie wäre sicher hocherfreut. Schließlich hat sie sich explizit nach dir ...«

»... erkundigt, jaja.« Theo rang um Höflichkeit. »Ich lehne dennoch dankend ab.«

»Jetzt sei doch nicht so!«

»Richtig, Schwager«, schaltete Günther sich mit einem Grinsen ein. »Sei doch nicht so.«

Erneut ignorierte Theos Schwester ihren Gatten. »Ein gemeinsamer Spaziergang. Ein Theaterbesuch. Wäre das nicht schön? Oder führe sie ins Kasino aus, wenn du so gar nicht genug davon kriegst. Wie willst du sonst ihren liebenswürdigen Charakter erkunden?«

»Ich will nichts erkunden, schon gar nicht den Charakter der Witwe Hegmann!« Da, sie hatte es wieder einmal geschafft! Theo war laut geworden. Mit ihrem Verkupplungsversuch hatte sie ihm die Maultaschen verdorben. Er teilte auf Günthers flehentlich bittenden Blick dennoch ein großes Stück ab und schob es sich in den Mund. So hatte er zu kauen und musste sich jeden weiteren Kommentar verkneifen.

Beate dagegen war nicht zu bremsen. »Dann bleibt dir ihr hübsches Äußeres. Es braucht ja nicht gleich die große Liebe zu sein. Aber ein geregeltes Eheleben würde dir guttun. Es würde dich … dich …«

»… auf andere Gedanken bringen?« Schnell schluckte Theo hinunter. »Ist es das, worauf du hinauswillst, werte Schwester?«

»So habe ich das nicht gemeint.«

»Wie dann? Überhaupt, hast du Günther denn nicht aus Liebe geheiratet?«

»Natürlich, natürlich.« Sie tätschelte die Hand ihres Gatten, ohne genau hinzusehen. »Ich meinte ja nur, dass sich Zuneigung und Liebe mit der Zeit entwickeln können. Wenn man dem eine Chance gibt! Und wenn dir die Witwe Hegmann nicht zusagt, käme auch eine jüngere Frau in

Betracht. Die mittlere Tochter meiner Freundin Isolde ist noch nicht vergeben ...«

»Wie auch? Sie wiehert wie ein Pferd, wenn sie lacht.«

Ihm gegenüber verschluckte sich Günther an der Suppe, was ihm nun doch einen Blick seiner Frau einbrachte. Viel Liebe lag nicht darin.

»Herrje, dann bring sie halt nicht zum Lachen!«, herrschte sie Theo an. »Ist es denn so schlimm, dass ich mir Gedanken um meinen Bruder mache?«

»Gedanken kannst du so viele haben, wie du willst, Schwesterherz. Ich bitte nur darum, dass du sie für dich behältst. Ich komme gut allein zurecht.«

Einen Augenblick schien es, als dachte Beate über seine Worte nach. Dann legte sie die Stirn in Falten, schüttelte den Kopf. »Du solltest *doch* mit der Witwe ausgehen. Sie hat ein exquisites Lachen, wenn du darauf so viel Wert legst. Kein bisschen wie ein ...«

»Genug!«, donnerte Theo. Er fuhr sich mit der Serviette über den Mund und warf sie hin. »Ihr entschuldigt mich, ich gehe hinauf.«

Er eilte in den Flur und von dort aus die Treppe nach oben. Seine Unterkunft im Haus des Schwagers und der Schwester bestand aus zwei zusammenhängenden Zimmern in der zweiten Etage. Sogar eine Küchenecke gab es hier, doch er konnte an einer Hand abzählen, wann er den Ofen dort zu etwas anderem als zum Heizen im Winter verwendet hatte. Da war die Woche gewesen, als Beate Günther auf einen Ärztekongress nach Berlin begleitet hatte, und einmal hatte sein Schwager Beate mit einer mehrtägigen Reise ins englische Bath überrascht. Aber sonst? Nein, sie waren meistens zu dritt. Er, der Sicherheitsbeamte, seine ältere Schwester und ihr Mann, der Bade-arzt.

Er stieß die Tür auf und ging am Schlafzimmer vorbei. Die Bettdecke war zerwühlt. Warum sie am Morgen rich-ten, wenn er sie in der Nacht wieder von sich strampelte? Es war so unsinnig wie das Staubwischen, das Lüften oder das Glas der Fenster zu reinigen, damit mehr Licht herein-fiel. Er fühlte sich fast wohl, wie er lebte, verspürte ab und zu zumindest das, was einem *Wohlfühlen* und einem *Leben* nahekam. Hier inmitten seiner Notizen und …

»Die Zeitungen!«, entfuhr es ihm verärgert. Er hatte das Essen so abrupt abgebrochen, dass er die neuesten Aus-gaben, die auf seinen Namen eingegangen sein mussten, nicht mit nach oben genommen hatte. In seiner Empörung über Beates nervtötendes Gebaren hatte er sie vergessen. Nicht dass in seinem Arbeitszimmer ein Mangel an Papier herrschte. Mancher Stapel reichte höher als der Schreib-tisch. Auf diesem lagen die Drucke des Badeblatts, die er noch durchsehen musste. Berichte, Klatsch und Tratsch. Vor allem aber die Namen der neu in der Stadt Eingetroffe-nen. Er musste sie mit den früheren Listen vergleichen, Er-kundigungen einziehen. Herausfinden, wer aus welchem Grund kam – und wer schon einmal hier gewesen war.

Er eilte hinunter und nahm die aktuellsten Badeblät-ter, die auf der Flurkommode lagen. Zurück an seinem Schreibtisch machte er sich seufzend daran, sie durch-zuforsten.

3

Sinzheim, elf Jahre zuvor, Juli 1836

»Bring dem Hans noch sein Bier.« Claire nahm den Krug
entgegen, den der Vater ihr über die Holztheke hinweg
reichte. Sie rückte die Weingläser auf dem Tablett zurecht,
damit das Henkelgefäß Platz fand. »Und pass auf, dass
nichts danebengeht.«

Claire verdrehte die Augen. Seit wann half sie schon
im *Bären*? Im Schankraum mit den zehn Tischen hatte sie
in der Wiege gelegen, ihre ersten Schritte getan und bald
darauf an Hochzeitsfeiern und Leichenschmäusen bedient.
An manchen Tagen war ihr, als hätte sie, abgesehen von
den Stunden in der Schule, ihr ganzes Leben hier unter den
strikten Anweisungen ihres Vaters verbracht. Sie war jetzt
dreizehn, und in letzter Zeit wuchs zunehmend der Wunsch
in ihr, mal etwas anderes zu sehen als die immer gleiche
Umgebung und dieselben Gesichter. Und sich nicht länger
anhören zu müssen, was sie zu tun und zu lassen hatte.

Aus der Küche wehte das unverkennbare Aroma des
Sauerbratens, für den die Gaststätte der Engels in und um
Sinzheim bekannt war. Dazu gab es Rotkohl und Spätzle.
Konnten die Bestellungen serviert werden, läutete Claires
Mutter Adrienne mit einer Glocke, damit der Vater die Tel-

ler holte. Seit einer Stunde bimmelte es so unablässig im *Bären* wie bei der Eucharistie in der Kirche.

Die Bleiglasfenster waren geöffnet, von draußen drang geschäftiges Treiben herein. Fuhrwerke rumpelten vorüber, Leute unterhielten sich, da wurde geschimpft, dort wurde gelacht, irgendwo kläfften zwei Hunde. Mit den Geräuschen kam die Hitze in den Schankraum, schwer wie ein Tuch, das sich über die schwitzende Claire legte. Sich über die Arbeit zu beschweren fiel ihr allerdings nicht ein. Die Eltern waren auf sie angewiesen. Flora und Justine waren mit ihren vier Jahren zu jung, um mitzuarbeiten. Es war ohnehin ein Rätsel, wie die Mutter die quirligen Zwillinge in der Küche bei Laune hielt, während sie selbst zwischen Töpfen und Pfannen umhersprang.

Einer fehlte, der vielleicht eine große Unterstützung gewesen wäre. Doch über ihren Halbbruder Hermann, der die elterliche Gaststätte *Zum Bären* hatte übernehmen sollen, sprach man in dieser Familie nicht. Claire hatte nur verschwommene Erinnerungen an ihn, wie er sie als Kleinkind auf dem Rücken getragen hatte und wie ein Pferd galoppiert war, um sie zum Lachen zu bringen. Ihr gegenüber hatte er sich nichts zuschulden kommen lassen.

Claire eilte mit ihrem Tablett an den Tisch, an dem der Jungbauer Hans mit einigen anderen hockte.

»Ah, was für eine Schönheit!«, sagte der, und seine vorstehenden Augen traten fast aus den Höhlen. Er musterte Claire ebenso wohlwollend wie die Schaumkrone seines Biers.

Sie verbarg nicht, dass sie langsam erwachsen wurde. Ihr Mieder über der weißen Bluse war eng geschnitten, der taubenblaue Rock betonte ihre Taille und schwang um ihre Knöchel. Die rotbraunen Haare trug sie zu einem Kranz geflochten. Man sagte, dass sie ein Abbild ihrer Mutter sei. Adrienne Engel, geborene Mollard, ehemals Tänzerin in Nancy, der Liebe wegen ins Großherzogtum Baden gezogen – und im kleinen Sinzheim nicht für *Plie*, *Ronde de Jambe* oder *Arabesque* bekannt, sondern für den Braten. War sie glücklich damit? Manchmal meinte Claire, einen bitteren Zug in ihrer Miene zu erkennen. Ein Vorbild war sie Claire nicht. Ihre Mutter hatte ihre eigenen Vorstellungen aufgegeben und sich den Wünschen ihres Mannes gefügt. Claire würde sich niemals dermaßen von jemandem beeinflussen lassen.

Dass die männlichen Gäste Claire anders ansahen als im vergangenen Sommer, kümmerte sie nicht. Sie sehnte die Romantik nicht herbei wie ihre Freundinnen Franziska und Lena. Den beiden konnte es gar nicht schnell genug damit gehen, den Richtigen für den Traualtar zu finden. Nein, Claire würde die Liebe zu gegebener Zeit in ihr Leben lassen – aber sicher nicht in Form eines Jungbauern mit hervorstehenden Augen und einem weißen Bärtchen vom Bierschaum unter der Nase. Vermutlich würde er nicht weniger über ihr Tun und Lassen bestimmen wollen als der Vater und ihre eigenen Wünsche unter den Tisch kehren.

»Lass es dir schmecken«, überging sie sein Kompliment und verteilte am Nachbartisch den Wein.

Wieder trieben ihre Gedanken zu Hermann. Verstohlen warf sie einen Blick zu ihrem Vater. Ob Hermann ihm ähnlich war? Im Gegensatz zur Mutter war Gustav Engel ein Riese. Manche Gäste scherzten, dass die Gaststätte nach ihm benannt war, was ihm sein donnerndes Lachen und einen augenzwinkernden Spruch entlockte: »Wer weiß, wer weiß?«

Ihn auf seinen Sohn aus erster Ehe anzusprechen vermied Claire, da er daraufhin unweigerlich zornig wurde. Selbst der Großvater, der sein Zimmer bei ihnen in der Wohnung über der Gaststätte hatte, hielt sich in Bezug auf Hermann zurück. Nur Claire gegenüber nahm er kein Blatt vor den Mund. Einer der vielen Gründe, warum sie ihn so liebte: Er behandelte sie schon lange nicht mehr wie ein Kind, vor dem es etwas zu verheimlichen galt.

Sie schaute zu der Tür, die in den Nebenraum führte. Schlicht und doch voller Magie. Anders war nicht zu erklären, warum sie Claires Blick immer öfter anzog. Oder war es das Verbot des Vaters, das den Raum erst interessant machte? Was wollte er tun, wenn sie es missachtete? Vor allem, wenn er es gar nicht mitbekam! Wenn sie nur kurz hineinschlüpfte, sich umsah und wieder rausging, bevor er sie vermisste.

Ihr Vater war an den Ausschank zurückgekehrt, zapfte ein Bier. Das nächste Läuten rief ihn zum Pass, der Durchreiche, in der nun frische Teller mit Braten und Kraut auftauchten. Jetzt oder nie!

Claire lehnte das Tablett an die Wand. Kurz verließ sie der Mut, dann legte sie die Hand auf die Klinke. Das Metall fühlte sich ungewöhnlich warm an. Oder war es die eigene Hitze? Immerhin setzte sie sich zum ersten Mal über eine Regel hinweg. Das Knarzen, mit dem sie die Tür öffnete, schien ohrenbetäubend. Sie trat ein.

Unvermittelt fand sie sich in einer anderen Welt wieder. Es war noch immer das Zimmer mit den wenigen Fenstern, das sie morgens geschrubbt hatte, damit es hübsch war, wenn die Gäste am Abend kamen. Nun raubte der dichte Nebel des Zigarrenrauchs ihr den Atem. Die Männer verteilten ihn so großzügig, als wären sie Fleisch gewordene Dampflokomotiven. Die vereinzelten Sonnenstrahlen, die sich hierher verirrten, durchdrangen ihn kaum, zwei Öllampen flackerten. Hitze schlug Claire entgegen, ihre Wangen brannten. Ihr Puls beschleunigte sich, während sie die Männer an den Tischen betrachtete. Bekannte Gesichter, aber ihr war, als sähe sie zum ersten Mal, wie die Leute wirklich waren: Der sonst so zuvorkommende Krämer Conrad riss dem Geber die Karten förmlich aus der Hand, hielt sie so dicht vor die Nase, dass keiner hineinlinsen konnte. Er leckte sich die Lippen, seine Augen waren flinke Murmeln, als er nach links und rechts zu den anderen Spielern schielte. Näher an der Tür klackerten die Würfel im Becher. Claire fiel der Schneiderbursche auf, dem seine Verlobte im Frühjahr den Laufpass gegeben hatte. Er grinste, aber das Lachen erreichte nicht seine Augen. Nur der rasche Wurf mit den Würfeln schien zu verhindern, dass sie in Tränen schwammen. Und dort drüben war …

»Claire!«

Sie zuckte zusammen, aber es war nur der Großvater. Knut Engel war ein Mann von so beeindruckender Gestalt wie sein Sohn Gustav. Claire reichte ihm knapp über den Nabel. Der Bauch selbst war ein Berg, den sie noch vor wenigen Jahren hatte erklimmen müssen, um in den buschigen Bart zu greifen, der die Hälfte des Gesichts einnahm. Darüber standen grüne Augen mit unzähligen Lachfalten rundherum. Wie zersprungene Erde neben zwei mit Entengrütze überzogenen Tümpeln.

»Was machst du hier?«, fragte Opa Knut, doch ihm fehlte

die Strenge in der Stimme, die vom Vater zu erwarten gewesen wäre. Er hatte schon oft den Kopf darüber geschüttelt, was für ein Geheimnis die Eltern Claire gegenüber um das Nebenzimmer machten. Jeder im Dorf wusste, dass die Leute sich hier zum Glücksspiel trafen.

»Ihr stachelt ihre Neugier nur noch mehr an«, hatte er gesagt. Und recht behalten. Claire konnte ihn jetzt kaum anschauen, so sehr saugte sie alles in sich auf, was sie sah.

Ein Spieler am Tisch des Krämers fiel ihr ins Auge. In feinem Gehrock und mit einem Halstuch stach er heraus. Anders als bei dem Händler, dem in dieser Runde die Nervosität anzusehen war, blieb seine Miene kalt. Entschlossen schob er einen Stapel Münzen in die Mitte und klopfte kräftig mit den Fingerknöcheln auf den Tisch.

»Er blufft.« Claire roch den aromatisierten Pfeifentabak, als der Großvater sich zu ihr beugte. »Ein Kaufmann auf der Durchreise, der meint, die Hiesigen beim *Poque* ausnehmen zu können. Er hat Erfolg. Schau nur, wie aufgewühlt der Conrad ist. Richard dagegen wird mitgehen, schätze ich.« Er deutete auf den dritten am Tisch, einen unscheinbaren Mann mit gezwirbeltem Bart und Brille. »Aber auch ihn wird der Mut verlassen, und der Kaufmann kehrt Sinzheim um ein paar Gulden reicher den Rücken.«

»Woher weißt du, dass er nur … *blufft*?« Allein das Wort auszusprechen fühlte sich verwegen an.

»Er hat seinen Einsatz zu energisch platziert«, erklärte Opa Knut. »Er hat das Pochen übertrieben. Wer wirklich ein gutes Blatt hat, braucht das nicht. Und achte mal auf seine Beine!«

Claire neigte den Kopf, fand sich aber eher in ihrer ersten Annahme bestärkt. Da saß einer, dem das Glück gute

Karten in die Hand gespielt hatte. »Er steht fest auf dem Boden.«

Opa Knut Engel lächelte milde. »Oder steif. Wer sich keine Sorgen macht, entspannt sich.«

Sie nickte zu dem Spieler, den der Großvater Richard genannt hatte. »Dann muss er auch ein schlechtes Blatt haben. Seine Hände zittern.«

Opa Knut bog anerkennend die Mundwinkel herab. »Du hast einen guten Blick, kleiner Sonnenschein. Leider hast du einen Schluss gezogen, der dich etliche Gulden gekostet hätte. Hände zittern, wenn die Anspannung nachlässt, und das tun sie, ...«

»... wenn man erleichtert ist. Weil man gute Karten hat. Aber wie kannst du dir so sicher sein, dass der Kaufmann gewinnt?«

Der Großvater wiegte den Kopf. »Bin ich nicht. Es ist nur ein Tipp. Ich sehe ja bloß, was die Spieler *glauben*. Wie gut ihre Karten wirklich sind im Vergleich zu den anderen, weiß ich nicht. Genauso wenig weiß ich, was ein Backfisch wie du hier hinten treibt. Weiß dein Vater, dass du mich besuchst?«

Ihr Blick sprach vermutlich Bände, doch ihr Großvater würde sie nicht eher loswerden, bevor er ihr nicht jedes noch so kleine Geheimnis über *Poque* und die anderen Spiele verraten hatte.

Natürlich brauchte er nicht lange, um das zu erkennen. Sein Bart raschelte, sein Lächeln wurde breiter. »Dann komm mal mit.« Er hielt ihr die Hand hin. Eine Einladung, die Claire gern annahm.

»Hemmel, Arsch ond Zern! Das kannit sü! Los, mach witer, gib mer d' Wöörfel!«

Gerade war der Großvater noch bei ihr gewesen, schon stand er am Tisch, an dem die Stimme sich erhoben hatte. Neben dem Schneiderburschen saß ein Mann mit hochrotem Kopf. Ein schlechter Wurf in Verbindung mit dem Alkohol, der auch hier reichlich floss, hatten das Fass zum Überlaufen gebracht.

»Hörschd ned? D' Wöörfel, Dummglotz!«

Opa Knut legte dem Zeternden die Hand auf die Schulter. Die Geste zeigte Wirkung. Der Mann stand auf und folgte ihm ein paar Meter abseits. Dort unterhielten sie sich flüsternd. Mehrmals fasste Claires Großvater dem Mann an den Arm, freundschaftlich. Er tätschelte ihm die Wange, als er sich noch einmal nach dem Tisch umdrehte, wo sein Geld längst zu den anderen Spielern gewandert war. Ein letztes Mal begehrte der Spieler auf, fuhr mit der Hand in die eigene Tasche, wollte wohl zeigen, dass er noch Münzen besaß. Opa Knut hielt ihn am Ellbogen zurück, redete weiter auf ihn ein. Claire konnte nicht verstehen, was er sagte, aber je mehr die Wut des Mannes unter seinen Worten verrauchte, umso tiefer sank sein Kopf. Beschämt trollte er sich schließlich zur Garderobe, nahm seinen Hut und verschwand durch den Hinterausgang.

»Er hatte noch Geld«, sagte Claire, als ihr Großvater wieder bei ihr war. »Und er wollte weiterspielen.«

»Er tut gut daran, seine restlichen Münzen zu behalten. Er hat im letzten Monat seine Arbeit verloren. Hält sich nur über Wasser, indem er mal hier, mal da aushilft. Und das mit Frau und drei Kindern! Nein, man muss wissen, wann es genug ist, Claire. Im Sieg und in der Niederlage. Beim Gewinnen vielleicht sogar noch mehr als beim Verlieren. Aber jetzt komm.«

Er ging voran, und Claire hatte den Eindruck, einem Zeremonienmeister bei einer Prozession zu folgen. Alle schauten zu ihnen, Stühle wurden gerückt, und schnell waren alle Sitzgelegenheiten um den Tisch in der Mitte des Nebenraums gefüllt. Als hätten die Gäste nur darauf gewartet, dass Claires Großvater zur Tat schritt. Claire betrachtete den grünen Filz, die Felder mit den Zahlen, das Rad am Kopfende, an dem Opa Knut mit ihr an seiner Seite Stellung bezog. »Du willst also alles über das Hasardspiel wissen?«

Ja, das wollte sie! Es interessierte sie brennend. Die Fäden in der Hand zu halten, den Überblick zu bewahren, die Kontrolle über das Geschehen zu haben – welche Frau konnte das in diesen Zeiten schon von sich behaupten? Trotz ihrer jungen Jahre fürchtete sich Claire davor, später eine Rolle annehmen zu müssen, in der sie in den Hintergrund gedrängt werden würde und das akzeptieren müsste, was ein Ehemann entschied. Spielleiterin beim Glücksspiel zu sein fühlte sich nach Freiheit und Selbstbestimmung an – und danach, dass sie über die nächsten Schritte entschied. Wie fortgeblasen war die Sorge darum, dass die Eltern schimpfen würden.

Eine Bewegung rechts. Ein kleiner, runder Tisch wurde herangeschoben. Mit Schwung stellte Opa Knut einen Stuhl darauf, fasste Claire unter den Achseln, und schon saß sie über den Köpfen der Anwesenden und überblickte das Geschehen. »Du hast ein gutes Auge, Clairchen, vielleicht sogar ein besseres als Hermann. Jetzt schau nicht so, als hätte es in der Hose gedonnert! Du bist ihm in mancher Hinsicht ähnlich.«

Der Großvater sprach von ihm, als wäre nichts dabei.

Als hätte ihr Halbbruder aus der ersten Ehe des Vaters nicht dessen Vertrauen missbraucht. Er hatte sich mit den falschen Leuten eingelassen, am Ende die Goldkette seiner Stiefmutter zu Geld gemacht und ihr damit das Wenige genommen, das sie aus der französischen Heimat noch besaß. Danach war er im Hause Engel nicht länger erwünscht gewesen. Das alles war schon eine Weile her.

»Ich hoffe, ich habe mehr von dir, Opa.«

Knut Engel bedachte sie mit einem langen Blick. Die wartenden Gäste schienen ihn nicht zu kümmern. »Er war kein Unmensch, Claire. Er hat nur schlechte Entscheidungen getroffen. Das kann jedem passieren. Schon ist man auf die schiefe Bahn geraten, und man braucht Menschen, die einem helfen, sie wieder zu verlassen.« Er hob die Stimme. »Aber jetzt zu etwas Erfreulicherem, nicht wahr, meine Herren?« Er nahm einen Stock, der am Tisch lehnte. Am vorderen Ende saß ein Brettchen quer, fast wie bei einem Rechen, allerdings ohne Zacken. »Machen Sie Ihre Einsätze! Die Ehre der ersten Kugel des heutigen Abends gebührt keiner Geringeren als der wunderbarsten Enkelin, die ein alter Zausel wie ich sich wünschen kann. Claire Engel!« Er zauberte ein weißes, rundes Ding hervor und hielt es ihr unter die Nase.

Claire griff zu.

Zehneinhalb Jahre später strich Claire das letzte Laken in den Gästezimmern glatt. Unten hörte sie ihre Mutter mit einem Ehepaar aus dem Bayerischen sprechen, das auf seiner Reise nach Frankreich eine Unterkunft für eine Nacht benötigte. Die Armen mussten halb erfroren sein! Seit Tagen schien zum ersten Mal wieder die Sonne, zuvor hatte es eine Woche lang bloß geschneit. Keine schönen, tanzenden Flocken waren gefallen, sondern eine graue, undurchdringliche Schicht hatten jedem die Lust genommen, nach draußen zu gehen. Das hatte den Geschäftsmann und seine Gattin nicht davon abgehalten, aus der Heimat aufzubrechen.

Dass die Wirtsstube und Herberge *Zum Bären* mittlerweile über die Grenzen Sinzheims hinaus bekannt war, verdankten sie einem Glücksfall: Vor sechs Jahren war die alleinstehende Besitzerin des Nebenhauses verstorben. Es hatte zum Verkauf gestanden, die Engels hatten zugeschlagen und es mit der Gaststätte verbunden. Dabei hatten nicht zuletzt die wachsenden Einnahmen aus dem Hinterzimmer geholfen. Natürlich hatte die Investition die Rücklagen für schlechte Zeiten schrumpfen lassen, aber Claires Vater hatte Mut bewiesen, und das Schicksal hatte es honoriert. Während der Sommersaison waren die Zimmer durchgängig belegt. Jetzt, im Winter, waren sie jedoch froh um jeden, der ohne Voranmeldung bei ihnen anklopfte.

Trotz der Kälte draußen wischte Claire sich den Schweiß von der Stirn. Die dick mit Daunen gefüllten Decken aufzuschütteln schmerzte in den Armen.

Claires wahre Liebe galt nach wie vor den Abenden. Wenn die Kugel im Rad sirrte, wenn sie blitzschnell erfasste, wem sie welchen Gewinn zuschieben musste und welcher Einsatz in der Bank landete, wenn sie Karten verteilte oder das Würfelspiel überwachte ... In keinem anderen Moment ihres Alltags fühlte sie sich so lebendig.

Aber nicht das Spiel trieb sie heute zur Eile. Opa Knut würde die Glücksritter erst in fünf Stunden einlassen. Sie schloss die Tür in dem Augenblick, als ihre Mutter die

Gäste nach oben schickte. Gemeinhin gehörte es zu Claires Aufgaben, die Neuankömmlinge hinaufzugeleiten. Heute war anderes vereinbart.

»Wenn es den Herrschaften nichts ausmacht, Ihren Koffer ausnahmsweise allein zu tragen?«, hörte sie ihre Mutter fragen. »Meine Tochter ist mit ihrem Verlobten verabredet, müssen Sie wissen.«

Nein, das mussten sie *nicht* wissen. Genauso wenig wie Johannes ihr Verlobter war. Er war ihr Freund. Das zwar schon seit fünf Jahren, aber ein Versprechen war nicht gegeben worden. Und würde es auch heute nicht. Sie waren zum Schlittschuhlaufen auf dem zugefrorenen Weiher verabredet, mehr nicht. Ihre Mutter jedoch sah das anders: Sie wollte Claire so bald wie möglich unter der Haube sehen. Sie hatte keine hohe Meinung davon, was Frauen allein in der Welt bewirken konnten. Seit Claire kein Kind mehr war, stießen ihr das nachgiebige Wesen und die nach ihren Begriffen überholten Einstellungen ihrer Mutter übel auf. Im Gegensatz zu den Zwillingen: Flora und Justine vergötterten sie und würden alles übernehmen, was sie ihnen zu vermitteln versuchte. Das Rebellische, das von jeher Claires Charakter ausgemacht hatte, fehlte ihnen. Vielleicht ganz gut so, denn damit konnten sich die Eltern auch in Zukunft auf ihre Mithilfe in der Gastwirtschaft verlassen.

Claire nickte den Bayern freundlich zu, als diese an ihr vorbei in die erste Etage stiegen. Sie nahm sich den Wintermantel, die Mütze und die Fäustlinge von der Garderobe neben der Rezeption.

Johannes wartete draußen auf sie, stapfte mit in den Taschen vergrabenen Händen fest auf, damit ihm die Füße in seinen Stiefeln nicht einfroren. Sein Atem bildete Wölkchen, seine Nase war so rot von der Kälte wie die Wangen. Dennoch strahlte er bis über beide Ohren, als er Claire sah. Er war einer der Handwerker gewesen, die ihr Vater mit dem Umbau des Wohnhauses zum Gästebereich beauftragt hatte. Bei ihrer ersten Begegnung hatte er glatt den Zimmermannshammer fallen lassen, mit dem er die Nägel ins Holz getrieben hatte. Zwei Tage darauf hatte er lautstark verkündet, dass er keine andere als Claire jemals anschauen würde. Dass Claire in Hörweite gewesen war, musste er gewusst haben. Die Nachricht war damals eher an sie adressiert als an die lachenden Kollegen. Sie hatte bis dahin wenig Gelegenheit zu einer Liebelei gehabt, war geschmeichelt gewesen. Ihre eigenen Gefühle Johannes gegenüber, der weiter regelmäßig aus Bühl nach Sinzheim gekommen war und letzten Endes eine Arbeit bei einem Schreiner vor Ort angenommen hatte, hatten sich erst allmählich entwickelt. Sie mochte sein offenes Gesicht ebenso wie seine Art, und selbst wenn er etwas Dummes von sich gab, konnte sie ihm nie lange böse sein.

»Da bist du ja«, sagte er nun mit einem Grinsen. »Ein paar Minuten später und ich hätte mir was abgefroren.« Er nahm sie in die Arme und gab ihr einen Kuss, eine eher schlichte Begrüßung als ein Zeichen seiner Leidenschaft. Wie ein Händeschütteln unter Bekannten. Claire wunderte sich, wie wenig es ihr ausmachte. Nur noch selten fielen sie übereinander her, kaum dass sie allein waren.

»Hast du was, Claire?«

»Ach, nichts. Alberne Gedanken.«

»Welche denn?« Die Frage war so beiläufig wie der Kuss. Er hängte ihr ein Paar Schlittschuhe über die Schulter, das er von einer Cousine für sie geliehen hatte. Seine eigenen baumelten ihm um den Hals. Interessierte ihn wirklich, was sie dachte? Oder würde er mit den Augen rollen, wie er es gern tat, sobald sie ihm die Besonderheit eines Kartenspiels erklärte? Wenn sie über einen Besucher des *Bären* sprach, der das rechte Maß zu verlieren drohte?

»Ich hatte wieder den Traum«, sagte sie, um ihn zu testen. Und da war das Rollen! Glaubte er, sie sähe es nicht? Wie traurig, dass er sie nicht mehr überraschte. Immer waren es die gleichen Szenen, die sich zwischen ihnen abspielten.

»Was ist so falsch an Träumen?« Sie wusste selbst nicht, weshalb sie heute so angriffslustig war. Sie wollte keinen Streit, aber ihr war auch nicht danach, seine ausgestreckte Hand zu ergreifen, mit der er sie aufforderte weiterzugehen.

Er atmete seufzend aus, als habe er ein bockiges Kind vor sich. »Gar nichts, solange man weiß, dass es bloß Träume sind. Man darf sie nur nicht mit der Wirklichkeit verwechseln.«

»In zwei Jahren willst du die Meisterprüfung ablegen. Damit du deinen eigenen Betrieb gründen und Lehrlinge ausbilden kannst. Ist das kein Traum, den du verwirklichen willst?«

Über seiner Nasenwurzel bildete sich eine steile Falte. »Es gibt einen Unterschied zwischen einem realistischen Vorhaben wie meinem und einem ... einem Hirngespinst wie deinem.« Er sah ihre Empörung und ruderte zurück: »Entschuldige, es war nicht so gemeint.«

»Doch, genau so hast du es gemeint! Du glaubst nicht daran, dass ich Croupière werden kann.«

Er schien zu überlegen, dann nickte er. »Ja. Die Idee,

die dir dein Großvater da eingepflanzt hat, ist blödsinnig. Du hast zu viele Stunden mit ihm in eurem Hinterzimmer verbracht, das sage ich dir.«

Claire hob drohend den Zeigefinger, obwohl er in ihrem Fäustling nicht zu sehen war. »Er hat mir gar nichts *einpflanzen* müssen! Es war und ist *meine* Idee, nur damit du es weißt! Traust du mir nicht einmal das eigenständige Denken zu, wenn du schon nicht an mich glaubst?«

Johannes machte einen versöhnlichen Schritt auf sie zu, sie wich zurück. Er blickte über die Schulter in die Richtung, in die sie aufgebrochen waren. Sie hatten doch nur Schlittschuhlaufen wollen, schien sein gequälter Gesichtsausdruck zu sagen. Und jetzt das! Spürte er nicht, wie wichtig es war, dass sie darüber sprachen?

»Du bist die eigenwilligste Frau, die ich kenne, Claire Engel. Deshalb liebe ich dich ja! Aber eine Croupière? Das ist ein Kindheitstraum, den du hinter dir lassen musst. Wenn wir heiraten, wirst du …«

»Werden wir das?«, schoss es aus Claire heraus. »Du hast mich ja noch nicht einmal gefragt.«

Seine Züge hellten sich auf. »Darum geht es dir? Ich dachte, das wäre klar! Aber gut, wenn du es so haben willst …«

Claire hob abwehrend die Hände. »Wage es ja nicht, mir jetzt einen Antrag zu machen! Solange das andere nicht geklärt ist, werde ich nicht einmal darüber nachdenken. Ich unterstütze dich in allem, was du dir in den Kopf setzt, Johannes. Ich sehe dich schon als Zimmermannsmeister mit Angestellten. Ist es da zu viel verlangt, wenn du dasselbe für mich tust?«

»Herrje, das ist ja nicht auszuhalten! Werde endlich vernünftig! Ich soll dir keinen Antrag machen? Das ist mir egal. Da, heirate mich! Werde meine Frau, werde die Mutter meiner Kinder und werde meinetwegen irgendwann die Wirtin des *Bären*. Führe das Hinterzimmer fort, wenn du es nicht lassen kannst. Aber hör verdammt noch mal auf, in einer Traumwelt zu leben, in der du Croupière in einer angesehenen Spielbank bist, Claire! Das wird niemals passieren!«

Zu Claires Überraschung fiel der Schock über diese ehrlichen Worte milde aus. Vielmehr war sie erleichtert. Sie verspürte Mitleid mit Johannes, der sie nach wie vor ansah, als könnten sie weitermachen wie bisher. Ihr aber wurde mit einem Schlag klar, dass er sich in ein Bild von ihr verliebt hatte, dem sie nicht entsprach. Und nie entsprechen würde.

»Es wird nicht passieren, du hast recht.« Sie streifte die Schlittschuhe von den Schultern. »Dass wir heiraten. Es waren schöne Jahre, Johannes. Dafür danke ich dir. Aber du wirst eine andere finden. Eine, die besser zu dir passt.«

Ohne Protest nahm er die Schuhe entgegen. »Was werden deine Eltern sagen?«

Natürlich meinte er die Trennung, die er im Übrigen erstaunlich schnell akzeptiert hatte, doch Claire ging anderes durch den Kopf. »Sie werden mich gehen lassen.« Und wenn nicht, würde sie sich nicht aufhalten lassen.

Ihr Weg stand ihr deutlich vor Augen, und auch zehn Stunden später hatte er nichts von seiner Klarheit verloren. Nachdem sie und Johannes sich zur Mittagszeit getrennt hatten, war Claire allein rund um Sinzheim gewandert. Sie hatte nachgedacht, aber nein, für sie stand fest: Sie würde das Dorf im nächsten Frühjahr verlassen. Mit diesem Entschluss wartete sie nun im Schankraum darauf, dass ihr Vater vorn abschloss. Im Hinterzimmer fegte Opa Knut den Boden. Claire hatte überlegt, ihn dazu zu bitten, aber wie Johannes würden die Eltern die Schuld bei ihm suchen, und das wollte sie nicht.

»Maman, Papa«, sagte sie, als alles für die Nacht verriegelt war. »Mir ist heute etwas bewusst geworden. Johannes ist nicht der Mann, den ich heiraten möchte.«

Ihre Eltern tauschten Blicke. »Das kommt überraschend«, meinte ihr Vater.

»Ist etwas passiert, *ma chère?*« Ihre Mutter war blass geworden.

Claire schüttelte den Kopf. Die Worte, die zwischen Johannes und ihr gefallen waren, würden unter ihnen bleiben. Sie trug ihm nichts nach. »Da ist noch etwas, das ich euch sagen muss.« Sie drückte ihr Kreuz durch, machte sich so groß, wie sie sich fühlte. »In der kommenden Saison werde ich mich als Croupière in der Spielbank Baden-Baden vorstellen. Versucht gar nicht erst, mir das ausreden zu wollen. Es ist schon immer mein Traum. Ich bin endlich so weit, ihn zu verwirklichen. Bitte stellt euch ihm nicht in den Weg.«

Sonst müsste ich mit euch brechen wie mit Johannes, dachte sie. *Und das möchte ich nicht.*

Ihre Mutter biss sich auf die Lippen. Ihr Vater setzte eine nachdenkliche Miene auf. »Es musste ja so kommen«, grummelte er mit einem Blick zum Hinterzimmer. »Eine Frau als Croupière? Was soll das? Hier ist das ein netter Zeitvertreib. Aber ob die feinen Herrschaften in der Stadt das akzeptieren?«

»Ich werde sie davon überzeugen. Ich beherrsche das Handwerk so gut wie jeder Mann.«

»Ach, Kind, was tust du dir bloß an!«, rief ihre Mutter. »Du hättest es so leicht mit Johannes haben können, hier bei uns in der Nähe.« Sie strich Claire übers Haar. »Ich verstehe ja, dass du einmal aus Sinzheim herauskommen möchtest. Das erweitert den Horizont. Und es heißt, dass halb Paris in den Sommermonaten in Baden-Baden weilt! Das kommt mir zwar reichlich übertrieben vor, aber es scheint dort eine gewisse *Élégance* Einzug gehalten zu haben. Aber du kannst nicht erwarten, dass man dich dort mit offenen Armen empfängt, nur weil du es dir in den hübschen Kopf gesetzt hast!«

Claire erwartete nicht weniger, als ihre Eigenständigkeit als Frau zu beweisen, ihre Unabhängigkeit. Aber das würde ihre Mutter niemals verstehen.

»Wenn du es dir schon nicht ausreden lässt, bewirb dich im Badischen Hof oder dem Grandhotel am Park. Du könntest dich bis hinauf zur Hausdame arbeiten! Und dann kehrst du zurück und verleihst dem *Bären* etwas von dem Schliff, den du dort erhalten hast.« Sie lächelte, zufrieden mit ihren eigenen Gedankengängen. »Und wer weiß, vielleicht kannst du die ein oder andere erlauchte Herrschaft dazu bringen, zukünftig bei uns zu residieren? Man könnte eine Kutsche in die Stadt zur Verfügung stellen, damit ihnen nichts von den dortigen Vergnügungen entgeht.«

Claire lagen lauter Erwiderungen auf den Lippen. Ihre Eltern schienen ebenso wenig an den Erfolg ihres Vorhabens zu glauben wie Johannes. Aber sie wusste, dass sie nicht aus dem Elternhaus, in dem sie nichts zu sagen hatte, in eine Ehe wechseln würde, in der ihre Rolle nicht viel wichtiger war. Sie wollte mehr vom Leben als Unterordnung und Gefühlsduselei. Mehr Anerkennung, mehr Ansehen, mehr Autorität. Es kam nur auf sie an. Und sie war bereit.

4

Gernsbach, Mitte Mai 1847

Gestern Abend war er zu müde gewesen. Das verzieh sie ihm. Immerhin war Wolfram fast siebzig. Aber an diesem milden Frühlingsmorgen, als Sonnenstrahlen durch die Ritzen zwischen den Brokatvorhängen fielen und sie im Gesicht kitzelten, würde Irina keine Ausrede gelten lassen. Sie waren Mann und Frau, und ja, sie liebten sich, doch seit Monaten schienen sie sich zu entfremden. In allen anderen Belangen las er ihr die Wünsche von den Augen ab, wenn er nicht gerade in sich versunken war wie so oft in letzter Zeit.

Unter der Decke verströmte ihr Körper Hitze, als sie sich auf die Seite drehte und an seinen Rücken schmiegte. Er schnarchte leise, die Hände hielt er unter der Wange gefaltet. Vorsichtig glitt sie näher, drückte sich in ihrem Seidennachthemd an ihn und streichelte seinen Oberarm. Wolfram hatte trotz seines Alters nur wenig von der Spannkraft der Jugend eingebüßt. Seine Figur war muskulös, aber die Haare auf seiner Brust hatten ihren dunklen Ton verloren. Unter ihren Fingern fühlte sich seine Haut vertraut an, schlafwarm und fest. Sie kuschelte sich enger an ihn, als sie bemerkte, dass sein Schnarchen aufhörte. Er stieß ein behagliches Brummen aus, während sie seinen Nacken küsste und ihre Hand über seine Hüfte nach vorne zu seinem Bauch wandern ließ. Ach, wie herrlich wäre es, den Tag mit einem Liebesspiel zu beginnen! Sie hätte Energie für viele Stunden und würde lächeln, wann immer ihr einfiel, wie sie sich am Morgen, noch bevor einer der Bediensteten zum Wecken erschienen war, liebkost hatten.

Doch er zuckte zusammen und schob ihre Hand zurück. Die Enttäuschung stieg wie Gift in ihr hoch. Ihr eigener Mann verwandelte ihre Zärtlichkeit in eine unschuldige Berührung und verhielt sich wie ein Fremder, dem sie zu nahegetreten war!

Bei ihrem Kennenlernen war sie Anfang zwanzig gewesen, er Mitte vierzig. Als sie vor fünfundzwanzig Jahren geheiratet hatten, war Wolfram unersättlich nach ihr gewesen. Und so verliebt! Sie hatte zu ihm aufgeschaut wie zu einem Ritter, der sie auf seinem Pferd ins Paradies brachte. Und so hatte es sich in der ersten Zeit auf Gut Bergfels auch angefühlt: ein Schlaraffenland, in dem Irina nichts verwehrt wurde. Er hatte sie begehrt und ihr mit Geduld und Einfühlsamkeit die sinnlichsten Stunden beschert. Natürlich hatte die Anziehungskraft im Lauf der Jahre nachgelassen, das akzeptierte sie. Aber nicht, dass überhaupt kein eheliches Zusammensein mehr stattfand! Sie hatte sich eine weibliche Figur erhalten, ihr Haar war dicht, in ihrem Gesicht bildeten sich lediglich in den Augenwinkeln Fältchen. Das Schicksal meinte es gut mit ihr und trieb ihren Alterungsprozess langsamer voran als den anderer Frauen.

Offenbar reichte das Wolfram nicht.

Sie schluckte die Tränen hinunter, als er aufstand und

sich den Morgenmantel überzog. Ein Mann, der sich auf einen Tag voller unterhaltsamer Stunden freute. Er liebte seine Pferdezucht, veranstaltete Treibjagden, traf sich wöchentlich mit seinen Freunden im Herrenzimmer zum Schachspielen und leitete als großer Bewunderer Goethes einen Literaturkreis, der sich den europäischen Denkern und Dichtern widmete. Ein erfülltes Leben, bei dem sich Irina an manchen Tagen wie ein Zaungast fühlte. Pferde interessierten sie genauso wenig wie Jagdveranstaltungen und Denkspiele, und die literarisch gebildete Gesellschaft, mit der sich Wolfram umgab, war zwanzig Jahre älter als sie. Hin und wieder nahm sie sich einzelne Bände aus der Bibliothek, um die Langeweile zu vertreiben. Am besten gefielen ihr die russischen Dichter und ihre Werke, *Die Nase* von Gogol oder *Eugen Onegin* von Puschkin. In Wolframs Zirkel nahmen sie die Russen nicht wichtig.

Sie selbst würde heute wieder nur die Stunden zählen, bis sie am morgigen Freitag nach Baden-Baden aufbrach. Den Sommer über verbrachte sie jeden Monat ein paar Tage in der herrlichen Stadt an der Oos. Das war ihr Vergnügen, ihr Lichtblick inmitten der Mauern des Landguts, das sie zunehmend als Kerker empfand. Die Aussicht auf die eleganten Menschen rund um das Kurhaus, die prominenten Gäste im Grandhotel am Park, in dem sie Stammgast war. In Baden-Baden hatte Irina vieles von dem, was sie in Gernsbach vermisste. Theateraufführungen und Konzerte, Tanzbälle und feinste Restaurants, das legendäre Spielkasino und die Lichtentaler Allee, auf der sich traf, was Rang und Namen hatte. In einer solchen Stadt lohnte es sich, ihre umfangreiche Garderobe zu präsentieren. Auf dem Landgut fragte sie sich manchmal, ob überhaupt jemand ihre Kleidung und ihren Schmuck bemerkte. Vermutlich nur ihr Mädchen Anna, das ihr beim Ankleiden und Frisieren half.

Anna war gerade einmal vierzehn Jahre alt und erst seit fünf Monaten in ihren Diensten. Ihre Wangen hatten noch das Pausbäckige der Kindheit, und auch in ihren Augen lag die Unschuld. Sie bemühte sich redlich, Irina alles recht zu machen, und Irina war nachsichtig ihr gegenüber, wünschte sich allerdings manchmal eine erfahrenere Zofe, allein zum Reden. Aber Annas Vater hatte als Stallmeister auf dem Landgut gearbeitet und war nach dem Tritt eines ungezähmten Hengstes gestorben, weil sich eine Rippe in sein Herz gebohrt hatte. Obwohl für dieses Unglück niemand verantwortlich gemacht werden konnte, sah Irina es als ihre Pflicht, dem Mädchen ein Auskommen zu geben. Sie hatte drei jüngere Geschwister, um die sich die Mutter kümmerte. Sie alle lebten von dem Geld, das Anna nach Hause brachte.

»Kommst du?«, fragte Wolfram von der Tür aus.

»Geh gerne schon vor zum Frühstück. Ich trinke später nur eine Tasse Tee.« Sie schwang die Füße aus dem Bett und schlüpfte in ihre weichen Pantoffeln. Erstaunlich, dass es sie immer wieder aufs Neue verletzte, wenn er sie zurückwies. Gaben sich andere Frauen mit sechsundvierzig Jahren schon damit ab, dass ihr Liebesleben an seinem Ende angelangt war?

»Schade. Ich habe gern deine Gesellschaft. Ich will später den Gutsverwalter zu einem Pferdemarkt begleiten, um selbst ein Auge auf die neuen Tiere zu werfen, dann bin ich den ganzen Tag unterwegs.«

Sie ging in ihrem Nachthemd auf ihn zu. Sein Blick

war auf ihr Gesicht gerichtet, ihren Körper schien er nicht wahrzunehmen. Und was war das in seinen Augen? Sie stutzte, als sie etwas wie Melancholie und Schmerz wahrnahm. Wolfram war vital, er liebte sein Leben, sie kannte ihn nicht anders. Vielleicht war er zu der frühen Morgenstunde noch nicht ganz wach.

Auf Zehenspitzen gereckt drückte sie ihm einen Kuss auf die Wange. »Dann sehen wir uns am Abend. Ich gebe der Köchin Bescheid, sie soll etwas Größeres als Abschiedsessen vorbereiten. Morgen früh bin ich auf dem Weg nach Baden-Baden.«

»Ah, wie wunderbar! Ich freue mich, dass du dich dort so wohlfühlst. Vielleicht richte ich es doch einmal ein, dich zu begleiten. Ich bin viel zu selten dort.«

»Mach dir keine Umstände«, erwiderte sie leichthin. »Ich kenne dort inzwischen so viele Menschen, du würdest dich in deren Gesellschaft nur langweilen beim Klatsch und Tratsch auf der Flaniermeile. Die großen Schriftsteller sind da eher selten das Thema.«

»Na dann. Hab Spaß.«

So gut gelaunt sie sich gab, zum ersten Mal heiterte der Gedanke an ihren Aufenthalt in der Kurstadt sie nicht auf. Obwohl sie sich dort amüsierte und ihren einsamen Alltag auf Gut Bergfels vergaß – wenn sie zurückkehrte, erwartete sie doch das gleiche Leben, das sie für einige Zeit hinter sich gelassen hatte. Und zum ersten Mal spürte sie nicht nur die Enttäuschung über Wolframs abweisende Haltung, sondern anhaltenden Zorn.

Wut auf einen Mann, der es zuließ, dass sie sich mit Mitte vierzig wie eine Greisin fühlte.

Am nächsten Tag ragte das Grandhotel am Park mit seinen Säulen und Erkern und den langen Reihen von Fenstern über drei Etagen vor ihr auf. Ein roter Teppich lag vor dem zweiflügeligen Eingang, an dem die Portiers Wache hielten und den ankommenden Gästen die Tür öffneten. Auf dem Weg von Gernsbach nach Baden-Baden hatte es zu regnen begonnen, die Tropfen fielen dicht und prasselten laut auf das Kutschendach. Das Wetter spiegelte Irinas Stimmung. Sie fühlte sich, als verdunkelten Wolken ihr Gemüt.

Kaum hatte die Kutsche gehalten, eilte einer der Portiers heran. Irina bemühte sich, in ihrem bordeauxroten Reisekostüm mit dem bauschigen Rock so damenhaft wie möglich auszusteigen. Sie musste ordnend nach hinten greifen, um die Tuchfülle und das harte Rosshaargebilde darunter in Form zu bringen, während Anna mit beiden Händen den Stoff zusammenraffte. Aber dann stand sie auf der Straße, den Matsch unter ihren Stiefeletten. Der Portier hielt schützend den Schirm über sie und ihre Zofe.

»Herzlich willkommen im Grandhotel, Gräfin von Bergfels. Mademoiselle Anna.«

»Danke, Finken, ich hoffe, das Wetter bessert sich bald.«

Jasper Finken war der Einzige im Hotel, der sich nicht nur ihren Namen merkte, sondern auch den ihrer Zofe. Er gehörte zu den liebenswertesten Bediensteten, stets bemüht, immer aufmerksam, ein freundliches Wort auf den Lippen. Schon manches Mal hatte Irina gedacht, dass er mit diesem Gedächtnis und seinem Blick für Menschen genau den richtigen Beruf gewählt hatte. Es machte Eindruck, wenn ein Portier jeden Gast mit Namen begrüßte. Ihr war Finken besonders zugetan. Wann immer sie Fragen zu Angestellten oder Besuchern hatte, gab er ihr im Vertrauen sachliche Auskünfte, ohne seine Diskretion abzulegen. An seiner Seite stand der aus Augsburg stammende zwanzigjährige Ludwig, der in der Kurstadt den Beruf des Portiers erlernte. Genau wie Finken sah man ihn nie ohne kreisrunden roten Hut, der sie als Pförtner kennzeichnete. Ludwig schien gut für diese Position geeignet. Mit einem wie angeboren wirkenden Grinsen machte er auf ankommende Gäste einen zugewandten Eindruck, dabei war es vor allem auf seinen Stolz zurückzuführen, in einem so noblen Etablissement arbeiten zu dürfen.

»Es ist davon auszugehen, dass ab dem frühen Abend die Sonne wieder scheint«, sagte er.

Finken stimmte ihm zu: »So war es die letzten Tage. Der Regen verzieht sich.«

»Wie es sich für eine Sommerhauptstadt gehört«, erwiderte Irina lächelnd.

An Finkens Seite schritt sie die Treppen zum Portal hinauf, Anna direkt hinter ihr, während zwei Hausangestellte sich um ihre Koffer kümmerten. Ludwig nahm wieder mit auf dem Rücken verschränkten Händen Stellung an der Pforte auf, den Blick würdevoll geradeaus gerichtet, als bewachte er den Buckingham Palace.

Irina brauchte für jeden Tag mindestens drei Kleider mit passenden Jacken und Hüten. Ihre Zofe hatte ebenfalls das Schönste aus ihrem Kleiderschrank mitgebracht. Die beiden Diener balancierten das gestapelte Gepäck auf ihren Armen, die Gesichter von einer Hutschachtel und Kosmetiktasche verdeckt. Sie eilten dem Regen davon in Richtung Foyer, als genau in diesem Moment ein Gefährt in atemraubendem Tempo heranrauschte. Die Araberhengste stiegen hoch, als der Kutscher sie zum Anhalten brachte, so dicht hinter Irinas Droschke, dass sie fast mit den Mäulern dagegenstießen. Kaum stand der Wagen, flog die Tür auf, und ein junger Mann sprang heraus, dunkelgrüner Reisemantel, schwarze Hose. Die braunen Haare trug er straff zurückgekämmt, sie wellten sich im Nacken. Den Zylinder setzte er im Laufen auf. Die Rockschöße flogen, als er, immer zwei Stufen auf einmal nehmend, zu ihnen heraufkam und an der Tür mit Hoteldirektor Martin Salbach zusammenstieß.

»Verzeihung«, murmelte der Fremde geistesabwesend. Er sprach Französisch, aber sein Tonfall verriet ihn als Russen.

Salbach glättete eine Falte an seiner Schulter und lächelte süßlich. »Keine Ursache, willkommen in unserem Haus, Monsieur.«

Irina wechselte einen Blick mit Anna, sah dem jungen Mann hinterher und fragte sich empört, was ihn wohl so zur Eile trieb, dass er jegliche Umgangsformen vermissen ließ. Kein weiteres Wort hatte er für den Direktor übrig.

Neben ihr pfiff Salbach den Portier an. »Habe ich Ihnen nicht gesagt, Sie sollen Bescheid geben, wenn die Gräfin anreist?«

Finken verneigte sich demütig, ohne den Stolz in seinen Augen zu verlieren. »Ich habe mir die Freiheit genommen, die Gräfin und Mademoiselle Anna nicht im Regen stehen zu lassen. Ich hätte Sie sofort informiert, sobald ich sie ins Foyer begleitet hätte. Ich hatte nur das Wohl der Damen im Sinn.«

»Überlassen Sie das Denken denjenigen, die es können«, gab Salbach zurück, das Gesicht eine abschätzige Maske, die sich gleich wieder entspannte, als er sich mit singender

Stimme an Irina wandte: »Wir haben wie immer die Suite in der dritten Etage für Sie vorbereitet, Gräfin von Bergfels, das ist Ihnen hoffentlich recht so?«

Das wechselnde Verhalten des Hoteldirektors stieß Irina sauer auf. Vor den Höhergestellten kuschen und Untergebene herablassend maßregeln, das ging ihr gegen den Strich. Aber Menschen änderten sich nicht, und welchen Einfluss hatte sie schon? »Danke, Monsieur Salbach. Ich würde es diesmal übrigens bevorzugen, wenn die Kammer meiner Zofe direkt nebenan liegen würde. Wäre das möglich?«

»Ich bedaure, aber die Dienerschaft hat sich noch nie über die Unterbringung unterm Dach beklagt.« Er nickte Anna zu, seine Stimme verlor das Schmeichlerische. »Holen Sie sich den Schlüssel an der Rezeption, Mademoiselle.«

Die Überheblichkeit des Direktors war anstrengend. Er selbst glaubte vermutlich, bei seinen Gästen beliebt zu sein. Irina wusste es besser. Die meisten durchschauten sein falsches Spiel und hielten sich bei allen Angelegenheiten an Finken oder den Concierge Jules Fournier, einen mittelgroßen, dunkelhaarigen Mann mit breitem Schnauzbart. Dieser winkte ihr in diesem Augenblick hinter der Rezeptionstheke zu, obwohl ein Pulk von Gästen ihn in Beschlag nahm. Irina lächelte. Er war derjenige, der ihr stets die besten Theaterkarten organisierte und Tipps für die abendliche Unterhaltung hatte. Ein Hotel konnte sich glücklich schätzen, einen so umsichtigen Concierge zu haben, der mit seinem einnehmenden Wesen die Sprunghaftigkeit und Unberechenbarkeit des Chefs ausglich.

»Richte dich erst einmal ein«, sagte Irina zu Anna. »Komm in einer Stunde, um mir bei der Garderobe zu helfen, dann gehen wir spazieren.« Wolfram hatte ihr angeboten, zusätzlich einen Kutscher im Hotel unterzubringen, aber sie hatte abgelehnt. Im Ort gab es genügend Mietdroschken, die Concierge Fournier rufen konnte. Davon abgesehen ließ sich das, was sie für gewöhnlich in der Stadt unternahm, am besten zu Fuß erledigen.

»Darf ich Sie nun in die Obhut unserer Hausdame übergeben?« Salbach winkte Madame Constance heran, die sich soeben von einem Gast verabschiedet hatte und mit kleinen Schritten auf sie zutrippelte. Sie trug ein hochgeschlossenes schwarzes Kleid, die grauen Haare waren zu Löckchen gedreht und mit Schmuckkämmen hochgesteckt. Ihr Gesicht erinnerte mit der langen Form und den Knopfaugen an ein Frettchen. Sie knickste vor Irina. »Immer wieder eine Ehre, Sie bei uns begrüßen zu dürfen, Gräfin von Bergfels. Ich führe Sie auf Ihr Zimmer. Sie werden doch am Abend bei uns speisen? Ich habe exzellente Tischgesellschaft für Sie zusammengestellt, Sie werden aus dem Staunen nicht herauskommen! Eine Künstlerin aus den Niederlanden ist dabei, ein ungarischer Baron, ein Tenor aus Paris und ein russischer Poet! Sie werden sich prächtig unterhalten, vertrauen Sie mir.«

Irina folgte der Hausdame die Treppen voran in die höheren Etagen. Finken hatte ihr bei einem ihrer ersten Besuche in Baden-Baden erzählt, dass Madame Constance eigentlich Hildegard Bellmann hieß und aus einfachsten Verhältnissen stammte. Sie war in einem der ärmeren Viertel als Tochter eines Kerzenziehers und einer Schneiderin aufgewachsen und fühlte sich durch ihre Stellung im Grandhotel, als sei ihr die Eintrittskarte ins Reich der Adeligen und Berühmten in die Hände geflattert. Weil sie ihre

Aufgaben tadellos und zuvorkommend erledigte, verzieh man ihr, dass sie sich derart wichtig nahm.

Wie von Finken angekündigt, verzogen sich die dunklen Wolken zum Nachmittag hin. Auch Irinas Laune besserte sich, nachdem sie mit Anna ihre Garderobe in den Schrank gehängt und Kämme, Schmuck und Lippenrot, Puder und Parfümzerstäuber auf dem Schminktisch verteilt hatte. Anna richtete ihr das aschblonde, dichte Haar, flocht ein paar Stoffblumen hinein und ließ einzelne Locken ihren Rücken hinabfallen, eine jugendliche Frisur, die ihre feinen Gesichtszüge umrahmte. Für den Spaziergang wählte Irina ein weißes Kleid, das die Schultern frei ließ. Das Dekolletee zierten ähnliche Blüten wie die in ihrem Haar. Die perfekte Garderobe zum Flanieren, vielleicht ein bisschen zu frisch in den Abendstunden, aber das würde sie in Kauf nehmen, um das Kleid in all seiner Eleganz vorzuführen. Vor dem Diner, das man im Grandhotel um neunzehn Uhr einzunehmen pflegte, würde sie sich ein weiteres Mal umziehen. Vermutlich würde ihre Wahl auf das Dunkelblaue mit dem spitzen Ausschnitt und den hellblauen Bändern an der Taille fallen. Hier in Baden-Baden traten die weiblichen Gäste vom ersten Tag an in Konkurrenz. Feinere Stickereien, edlere Stoffe, breitere Röcke, üppiger geschmückte Frisuren, originellere Hüte: Darum ging es in dieser Märchenstadt, und Irina musste sich bezüglich ihres Geschmacks und der Ausstattung nicht verstecken.

Auf den Straßen schillerten die Regenpfützen in der Abendsonne. Irina schritt durch die Stadt in Richtung der Lichtentaler Allee. Dort herrschte um diese Zeit reger Betrieb. Nach dem Tee vertraten sich viele Gäste die Füße, bevor es zum Abendessen ging.

»Schau, der Spielbankdirektor nebst Gattin!«, flüsterte Irina Anna zu und begrüßte Jean Jacques und Suzanne Bénazet.

Monsieur Bénazet lüpfte den Zylinder. »Gräfin von Bergfels! Ich hoffe, ich sehe Sie beim Roulette?«

»Gerne, Monsieur Bénazet.« Irina hatte wenig Erfahrung mit dem Glücksspiel, doch im Kasino traf sich allabendlich die beste Gesellschaft. Allein, um zu sehen und gesehen zu werden, würde sie ein paar Stündchen dort verbringen.

Mit herausgestreckter Brust und erhabenen Schritten zog der Direktor sämtliche Blicke auf sich. Ein Bild von einem Mann in seinem blauen Gehrock. Seine Gattin, obwohl durchaus attraktiv, verblasste neben ihm. Dennoch nahm Irina gewohnheitsgemäß mit einem schnellen Blick das hellbraune Kostüm mit den goldfarbenen Spitzen wahr, das ihre üppigen Formen schmückte. *Très chic.* Aber sie hatte natürlich auch die besten Kontakte nach Paris.

Die nächsten Bekannten bemerkte ihre Zofe zuerst. »Vater und Sohn Bedford«, machte sie Irina auf die Engländer aufmerksam. Wie immer schob der Junior den Senior im Rollstuhl. Irina gab eine freundliche Bemerkung zum Wetter von sich, die der junge Bedford mit steifer Oberlippe quittierte. Ihr waren die beiden Männer, die jedes Jahr die Saison hier verbrachten, nicht geheuer. Der Sohn wirkte meist in sich gekehrt, dann plötzlich überbordend vor Freundlichkeit. Der Vater zeigte stets eine mürrische Miene. Als hadere er mit seinem Schicksal, was man ihm nicht verdenken konnte. Warum er im Rollstuhl saß, wusste Irina nicht. Sie hatten in den Jahren, in denen sie sich immer mal wieder begegnet waren, lediglich Floskeln ausgetauscht.

Irina grüßte weiterhin nach links und rechts, ab und zu blieb sie stehen und tauschte Artigkeiten aus. Auf den Wiesen tummelten sich Kinder und Hunde, Reiter beanspruchten einen großen Teil der Straße für sich und ihre edlen Pferde. In den Bäumen der Allee glitzerten die feuchten Blätter, und bei kurzen Windstößen rieselten Tropfen herab. Irina und Anna spazierten ein paar hundert Meter weit, bevor sie kehrtmachten und in Richtung Kurhaus gingen. Dort saßen inzwischen zahlreiche Menschen auf den Bänken, die vermutlich Diener mit Tüchern trocken gerieben hatten, und genossen die frühabendliche Stimmung. Irina schlenderte an den Verkaufsständen vorbei, hielt mit all den anderen Schaulustigen Ausschau nach schönen Schirmen und Handtaschen, nach Fächern, Stolen und böhmischem Kristallglas mit eingeschliffenen Ansichten von Baden-Baden. Souvenirs, für die sich angeblich selbst Goethe erwärmt hatte, wie die Händler wichtigtuerisch betonten. Viele Verkäufer aus Tirol, Ungarn und Böhmen trugen die Tracht ihrer Heimat. An runden Tischen mit Stühlen spielten die Gäste Schach, umringt von Interessierten. Die stille Konzentration lag wie eine Glocke aus Glas über den Grüppchen.

Sie setzten ihren Weg am Zierbrunnen vorbei zur Trinkhalle fort. Irina ließ es sich nie entgehen, einen Becher des heißen Wassers zu sich zu nehmen. Es förderte das Gefühl, sich etwas Gutes zu gönnen und Krankheiten vorzubeugen. Davon abgesehen gab es auch im Wandelgang der Halle einen Schaukampf um die Frage, wer die edelsten Gewänder trug. Man grüßte sich mit einem Neigen des Kopfes.

Danach traten sie den Rückweg zum Hotel an. Irina war

gespannt, ob die Hausdame tatsächlich eine akzeptable Tischgesellschaft zusammengestellt hatte. Normalerweise war das die Aufgabe des Concierge und des Hoteldirektors, aber Madame Constance hatte sich seit zwei Jahren ein Mitspracherecht erbeten, weil sie die Gäste mit ihren Marotten und Besonderheiten am besten kannte. Sie meinte, am ehesten zu wissen, wer gut zueinanderpasste. Nichts war unangenehmer als ein Tischherr, der die Zähne nicht auseinanderbekam oder, noch schlimmer, ununterbrochen Reden schwang. Vor Madame Constances Einfluss hatte Irina diesbezüglich häufiger Pech gehabt.

Als sie vom Kurhaus in Richtung Oos spazierten, wurde ihre Aufmerksamkeit angezogen von einem Mann, der die Treppen hinabsprang und im Eilschritt an ihnen vorbeizog. Den grünen Gehrock hatte er gegen einen schwarzen Frack getauscht, doch es handelte sich eindeutig um den jungen Russen mit der hoch aufgeschossenen Gestalt und den welligen, nussbraunen Haaren. Erst konnte er nicht schnell genug im Hotel sein, nun kam er in Hast und Erregung aus dem Kasino. Seinem Gesichtsausdruck nach zu urteilen war sein Besuch nicht allzu erfreulich verlaufen.

»Was meinst du, Anna? Treiben ihn Geschäfte nach Baden-Baden? Er sieht nicht aus, als würde er sich amüsieren.«

Das Mädchen zuckte mit den Schultern. »Die Russen sind schwer einzuschätzen. Vielleicht lernen wir ihn noch kennen. Er ist schließlich in unserem Hotel untergebracht.«

Irina stieß ein Lachen aus. »Mir kommt er recht ungehobelt vor. Auf diese Bekanntschaft kann ich gut und gern verzichten!«

Dieser Meinung war sie noch immer, als sie später das

Restaurant des Grandhotels betrat. Der Schein der Kerzen in Kandelabern flackerte an den Wänden, das weiße Porzellan schimmerte mit dem Silberbesteck um die Wette, in den Kristallgläsern funkelte golden der Pfälzer Wein. Der blaue Teppich schluckte die Schritte der eintreffenden Gäste. In der Luft hing der Duft nach gekochtem Rindfleisch und Meerrettich, mischte sich mit dem Weinaroma und den Rosenparfüms der Damen.

Martin Salbach persönlich geleitete Irina zu ihrem Platz. Anna hatte silberne Schmucksteine in ihrem Haar befestigt, die perfekt zu den Knöpfen des nachtblauen Ensembles passten, das Irinas Taille und ihr Dekolletee deutlich betonte. Der Direktor hob, offenbar stolz auf seine aparte Begleitung, die Nase und schob ihr den Stuhl zurecht, als sie den Tisch in der Mitte des Raumes direkt unter einem Kronleuchter erreichten. Mit charmanten Erklärungen stellte er sie den übrigen Gästen vor, die beim Aperitif in lebhafte Gespräche verwickelt waren. Zu ihrer Linken saß der ungarische Baron, der ihr höflich zunickte, sich dann aber wieder der niederländischen Künstlerin widmete, die an einem Likör nippte und dem älteren Herrn mit klimpernden Wimpern lauschte. Irinas rechter Platz war frei, und sie fragte sich schon, ob Madame Constance diesmal einen Fehlgriff getan hatte und ihr Abend ein Reinfall sein würde. Fast wünschte sie sich, Anna säße wenigstens neben ihr, aber für die Dienerschaft gab es unten im Keller einen eigenen Essensraum. Dort ging es ungezwungener zu als im Edelrestaurant des Hotels.

»Ah, da ist auch Ihr Tischherr, werte Gräfin«, sagte Salbach da. »Bereit, Ihnen Gesellschaft zu leisten. Monsieur Smirnow, hierher bitte!«

Irina wandte den Blick. Der Russe stürmte in den Speiseraum, sah sich einen Moment orientierungslos um. Noch ehe sie die Situation einordnen konnte, war Salbach an seiner Seite und geleitete ihn am Ellbogen zu dem Platz neben ihr. »Gräfin von Bergfels, darf ich Ihnen Monsieur Maxim Iwanowitsch Smirnow vorstellen? Madame Constance erwähnte, dass es auf Ihrem Landgut einen literarischen Zirkel gibt. Insofern werden Sie die Gesellschaft eines russischen Poeten möglicherweise besonders zu schätzen wissen?«

Während sie sich anschauten, schwand das Gehetzte aus Smirnows Miene, seine dunklen Augen schienen zu schmelzen. Offensichtlich gefiel ihm, was er sah. Zweifellos das beste Gefühl des Tages, dass sie diesen Mann, der mindestens zehn Jahre jünger war als sie, derart beeindruckte. Sie verzieh ihm, dass er sie die anderen beide Male nicht bemerkt hatte. Was ihn wohl so in Gedanken gehalten hatte?

Er nahm behutsam ihre Hand, seine Finger fühlten sich trocken und stark an. Mit einem tiefen Blick in ihre Augen hauchte er einen Kuss darauf. »Ich bin sicher, wir werden einen wunderbaren Abend miteinander verbringen, Gräfin.«

Dass sich ein russischer Akzent so verführerisch anhören konnte! Sie konnte es kaum erwarten, mehr über Maxim Smirnow zu erfahren. Von der Vorspeise, einem Pilzragout in Champagnersoße, schmeckte Irina fast nichts, weil all ihre Sinne auf ihren Tischherrn ausgerichtet waren. Was die Gäste zu ihrer Linken oder gegenüber erzählten, flog an ihr vorbei. Sie hing an den Lippen des Russen.

»Wann sind Sie angekommen, Monsieur Smirnow?« Bei ihrer Begegnung am Mittag am Hoteleingang hatte sie kein großes Gepäck, sondern nur eine kleine Reisetasche in seiner Hand gesehen.

»Nennen Sie mich doch bitte Maxim. Tatsächlich bin ich gerade heute erst eingetroffen. Von St. Petersburg aus reist man zwei Wochen hierher.«

Männer brauchten wohl weniger Garderobe, ging ihr durch den Kopf. »Es muss eine Strapaze gewesen sein, ... Maxim.« Seinen Vornamen auszusprechen bereitete ihr ein prickelndes Vergnügen. Ihm dasselbe anzubieten erschien ihr zu früh. Sie war die Ältere und musste auf die Etikette bestehen. »Mir reicht schon die Fahrt von Gernsbach hierher, obwohl ich nur eine knappe Stunde unterwegs bin.«

»Baden-Baden in direkter Nachbarschaft. Sie sind zu beneiden, Gräfin. Ich würde ohne zu zögern mit Ihnen tauschen, denn ja, die Anreise ist strapaziös. Zuerst die Schifffahrt von Kronstadt nach Lübeck, dann mit der Postkutsche durch die norddeutschen Lande bis in den Schwarzwald. Mein Rücken hat unzählige blaue Flecke abbekommen.« Beim Lächeln zeigte er eine gerade Reihe weißer Zähne, in seine Augen trat ein Funkeln.

»Aber Baden-Baden ist all die Mühe wert, *n'est-ce pas?*«, sagte sie.

»Das hoffe ich von Herzen.«

»Ach, Sie sind zum ersten Mal hier?«

Er nickte. »Ich bin auf den Spuren großer Dichter unseres Landes, die von der Stadt in den höchsten Tönen schwärmen. Ein Sehnsuchtsort für viele. Nikolai Gogol dürfte Ihnen einen Begriff sein, nicht wahr? Und Alexander Puschkin, viel zu früh verstorben, unser verehrter Nationaldichter.« In seine Züge trat Schmerz, und Irina spürte die enge Verbindung, die er zu den beiden berühmten Literaten unterhalten haben musste. Sie kannte Puschkins Genie, hatte ein paar seiner Dramen und Erzählungen gelesen und wusste um seine Neigung, sich mit allzu freizügigen Äußerungen in Gefahr zu bringen. Ein Mann, der ständig den Balanceakt zwischen künstlerischem Anspruch und herrschaftlich gefordertem Wohlverhalten vollbringen musste. Ein faszinierender Rebell – wie Maxim?

»Sie schreiben selbst?«

Seine Wangen überzogen sich mit einer feinen Röte. »Ich versuche es, aber ich bin ein Nichts gegen die beiden. Ich lerne ihre Werke auswendig, um sie immer bei mir zu tragen. Meine eigenen Ergüsse hingegen sind …« Er senkte beschämt den Blick. »Ich zeige sie keinem, solange sie nicht perfekt sind. Also nein, ich habe noch nichts veröffentlicht, aber mein Herz ist voll, und in meinen Schubladen stapeln sich die Manuskripte. Irgendwann werde ich auf die Bühne treten, aber der Zeitpunkt ist noch nicht reif.«

»Lassen Sie mich bei Gelegenheit etwas lesen.« Sie war sich fast sicher, dass seine Geschichten von großem Können zeugten, dass er nur einen Mentor brauchte, der ihn bestärkte und ihm den richtigen Weg wies. Oder eine Mentorin?

»Ihre Landsmänner haben eine besondere Beziehung zu Baden-Baden«, hielt sie das Gespräch am Laufen. »Man trifft hier auf viele Russen.«

»Unsere Liebe zu diesem Ort geht tatsächlich bis auf Katharina die Große zurück, wenn ich mich recht erinnere«, stimmte Maxim ihr zu. »Ende des achtzehnten Jahrhunderts suchte sie für ihren Enkel, den zukünftigen Zaren Alexander I., eine Gemahlin und fand sie in Luise Prinzessin von Baden. Die beiden waren damals erst fünfzehn und dreizehn Jahre alt und wussten kaum, wie ihnen geschah.« Sein Lachen war samtig dunkel. »Aber im Lauf der Jahre fanden sie Gefallen aneinander.«

»Ja, eine schöne russisch-deutsche Verbindung, die unsere Völkerfreundschaft stärkt.«

Er verzog den Mund. »Es ist nicht leicht für die Europäer, die russische Seele zu verstehen. Manchmal meine ich, man betrachtet uns mit Misstrauen, von oben herab.«

»Aber nein! Ich will gerne alles über Sie und Ihr Schaffen wissen!«, rief Irina aus, bremste sich dann jedoch, damit es nicht zu aufgeregt klang.

Er nahm ihre Hand und beugte sich darüber. »Danke, dass Sie an mich glauben. Das macht mir Mut, Gräfin.«

»Sagen Sie bitte Irina zu mir.« Nun platzte es doch aus ihr heraus. Aber wieso auch nicht? Sie fühlte sich Maxim nach den wenigen Minuten, die sie miteinander verbracht hatten, schon so nahe. Der Hauptgang wurde aufgetragen. Er zwang sie, den Blick von diesem faszinierenden Mann zu nehmen. Dennoch bemerkte sie nur am Rande, wie zart der Lammrücken unter der Kräuterkruste war, den die Gäste am Tisch in den höchsten Tönen lobten. Eine Weile aßen sie schweigend, dann hob sie ihr Glas Grauburgunder und prostete Maxim zu. »Sie stammen aus einer Künstlerfamilie, vermute ich?«, erkundigte sie sich, um wieder ins unverbindliche Plaudern zu geraten. Er legte das Besteck ab, stieß verächtlich die Luft aus. War sie zu weit gegangen? »Bitte verzeihen Sie, ich wollte Sie nicht in Verlegenheit bringen.«

Er hob eine Hand. »Es gibt nichts zu verzeihen, ich will Ihnen gerne mein Herz offenlegen, Irina. Es schmerzt lediglich, weil es ein wunder Punkt ist. Aber ich kenne es nicht anders. Mein Vater betreibt eine große Eisenwarenfirma in St. Petersburg. Er hält sich für den Nabel der Welt, weil er mit seinen Produkten Kriegstreiber befähigt, sich gegenseitig abzuschlachten. Er liefert Kanonen und Säbel in großen Mengen und hat kein Verständnis dafür, dass ich nicht mal im Traum daran denken würde, eine Waffe in die Hand zu nehmen. Verstehen Sie, Irina, meine Worte sind meine Waffe! Ich will die Menschen zum Denken, ja zum Umdenken bewegen, nicht sie töten! Und ich würde niemals in einer Firma arbeiten, die diesen Zweck erfüllt.«

»Es muss schlimm für Sie sein, in so einem Elternhaus aufgewachsen zu sein.«

»Tatsächlich nutze ich seit frühester Jugend jede Stunde, um meinem Zuhause zu entfliehen, obwohl mir dort aller Komfort zur Verfügung steht, den ich mir wünschen kann. Doch ich kann all den Luxus nicht genießen, wenn ich mir vorstelle, dass er aus Profiten durch Kriegsgeschäfte erschaffen worden ist! Meine Mutter versucht manchmal, mich zu verstehen, aber sie ist viel zu abhängig von meinem Vater, um sich auf meine Seite zu stellen. Ich stehe allein da in dieser Familie, und mit meiner Reise will ich mir beweisen, dass ich für mich selbst sorgen kann.«

Ob er Lesungen veranstalten würde? Ob er nach einem Verleger Ausschau hielt? Nach einem Übersetzer? Mit solchen aufstrebenden Talenten sollte sich die Literaturgruppe ihres Mannes beschäftigen! Ihnen Bühnen bieten, um bekannter zu werden. Ob sie mit Wolfram darüber sprechen sollte? Sogleich spürte sie eine innere Sperre bei diesem Gedanken. Nein, Maxim ging Wolfram nichts an. Er gehörte ihr. Ja, sie selbst würde sich um ihn kümmern und ihn aus dem Schatten ins Licht führen.

»Machen Sie mir das Vergnügen und begleiten mich ins Kasino?«, fragte er, als sie beim Dessert, einem Erdbeersorbet mit Minze, angelangt waren. In seiner Stimme lag so viel Hoffnung, dass es sie rührte. Ihn zog es ein zweites Mal am Tag in die Spielbank? Nun, vermutlich hatte er etwas Geld verloren und wollte es wieder wettmachen. »Sie sind meine Glücksfee«, fügte er hinzu, und für Irina gab es kein Zögern mehr. Sie nickte strahlend.

»Ich freue mich auf den Abend mit Ihnen, Maxim.«

Schon an der Garderobe bekam Irina eine Ahnung, welches Gedränge in den Salons herrschen würde. Sie gab ihre Jacke bei einer neuen Angestellten ab. Ihr lag viel daran, nicht nur mit den Menschen ihrer gesellschaftlichen Schicht einen höflichen Umgang zu pflegen. Genau wie mit dem Portier, den Kellnern oder den Sicherheitsbeauftragten an der Tür plauderte sie mit der Garderobiere, deren Namensschild sie als »Mademoiselle Engel« auswies.

»Ein frisches Gesicht im großen Haus?«

Die junge Frau lächelte, und Irina unterzog sie einer genaueren Musterung. Ihre Gesichtszüge waren ebenmäßig, die helle Haut kontrastierte mit dem rötlichen Farbton ihrer Haare. »Ich freue mich, Ihnen zu Diensten sein zu können, Gräfin von Bergfels.« Den Namen musste Estelle ihr zugeraunt haben. Höflich nahm die junge Frau die nachtblaue Jacke entgegen. »Ich wünsche Ihnen Glück im Spiel.«

»Werden Sie selbst spielen, Irina?« Maxim hatte die

neue Garderobiere keines Blickes gewürdigt. Man konnte es als unhöflich betrachten, aber Irina wertete es als Kompliment. Offenbar hatte er in diesem Moment nur Augen für sie, obwohl diese junge Frau altersmäßig eher zu ihm passen würde.

Was erweckte es für einen Eindruck, wenn sie sich mit einem so viel jüngeren Mann in der Öffentlichkeit zeigte? Der Gedanke an mögliches Gerede verdichtete sich mit jedem Meter Richtung Saal zu einem Knoten in ihrem Magen. Sie musste in den Unterhaltungen mit Bekannten unbedingt einfließen lassen, dass sie Maxim als jungen Künstler zu unterstützen gedachte, nicht mehr und nicht weniger.

»Mir reicht es zuzuschauen«, antwortete sie auf seine Frage.

Maxim führte ihre Hand durch seinen angewinkelten Arm und geleitete sie in den von rotem Samt dominierten Raum mit den funkelnden Kerzenlichtern und den Menschenmassen, die sich um den grünen Filz der Roulettetische drängelten. Das Murmeln der Gäste erfüllte den Saal, zwischendurch vernahm man deutlich das Rattern der Kugeln in der Drehscheibe, bevor sie in ihren endgültigen Positionen liegen blieben. Die Stimmen der Croupiers, von denen es an jedem der fünf Tische mehrere gab, hallten zwischen den gedämpften Unterhaltungen der Gäste. *Faites vos jeux* und *Rien ne va plus*. In der atemlosen Stille, wenn niemand Gewinn verzeichnete, hörte man den Rechen, der über den Filz glitt und die Münzen einsammelte. Eine elektrisierende Welt, die Irina bislang nur als Zuschauerin kannte. Jetzt ließ sie sich von Maxim zum nächsten Tisch führen, um den die Gäste in drei Reihen herumstanden. Auf den Stühlen direkt am Rand des Spielfelds saßen ein Dutzend Männer, alle einen linierten Block und Stift neben sich. »Was schreiben sie da?«, erkundigte sich Irina.

»Manche glauben, dass ihnen Statistiken helfen. Tatsächlich aber kommt man dem Zufall nicht auf die Spur. Das ist meine persönliche Überzeugung. Das Einzige, was hilft, ist das Glück. Sehen Sie, diese Buchhaltermentalitäten notieren Einsätze, Ergebnisse, ziehen Rückschlüsse, kalkulieren ihre Chancen, setzen endlich und haben am Ende genauso viel Glück oder Pech wie alle anderen. Sinnlos, meiner Meinung nach. Doch mit Ihnen an meiner Seite kann ich nur gewinnen!«

Sie erwiderte sein Lächeln, schaute sich um und entdeckte die Gier in vielen Gesichtern. »Die Menschen wollen es so sehr«, sagte sie mit einem gewissen Widerwillen.

Maxim zuckte mit den Schultern. »Ich kann an ihrem Wunsch nichts Anrüchiges finden. Es gehört zur russischen Mentalität, aus dem Chaos heraus zu Geld zu kommen. Und nichts anderes ist das Roulettespiel. Ist es etwa ehrenwerter, durch das Erbe der Väter Reichtum und Ansehen zu verdienen? Ich meine nicht.« Damit beugte er sich vor. An den Köpfen der Herren und Damen vorbei platzierte er drei Friedrichsdor auf Ungerade. Dreißig Gulden! Irina sog scharf die Luft ein. Gleich beim ersten Einsatz eine so hohe Summe! Sie hatte erwartet, sie würden über Stunden mit kleineren Beträgen spielen. Sie stellte sich auf Zehenspitzen, um das sich drehende Rad sehen zu können. Dabei berührte sie Maxims Schulter und spürte durch seinen Frack hindurch seine angespannten Muskeln. Er schob sein Kinn nach vorn, seine Wangenknochen traten hervor.

Abwechselnd blickte Irina von ihm zu der Kugel, die in der achtzehn liegen blieb.

Wie furchtbar! War dies das frühe Ende ihres Abends? Doch Maxim griff schon in die Tasche, zog fünf weitere Friedrichsdor heraus und platzierte sie auf Schwarz. Sein Blick war fokussiert auf das Grün des Tisches, er schien vergessen zu haben, dass Irina dicht an seiner Seite stand.

Schwarz kam. Aber wenn sie vermutet hatte, er würde in Freudenrufe ausbrechen, sah sie sich getäuscht. Mit stoischer Miene sammelte er das Geld ein, das ihm der Croupier zuschob, setzte alles auf die zwölf mittleren Zahlen, und kurz darauf zahlte man ihm das Dreifache aus. Irina drückte seinen Arm, aber sein Gesicht blieb weiter ungerührt. Wie überhaupt diejenigen Gäste, die zum Stammpublikum gehörten, wenig Gefühle zeigten. Ob gewonnen oder verloren – es schien ihnen gleichgültig. Erschrockene Ausrufe und freudiges Gelächter erklangen eher von denjenigen, die allem Anschein nach zum ersten Mal spielten. Irina nahm sich vor, ihre Emotionen ebenfalls zu verbergen, um Maxim eine würdige Begleiterin zu sein.

Der Russe schaffte es einige Male, seinen Gewinn zu verdoppeln und zu verdreifachen, verlor einen Teil, als der Croupier »Zero!« rief, gewann ein weiteres Mal mit geraden Zahlen. Da streckte sich von hinten ein Arm vor und ergriff das Geld, das Maxim gesetzt hatte. Maxim wandte sich um. »Verzeihung?«

In der nächsten Sekunde prasselte ein Schwall von französischen Worten auf ihn ein. Ein korpulenter Mann mit einer Augenklappe wie ein Pirat reklamierte das Geld für sich. Irina hatte sich bereits gefragt, wie man einen Überblick über all die Münzen und das Papier behalten sollte.

Sicher, da waren die Croupiers, aber konnten denen nicht Fehler unterlaufen? Der Franzose befand offensichtlich, dass genau dies geschehen war.

Aus den Augenwinkeln sah Irina, wie einer der Spielleiter unter den Tisch griff. Wahrscheinlich betätigte er eine Klingel. Wenige Sekunden später eilte der Sicherheitsbeauftragte Theo Vlissing heran. Irina hatte ihn schon mehrmals im Einsatz erlebt und schätzte ihn für seine unaufgeregte Art. Er besprach sich mit dem Croupier, während Maxim und der Einäugige immer lauter miteinander debattierten. Endlich kam Vlissing um den Tisch herum, hakte sich den Ruhestörer unter.

»Genießen Sie den Abend, Monsieur«, sagte er zu Maxim, »und entschuldigen Sie die Unannehmlichkeiten.« Damit führte er den vor sich hin schimpfenden und mit den Armen fuchtelnden Franzosen so diskret ab, dass sich noch während ihres Weggangs alle wieder dem Spiel zuwandten.

»Was für ein Kretin!« Maxim wischte sich eine nicht vorhandene Staubfluse vom Jackenärmel. »Solche Menschen können einem den Spaß verderben.«

Schon wollte er wieder in seine Tasche greifen, um weiterzuspielen, aber Irina war der kleine Skandal auf den Magen geschlagen. »Ich würde gerne ins Hotel zurück, Maxim, wenn es Ihnen nichts ausmacht.«

In seinem Gesicht arbeitete es. Er rang deutlich mit sich, aber schließlich nickte er. »Natürlich, Irina. Ganz wie Sie wünschen.« Er wechselte einen Blick mit dem Croupier und steckte ihm im Vorbeigehen einen Gulden zu, den der Mitarbeiter des Kasinos durch einen Schlitz im Tisch gleiten ließ. Ob es stimmte, dass Spielleiter vom Trinkgeld lebten? Dann war es nur recht und billig, wenn die Gäste einen kleinen Teil ihres Gewinns daließen. Aber Maxim ging weiter: Er steckte auch der neuen Garderobiere eine Münze zu, als sie ihre Jacken abholten, betrachtete sie nun doch von Kopf bis Fuß und hob anerkennend die Brauen.

Die junge Frau schien es nicht gewohnt zu sein, dass man ihr Geld zuschob. Dabei war damit in einem Kasino durchaus zu rechnen, in dem es an jedem Abend Gewinner gab, die vor lauter Freude die ganze Welt beglücken wollten. Nicht einmal die feuchte Brise, die ihnen beim Verlassen des Kurhauses entgegenschlug, bremste Maxims jetzt wieder sprühende Laune.

Feiner Nebel hatte sich in den Rasenflächen, Beeten und Bäumen verfangen und hing in der kühlen Abendluft. Die Nächte konnten bis zu den Eisheiligen empfindlich kalt werden. Maxim bemerkte Irinas Frösteln, zog seinen Cape-Mantel aus und drapierte ihn ihr um die Schultern.

»Nicht doch, Maxim, du holst dir den Tod!« Es schien selbstverständlich, dass sie zum vertrauten Du wechselte. Wann sonst hatte sie sich einem Menschen nach so kurzer Zeit so nah gefühlt? Ja, in den Anfangsjahren war es Wolfram gewesen, doch es hatte länger gedauert als mit Maxim. Und bislang fast fünfundzwanzig Jahre gehalten. Sie rang die Gedanken an ihren Mann nieder. Nichts schien ihr unpassender, als sich den Kopf darüber zu zerbrechen, was sie und ihn einmal verbunden hatte – und ob diese Verbindung noch bestand oder in Auflösung begriffen war wie Wolframs Leidenschaft.

Wie willkommen war da Maxim, der den Arm um sie legte und sie an sich zog. Sie fühlte ein Kribbeln von den Zehenspitzen bis zum Scheitel. Er blieb vor ihr stehen, umfasste ihre Taille und hob sie auf einmal an, als wäre sie leicht wie eine Feder. Beim Absetzen sah er ihr in die Augen.

»Irischka.« Er senkte seinen Mund auf ihren und küsste sie mit einer Wildheit, die Irina den Atem nahm. Einen Moment brauchte sie, um zu verarbeiten, was hier passierte. Dann umschlang sie seinen Nacken, erwiderte seinen Kuss mit all der Sehnsucht, die in ihr brannte. Der Altersunterschied verwischte, sie fühlte sich jung und stark und schön und kicherte wie ein Mädchen, als er nun ihre Hand nahm, mit ihr zum Hotel eilte und durch das Foyer lief. Concierge Fournier hielt den Kopf gesenkt, als bemerke er das ungewöhnliche Schauspiel nicht, doch Irina wusste, dass ihm nichts entging. Und wenn schon! Dies war ihr Abend. Kein Gestern und kein Morgen zählten, nur das, was in dieser Stunde geschah.

»Wo ist deine Suite, Irischka?«, wisperte er an ihrem Ohr.

Keine Minute später schlossen sie die Tür hinter sich und gaben sich dem Rausch ihrer Gefühle hin. Im Schein einer einzelnen Kerze, die er entzündete, fiel ihre Kleidung zu Boden. Nie hatte Irina ihre Krinoline mehr verflucht als in diesem Moment, aber sie schafften es lachend, sie daraus zu befreien. Endlich lagen sie und Maxim Haut an Haut auf dem breiten Bett. Sie fühlte seine Hände und seine Lippen auf jedem Zentimeter ihres Körpers, spürte sein heftiges Begehren und seine Ungeduld, sie zu besitzen. Wie hatte sie sich nach einer solchen Liebesstunde gesehnt! Wie hatte sie nur je annehmen können, dass sie auf diese Sinnesfreuden verzichten könnte! Nein, sie würde sich das holen, wonach es sie verlangte, und niemals würde sie sich mit weniger zufrieden geben als mit dem, was Maxim ihr in dieser Nacht schenkte. Sie hatte nicht geglaubt, dass sie sich noch einmal verlieben konnte. Aber als sie irgendwann erschöpft in die Laken zurücksanken und sich in die Augen sahen, wusste sie, dass mehr zwischen ihr und dem jungen Russen war als nur die körperliche Anziehungskraft.

Es fühlte sich wie ein schmerzhafter Verlust an, als er schließlich aufstand und sich anzog. Sie blieb satt und glücklich zurück, ihren nackten Körper nur notdürftig verhüllt, noch warm vom Liebesspiel. Während er den Hemdkragen schloss, kam er zu ihr, beugte sich hinab, küsste sie. »Du bist wunderbar, Irischka«, flüsterte er ihr ins Ohr. Dann verließ er das Zimmer.

Irina rekelte sich genüsslich, verdrängte alle Gedanken an Wolfram, die sich leise meldeten. Man hatte Maxim und sie gesehen, das war gefährlich, aber selbst die Vorstellung, dass diese Affäre ans Licht kommen könnte, schmälerte ihre Freude nicht. Ihr Mann gab ihr nicht mehr das, was sie brauchte. Hatte sie da nicht alles Recht der Welt, es sich woanders zu holen?

Sie warf das Laken zurück, schlüpfte in ihren Morgenmantel und trat ans Fenster. Sie schob die Gardinen beiseite und öffnete die Scheibe, um frische Luft hereinzulassen – und stutzte. Im Schein der Gaslaternen bemerkte sie eine Gestalt, die mit großen Schritten über das Kopfsteinpflaster lief. Obwohl sie von oben sein Gesicht nicht sehen konnte, erkannte sie Maxim an dem Cape, das sie kurz zuvor gewärmt hatte. Er hielt den Kopf gesenkt und strebte auf das Kurhaus zu, das in der Entfernung hell erleuchtet wie ein Fixstern stand. Sie fühlte ihren Herzschlag im Hals, während sie ihm hinterherschaute, bis er hinter der nächsten Biegung verschwunden war. Sie hatten einen wunderbaren Abend im Kasino verbracht, der einen noch schöneren Abschluss in ihrer Suite gefunden hatte. Was bewegte Maxim, ein weiteres Mal zum Spiel aufzubrechen? Hatte er wirklich noch nicht genug davon?

Leise schloss sie das Fenster, zog die Vorhänge zu, blies die Kerze aus und legte sich ins Bett. Allem Unguten, was sich in ihren Verstand zu drängen versuchte, stellte sie sich in den Weg. In ihren Träumen sollte für nichts anderes Platz sein als für diese allumfassende Verliebtheit, die sie so unverhofft getroffen hatte.

5

Baden-Baden, Ende Mai 1847

»Selbstverständlich bin ich gestern allein zurückgekehrt, Frau Seibold.« Claire fühlte sich an diesem Morgen wie einem Verhör unterzogen.

Ihre Vermieterin lugte unter ihrer Haube hervor. »Das Trampeln klang aber nach mehr. Man sollte meinen, dass ein zartes Fräulein weniger Lärm auf der Treppe veranstaltet. Bemühen Sie sich in Zukunft etwas mehr, ich brauche meine Bettruhe, und die anderen Mieter wollen auch nicht gestört werden! Und einen Besuch müssten Sie auch bei mir anmelden, da habe ich mich doch klar ausgedrückt? Männliche Gäste dulde ich sowieso nicht, ich führe ein anständiges Haus!«

»Wie Sie bereits erwähnten. Mehrmals.« In jeder flüchtigen Unterhaltung schwang Frau Seibolds Argwohn mit, dass bei Claire nicht alles mit rechten Dingen zuging. Und was die Bettruhe betraf, sah Claire förmlich vor sich, wie Frau Seibold mit gespitzten Ohren dalag, um bloß kein Knarzen zu verpassen. Nur widerwillig hatte sie geschluckt, dass Claire nicht Schlag neun Uhr in der Pension sein würde, sondern ihre Arbeitszeiten im Kasino eine spätere Heimkehr verlangten.

»So gern ich unser Gespräch fortführen würde«, nutzte Claire das seltene Schweigen der Witwe und schob sich an ihr zur Haustür vor, »aber ich bin spät dran.« Sie huschte auf die Straße. Der Frühsommer hatte endgültig Einzug gehalten. Ein warmer Wind ließ ihr Kleid rascheln und spielte mit der Krempe ihres Hutes, dessen Seidenband sie nur locker unter dem Kinn geknotet hatte. Der Duft von Ginster und Flieder erfüllte die Luft und zauberte den Passanten, die wie Claire schon vor dem Mittag unterwegs waren, ein Lächeln auf die Gesichter. Ja, Jean Jacques Bénazet hatte einen guten Riecher bewiesen, sich damals für Baden-Baden zu entscheiden. Unter seiner Ägide hatte es sich zu einem Juwel entwickelt, vor allem in dieser Jahreszeit. Aber nicht in jeder Beziehung traf der Direktor die richtigen Entschlüsse. Dass Claire hinter der Garderobe stand, war ein Fehler, der korrigiert werden musste. Sie hatte einige Male versucht, ihn oder seinen Sohn erneut zu sprechen, war jedoch vertröstet worden. Die Saison nahm an Fahrt auf, jeden Tag trafen weitere berühmte Gäste ein, da blieb wenig Zeit für eine einfache Angestellte. Aber vielleicht bot sich heute die Gelegenheit für einen neuen Vorstoß?

Die Spielbank öffnete erst in einer Stunde um elf Uhr ihre Pforten. Dennoch ging sie flotten Schrittes durch die Altstadt, überquerte die Oos und näherte sich dem Kurhaus. Statt den Herren Bénazet oder dem Assistenten Lindemann traf sie im Kasino nur Frederic Culot an, der oberste Croupier und ein Franzose durch und durch mit schmalem Bärtchen über der Oberlippe und sorgsam zu den Seiten gescheitelten Haaren. Seine Haltung war so steif wie sein Kragen. Mit ausdrucksloser Miene bewegte er sich zwischen den Tischen, rückte hier einen Stuhl zurecht und wischte dort ein Staubkörnchen fort. Im Hintergrund erklangen Klaviernoten. Ein Stück, das sie nicht kannte. Wer spielte hier ohne Publikum? Bevor sie das Rätsel lösen konnte, kam ihr mit Blick auf Culot eine Idee.

»Ich kann Ihnen zur Hand gehen.« Es konnte nicht schaden, sich mit ihm bekannt zu machen. Bisher hatte es keine Gelegenheit dazu gegeben.

»Wohl kaum.« Mehr war dem Franzosen ihr Angebot nicht wert. Claire folgte ihm dennoch durch den Saal, als er zum Roulette schritt und den Rechen einige Millimeter nach links schob, damit er in einer perfekten Linie zum Rand lag.

»In der Gaststätte meiner Eltern ...«, setzte Claire an. Wenn sie die Bénazets überzeugen wollte, sie in den Spielsaal zu versetzen, war ein ungetrübtes Verhältnis zu Culot wichtig. Doch der drehte schon wieder ab, als wäre sie eine lästige Fliege, deren Summen er keine Aufmerksamkeit schenkte. Claire holte erneut Luft – und hielt sie an, als Culot einen Vorhang beiseiteschob und damit den Blick auf das Klavier freimachte. Die großen Konzerte bestritten berühmte Künstler, unter der Woche waren drei Pianisten für die musikalische Untermalung engagiert. Doch keiner von ihnen hockte da auf dem Bänkchen und ließ die Finger über die Tasten gleiten. Jean Jacques Bénazet wäre vermutlich nicht erfreut über die Wahl des Stückes. Claire kannte es nicht, doch das getragene Tempo und die Akkorde in Moll schlugen sie sofort in ihren Bann. Oder lag es an George Bedford?

In sich versunken gab der Engländer sich dem Spiel hin und löste ein melancholisches Gefühl in Claire aus, das sie noch nie verspürt hatte. Alles war so aufregend, so neu in Baden-Baden, und eine innere Gewissheit sagte ihr, dass sie die richtige Entscheidung getroffen hatte und ihr Weg längst nicht an der Garderobe endete. Und doch war ihr nun, hervorgerufen durch die Musik, als ob sie mit jedem Schritt vorwärts unwiederbringlich etwas zurückließ. Bittersüße Gefühle drohten sie zu überwältigen. Sie musste achtgeben, sich nicht darin zu verlieren wie der Engländer. In einer schnellen Geste wischte er sich über die Augen, spielte umso eindringlicher weiter, brach jedoch unvermittelt ab, da er Claire bemerkte.

»Entschuldigen Sie«, murmelte er. »Ich wollte niemanden stören. Ich war nur auf einem Spaziergang und sah Monsieur Culot das Kasino betreten. Ich erinnerte mich an das Klavier und bat ihn, es kurz nutzen zu dürfen. In meiner Unterkunft habe ich keines.« Er verneigte sich, wollte aufstehen, blieb dann aber sitzen, als stelle ihn dies vor eine unmögliche Aufgabe.

Er entschuldigte sich bei ihr? Dabei war er doch der vermögende Gast, den sie durch ihr Auftauchen unterbrochen hatte. Zumindest Culot schien das so zu sehen. Mit einem Kinnrucken zeigte er deutlich, was er von der Sache hielt: *Scher dich an deinen Platz, Mädchen!*

»Sie haben mich nicht gestört, Monsieur Bedford. Im Gegenteil. Und dass in einem vornehmen Hotel in der Stadt kein Klavier für jemanden zur Verfügung steht, der so schön spielen kann wie Sie, ist eine Schande.«

Traurigkeit lag in seinem Blick.

Was bedrückte ihn derart?

»Zu freundlich, Mademoiselle Engel. Aber ich bin nur ein Anfänger im Vergleich zu anderen. Entschuldigen Sie nochmals. Und Ihnen, Monsieur Culot, besten Dank.« Trotz der Worte vermochte er immer noch nicht aufzustehen. Als hätte die Konversation ihn vollends ermüdet. Er ließ ein paar Sekunden den Kopf hängen, dann sprach er Claire noch einmal an: »Außerdem verfügen die Hotels vermutlich über die nötige Einrichtung für das Pläsier ihrer Gäste. Aber mein Vater zieht eine Privatunterkunft vor. Eine Villa auf einem Hügel über der Stadt. Von dort aus hat man zwar einen Blick auf Baden-Baden ...«

»... aber kein Instrument für Sie. Wie schade. Ihr Vater sollte in der nächsten Saison eine Unterbringung wählen, die Ihren Talenten mehr entgegenkommt.«

Das entlockte ihm ein Lachen, das Claire noch mehr traf als der leidende Ausdruck auf seinem Gesicht. Zum ersten Mal schien er sie wirklich wahrzunehmen. Er betrachtete sie, und in seinen Augen blitzte etwas auf, das ihr Herz flattern ließ. Seit wann ging ihr Atem so schnell, wieso hob und senkte sich ihr Brustkorb, als wäre sie im Dauerlauf zum Kasino geeilt? Sie unterhielt sich regelmäßig mit Männern, aber nie war ihr dabei so zumute gewesen wie jetzt. Sie wollte etwas Geistreiches sagen und hatte gleichzeitig Angst, dass sie in seinen Ohren lächerlich und ungebildet klang.

Endlich erhob er sich, stützte sich dabei am Klavier ab, als koste es ihn alle Mühe. Nach wie vor spürte sie Culots brennenden Blick auf sich.

»Ich muss mich verabschieden«, sagte George Bedford mit echtem Bedauern in der Stimme. »Mein Vater braucht Hilfe beim Ankleiden für die Mittagsgesellschaft.«

»Haben Sie dafür keinen Kammerdiener?«

»Mademoiselle Engel!«, zischte Culot drei Tische weiter,

doch George Bedford hob die Hand. Ihm schien die Frage nicht zu forsch, der amüsierte Ausdruck auf seinem Gesicht hielt jedoch nicht lange. Schnell legte sich ein Schatten darüber. »Es ist meine Aufgabe, mich um ihn zu kümmern. Auch wenn ...« Er stockte.

»Auch wenn?«, ermutigte Claire ihn. Sie standen sich so nahe, dass sie seinen Duft bemerkte. In ihr stieg das Bild eines englischen Gartens in voller Blüte an einem warmen Sommertag auf. Sie flüsterten mittlerweile, eine Tatsache, die Culot auf seine Weise quittierte: Laut ruckelnd schob er einen Stuhl über den Teppichboden.

Claires Gegenüber achtete nicht darauf. Halb zögernd nahm er den Faden wieder auf. »Auch wenn es mitunter anstrengend ist.«

»Sitzt Ihr Vater schon immer im Rollstuhl?«

Er schluckte schwer über die Frage, wich ihrem Blick aus und schüttelte den Kopf. Eine Strähne fiel ihm in die Stirn.

»Er ... er hatte vor etlichen Jahren einen Jagdunfall. Seitdem kann er nicht mehr gehen. Er war bereits zuvor kein einfacher Mensch. Ein Tory durch und durch! Aber seit dem Unglück ist es, als habe er mit dem Laufen auch verlernt, seine Meinungen und Standpunkte zu überdenken, sobald er sie einmal eingenommen hat.«

Claire spürte, dass er ihr nicht alles sagte. Und doch war in diesen wenigen Minuten eine Vertrautheit zwischen ihnen entstanden, die mit seinem Klavierspiel und ihrem Lauschen seinen Anfang genommen hatte. »Es ist sicher schwer für ihn, so auf Ihre Hilfe angewiesen zu sein ...«

Der Engländer gab ihr mit einer Geste zu verstehen, dass er nicht weiter über das Thema sprechen wollte. In diesem Moment knallte Culot den nächsten Stuhl lautstark an den Tisch. Beide sahen sie kurz zu ihm herüber. Dann verbeugte George Bedford sich vornehm. »Es war mir ein Vergnügen, Mademoiselle Engel.«

Und da tat Claire etwas, das so gar nicht ihrem bedachten Wesen entsprach. Sie legte ihm die Hand auf den Unterarm und sagte: »Nachdem Sie mir so viel über sich erzählt haben, wäre es da nicht angebracht, dass Sie mehr über mich erführen?« Ihr Herz klopfte wild über ihre eigene Kühnheit.

Überrascht schaute er sie an. »Was schlagen Sie vor?«

»Ein Spaziergang. Nächste Woche? Am Mittwoch?« An diesem Tag hätte sie früher Schluss. Die Bénazets hatten, weil der Besucherstrom in dieser Saison schon zu Beginn Rekorde erreichte, eine weitere Garderobiere eingestellt, Odette, eine Einheimische, die stundenweise aushalf. »Wir könnten einen abendlichen Spaziergang auf der Lichtentaler Allee unternehmen. Mein Dienst endet ausnahmsweise bereits um neun Uhr.«

George bedachte sie mit einem langen Blick, bevor er sich verneigte. »Dann am Mittwoch, Mademoiselle Engel.«

Den restlichen Tag verbrachte Claire wie in Trance. Im Nachhinein erinnerte sie sich nur an George Bedford, der am frühen Abend mit seinem Vater an die Garderobe trat. An das Lächeln, als er ihr die leichten Capes reichte. Mehrmals meinte sie, Georges Blick auf sich zu spüren, doch wenn sie hinsah, war er auf den Senior fixiert. Dafür ertappte sie den Sicherheitsbeamten Theo Vlissing dabei, wie er sie betrachtete. Er sprach sie an, nachdem in der Nacht alle Gäste gegangen waren.

»Wenn Sie gestatten, begleite ich Sie bis zu Ihrer Haustür«, bot er sich an und erklärte weiter: »Mir ist seit Tagen nicht wohl dabei, Sie allein in der Dunkelheit zu wissen.«

Sie stutzte. »So dunkel ist Baden-Baden nicht.«

»Ich bestehe darauf«, gab Vlissing sich unbeeindruckt. »Ich habe jetzt ohnehin Feierabend und muss sowieso in Ihre Richtung.«

Sie zuckte mit den Schultern. Es konnte sicher nicht schaden, einen langjährigen Mitarbeiter der Bénazets besser kennenzulernen. Vielleicht konnte er ihr noch nützlich sein. Also nahm sie ihren Hut und zog sich den Mantel an, dann verließen sie das Kurhaus und schlugen den Weg zum Stadtkern ein. An ihnen vorbei lief Arm in Arm und leise lachend ein Paar. Claire erkannte die Gräfin, die an der Garderobe so freundlich auf sie zugekommen war. Eine sympathische Frau, und an ihrer Seite erneut der junge Russe.

Theo Vlissing hielt sich stoisch neben ihr, während das Trappeln und Kichern des Pärchens verklangen. Er schwieg die ganze Zeit.

»Von hier aus kann ich allein weitergehen, Herr Vlissing«, sagte sie am Leopoldsplatz. Außerdem war der Witwe Seibold zuzutrauen, dass sie nicht nur mit gespitzten Lauschern im Bett, sondern mit wachem Blick hinter den Gardinen auf der Lauer lag. Claires männliche Begleitung würde zu nervtötenden Fragen führen.

»Sagen Sie Theo zu mir.«

»Danke, dass Sie mich begleitet haben, Theo.« Sie wollte sich gerade verabschieden, da kam ihre eine Idee. Theo Vlissing arbeitete schon so lange im Kasino, bestimmt wusste er auch einiges über die Gäste ... »Nächsten Mittwoch treffe ich mich mit George Bedford. Kennen Sie ihn? Wir sind zu einem Spaziergang verabredet.«

»Der Sohn von Lord Bedford? Er machte bisher nicht den Eindruck, als wäre er auf Brautschau in Baden-Baden. Auch in den vergangenen Jahren habe ich ihn nie mit einer Frau gesehen.«

Noch einer, der das Glück einer Frau in einer guten Partie sah. Aber wer sprach von Heirat? Sie wollte den Mann bloß kennenlernen.

»Er wirkt auf mich ein wenig ... launenhaft«, fuhr der Sicherheitsbeamte fort.

»Wie meinen Sie das?«

»Er scheint meist sehr in sich gekehrt zu sein. Das allgemeine Amüsement springt nicht recht auf ihn über. Er setzt nur, wenn sein Vater ihn anherrscht, ihm nicht den Abend zu verderben. Selbst wenn er gewinnt, schaut er, als habe er verloren.« Theo Vlissing hielt inne. »Verzeihen Sie, wenn ich so deutliche Worte über ihn finde, Claire. Aber er ist mir durch seine zahlreichen Besuche in den vergangenen Jahren bekannt, und ich habe mich schon öfter mit meinem Schwager über ihn unterhalten.«

»Arbeitet Ihr Schwager auch in der Spielbank?«

»Nein, Dr. Günther Leberecht ist der Badearzt. Er kennt sich mit allerlei Leiden aus. Auch mit den seelischen.«

Sie erschrak. »Monsieur Bedford ist krank?«

Theo Vlissing hob die Schultern. »Das kann mein Schwager nur nach einer Untersuchung mit Bestimmtheit sagen. Und da weder Sie noch ich dem jungen Herrn so nahestehen, ihm eine solche anzuraten, werden wir es wohl nie erfahren. Trotzdem rate ich Ihnen, vorsichtig zu sein.«

Claire tat einen Schritt zurück. Auf Ratschläge war sie

gewiss nicht aus. Sie traf ihre eigenen Entscheidungen. »Nochmals danke, dass Sie mich nach Hause gebracht haben, Herr Vlissing. Wir sehen uns morgen im Kasino. Und jetzt gute Nacht.«

Entschuldigend hob er die Hände. »Verzeihen Sie. Ich möchte nur, dass Sie auf sich aufpassen.«

Doch Claire hatte sich bereits zum Gehen gewandt.

»Bitte, ich will mich nicht in Ihre Angelegenheiten mischen«, rief er ihr hinterher.

Sie blieb stehen und betrachtete sein Gesicht im Schatten der Nacht. Diesem Mann stand die Gutherzigkeit in den Augen geschrieben, vielleicht wollte er sie wirklich nur warnen und davor bewahren, sich womöglich in den Falschen zu verlieben.

»Es ist schon in Ordnung«, sagte sie daher. »Aber wir kennen uns ja kaum, Herr Vlissing.«

Einen Moment lang leuchtete sein Gesicht, vom Sichelmond beschienen. Gleichzeitig kratzte er sich unbewusst am Unterarm. Der Ärmel verrutschte. Claire erstarrte, als sie die Flechten auf der Haut sah. Er bemerkte ihren Gesichtsausdruck und winkte ab. »Ein Ausschlag, der kommt und geht. Nichts Schlimmes. Und ansteckend schon gar nicht, falls Sie das befürchten! Ich habe gelernt, damit zu leben. Aber ja, kennenlernen! Da sagen Sie was. Kommen Sie doch am Wochenende zu uns zum Essen. Ich lebe bei meiner Schwester und ihrem Mann im Ärztehaus. Die beiden lieben es, Gäste zu bewirten. Wir stammen ursprünglich aus Ulm, meine Schwester ist berühmt für ihre gute schwäbische Küche. Ein Zwiebelrostbraten, wie klingt das für Sie?«

Wenn sie ehrlich war, klang das großartig. Schließlich

war sie fremd in der Stadt. Wäre es nicht schön, neue Bekanntschaften zu machen, damit sie hier allmählich ein Zuhause fand? Bislang hatte sie sich spartanisch ernährt, Kartoffeln und Hafergrütze bei Frau Seibold, hin und wieder eine Semmel vom Bäcker, ein Apfel vom Markt. Bei dem Gedanken an ein Festmahl mit Braten lief ihr das Wasser im Mund zusammen. Sie spürte das eigene Lächeln im Gesicht. »Sehr gern, Herr Vlissing ... Theo ... Ich freue mich darauf!«

6

Ende Mai 1847

Theos Schwester zeigte sich von der Aussicht auf einen
Gast hellauf begeistert und dachte sogleich laut darüber
nach, was sie zu Tisch bringen sollte. »Flädlesuppe vor-
weg? Obwohl ich auch Spätzle zum Zwiebelrostbraten
machen würde. Oder sind das zu viele Teigwaren? Als
Nachtisch vielleicht von unserem Apfelkompott aus dem
Vorratskeller?« Erst nachdem sie in Gedanken das Menü
zusammengestellt hatte, erkundigte sie sich bei Theo, mit
wem sie es denn zu tun haben würden.

»Die neue Garderobiere vom Kasino. Claire Engel. Eine
sehr liebenswerte Person und noch ein bisschen fremd in
der Stadt. Sie sucht Anschluss. Ihr werdet sie mögen.«

Beate und ihr Mann Günther wechselten vielsagende
Blicke, aber mehr ließ Theo sich nicht entlocken. Das war
vermutlich der Grund, weshalb Beate einen erstickten
Schrei ausstieß, als Claire am Sonntag vor der Tür stand.
Schnell hatte sie sich wieder unter Kontrolle, lächelte und
bat ihren Mann, die junge Dame in die Stube zu führen.
Dort hatte sie nicht nur mit dem besten Sonntagsgeschirr
eingedeckt, sondern auch ein Rosenbouquet zur Tischde-
koration gewählt und Kerzen angezündet, obwohl es hell-

lichter Tag war. Theo fühlte sich am Arm zurückgehalten, während Günther mit Claire vorging. Beates Finger piksten wie Vogelkrallen auf seiner Haut, mit ihren Nägeln durchdrang sie spielend den Ärmelstoff.

»Bist du vom Hafer gestochen?«, zischte sie. »Das Fräulein ist halb so alt wie du! Was sollen die Leute denken! Gibt es nicht genügend Damen in deinem Alter? Muss es so ein Küken sein?«

»Ich wusste gar nicht, dass meine Schwester mit so viel Fantasie gesegnet ist«, gab er zurück. »Anders kann ich mir nicht erklären, was du dir da zusammenreimst.«

Beate stand der Mund offen. »Das heißt, du hast keine … Absichten mit diesem Fräulein?«

»Claire ist neu in der Stadt. Ich möchte ihr das Einleben erleichtern. Das ist alles.«

Beate drückte sich die Hand auf den Brustkorb und seufzte erleichtert. »Für einen Moment dachte ich, du hättest dich da in eine Sache verstiegen … Sie fühlt sich einsam in der Stadt? Gibt es denn da keinen Verlobten?« Sie rieb sich nachdenklich das Kinn, ganz die Beate, die es nicht ertrug, wenn Menschen frei und allein durchs Leben gingen.

Aber fiel ihr nichts anderes an Claire auf? Rief ihr Aussehen nichts in seiner Schwester wach? Offenbar nicht, sie sortierte im Kopf wohl schon die passenden Kandidaten, und so hob er bloß drohend den Zeigefinger, als er an ihr vorbei in die Stube drängte. »Untersteh dich, Beate.«

Es war vergeblich. Bereits bei der Suppe brachte sie Namen von jungen Badenern ins Spiel, die seit einiger Zeit auf Freiersfüßen wandelten.

Zu Theos Erleichterung nahm Claire die Versuche, ihr

diesen oder jenen ans Herz zu legen, mit Humor. Günther schaute ernster. Immer wieder warf er seiner Frau zornige Blicke zu, während er gleichzeitig in höchstem Maße bemüht war, Claire alles recht zu machen. Er bot ihr eine weitere Portion der Suppe an, reichte ihr den Brotkorb und sprang auf, um nachzufüllen, sobald sie einen Schluck Wein genommen hatte.

»Wie mundet Ihnen denn der Tropfen, verehrtes Fräulein Engel?«, erkundigte er sich. »Ich habe ihn gestern auf dem Markplatz oben an der Kirche verköstigen dürfen. Herr Benedetti aus Siena hatte dort einen Stand aufgestellt und kleine Proben verteilt. Ich fand ihn herrlich süffig und fruchtig.«

»Und hast gleich drei Kisten bestellt«, fügte Beate ein wenig angesäuert hinzu. »Die hat uns der Italiener noch am Abend eigenhändig ins Haus geschleppt! Als hätten zwei Flaschen nicht zunächst gereicht.«

Theo hatte mitbekommen, wie der Mann die Ware von der Kutsche auf ein Rollwägelchen geladen und sie erst ins Haus gebracht, dann mit vor Anstrengung rotem Kopf in den Weinkeller getragen hatte. Sie hatten ein paar Worte gewechselt, und Theo hatte erfahren, dass der Stand auf dem Markt nur einen Bruchteil der Bemühungen ausmachte, die Weine seiner Familie in der Stadt populär zu machen. Lorenzo Benedetti beabsichtigte die große Tour durch alle renommierten Hotels und hoffte, mit prall gefülltem Auftragsbuch in die Heimat zurückzukehren.

»Ach, Beatchen«, erwiderte Günther. »Der Mann macht sich Hoffnungen, die Vorherrschaft der Weine aus der Pfalz und Frankreich in Baden-Baden zu brechen. Ich wollte ihm etwas Nettes tun, zumal der Wein aus der Toskana einen wirklich hervorragenden Ruf hat. Köstlich frisch und preislich erschwinglich. Ich hoffe, Sie genießen ihn, Fräulein Engel?« Wieder hing sein Blick an Claire. In seine Augen trat etwas Schwärmerisches, als sie das Glas an die Lippen setzte und nippte. Auch ihm schien nichts aufzufallen, er war so blind wie Beate. Die beiden erkannten offenbar nicht, woher seine unvoreingenommene Sympathie für Claire rührte. Theo sollte es recht sein.

»Ein Gedicht, Dr. Leberecht. Bei mir muss es allerdings bei dem einen Schluck bleiben. Um fünf Uhr beginnt meine Schicht im Kasino.«

»Zu bedauerlich. Sie müssen uns unbedingt mit mehr Zeit bald wieder Gesellschaft leisten, ja?«

Da hatte seine Schwester sich Sorgen um seine Absichten bei Claire gemacht, nun behandelte ihr Mann den Gast, als hätte er Prinzessin Marie Amelie von Baden vor sich! Er schien ganz gefangen von ihrer Erscheinung. Sie war aber auch eine Augenweide in ihrem blassblauen Kleid mit den Perlen am Dekolletee und der Stoffblüte am Halsband.

Günthers Verhalten entging Beate nicht. Sie wurde immer stiller und unterbrach sogar ihre Parade an heiratsfähigen Männern. Ein Schatten legte sich auf ihr Gesicht. Sie nahm die Schwärmerei ihres Mannes doch nicht persönlich? Sie sollte wissen, dass ihre langjährige Ehe trotz kurzfristiger Reize nichts gefährden konnte. Dennoch gab Theo sich Mühe, das Thema zu wechseln und Claire die Gelegenheit zu geben, von sich zu erzählen. »Unter den Angestellten munkelt man, die Stelle an der Garderobe sei nicht der Grund, weswegen Sie nach Baden-Baden gekommen sind?«

Claire blickte ihn mit großen Augen an. »So? Und was erzählt man sich genau?«

»Dass Sie gerne als Croupière arbeiten würden.«

»Das würde zu Ihnen passen!«, rief Günther inbrünstig, und Theo vermutete, dass der Wein seine Begeisterung anstachelte. »Sie strahlen eine elegante Noblesse aus, verbinden Sanftmut mit Kraft und einem charismatischen Wesen. Sie sehen bezaubernd aus, sind gleichzeitig eloquent und klug und feinfühlig. Ich bin sicher, Sie besitzen das diplomatische Geschick und die Menschenkenntnis, die nötig sind, um zu einem unersetzlichen Mitglied des Kasinopersonals zu werden.« Das Schweigen am Tisch schien ihm klarzumachen, dass seine kleine Rede zu weit gegangen war. »Äh … was ich meine, ist, dass Sie für eine solche Arbeit vermutlich gut geeignet sind. Auch wenn sie für eine junge Dame ungewöhnlich ist. Eine Frau als Croupière! Na dann, ich wünsche viel Glück. Bitte. Danke. Gern geschehen und jetzt Prost.« Er nahm einen so kräftigen Schluck vom Wein, als wäre es Wasser.

»Ich danke Ihnen sehr, Dr. Leberecht«, sagte Claire, sichtlich bemüht, etwaige Wogen gleich zu glätten. »Es macht mir Mut, wenn jemand an mich glaubt. Tatsächlich zeigen sich Vater und Sohn Bénazet aber nicht sehr aufgeschlossen. Sie sind nicht auf mich angewiesen. Von der Atmosphäre im Kasino fühlen sich natürlich viele junge Männer angezogen und würden gern dort arbeiten. Dagegen kann ich kaum ankommen.«

»Aber die Auswahl ist sehr streng«, warf Theo ein. »Etliche von denen, die das Flair so genießen, haben es schon kennengelernt und sind nicht selten bankrott. Hochverschuldete Bewerber oder solche mit einem nicht einwandfreien Leumund und einer mit Makeln behafteten Biografie schließen die Direktoren generell aus. Auch insofern kann man davon ausgehen, dass Sie ein Gewinn für die Herren Bénazet wären, Claire.«

Zum Glück schien Beate den kurzzeitigen zweiten Frühling ihres Mannes verdaut zu haben und kam wieder aus ihrem Schneckenhaus hervor. So entwickelte sich ein angeregtes Gespräch an diesem Sonntag, an dessen Ende Claire sich lachend den Bauch hielt. »Ich weiß nicht, wann ich das letzte Mal so köstlich gespeist habe! Und dann das Ambiente. Sie haben ein Händchen dafür, Frau Leberecht, das spürt man sofort. Ach, ich danke von ganzem Herzen für diese Einladung.«

Über Beates Gesicht glitt ein Strahlen. Claire hatte genau die richtigen Worte gefunden, um sie für sich einzunehmen. »Sie sind jederzeit ein gern gesehener Gast bei uns, Fräulein Engel! Ich nehme an, bei Martha bekommen Sie keine warme Mahlzeit?«

Claire hatte von ihrer Vermieterin erzählt, ohne ins Detail zu gehen. Beate kannte Frau Seibold aber und behauptete, seit sie verwitwet war, hätte sie sich zur Menschenfeindin entwickelt, die lieber keine Zimmer an Gäste vermieten sollte.

»Ich will ja gar nicht über sie klagen«, sagte Claire. »Die Unterkunft ist sauber, das Frühstück macht satt, die Miete ist günstig. Und dass die Wirtin gewöhnungsbedürftig ist … Nun, man kommt mit ihr zurecht, wenn man sie zu nehmen weiß.«

»Wenn Sie doch einmal nach einer anderen Unterkunft suchen sollten, wenden Sie sich vertrauensvoll an uns«, fügte Günther an. »Wir haben viele Kontakte in der Stadt und … äh … einige Patienten, die mir noch einen Gefallen schulden.«

Beate blickte ihn mit zusammengepressten Lippen an. Ein stetig wiederkehrendes Thema im Hause Leberecht: Beate hielt ihren Mann für zu weich, und Theo stimmte ihr insgeheim zu. Es waren stets die Labilen, die Gutherzigen, die Wohltäter, die am Ende draufzahlten. Diejenigen, die nur ihren eigenen Vorteil sahen, kamen davon und machten sich das Leben schön auf dem Rücken der anderen.

Theos Arbeit und die Begegnung mit Menschen waren sein Antrieb. Aber die Herren Direktoren bestanden darauf, dass die Angestellten wöchentlich einen freien Tag nahmen, der selten genug auf einen Sonntag fiel. Am Wochenende herrschte Hochbetrieb in der Spielbank, jede helfende Hand wurde gebraucht. Doch ausgerechnet heute hatte es Theo getroffen, er musste nicht erscheinen. Die freie Zeit mit Claire zu verbringen hatte ihm aber so gefallen, dass er gerne ein halbes Stündchen dranhängte.

»Ich begleite Sie zum Kasino«, bot er an, als sie sich verabschiedete.

»Mitten am Tag drohen einer Dame in Baden-Baden sicher wenig Gefahren«, sagte sie mit einem Schmunzeln. »Ich finde den Weg schon allein, Theo.«

Er gab nicht auf. »Ich wollte mir ohnehin die Beine vertreten und bin nachher mit einem Freund auf ein Pils im *Goldenen Adler* verabredet. Das Wirtshaus liegt in der Nähe des Kurhauses. Es würde mir also nichts ausmachen. Wirklich nicht.«

»Nun, dann freue ich mich über Ihre Gesellschaft.«

Allgemeines Stühlerücken, muntere Versicherungen,

man müsse einen solchen Nachmittag bald wiederholen, und Beate zog Claire kurz an sich. Was für ein schönes Gefühl, dass Claire es geschafft hatte, die Herzen seiner Familie zu erobern! Dass ihr dies nicht schwerfallen würde, hatte er geahnt. Sie war eben in vielerlei Hinsicht wie …

»Und nicht die Zeit im Wirtshaus vergessen, Theo, nicht wahr?« Nur halb im Scherz erinnerte Beate ihn daran, dass am nächsten Tag in der Frühe seine Schicht wieder losging.

Er verzichtete darauf, etwas zu erwidern. Mit Beates Bedürfnis nach Kontrolle musste er leben. Genau wie Günther, der ihr einen Kuss auf die Wange drückte und ihre Schulter tätschelte, als wollte er sie auf seine liebenswerte Weise ermahnen, sich nicht in anderer Leute Angelegenheiten zu mischen. Oder meinte er, nach seiner schwärmerischen Lobrede auf Claire etwas bei seiner Gattin gutmachen zu müssen?

Seite an Seite schlenderte er mit Claire über das Kopfsteinpflaster an den Baustellen der großen Hotels vorbei auf das Kurhaus zu. Die Sonne wärmte wie im Hochsommer, die Straßen und Wege waren voller Spaziergänger, denen die Sommerlaune ins Gesicht geschrieben stand. Meisen zwitscherten im dichten Smaragdgrün der alten Bäume, die Oos rauschte, nach den vergangenen Regengüssen reichlich mit Wasser gefüllt. Am Ufer watschelte eine Entenfamilie in Richtung einer Brücke, wo sich im hohen Gras offenbar ihr Nest befand. Ein Tag wie geschaffen, um ihn an der frischen Luft zu genießen. Leider blieb Claire kaum mehr Zeit als die wenigen Minuten Fußweg zum Kasino. Der Nachmittag war wie im Flug verstrichen.

»Wie steht es inzwischen um Ihre Bekanntschaft mit George Bedford?«, erkundigte sich Theo neugierig.

»Bekanntschaft ...«, wiederholte sie nachdenklich. »Ach, wir haben uns nur einmal unterhalten, begegnen uns meist abends kurz an der Garderobe, für Mittwoch ist unser Spaziergang geplant. Man wird sehen, was sich daraus entwickelt. Ich hoffe, mehr über ihn zu erfahren. Ich finde ihn interessant. Es ist ungewöhnlich für einen Mann in seinem Alter, seine komplette Zeit dem Vater zu widmen, finden Sie nicht?«

»Absolut.«

»Wissen Sie mehr darüber?«

»Die Gäste vertrauen sich mir in der Regel nicht an. Aber ich sehe manchmal mehr als andere.« Er sagte dies ganz nebenbei und zuckte die Achseln, als sei es nicht von Bedeutung. »Manchmal erschließen sich mir Dinge, die im Verborgenen liegen. Es ist, als wisse ich mitunter früher als andere, welches Puzzleteil wohin gehört. Bloß ein Gefühl. Meist ist es richtig, jedoch nicht immer. In manchen Fällen scheine ich auch blind zu sein. Aber bei Mister Bedford meldet sich eine warnende Stimme.«

»Oder Sie mögen ihn einfach nicht«, entgegnete Claire eine Spur kühler. Auf väterliche Mahnungen konnte sie vermutlich verzichten.

»Nein. Ich schätze ihn sogar. Es ist anständig von ihm, sich für den Vater einzusetzen, was auch immer seine Gründe dafür sind. Allerdings scheint er mir in seinen Stimmungen so sehr zu schwanken, dass es schwierig ist, seinen wahren Charakter zu erfassen. Günther war schon in der vergangenen Saison, als ich ihm von Bedford und seiner seltsamen Art erzählt habe, der Auffassung, dass ein ärztlicher Rat angebracht wäre. Man muss aufpassen. Menschen wie er können andere mit in einen Strudel ziehen, wenn man die Distanz nicht wahrt und ...« Er spürte, wie Claire sich neben ihm versteifte, und stoppte in seinem Redefluss. Sie wollte das nicht hören, und sie würde jeden Rat in den Wind schlagen. Er wünschte, es wäre anders.

»Danke, dass Sie sich um mich sorgen, Theo.« Sie bemühte sich sichtlich um einen freundlichen Ton, damit die Stimmung zwischen ihnen nicht ganz kippte. »Aber ich bin schon ein großes Mädchen«, fügte sie halb scherzend hinzu.

»Auch große Mädchen sind nicht davor gefeit, Fehler zu machen«, erwiderte er, was ihm einen verärgerten Blick von Claire einbrachte. Und auch großen Mädchen können furchtbare Dinge geschehen, dachte er, sprach es jedoch nicht laut aus.

Sie erreichten die Treppe zum Kurhaus, wo ein Paar mit einem distanzierten Gruß an ihnen vorbeizog.

»Gräfin von Bergfels«, stellte Claire fest. Neugier zeigte sich auf ihrem Gesicht. »Wieder in Begleitung dieses Mannes. Kennen Sie ihn?«

Die beiden hielten sich diesmal an die Etikette und schritten etwas eilig, aber gesittet die Freitreppe hinauf, um nach rechts in die Säle des Spielkasinos zu gelangen. Die Gräfin hatte sich, in feinster Garderobe aus Samt und Seide, bei dem Russen, lässig mit geöffnetem Hemd unter dem Frack, untergehakt. Etwas stimmte nicht mit dem jungen Heißsporn, davon war Theo überzeugt. Und schon gar nicht nahm er ihm ab, dass er in aller Unschuld den Reizen dieser älteren Frau verfallen war. Die Gräfin sollte sich besser in Acht nehmen.

»Nein, ich kenne ihn nicht näher«, ging er auf Claires Frage ein. »Maxim Iwanowitsch Smirnow. Ich weiß nur, dass er zum ersten Mal in Baden-Baden ist.« Und das war genau das, worauf es Theo ankam. Denn wenn er nie zuvor dem Schwarzwald einen Besuch abgestattet hatte, war er keine weiteren Nachforschungen wert.

»Die Gräfin finde ich sehr freundlich«, sagte Claire. »Sie wechselt stets ein paar Worte mit mir, wenn sie ihre Garderobe abgibt.«

»Ja, eine liebenswerte Person. Ich mag sie auch.« Er wandte den Kopf zur Seite, da er in diesem Moment von links begrüßt wurde.

»Guten Tag, Herr Vlissing! Heute im Dienst?« Als Lorenzo Benedetti die Weinkisten ins Ärztehaus geliefert hatte, hatte er eine Leinenjacke über seinem Schnürhemd getragen, dazu ein flaches Barett auf dem Kopf. Heute hatte er sich in einen feinen Anzug mit Frack und Zylinder geworfen und die Haare sorgfältig mit Pomade gescheitelt. Sein schmales Gesicht mit dem dünnen Bärtchen war blass, doch in seinen Augen stand die Lust auf einen unterhaltsamen Abend.

»Ich muss los«, verabschiedete Claire sich von Theo, nickte Herrn Benedetti zu und huschte nach drinnen. Sie war spät dran. Jetzt musste sie sich beeilen, in der Umkleide ihr schwarzes Kleid anziehen und den weißen Hut aufsetzen, damit sie pünktlich zum Dienst an der Garderobe erschien und Estelle keinen Grund zum Meckern gab.

»Ich warte nach Ihrer Schicht auf Sie, um Sie auf dem Heimweg zu begleiten«, rief Theo ihr nach. Er hörte, wie sie seufzte, dann aber schicksalsergeben nickte.

Benedetti blieb an Theos Seite, die Hände in den Hosentaschen vergraben. »Baden-Baden bringt schöne Gewächse hervor«, murmelte er vertraulich, während sie der jungen Frau nachschauten.

»Denken Sie nicht mal daran«, presste Theo hervor. »Und im Übrigen ist sie gebunden.«

Der Italiener blähte die Wangen und hob entschuldigend beide Arme. »Ich habe nur etwas Nettes sagen wollen, kein Affront, bitte.«

Theo ermahnte sich selbst zur Ruhe. Benedetti war keiner, den er im Blick behalten musste, das spürte er in jeder Geste, dem Tonfall, der Mimik, abgesehen davon, dass er wie der Russe zum ersten Mal in der Stadt war. »Meine Frau würde es nicht gutheißen, wenn ich mehr als wohlgemeinte Bewunderung für die Schönheit der Jugend hätte«, fügte er da an. »Außerdem habe ich selbst neben meinen zwei Buben ein Töchterchen, das in einigen Jahren dem Fräulein an Attraktivität bestimmt nicht nachstehen wird. Wenn sie in zehn Jahren aufgeblüht ist und die Männerwelt verrückt macht, werde ich vermutlich genauso über sie wachen wie Sie jetzt über diese junge Dame.«

Theo gefror das Lächeln auf dem Gesicht, das er zuletzt aufgesetzt hatte, um seine harschen Worte zu entschärfen. Schnell fasste er sich, verneigte sich leicht, damit der Italiener ihm den Schrecken über den letzten Satz nicht anmerkte. War es so offensichtlich, dass er Claire zu beschützen versuchte? Er schickte sich an, den Weg zurück in die Stadt einzuschlagen. »Wenn Sie mich nun entschuldigen, ich habe noch eine Verabredung. Ihnen einen angenehmen Abend.«

»Danke, Monsieur Vlissing, den werde ich haben. Ich will mir ein Konzert des Kurorchesters anhören. Es hat einen hervorragenden Ruf. Und dann vielleicht in der Leihbücherei nach einem Roman für die Abendstunden suchen. Ich bleibe eine Woche, da braucht es Zerstreuung.«

»Im Konzertsaal freut man sich über jeden Kulturinteressierten. Für die meisten Gäste hat das Kasino die größere Anziehungskraft.« Damit machte er kehrt und eilte wenig später auf die Gaststätte *Zum Goldenen Adler* zu. Aus den Fenstern fiel Kerzenlicht auf die Straße, obwohl die Dämmerung noch nicht eingesetzt hatte. Durch die offenen Türen drang das Lachen der Männer, untermalt von Gläserklirren. Theos Stammlokal suchten die Menschen nicht wegen eines verlockenden Speiseplans auf. Kartoffelsalat und Bockwürste, mehr gab es nicht. Dafür schmeckte das Bier frisch.

Er erkannte Jasper gleich, als er das von Tabakrauch geschwängerte Lokal betrat. Der Portier des Grandhotels stand an der Theke, hatte sich noch nichts bestellt, wartete, dass Theo das übernahm. Ohne seine rote Uniformmütze sah er ungewohnt aus mit den verwuschelten Haaren. Beim Dienst hingegen war er stets akkurat gekleidet und frisiert.

Die beiden Männer begrüßten sich und prosteten sich wenig später mit schaumig gefüllten Gläsern zu. Ein Hoch darauf, dass es ihnen wegen ihrer langen Schichten wenigstens einmal im Monat gelang, sich hier zu treffen. Jasper arbeitete rund um die Uhr, Hoteldirektor Salbach war weniger sozial eingestellt als die Herren Bénazet. Die Stunden im Lokal waren wertvoll und wichtig für ihre Freundschaft.

Und für die Nachforschungen.

In der Wirtsstube drängten sich Familienväter, die sich

vor dem Heimgang ein Pils gönnten. Aber auch Handwerksburschen auf Wanderschaft und Tagelöhner trafen sich hier zum gemütlichen Trinken. In den dunklen Ecken hockten diejenigen, die die Mützen tief über die Augen gezogen hatten und sich ständig umschauten, als drohe ihnen Gefahr von der Obrigkeit. Theo entdeckte in den Schatten dieser Gruppe den schönen Alwin, einen stadtbekannten Kriminellen, dessen Bande ihm hündisch ergeben war. Im Gegensatz zu seinem Gefolge wirkte er stets wie geleckt mit seinen blitzblanken Schuhen, dem pomadisierten Schnauzbart und dem fellbesetzten Mantel. Er warf verstohlene Blicke zu ihnen, aber Theo gab nichts darum. Er hatte andere Probleme als Kleinkriminelle mit überzogener Selbstverliebtheit.

Gleich nach dem ersten Bier packte Theo sein Büchlein aus. Gemeinsam gingen sie Namen für Namen durch, Jasper murmelte Erklärungen, wo er diesen oder jenen schon gesehen hatte, welchen Eindruck sie auf ihn gemacht hatten, ob er besondere Beobachtungen gemacht hatte. Immerhin konnte er als Portier einer derjenigen sein, an die man sich mit *ungewöhnlichen* Wünschen wendete. Theo lauschte aufmerksam, kratzte sich unauffällig die Unterarme. Heute war das Jucken wieder schlimm, Günthers Salben wirkten nicht im Geringsten. Dabei hatte sein Schwager doch sonst für jedes Wehwehchen ein Kraut. Es war wie verhext mit seinem Ausschlag.

Bislang hatten die Gespräche mit Jasper zu keinen neuen Erkenntnissen geführt, aber irgendwann würden sie in die richtige Richtung weisen. Ein Satz von ihm, der etwas in Theo einrasten ließ, eine Information, die ihm ein Puzzleteil lieferte – mehr brauchte er nicht.

Sie tranken zwei weitere Biere, aber Theo spürte, dass es seinen Freund fortzog. Zwischendurch warf er flüchtige Blicke zu der Schattentruppe rund um Alwin in dem dunklen Winkel der Wirtsstube. Mit denen hatte er hoffentlich nichts am Hut. Theo hob fragend die Augenbrauen. Jasper schüttelte den Kopf und klopfte wie zur Erklärung auf seine Jacke. Ende des Monats war Zahltag für die Angestellten im Dienstgewerbe, er hatte die Taschen voller Geld. Er verdiente nicht schlecht als Portier, dennoch wohnte er in einem der ärmsten Viertel. Mehr als ein möbliertes Zimmer zur Untermiete konnte der arme Tropf sich nicht leisten, denn sobald er Bares in die Hände bekam, war es schon wieder verloren. Der Fluch eines Spielers. Jasper war Junggeselle, zu Hause wartete keine Ehefrau auf ihn, er brauchte niemandem Rechenschaft darüber abzulegen, wie er seinen Feierabend verbrachte. Theo wusste, dass gerade diese alleinstehenden Männer auf dünnem Eis wandelten. Risiken und Gefahren lauerten in einer auf das Vergnügen ausgerichteten Stadt wie Baden-Baden an allen Ecken. Eine Familie konnte einen einschränken. Im positiven Sinn aber bot sie einem den Halt, den man manchmal bitter nötig hatte.

Jasper setzte mal im Würfelspiel, mal bei den Kartenspielen im *Trente et quarante*. Nie legte er sich auf einen Tisch oder ein Spiel fest, immer sprang er von hier nach da, sodass niemandem auffiel, wie viel er letzten Endes verlor. Keiner sah ihm die selbst verschuldete Armut an, er trug die perfekte Fassade, setzte beim Dienst auf sein gepflegtes Äußeres, seine tadellosen Manieren. Ein ehrbarer Angestellter des Grandhotels, der unbemerkt von allen gefährlich nah am Abgrund taumelte. Nur Theo wusste Bescheid.

Und auch, dass er Jasper nicht helfen konnte, solange er das nicht selbst wollte. Zu oft hatte Theo es schon versucht.

Theo griff in seine Hosentasche, um die Rechnung zu begleichen, aber Jasper war schneller. »Diesmal bin ich dran. Und vielleicht brauchst du ab morgen niemals mehr wieder dein Bier mit mir selbst zu bezahlen! Ich spüre, dass es heute gut laufen wird. Und dann bist du mein Gast auf Lebenszeit!«

»Ach, Jasper.« Theo seufzte resigniert. Mehr als dass sein Geheimnis bei ihm sicher war, konnte er ihm nicht geben. Und ein paar Münzen, die er ihm bald zustecken würde, wenn er wieder einmal nicht wusste, wovon er sein Brot kaufen sollte.

Theo blieb noch eine Weile, nachdem sich Jasper, gierig darauf, seine Einsätze zu tätigen, verabschiedet hatte. Als er sich zu späterer Stunde zum Kasino begab, stand der Mond hoch am Himmel, Sterne warfen silbernes Licht auf den Platz und die Wiesen. Es mischte sich mit der goldenen Helligkeit der Gaskandelaber vor dem Kurhaus. Ein Sonntagabend, wie ihn die Sommerfrischler liebten. Menschen strömten aus der bald schließenden Spielbank, unterhielten sich angeregt, lachten, plauderten, spazierten in Grüppchen und zu zweit davon, begleitet von den letzten Walzerklängen des Kurorchesters aus der oberen Etage und dem folgenden Applaus des Publikums. Theo stutzte, als der Weinhändler Benedetti die Treppe hinabsprang wie ein junger Hirsch. Fest an seine Brust gedrückt hielt er ein mit Kordel zusammengeschnürtes Paket. Die Wangen apfelrot, die Augen funkelnd. So beseelt vom Konzert und doch hatte er es vor seinem Ende verlassen?

»Hatten Sie einen schönen Abend, Monsieur Benedetti?«, sprach Theo ihn an.

Der Italiener schien wie aus einem Traum zu erwachen. Ein Leuchten glitt über sein Gesicht. »Den besten meines Lebens, Monsieur Vlissing! Wenn ich gewusst hätte, wie leicht man zu Geld kommt, hätte ich meine Weinkisten zu Hause gelassen!« Er lachte laut auf.

In Theo stieg eine Ahnung auf. »Sie wollten doch ins Konzert?«

»Und Sie haben mich aufs Kasino verwiesen! Dafür sollte ich Sie honorieren!« Er nestelte an der Paketkordel.

»Um Himmels willen, nein! Behalten Sie ihr Geld und stecken Sie es gut weg.«

Benedettis Lachen hallte durch die Nacht, als er davonging, weckte die amüsierte Aufmerksamkeit anderer Passanten. Theo blickte ihm hinterher. Der Kerl vollführte nach jedem dritten Schritt einen Hüpfer. Als tanze er nach einem Lied, das nur er selbst hörte. Schwermut senkte sich über Theo, während er ihn in der Dunkelheit verschwinden sah, von einer Existenz in Glanz und Gloria träumend. Einer, der glaubte, nicht mehr länger auf das Wohlwollen seiner Kunden angewiesen, sondern ein freier Mann zu sein, der seiner Familie ein Leben in Luxus schenken konnte. Der insgeheim mit allen abrechnete, die ihn jemals gedemütigt hatten.

Ein Verlorener.

Theo fühlte den vertrauten Druck auf seinem Herzen. Er konnte Benedetti nicht retten, obwohl er wusste, was geschehen würde. Niemanden konnte er retten. Das schien sein Schicksal zu sein. Und auch, dass er es dennoch wieder und wieder versuchen würde.

Er senkte den Kopf und schlenderte zur nächstgelegenen Bank, um im Schatten einer Gaslaterne auf Claire zu warten und sie auf ihrem Heimweg zu behüten.

Auch am Montag begleitete Theo Claire nach Feierabend durch die Stadt, am Dienstag jedoch endete ihr Dienst zwei Stunden vor seinem. Theo drehte gerade seine Runde, als zwischen den illustren Gästen Karl Lindemann in sein Blickfeld geriet, der Assistent der Herren Bénazet. Der Mann flatterte wie eine aufgeschreckte Vogelscheuche durch den Saal. Theo kannte ihn gut genug. Etwas schien ihn gehörig in Aufruhr zu versetzen. Er holte ihn im Gang zum Direktorat ein. »Karl, was ist los?«

»Hast du es nicht mitbekommen? Culot hat sich verletzt.«

»Verletzt, wie das?« Frederic Culot stand den Roulettetischen vor. Nicht unbedingt eine Aufgabe mit großem Unfallpotenzial.

»Ein preußischer Offizier hat ihn angerempelt. Ein Versehen, der Mann hat sich tausendmal entschuldigt. Aber da war das Unglück schon geschehen.«

»Muss ich dir jetzt jedes Wort einzeln aus der Nase ziehen?«

Karl war aschfahl. Schweißtropfen perlten auf der Stirn. Er zückte ein kariertes Tüchlein und tupfte sich ab. »Culot ist nach vorn getaumelt und auf den Boden geprallt. Sein Handgelenk ist dick, der Arme wimmert vor Schmerzen.«

Das klang nach etwas Ernsthaftem. Theo legte Karl beruhigend die Hand auf die Schulter. Es brachte nichts, wenn er sich von der Aufregung mitreißen ließ. »Schick nach meinem Schwager, er wird sich die Sache ansehen.«

»Schon geschehen. Dennoch ist es eine Katastrophe. Wer weiß, wie lange er ausfällt? Damit fehlt uns ein Mann an den Tischen. Wir hatten zwar viele Bewerber zu Beginn der Saison, aber die meisten haben sich nach unserer Absage sicher woanders umgehört. Die wenigsten werden noch in der Stadt sein. Bis wir sie ausfindig gemacht und einbestellt haben, vergehen wertvolle Tage.« Er seufzte. »So wichtig den Messieurs die freie Zeit ihrer Mitarbeiter ist, sie müssen sie wohl einigen streichen, damit wir Culot ersetzen können.«

Noch immer lag Theos Rechte auf Lindemanns Schulter, aber längst nicht mehr, um ihn zu beruhigen, sondern um ihn davon abzuhalten, weiterzustürmen und die Direktoren zu unterrichten, ohne die Lösung für das Problem zu präsentieren. Und die lag doch auf der Hand!

»Der einzige Ort, an dem die übliche Arbeit von weniger Angestellten bewältigt werden muss, ist die Garderobe.«

Karls Gesicht war ein großes Fragezeichen. Auffordernd sah er Theo an, genauer zu werden.

»Claire Engel hat sich ursprünglich als Croupière beworben. Hast du das vergessen?«

»Oh«, machte Lindemann und, nach einigen Sekunden, noch einmal lauter, mit größer werdenden Augen. »Oh!« Dann verschwand die aufkeimende Begeisterung mit einem Schlag. »Es wird Culot nicht gefallen, dass ihn eine junge Dame ersetzt. Du kennst sein Ehrgefühl, Theo.«

»Was er für Ehre hält, ja. Aber seit wann hat er das Sagen?«

»Ich teile seine Auffassung über Frauen nicht! Mademoiselle Engel hat eine Chance verdient, das fand ich von Anfang an, aber bisher war da nichts zu machen.« Er versank ins Grübeln. »Aber in dieser Situation … Man müsste sie den Herrschaften als die *perfekte* Lösung präsentieren. Als eine, die für Gesprächsstoff sorgen und den Spielbetrieb gesellschaftlich noch interessanter machen wird. Selbst wenn so manch einer aus den gehobenen Kreisen eher Culots Meinung ist, was Frauen in Männerberufen angeht, werden sie es sich nicht nehmen lassen, Claire unter die Lupe zu nehmen. Und dazu müssen sie ins Kasino kommen. Sie werden herbeiströmen und sich um einen Platz an ihrem Tisch reißen.«

»Ich sehe, du denkst in die richtige Richtung.«

Nickend sah Lindemann auf. »Wohlgemerkt, sie werden kommen, um ihrem Scheitern beizuwohnen, Theo. Alle Augen werden auf sie gerichtet sein. Stell dir diesen Druck vor! Der kleinste Fehler, und die Leute werden sagen, dass sie es doch gewusst haben. Allen voran Culot.«

»Den lass mal meine Sorge sein. Überzeug du die Bénazets. Wenn sie auf ein Urteil vertrauen, dann auf deines.«

Ein Lob zur rechten Zeit verfehlte selten seine Wirkung. Karl straffte die Schultern, blickte Theo entschlossen an. Er klopfte ihm mit den Knöcheln auf den Brustkorb, als hätten sie einen Schlachtplan geschmiedet. »Lass es uns wagen, Theo. Aber gib mir ein, zwei Tage. Bis dahin sollte ich die beiden bearbeitet haben.«

Theo konnte seine innere Aufregung kaum verbergen. Wenn das klappte, würde für Claire ein Traum in Erfüllung gehen. Welch wundersame Entwicklung!

7

Anfang Juni 1847

»*Au revoir*, Baron van der Velde. *Bonne soirée.*« Claire sah dem Gast aus den belgischen Landen hinterher. Mit dem edlen Gehstock, den sie ihm im Austausch für die Garderobenmarke zurückgegeben hatte, auf der einen und seiner Gemahlin auf der anderen Seite verließ der flämische Adelige die Spielbank. Und mit einem satten Gewinn, wenn sie sein breites Grinsen richtig deutete. Oder war ihr eigenes Lächeln so ansteckend, dass er es erwiderte? Elegant fasste er sich an die Krempe seines Zylinders, um sich zu verabschieden.

Claire strahlte an diesem Mittwoch seit dem frühen Morgen, wann immer sie an den Spaziergang mit George Bedford dachte. Sie zählte die Stunden, bis es endlich einundzwanzig Uhr wurde und sie das Kurhaus verlassen konnte. Mit Odette waren solche Ausnahmen möglich.

Wo blieb sie bloß?

»Einen wahren Sonnenschein haben die Herren Bénazet mir da gebracht.« Sogar Estelle lächelte ob Claires heutiger Stimmung. Doch Claire traute ihr nicht, schließlich wusste sie, welche Boshaftigkeiten sich hinter dem freundlichen Auftreten der Garderobiere versteckten. »Ich wünschte, ich könnte auch noch einmal die Freuden der Jugend genießen.«

»Sie sind in den besten Jahren«, erwiderte Claire der Höflichkeit halber und registrierte befriedigt Odettes Eintreffen. Abgehetzt hielt die junge Frau auf die Garderobe zu. »Einen schönen Abend noch.«

»Den wünsche ich Ihnen auch. Aber ach, ich Dummerchen!« Estelle schüttelte mit einer Fassungslosigkeit den Kopf, die ebenso falsch war wie ihr Lächeln. »Wo war ich bloß mit meinen Gedanken?« Sie kramte umständlich in ihren Taschen. »Die Nachricht wurde heute gleich nach Öffnung für Sie abgegeben. Sie waren beschäftigt, und dann habe ich im Trubel nicht mehr daran gedacht.«

Das bezweifelte Claire. Und sie ging jede Wette ein, dass Estelle die Nachricht gelesen hatte. Einen Beweis hatte sie nicht, also schluckte sie die Wut über diese Unverfrorenheit hinunter, klappte das Papier auf und überflog die wenigen Zeilen. Zeilen, die besagten, dass George Bedford ihr Treffen absagen musste. Er fühle sich unwohl, eine Sommergrippe wahrscheinlich, mit der er sie nicht anstecken wolle. Die Schrift wirkte schleppend. Als habe er die Feder kaum halten können und jedes Wort sei ihm unendlich schwergefallen.

»Es wird doch nichts Wichtiges sein?«, erkundigte sich Estelle und begrüßte Odette mit einem abfälligen Nicken. Die Neue hatte Schwierigkeiten mit der Pünktlichkeit. Claire hingegen lächelte der Aushilfe zu und musste gleichzeitig an sich halten, um keinen Streit mit Estelle anzufangen. Die Kollegin hatte den ganzen Tag über gewusst, dass sie sich umsonst freute! Wie sie dieses Wissen genossen haben musste! Claire ärgerte sich, wenn sie ehrlich war, aber vor allem über sich selbst. Es war doch eigentlich gar nicht ihre Art, sich wie ein Backfisch einem Mann an den Hals zu werfen. Sicher, da war eine besondere Verbindung zwischen ihnen gewesen, als sie Georges Klavierspiel gelauscht und sich dann mit ihm unterhalten hatte. Vielleicht war diese aber auch nur ihrer Einbildungskraft entsprungen, in einem Moment der Schwäche, in dem ihr sonst so scharfer Verstand versagt hatte. Möglicherweise war auch dem jungen Lord in der Zwischenzeit bewusst geworden, wer er und was sie war? Natürlich, was für eine Hürde ... Daheim in der Gaststätte ihrer Eltern waren die gesellschaftlichen Schichten zwischen Wein und Bier und dem Glücksspiel aufgeweicht. Hier in der Sommerhauptstadt Europas blieben die Höhergestellten unter sich. War sie zu forsch gewesen? Jagte sie einem Truggespinst hinterher? Oder interessierten George Bedford soziale Unterschiede nicht, und er war wirklich krank? Claire neigte nicht dazu, aus ihrem Herzen eine Mördergrube zu machen, und so würde sie es auch heute halten: Sie würde sich Gewissheit verschaffen. So oder so. Mit allem konnte sie sich arrangieren, aber nicht mit diesem Schwebezustand. Sie wollte wissen, woran sie war. Wenn er sie nicht wiedersehen wollte, dann sollte er es ihr ins Gesicht sagen, nicht zwischen den Zeilen, sodass ein letzter Zweifel blieb.

Mit Schwung warf sie sich das Tuch über die Schultern. Sie spürte Odettes fragende Blicke und Estelles hämisches Grinsen in ihrem Rücken, doch die biestige Alte war es nicht wert, dass Claire sich weiter mit ihr und ihren Spielchen befasste.

Draußen empfing sie das warme Licht der hinter den Hausdächern verschwindenden Sonne – und Theo, natürlich. Er stand unter einer Laterne und wartete auf sie, schließlich kannte er ihren Dienstplan. Ja, er war ihr ans Herz gewachsen, aber mit seiner Fürsorge übertrieb er es gewaltig. Heute wollte sie allein gehen, denn ihr Weg würde sie nicht zu Frau Seibolds Pension führen.

Sie huschte die Stufen hinab, als eine Gruppe von Kurgästen Theo in ein Gespräch verwickelte. So rasch wie möglich eilte sie fort. Sie wusste längst, wo Lord Bedford die Villa für sich und seinen Sohn angemietet hatte. Das Badeblatt hatte ihr da gute Dienste erwiesen. Die Witwe Seibold hob die alten Ausgaben auf, Claire hatte nach der ersten Begegnung mit dem Engländer nachgeschlagen.

Vom Oostal dauerte es eine halbe Stunde zu Fuß auf die Anhöhe mit den schönen Häusern. Die Dämmerung brach herein, schien über die Landschaft eine leichte Decke zu legen, die das Licht schluckte.

Tat sie das Richtige? Nun, es war zu spät, sich darüber Gedanken zu machen, sie stand bereits vor dem Haus, das sich mit seinen zahlreichen Erkern und Balkonen unter drei ausladenden Kastanien duckte. Aus den oberen Etagen fiel Kerzenschimmer aus einem Fenster auf die Straße.

Einen Moment zögerte sie, dann entschied sie, dass es besser war, sich eine empörte Absage einzuhandeln, als weiter im Dunkeln zu tappen. Sie zog den kunstvoll verzierten Griff der Türglocke.

Schritte erklangen, eine Kerze wurde im Parterre entzündet, der Schein drang sanft nach draußen. Dann öffnete sich die Tür. »Guten Abend, Mademoiselle.«

»Guten Abend, Monsieur.« Ein Diener hatte geöffnet, ein reservierter Mann Ende fünfzig, der mit seiner kühlen Haltung nicht verbarg, was er von ihrem Besuch zu dieser Stunde hielt. Er gab sich förmlich, als Claire ihn bat, mit Mister Bedford junior sprechen zu dürfen.

»Ich bezweifle, dass der junge Lord um diese Uhrzeit noch ...«

»Wer ist da, Reginald?«, hörte Claire jemanden aus dem Inneren des Hauses rufen. Eine Gestalt zeichnete sich im schummrigen Licht ab. In einen nachtblauen Morgenmantel gehüllt, trat George Bedford vor, ein bisschen schlurfend, doch wirklich krank wirkte er nicht. Zumindest körperlich schien er gesund zu sein. Keine gerötete Nase, kein Husten, nicht einmal Heiserkeit, als er sie ansprach: »Claire? Was führt Sie hierher?«

Sie spürte die Aufregung bis in die Haarspitzen, während sie sein Schreiben aus der Rocktasche zog und es ihm hinhielt. »Ich wollte sehen, ob es ernst ist.«

Ein Ausdruck von schlechtem Gewissen huschte über sein Gesicht. »Nun ... ich ... es ist ... Ich fühle mich heute nicht nach Gesellschaft.«

Claire bemühte sich, ihren Schmerz zu verbergen. Reginald war zwar zur Seite getreten und tat, als ginge ihn die Unterhaltung nichts an, dennoch hörte er mit. Sie straffte die Schultern. Vor diesem Lackaffen würde sie sich keine Blöße geben! »Danke für Ihre klaren Worte, Mister Bedford. Entschuldigen Sie, wenn ich Sie behelligt habe.«

George trat vor, seine Hand fand ihre. »Ich meinte nicht Ihre Gesellschaft, Claire. Aber das Flanieren über die Lichtentaler Allee ... All die Leute, denen man zunicken muss, all die nichtssagenden Worte, die ausgetauscht werden wollen. Die Einladungen, die unweigerlich kommen werden und auf Erwiderung warten. Das ... ist zu viel für mich.«

War dies ein weiteres Manöver, um ihr nicht ins Gesicht sagen zu müssen, dass er nicht mit einer Angestellten wie ihr in der Öffentlichkeit gesehen werden wollte? Aber sein Schmerz war ehrlich, das konnte sie in seinen Augen und in der Wärme, mit der er ihre Hand in seiner hielt, erkennen. Ein Prickeln schien sich von dort überall in ihrem Körper auszubreiten. Die ihr eigene Entschlossenheit kehrte zurück, die sie im Kasino so forsch auf ihn hatte zutreten lassen.

»Wenn es nur das ist«, sagte sie und wandte sich an den Diener. »Hätten Sie die Güte, Mister Bedford einen Umhang zu holen? Ein Morgenmantel ist wohl nicht die geeignete Garderobe für einen spätabendlichen Spaziergang.«

Claire schien diesen Reginald auf die Schnelle falsch eingeschätzt zu haben. Ein nicht zu übersehendes Lächeln huschte über seine Züge. »Ich stimme Ihnen voll und ganz zu, Mademoiselle.« Er verschwand und kehrte keine Minute später mit dem verlangten Kleidungsstück zurück. George reichte ihm seinen Morgenmantel und warf sich den Umhang über. Claires Vorstoß hatte ihn offenbar überrumpelt und sprachlos gemacht, er betrachtete sie von der Seite, als sähe er sie zum ersten Mal.

Die Tür klappte hinter ihm zu, als er ihr auf die Straße folgte. Auch in diesem Viertel mit den Prachtvillen waren sie nicht allein, aber es herrschte weniger Gedränge als auf der berühmten Allee. Ab und zu tauchten kleine Gesellschaften aus der Altstadt auf. Feine Leute, die noch nicht genug der Vergnügungen hatten und sich ins Private zu

Konzerten und Lesungen zurückzogen. Claire und George schlenderten im Licht des Mondes ziellos durch die Straßen. Im Tal lag die Stadt, darüber blitzten, wo sich der Mondschein verlor, die Sterne auf dem schwarzen Samt des Himmels. Hin und wieder rollte in der Ferne eine Kutsche vorbei, die weitere Herrschaften nach Hause oder zu einem geselligen Beisammensein brachte.

»Sie wollten mir von sich erzählen«, begann George. »Woher stammen Sie, was machen Ihre Eltern, wie ... wie leben Sie?«

»Viele Fragen.« Sie lachte. Dann hakte sie sich bei ihm ein, als er ihr den Arm anbot. »Meine Mutter war Tänzerin in Frankreich und ist der Liebe wegen nach Sinzheim gezogen. Dort betreiben meine Eltern den *Bären*, eine Gaststätte mit einigen Zimmern. Sie ist nichts Besonderes im Vergleich zu den Hotels, die Sie gewohnt sind, aber ...«

»Ihre Eltern verdienen ihr Geld mit ehrlicher Arbeit. Manchmal wünsche ich mir das auch.«

»Den meisten, die ich kenne, geht es genau umgekehrt. Sie würden sich am liebsten keine Sorgen um ihr Auskommen machen.«

»Dann wissen sie nicht, dass es schlimmere Sorgen geben kann.«

»Entschuldigung, ich wollte Ihnen nicht zu nahetreten.«

»Das sind Sie nicht. Aber Reichtum ist nicht alles, Claire. Ich weiß die Vorzüge zu schätzen, dass ich in eine alte englische Familie hineingeboren wurde, die über alles verfügt, was die kleinen Leute sich erträumen. Das müssen Sie mir glauben. Und ich tue mein Bestes, dass ich dem gerecht werde. Ich spreche mit meinem Vater über soziale Projekte. Über Anträge, die er in seiner Partei vorbringen könnte.« Er schwieg einen Moment, fuhr dann mit gesenkter Stimme fort: »Ich habe großen Respekt vor Menschen wie Ihren Eltern, Claire. Vor allem, wenn sie den Träumen ihrer Kinder nicht im Wege stehen.«

»Aus ihrer Sicht wollen meine Eltern das Beste für mich. Meine Mutter sähe es am liebsten, wenn ich als Hausdame in einem Grandhotel arbeiten würde und meine Erfahrungen irgendwann mit heimbrächte.«

»Eine solche Stellung würde ich Ihnen ohne Weiteres zutrauen.«

Sie lächelte. »Das ist jedoch nicht das, was ich …«

Das Rattern von Rädern schwoll an, und schon schoss aus einer Gasse ein Zweispänner auf sie zu. Das Gefährt nahm fast die gesamte Breite der Straße ein. George legte Claire schützend die Hand in den Rücken, schob sie an eine Häuserwand und drückte sich eng an sie, damit die Kutsche passieren konnte. Sein englischer Duft hüllte sie ein. Sie hob den Kopf und bemerkte, dass er sie ansah, als wolle er sie nie wieder aus seinem Blick entlassen. Längst verklang das Hufgetrappel, doch sie blieben dicht beieinander stehen. Claire hob das Kinn, als er sich nach vorn beugte. Zentimeter waren seine Lippen von ihren entfernt. Jeden Moment würden sie sich berühren.

Da schreckte George zurück. In seinen Augen lag etwas, das sie nicht deuten konnte. »Sie sind eine unglaubliche Frau, Claire.« Er trat einen Schritt von ihr fort, als habe er sich verbrannt. »Bitte verzeihen Sie, aber mir wäre es lieber, wenn wir nun den Rückweg antreten. Es ist spät, ich muss nach meinem Vater sehen. Ich werde Reginald gleich nach einer Mietdroschke schicken lassen, die Sie nach Hause bringen wird.« Er wartete nicht auf ihre Antwort, sondern wandte sich in die Richtung, aus der sie gekommen waren.

Verwirrt schloss Claire sich ihm an. Sie wurde nicht schlau aus diesem George Bedford.

Das überraschende Ende des Abends spukte ihr am nächsten Morgen noch durch den Kopf, und so zuckte sie zusammen, als Theo unvermittelt neben ihr auftauchte und sie ansprach. War sie so in Gedanken versunken gewesen, dass sie ihn nicht bemerkt hatte? Und dann der Grund!

»Jean Jacques Bénazet verlangt nach mir?«

»Und sein Sohn, ja.« Theo hob die Hände. »Und bevor Sie fragen, Claire, ich habe nur den Auftrag, Sie zu holen. Die Angelegenheit scheint dringend zu sein. Estelle hält derweil die Stellung.«

Gemeinhin zeigte die ältere Garderobiere sich gegenüber Claires väterlichem Freund höflich. Ein leises Schnauben verkniff sie sich diesmal aber nicht. »Mit mir kann man es ja machen.«

Theo nickte zu den Büroräumen. »Sie sollten die Herrschaften nicht warten lassen.«

»Nun gehen Sie schon.« Estelle benahm sich, als bräuchte es ihr Einverständnis, den Posten im laufenden Betrieb zu verlassen, obgleich die Arbeit nach dem ersten Ansturm überschaubar war. »Aber halten Sie es möglichst kurz.«

Theo grinste unverhohlen. »Darauf würde ich nicht setzen, werte Estelle.«

Also wusste er doch etwas! Claire einzuweihen schien ihm jedoch nicht in den Sinn zu kommen. Er begleitete sie nur durch den Saal und blieb im Gang vor dem Büro des Direktors stehen. Er klopfte, sie hörten, wie der Assistent sie hereinrief. Theo hielt sie am Arm zurück und flüsterte ihr zu: »Seien Sie einfach Sie selbst. Dann wird das schon.«

Hatte sie etwas falsch gemacht? Auch Lindemann winkte sie nur mit einem unergründlichen Ausdruck auf dem Gesicht weiter. »Gehen Sie gleich durch, Mademoiselle Engel. Die Herren warten bereits. Toi, toi, toi!«

Claire glaubte keinen Moment daran, dass George Bedford ihre forsche Art ihm gegenüber als unangebrachte Annäherung gemeldet hatte. Aber es gab andere, die es für eine Masche halten konnten, wenn eine Garderobiere mit einem wohlhabenden Adeligen tändelte. Die sie vielleicht sogar anschwärzten. Dabei war sie nicht in diese Stadt gekommen, weil solche Begegnungen sie interessierten.

Sie richtete sich kerzengerade auf und hob den Kopf, bevor sie das Allerheiligste betrat.

»Mademoiselle Engel, da sind Sie ja«, eröffnete Jean Jacques Bénazet, hinter dem Schreibtisch sitzend, das Gespräch. Sein Sohn stand an den Regalen. »Ich habe noch einen Termin, daher kommen wir gleich zur Sache.«

Claires Herz schlug schneller. Anders als bei ihrem ersten Vorsprechen bot man ihr keinen Platz an. Sie versuchte, sich ihre Nervosität nicht anmerken zu lassen, während sie sich den Kopf darüber zerbrach, was sie angestellt haben könnte. Sie war sich keines Fehlers bewusst.

»Sie werden sicher mitbekommen haben, dass Monsieur Culot sich schlimm an der Hand verletzt hat«, übernahm Edouard Bénazet.

Natürlich wusste Claire von Culots Unglück. Doch sie

konnte nicht gerade behaupten, dass sie deswegen vor Mitgefühl verging, schließlich war der Croupier bisher nicht sonderlich nett zu ihr gewesen.

»Ja, ich hörte davon. Der Arme! Hoffentlich geht es ihm bald wieder besser«, erwiderte sie dennoch höflich.

Edouard und sein Vater taxierten sie von oben bis unten. Der ältere Herr mit deutlichem Wohlwollen, sein Sohn musterte sie dagegen geschäftsmäßig. Sie straffte erneut den Rücken.

»Nun, Monsieur Culot wird wohl leider für eine Weile ausfallen ...«, erklärte Edouard.

Claire setzte eine unbewegte Miene auf. Eine Ahnung stieg in ihr auf, sie wagte jedoch nicht, den Gedanken zu Ende zu denken. Die Aufregung ließ ihre Fingerspitzen vibrieren, während sie wartete, dass die Herren weitersprachen.

»... und da haben wir uns an Sie erinnert«, ergänzte sein Vater. Jean Jacques Bénazets lächelte breit. »In den letzten Wochen haben Sie der Garderobe frischen Glanz verliehen. Wir hören nur Gutes über Sie.«

»Das freut mich, Monsieur Bénazet«, antwortete sie und knickste.

Konnte es wirklich sein? Konnte es sein, dass in dieser Stunde ihr Traum wahr wurde?

»Wie könnte man denn auch eine bezaubernde Erscheinung wie Sie vergessen, Mademoiselle?«, schob der Senior hinterher, woraufhin sie schwieg. Wie lange wollten die beiden noch um den heißen Brei herumreden?

»Sie haben sich ursprünglich als Croupière bei uns beworben«, sagt der jüngere Bénazet und sah sie prüfend an. »Was sollte Sie dazu befähigen?«

Claires Puls brauste. Sie mühte sich, es sich nicht anmerken zu lassen. »Ich habe das Handwerk von meinem Großvater gelernt. Er ist zwar nicht in einer Spielbank tätig, hat mich dennoch vollumfänglich mit dem Hasardspiel vertraut gemacht. Ich kenne mich mit dem Roulette ebenso gut aus wie mit den gängigen Kartenspielen. Und ich verfüge über die nötige Menschenkenntnis, die es für diese Aufgaben braucht.«

»Haben Sie die?«, hakte Edouard nach, während der Senior milde lächelte.

»Ich beweise sie Ihnen gern, Messieurs.« Sie schaute abwechselnd vom einen zum anderen, blieb dann mit festem Blick auf Edouard. »Sie gehen gern auf Nummer sicher, scheuen das Wagnis. Das sagt mir, dass ich aktuell Ihre einzige Option bin. Sonst hätten Sie mich nicht holen lassen. Ihre Zeit ist zu kostbar, um sich einen Spaß mit mir zu erlauben. Also, weshalb reden wir überhaupt noch? Geben Sie mir eine Chance. Sie werden es nicht bereuen, das verspreche ich Ihnen.«

Jean Jacques ließ seinem Sohn keine Gelegenheit zu einer Erwiderung. Er lachte so herzhaft, dass ihm die Tränen in die Augen stiegen. »Edouard, diese junge Dame hat eine Chance verdient, besser hätte ich dich nicht beschreiben können.«

»Wir sollten das in Ruhe …«

»Ah, papperlapapp! Du hast sie gehört! Sie hat vollkommen recht. Welche andere Option haben wir? Und selbst wenn wir eine hätten, eine weibliche Croupière, denk doch mal nach! Die Gäste werden uns die Bude einrennen! Lindemann sieht das vollkommen richtig!«

»Aber Vater, du warst doch derjenige, der vollkommen

dagegen war. ›Eine Frau als Croupière, wo kämen wir da hin!‹ Das waren deine Worte.«

»Ich habe mich eben getäuscht. Und schließlich bin ich dafür bekannt, mit der Zeit zu gehen.«

Claires Brustkorb hob und senkte sich, als hätte sie einen Dauerlauf hinter sich, während sie den Disput der beiden verfolgte. In ihrem Inneren tobte ein Sturm, aber sie ließ sich nichts anmerken. Endlich, endlich durfte sie sich beweisen! Und sie würde die Bénazets überzeugen, dass es Nebensache war, ob am Roulettetisch Männer oder Frauen die Ordnung überwachten. Es ging einzig und allein darum, dass sie es *konnte!* Vielleicht sogar besser als Frederic Culot.

»Dann sind wir uns einig«, wandte Edouard sich nun an sie. Die Herren riefen Karl Lindemann herein, der alle Formalitäten umsichtig klärte.

»Bleibt die Frage, in welcher Garderobe Sie die neue Stelle antreten wollen, Mademoiselle«, bemerkte der Senior. »Sie können nicht aussehen wie eine Garderobiere, wenn Sie unseren spielenden Gästen auf die Finger schauen. Was findet sich in Ihrem Kleiderschrank? Haben Sie etwas Dezentes mit klassischem Charme? Die Herren haben alle die gleichen Fracks, für eine weibliche Spielleiterin fehlt uns eine einheitliche Kleidung, die sie von den Gästen unterscheidet. Da müssen wir uns wohl noch etwas einfallen lassen. Aber bis dahin?«

Claire ging im Geiste ihre Garderobe durch. Zum Glück hatte sie diese vor ihrer Anreise aufgestockt! »Ich besitze ein moosgrünes hochgeschlossenes Kleid mit cremefarbenen Stickereien an den Säumen, das ohne Reifrock getragen wird und schmal bis zu den Waden fällt. Eine zu üppige Silhouette der Croupière würde den Herrschaften wertvolle Plätze am Spieltisch nehmen.« Sie hob die Mund-winkel, die Herren taten es ihr gleichzeitig nach, offenbar ohne zu wissen, wie ähnlich sie sich in diesem Moment waren. »Dazu trage ich statt eines Hutes in der Regel ein gleichfarbiges Samtband im hochgesteckten Haar. Das könnte passen, denke ich.«

Der Direktor klatschte begeistert in die Hände. »Das hört sich exquisit an, meine Liebe! Tragen Sie es so lange, bis unsere Schneiderin eine Kreation, gewiss ohne Krinoline, für Sie entworfen hat, die zu der Garderobe der übrigen Croupiers passt.«

»Wann soll ich anfangen?«

»Noch in dieser Stunde! Melden Sie sich bei Monsieur Yves Heger am ersten Tisch, er vertritt Culot in der Ober-aufsicht. Etwas schweigsam, aber überaus loyal und kom-petent, der Mann. Er koordiniert nun die Croupiers und wird Ihnen zeigen, wo Ihr Einsatz vonnöten ist. Edouard«, Jean Jacques nickte seinem Sohn zu, »wird ihn sofort von der erfreulichen Entwicklung der Dinge in Kenntnis set-zen.«

Damit war das Gespräch beendet, und Claire durfte das Büro wieder verlassen. Als sich die Tür hinter ihr schloss, fühlte sie sich, als hätte sie die letzten Minuten des Treffens die Luft angehalten. Jetzt ließ sie sie mit einem hörbaren Stöhnen entweichen. Theo hatte auf sie gewartet und schaute sie nun fragend an.

»Ich werde Culot vertreten«, stieß sie überwältigt her-vor. »Natürlich nicht als Erste Croupière, aber ich werde an einem Tisch stehen. Können Sie das glauben?«

»Ach, wie sehr ich mich für Sie freue, meine liebe Claire, dann wird Ihr Traum ja wahr!«

Sie konnte bloß strahlend nicken. »Ich sollte Estelle informieren«, fiel ihr ein. Ihr überlegtes Handeln gewann schon wieder Oberhand.

Theo grinste breit. »Das kann ich übernehmen. Es macht mir nichts aus. Genau genommen würde es mir sogar Freude bereiten. Und ich gebe Lindemann Bescheid, dass er nicht vergisst, Odette mehr Stunden zu geben. Ich bin mir nicht sicher, ob ihr das recht ist, den Fleiß hat die Kleine ja nicht gerade erfunden. Aber sie wird sich kaum wehren können, wenn sie die Stelle behalten will.«

Sie legte die Hand auf seinen Arm. »Danke, Theo. Dann laufe ich jetzt in die Pension und ziehe mich um. Seien Sie gespannt auf meine Verwandlung von der Garderobiere zur Croupière.« Sie lachte übermütig und stürmte davon.

Eine halbe Stunde später kehrte sie zurück und eilte sofort in den Saal, um sich an ihrem neuen Arbeitsplatz umzuschauen. Bisher hatte sie ihn nur als Außenstehende kennengelernt und sich stets gefragt, wie es sich anfühlen mochte dazuzugehören, als Mitarbeiterin oder als Gast. Wirkten die Farben nicht kräftiger? Klang die Musik nicht schöner, treffender? Sie nahm jeden Geruch, jedes Parfüm und Eau de Toilette in einer nie gekannten Intensität wahr, hörte über das Klavier hinweg die Roulettekugel im Rad sirren. Sie entdeckte Yves Heger, dessen blonde Haare zwischen den Gästen leuchteten, und nickte ihm zu. Über dem steifen Hemdkragen und dem maßgeschneiderten Frack wirkte sein Milchbrötchengesicht unpassend. Er bemühte sich um einen hochmütigen Ausdruck, vielleicht, um seine Jungenhaftigkeit wettzumachen. Doch bevor sie sich bei ihm vorstellen konnte, entdeckte sie George Bedford auf der anderen Seite des Raums, wie immer neben seinem Vater.

Nach dem abendlichen Spaziergang hatte George höflichen Abstand gehalten. Er hatte sie nicht gemieden, aber doch auf jede Berührung verzichtet, als er ihr an der Garderobe sein Cape gereicht hatte. Er hatte freundliche Worte für sie gefunden, nichts Verbindliches. Und dennoch wusste Claire mit unumstößlicher Gewissheit, dass er ähnlich für sie empfand wie sie für ihn. Nur schien er sich diese Gefühle nicht zu gestatten. Er suchte krampfhaft die Nähe seines Vaters, als bewahre dessen Gegenwart ihn vor einer Dummheit. Dabei war doch offensichtlich, dass genau das ihm nicht guttat! Er wirkte gebeugter, in sich gekehrter, ja, ihr schoss der verrückte Gedanke durch den Kopf, dass er mehr an den Rollstuhl gefesselt war als der gelähmte Lord. Auch jetzt hielt er die Griffe fest umklammert. Und runzelte die Stirn, als er Claires Blick begegnete. Er schaute auf seinen Vater hinab, schien einen Kampf mit sich selbst zu führen, dann schob er ihn an einen Roulettetisch, raunte ihm einige Worte zu und durchquerte den Saal.

»Claire? Sie sehen verwirrt aus«, sprach er sie an.

Die Aufregung aus dem Gespräch mit den Bénazets wallte wieder auf. Was für große Töne sie Edouard Bénazet gegenüber gespuckt hatte! War sie denn wahnsinnig gewesen? Er hätte sie hochkant hinauswerfen können! Und jetzt? Sie hatte ihr Ziel erreicht, aber was, wenn sie scheiterte?

»Sprechen Sie mit mir, liebste Claire«, drang Georges Stimme wieder zu ihr. »Ich mache mir Sorgen um Sie.«

Das klang so gar nicht nach dem Mann, der im Mondschein förmlich auf Umkehr bestanden hatte.

»Liebste?« Claire starrte ihn fragend an.

George schluckte, aber sein Blick blieb fest auf sie gerichtet. »Ja, ich meine, was ich sage. Ich habe dagegen angekämpft, aber ich gestehe meine Niederlage freien Herzens ein. Sie sind mir wichtig, wichtiger als je eine Frau zuvor. Wir müssen uns wiedersehen, Claire. So oft wie nur möglich.«

Die Wortwahl war ungewöhnlich. Wer sprach in Liebesdingen schon von einer *Niederlage*? Ihr Kopf schwirrte. Georges Gefühlsausbruch brachte sie durcheinander. Sie wollte sich jetzt auf ihre neue Aufgabe konzentrieren, um bloß keinen Fehler zu machen.

»Erzähl, was ist mit dir? Was bringt dich aus der Ruhe?«, hakte er nach, den Blick brennend auf sie gerichtet. Ins vertraute Du zu wechseln schien selbstverständlich zu sein.

»Unser Erster Croupier hat sich verletzt. Es fehlt ein Mitarbeiter an den Tischen.«

»Ich verstehe nicht.«

»Mein Traum, George! Ich wollte dir bei unserem Spaziergang davon erzählen. Aber dann kam die Kutsche und danach …« Sie atmete tief durch. »Meine Mutter sieht mich als Hausdame in einem Hotel. Aber ich kann mir kein anderes Leben vorstellen, als Croupière zu sein. Und nun wird es wahr!«

Er musterte sie nachdenklich »Was für eine ungewöhnliche Idee.« Dann ging ein Strahlen über sein Gesicht. »Aber mir war von unserer ersten Begegnung an klar, dass du für Größeres bestimmt bist. Eine weibliche Croupière! Ich wüsste keine bessere als dich dafür! Du wirst diese Welt aus den Angeln heben!« Er trat näher, wollte sie vor allen

Leuten in den Arm nehmen, aber sie hob abwehrend die Hand. War er verrückt geworden?

»Ich bin jetzt im Dienst, George.« Was dachte er sich bloß!

Er stutzte kurz, verbeugte sich förmlich und ging mit merkwürdig steifen Schritten zu seinem Vater zurück.

Sie sah ihm nur flüchtig hinterher. Es war nicht leicht, diesen Mann zu verstehen. Ob es ihr überhaupt je gelingen würde? Doch dann verdrängte sie alle Gedanken an den Engländer, wandte sich um und trat mit einem Lächeln auf Yves Heger zu.

8

Ende Juni 1847

Irina zog die Hand zurück. Beinahe hätte sie die Tür der Kutsche aufgestoßen, kaum dass sie schaukelnd vor dem Grandhotel zum Stehen gekommen waren. Voller Ungeduld wartete sie, bis Finken über den roten Teppich trat und dies für sie übernahm. Konnte er sich nicht beeilen? Aber wie sollte er ahnen, wie sehr sie darauf brannte, der Enge des Gefährts zu entkommen? Sie wollte an diesem späten Sonntagnachmittag so rasch wie möglich ihre Suite beziehen und *ihren Poeten* sehen. Im Juni hatte sie es nur ein weiteres Mal einrichten können, Gut Bergfels und ihrem langweiligen Leben dort für ein paar Tage zu entfliehen und nach Baden-Baden zu kommen. Diesmal wollte sie ganze zwei Wochen bleiben. Mindestens. Bei dem Gedanken prickelte ihre Haut wie von Champagner.

Wolfram hatte sie erzählt, wie wohltuend um diese Jahreszeit das Klima und das Heilwasser waren. Er hatte keine Nachfragen gestellt, sie auf die Stirn geküsst und ihr eine erholsame Zeit gewünscht. So war er. Immer auf ihr Wohl bedacht, niemals an ihrer Aufrichtigkeit zweifelnd. Ihr schlechtes Gewissen kniff, doch sie beschwor vor ihrem geistigen Auge die süßen Stunden mit Maxim herauf, und ihr kritisches Denken setzte aus. Sie war nur Gefühl, wenn sie an ihn dachte und wie aufmerksam er in ihren Liebesstunden um sie bemüht war. Natürlich war ihr bewusst, dass sie nicht gerade diskret vorgegangen waren. Aber der Gedanke, Wolfram könnte etwas von dieser Affäre zu Ohren gelangen, hatte nicht den Schrecken, den man vermuten würde. Insgeheim hoffte sie vielleicht sogar, er würde ihr auf die Schliche kommen. Und ihr endlich wieder selbst beweisen, wie anziehend sie als Frau war.

Zofe Anna richtete raschelnd ihr schlichtes Kleid, als Finken die Tür mit einer Verbeugung öffnete.

»Mit etwas Glück hat Madame Constance eine ähnlich interessante Tischgesellschaft zum Abendessen zusammengestellt wie bei unseren letzten Besuchen«, sagte das Mädchen. »Vielleicht sind es sogar dieselben Herrschaften.«

Falls Anna etwas ahnte, würde sie es niemals direkt ansprechen. Auf ihre Diskretion war Verlass. Davon abgesehen verstand sie mit ihren vierzehn Jahren vermutlich nicht viel von dem, was zwischen Männern und Frauen passieren konnte, wenn sie sich anziehend fanden.

Aber ja, Irina war sicher, dass alle am Tisch die ganze Saison blieben. Es war sogar wahrscheinlich, dass sie wie bei den vergangenen zwei Besuchen wieder neben der niederländischen Künstlerin und dem ungarischen Baron saß. Und mit Maxim zusammen.

»Ich will es hoffen«, antwortete sie nur und ließ sich von Finken beim Ausstieg die Hand zur Stütze reichen. Ludwig blieb in seinem Schatten und verbeugte sich respektvoll.

»Willkommen zurück, Gräfin von Bergfels«, begrüßte der Portier sie. »Wir freuen uns, Sie so bald wiederzusehen und dass Sie diesmal einen längeren Aufenthalt planen.

Direktor Salbach ist untröstlich, Sie nicht persönlich empfangen zu können. Ein lästiger Termin, den er so kurzfristig nicht verschieben konnte. Ich soll Ihnen seine besten Grüße ausrichten und mich nach Ihrem Wohl und dem Ihres Gatten erkundigen.«

Falls die beiläufige Erwähnung von Wolfram als Spitze gedacht war, prallte sie an Irina ab. »Auf seine alten Tage weilt der Graf lieber in heimischen Mauern. Er ahnt nicht, was er verpasst, Finken.« Sie wies auf die oben auf der Kutsche festgezurrten Koffer und Reisetaschen. »Im Gegensatz zu ihm weiß ich das *Savoir-vivre* Baden-Badens zu schätzen. Ich freue mich auf zwei wundervolle Wochen! Würden Sie mein Gepäck bitte hinaufbringen lassen?«

Finken blieb mit einer weiteren Verbeugung vor dem zweiflügeligen Portal zurück. »Selbstverständlich, Gräfin. Darf ich Sie in Monsieur Fourniers Obhut entlassen? Dann kann ich mich um alles kümmern.«

Der Concierge hatte Irina entdeckt und winkte ihr hinter dem Tresen zu.

Die Tage, die sie über den üblichen Zeitrahmen hinaus in der Stadt verbringen würde, waren nur ein Grund für die üppige Garderobe, die sie mitgenommen hatte. Maxim hatte ihr aufs Leidenschaftlichste gezeigt, wie sehr er sie begehrte, doch ein solches Feuer wollte am Brennen gehalten werden. Sie würde ihn mit ihrem Erscheinen jedes Mal überraschen. Und darüber hinwegsehen, wenn in lustvoller Ungeduld das ein oder andere Kleid und Mieder in Mitleidenschaft gezogen wurden. Wenn er ihr, wie sie sich in den einsamen Stunden neben Wolfram auf dem Gut ausgemalt hatte, den Stoff vom Leib riss, weil er sie, Irina, auf der Stelle haben wollte.

»Gräfin?« Fournier strahlte sie an. »Welch Freude. Ich habe die Suite herrichten lassen.« Er beugte sich verschwörerisch vor, blinzelte an ihr vorbei ihre Zofe an. »Und ich habe eingerichtet, dass Mademoiselle Anna diesmal eine Kammer im dritten Stock beziehen kann, ganz in Ihrer Nähe. Aber verraten Sie es nicht Direktor Salbach.«

»Danke, Fournier. Das weiß ich zu schätzen. Und natürlich werde ich Stillschweigen bewahren.« Sie gab ein Seufzen von sich. »Die Reise kam mir diesmal schrecklich lange vor. Ich kann das Abendessen kaum erwarten.«

»Bis dahin sind es noch zwei Stunden, Gräfin. Soll ich in der Küche um ein *Amuse gueule* bitten und es auf die Suite bringen lassen?«

Irina dachte darüber nach, doch ihre Gedanken wanderten unweigerlich ab. Das Bild des wohlgeformten Körpers ihres Liebhabers tauchte vor ihren inneren Augen auf. Schmunzelnd wandte sie sich an Fournier. »Nicht nötig. Ich spare mir meinen Appetit auf.«

Knappe zwei Stunden später bereute sie die Entscheidung. Ihr Magen hatte mehrfach verräterisch geknurrt. Kein Wunder, schließlich hatte sie am Morgen kaum einen Bissen heruntergebracht. Ihre Zurückhaltung war sogar Wolfram aufgefallen.

»Stimmt etwas nicht mit dir, mein Schatz?«, hatte er gefragt, und für einen Augenblick hatte Irina mit einem Kloß in ihrem Hals gekämpft. Dieser Blick, mit dem er sie betrachtete! Nach all den Jahren noch voller Liebe. Eine Sekunde länger, und in einer verwirrenden Mischung aus Schmerz und Wut wäre alles aus ihr herausgebrochen. Dann zog der Moment vorüber, als Wolfram sich seinem Brot zuwandte. »Du wirkst abwesend. Soll Dr. Koch nach dir sehen?«

Der Arzt wurde für den Nachmittag erwartet. Wolfram verlangte ständig nach ihm, im Grunde hätte der Quacksalber sich häuslich auf dem Gut einrichten können. Irina hielt wenig von ihm und seinen veralteten Methoden. Hatten die Aderlässe und das Schröpfen denn Wolframs Lebenskraft zurückgebracht? Nein. Und doch fiel diesem Scharlatan nichts anderes ein, als erneut zur Lanzette zu greifen oder die Egel aus ihren Gläsern zu holen. Wolfram beteuerte, dass es sich bei den Untersuchungen, die hinter verschlossenen Türen stattfanden, um Routine handelte. Ab einem gewissen Alter sei das notwendig, betonte er und machte stets deutlich, dass er keine Nachfragen wünschte.

Irina hatte es hingenommen. Sie hatte ihn mit dem Feuer ihrer Jugend geliebt, doch wenn er sich selbst zum alten Eisen zählte und lieber las oder Schach spielte, statt sich an ihr zu erfreuen, war das seine Sache. Sie hatte noch ein Leben zu leben.

»Ich will vor dem Abend in Baden-Baden sein«, hatte sie seinen Vorschlag knapp abgelehnt und den Tisch verlassen.

Maxim jetzt in den Speisesaal treten zu sehen nahm ihr für einen Moment den Atem. Wie jung er war, sein Gang geschmeidig wie der einer Raubkatze. Sein fester Blick ruhte auf ihr, ein Lächeln spielte um seinen Mund.

»Gräfin von Bergfels.« Maxim umfasste die ihm entgegengestreckte Hand und hauchte einen Kuss darauf. »Ich darf mich glücklich schätzen, erneut Ihre Gesellschaft zu genießen. Die Damen, meine Herren.« Er nickte halbwegs höflich den anderen am Tisch zu und nahm Platz.

Irina spürte einen Stich von Eifersucht, als sich die niederländische Künstlerin seine Aufmerksamkeit sicherte und ihn in ein Gespräch verwickelte, in das sich der Tenor aus Paris einschaltete. Vermutlich hatten sie ihren Kontakt intensiviert in der Zeit, als sie nicht da gewesen war. Wie nah waren sie sich gekommen? Aber nein, sie waren interessiert an der russischen Poesie, stellten Fragen zum verstorbenen Puschkin, zu Dostojewski und Gogol und in welcher Beziehung Maxim zu ihnen stand, doch er antwortete nur ausweichend. Er wollte sich nicht im Ruhm der russischen Dichter sonnen. Wie bescheiden er war. Irina betrachtete ihn von der Seite. Seine aristokratische Nase, die hohe Stirn, das energische Kinn – alles an ihm deutete auf große Willenskraft und Energie hin. In nicht allzu ferner Zukunft würde er ein gefeierter Star sein, davon war sie überzeugt. Wie bezaubernd, dass er sein Licht unter den Scheffel stellte und sich zurückhaltend gab. Schweigend beugte er sich über die Consommé, die als Vorspeise serviert wurde. Es folgte gebratener Hecht an einer hellen Soße, dazu gab es gedünstetes Gemüse und gratinierte Kartoffeln. Zum Dessert war feinste französische Patisserie angekündigt, aber inzwischen schien es Maxim wie Irina kaum noch auf den Stühlen zu halten.

Er tupfte sich mit der Serviette den Mund. »Wenn Sie mich entschuldigen.« Er stand auf und nickte ihr unauffällig zu.

Irina erhob sich ebenfalls, die Knie ein bisschen wackelig.

»Auch ich erweise mich heute als schlechte Tischgesellschaft, fürchte ich. Die Reise hat mich ermüdet, und ich ziehe mich in meine Suite zurück.«

Maxim bot ihr den Arm an. »Darf ich die Gelegenheit nutzen und Sie aus dem Saal geleiten, Gräfin?«

»Zu gern.«

Im Blick der Niederländerin lag der Neid, was Irina an sich hatte, um die Aufmerksamkeit eines Mannes wie Maxim auf sich zu ziehen. Am Fuß der Treppe in die höheren Etagen blieb er stehen, sah sich nach allen Seiten um und sprach so dicht an ihrem Ohr, dass sein Atem ihr eine Gänsehaut bescherte. »Wie schade, dass du müde bist, Irischka. Mir fielen tausend Dinge ein, die schöner sind als schlafen.«

Sie schaute ihm in die Augen, drohte, in dem Dunkel zu versinken. »Wie seltsam, die Müdigkeit ist auf einen Schlag verflogen. Wenn ich es recht überlege, würde ich gern mehr von diesen *Dingen* erfahren.«

Er schmunzelte. »Mein Kätzchen«, flüsterte er ihr ins Ohr, »gedulde dich.« Er bot ihr den Arm und sprach wieder formvollendet. »Dann lassen Sie uns gehen, Gräfin.« Statt jedoch die erste Stufe zu nehmen, setzte er den Fuß in Richtung Foyer.

»Wo willst du hin?«, fragte sie überrascht.

»Ich habe mich so lange nach dir verzehrt, Irischka. Ich muss mein Blut erst beim Spiel abkühlen. Sonst kann ich für nichts garantieren.«

Er *sollte* für nichts garantieren! Er sollte über sie herfallen, kaum dass sie die Suite betraten! Aber ihm schien es ernst damit, das Kasino aufzusuchen, denn er schritt schneller aus, zog sie förmlich mit sich. »Ich habe nicht die richtige Garderobe für einen Spazier…«

»Eine Kutsche, Fournier!«, rief er.

Überrumpelt hielt sich Irina an seiner Seite. Je mehr sie darüber nachdachte, desto verlockender erschien ihr der Gedanke. Eine lange Nacht, sobald er sich beim Roulette vergnügt hatte, war besser als ein stürmisches, aber kurzes Liebesspiel. »Dann also ins Kasino.«

Sie staunte, als sie sich wenig später im Gedränge unter den Kronleuchtern, von fleißigen Händen mit Straußenstaubwedeln auf Hochglanz poliert, und zwischen den üppigen Wandgemälden und Spiegeln wiederfand. Die Spielbank war stets der abendliche Anziehungspunkt der besten Gesellschaft, doch heute war der imposante Saal fast zu klein für die zahlreichen Gäste.

Anders als erwartet, nutzte Maxim den Besuch nicht, um vielsagende Blicke mit ihr zu tauschen, ihr mehr über die *Dinge* ins Ohr zu raunen, die er mit ihr anzustellen gedachte. Stattdessen eilte er von einem Kartentisch zum nächsten, ließ sich hier für ein Spiel nieder, setzte dort ein paarmal. Immer wieder sah er zu einem der Roulettetische hinüber, um den sich eine dichte Traube Menschen gebildet hatte.

»Ein freier Platz!«, jubelte er plötzlich und stieg trotz seines hohen Einsatzes unvermittelt aus dem *Baccarat* aus. Dazu reichte er dem Croupier äußerst ruppig seine *Carte de visite*. Der Spielleiter informierte die Mitspieler, dass Maxim nicht mehr teilnahm, doch der bahnte sich schon den Weg zum Roulette. Etwas konsterniert eilte Irina ihm nach.

»Maxim, warte.«

Abrupt hielt er inne. »Verzeih, Irischka. Aber zuletzt brauchte man Glück, um überhaupt an diesem Tisch spielen zu dürfen.« Der Grund dafür fiel Irina sofort ins Auge, als er sie galant zu dem einzigen freien Stuhl führte und ihr mit einem Nicken zu verstehen gab, dass er ihr gehörte. Er nahm indes hinter ihr Aufstellung.

»Ist das nicht …?«,

»Mademoiselle Engel, ja«, bestätigte Maxim. »Jeder will sie als Croupière sehen, seit sie von der Garderobe hier-hergewechselt ist.«

Irina betrachtete die junge Frau mit dem grünen Samt-band im Haar. Das hochgeschlossene Kleid schmeichelte ihrem schlanken Hals und ihren weichen Zügen. Ein Na-mensschild war an ihrer rechten Brustseite angebracht. Mit sicherer Hand verteilte sie mit dem Rechen die Gewinne. Dabei hielt sie eine neutrale Miene, freute sich nicht über den Teil, den sie für die Bank einstrich, bedachte die Ver-lierer dieser Runde nicht mitleidig, wie man es vielleicht von einer Frau erwartete. Sie war aufmerksam und strahlte eine feine Eleganz aus, die dem Hause stand.

»Wie kam es dazu?«, erkundigte sich Irina über die Schulter bei Maxim. »Eine Frau als Croupière, das ist mehr als ungewöhnlich.«

»Monsieur Culot hat sich schwer an der Hand verletzt und fällt aus. Seine Aufgabe als Erster Croupier, der alles überwacht, liegt nun bei Monsieur Heger, Mademoiselle Engel übernimmt dafür den Dienst direkt an der Dreh-scheibe. Sie hat das offenbar in der elterlichen Gaststätte gelernt, wie man sich erzählt. Nun war sie ideal, um die Lü-cke zu füllen. Die Messieurs Bénazet sind darauf bedacht, dass genügend Angestellte den Spielen beiwohnen. Einer oder zwei allein können das nicht schaffen, dann gäbe es ständig Streit, wer sein Geld wohin gesetzt hat. Made-moiselle Engel wirkt sehr konzentriert, ihr entgeht nichts. Beste Voraussetzungen, nach meiner Einschätzung.«

»*Faites vos jeux*«, forderte die junge Frau in diesem Moment zum Setzen auf.

»Alles auf Schwarz.« Maxim drückte Irina die Banknoten in die Hand, die ihm vom *Baccarat* geblieben waren. Und schien sich endlich an das zu erinnern, womit er ihr mehr Freude bereiten konnte als mit diesem *Prélude.* »Wenn wir gewinnen, bette ich dich auf Geld, Irischka. Wir werden uns auf Gold lieben.«

Für einen Poeten war das unteres Mittelmaß, aber Maxim hätte ihr das russische Alphabet aufsagen können und sie wäre zerflossen. Und wenn es die Aussicht auf einen satten Gewinn war, die ihn erregte, wieso nicht?

Sie platzierte das Geld.

Sie verloren es.

»Wie ärgerlich«, sagte Maxim, als schmerze es ihn nicht sonderlich. Irina hörte, wie er hinter ihr seine Taschen abklopfte. »Und noch ärgerlicher, dass ich meine Geldklammer im Hotel vergessen habe. Würdest du mir aushelfen, Irischka? Wir wollen doch unseren teuer erkämpften Platz nicht nach nur einer Runde aufgeben.«

Irina war mit ausreichend Bargeld angereist. Auch jetzt trug sie genug bei sich, um etliche Einsätze zu tätigen. Aber konnten sie Maxims Versehen nicht als Anlass nehmen, ins Grandhotel zurückzukehren und sich dem Vergnügen hinzugeben, das gar nichts kostete?

»Irischka?« Seine Stimme hatte etwas Forderndes.

Irina schluckte. Natürlich, wie ließ sie ihn dastehen, wenn sie die laut ausgesprochene Frage ignorierte? Was mochten die Mitspieler über sie und ihn denken? Sahen sie sie schon von der Seite an? Zeigte die neue Croupière nicht doch ein leichtes Stirnrunzeln? Es war ja kein außergewöhnliches Anliegen, und dass Maxim das Geld zurückzahlte, stand außer Frage. Ihre Hand zitterte, während sie nach ihrem am Arm baumelnden Ridikül griff und einige Banknoten herausfischte, denn tief in ihr meldete sich ein unerfreulicher Gedanke. Irina wehrte sich gegen ihn. Dennoch wurde sie das Gefühl nicht los, dass sie sich gerade die Nacht mit Maxim erkaufte, auf die sie sich so gefreut hatte.

9

Am folgenden Abend

Erstaunlich, wie schnell sie sich an die Arbeit am Roulette-tisch gewöhnt hatte. Kein Wunder, ihr Großvater hatte sie im Hinterzimmer der elterlichen Gaststätte bestens vor-bereitet. Nur das Publikum war in Baden-Baden anders. Es legte allergrößten Wert darauf, sich weder Niederlage noch Verlust anmerken zu lassen. Als hätte Geld für die feinen Herrschaften keine Bedeutung und sie gäben sich lediglich einer abendlichen Zerstreuung hin. Im *Bären* hatten die Männer eher die Faust in die Luft gereckt, wann immer die Farbe gekommen war, auf die sie gesetzt hatten. Sie hatten manchmal auf den Boden gestampft oder einen Schwall von Flüchen ausgestoßen, wenn sie ihren letzten Friedrichsdor im Schlitz des Bankkastens verschwinden sahen. Hier musste man die Mienen genauer studieren, um ein Zwinkern, ein Zucken, eine pulsierende Ader zu bemerken, winzige Anzeichen dafür, dass die Gelassenheit nur Fassade war und in manchem innerlich ein Orkan tobte. Claire war froh, dass der Großvater ihr beigebracht hatte, trotz aller offensichtlichen Gefühle stets auf solche versteckten Feinheiten zu achten. Es erfüllte sie mit tiefer Zufriedenheit, die Menschen zu durchschauen, ihre nächsten Schritte vorherzusehen, darüber zu wachen und den Spielfluss mit ihren ritualisierten Gesten und Anweisungen am Laufen zu halten.

Die Allerwenigsten, die eine Glückssträhne hatten, hörten auf, solange sie noch im Gewinnbereich waren. Man hoffte, den Einsatz weiterhin zu vervielfachen – und stand am Ende nicht selten ohne einen Franc da. Für manche bedeutete das lediglich, das für das Abendvergnügen eingeplante Geld verspielt zu haben. Für andere den Bankrott.

Ihren Eltern in Sinzheim hatte sie schon mehrfach geschrieben. Der Weg in ihr Heimatdorf war nicht weit, natürlich. Sie hätte jederzeit auf einen Besuch zu ihnen fahren können. Aber es zog sie nicht zurück an den Ort, an dem ihr Vater bestimmte, was sie zu tun und zu lassen hatte, und an dem ihre Mutter ihre überholten Vorstellungen über die Rolle von Frauen in der Gesellschaft zum Besten gab. Sie war viel zu beschäftigt damit, sich hier in Baden-Baden ein neues Leben aufzubauen. Zuletzt hatte sie den Eltern in einem ausführlichen Brief geschildert, wie sie die Chance erhalten hatte, als Croupière zu arbeiten. Von George erzählte sie nichts, jedoch davon, dass sie beim Badearzt Leberecht und seiner Familie oft zum Essen eingeladen sei und in ihnen liebe Freunde gefunden hatte. Sie grüßte herzlich den Großvater und die Zwillinge Flora und Justine, lud alle ein, doch selbst einmal in die Stadt zu kommen, auch wenn sie natürlich wusste, dass sie die Gaststätte nicht einfach schließen konnten. Die Antwort ließ nicht lange auf sich warten. Die Eltern beteuerten, dass sie ihr Glück wünschten, doch am innigsten waren die Zeilen ihres Opas: *Ich habe es immer gewusst, Clairchen.* So viel Zuversicht und Hoffnung sprach aus den wenigen Worten, dabei war ihre Stelle als Croupière ja erst einmal nur vorübergehend. Würden ihre Dienste noch benötigt, sobald Culot genesen war?

Claire vertrieb die Zweifel, ließ die Kugel rollen, forderte zum Spielen auf und rief, wann kein Einsatz mehr getätigt werden durfte. Sie sammelte die Friedrichsdor und Banknoten der Verlierer ein, schob den Gewinnern souverän ihre goldglitzernden Häufchen von Gulden zu und schaute stets kurz in die Gesichter, um sie sich einzuprägen und später wiederzuerkennen. Bekannten Gästen gönnte sie ein Lächeln, Fremden nickte sie höflich zu. Hin und wieder traf sich ihr Blick mit dem von Yves Heger, den sie inzwischen beim Vornamen nennen durfte. Sie mochte ihn. Nach außen hin verkörperte er die Noblesse und Distanziertheit der gehobenen Gesellschaft. Gleichzeitig konnte er, wenn er in einer stillen Minute mit Claire flüsterte und sich unbeobachtet glaubte, glucksen und bis zu beiden Ohren grinsen wie ein Junge, der sich über einen Streich amüsierte. Wie sie stammte er aus einfachen Verhältnissen. Sein Vater besaß einen Stellmacherbetrieb in Straßburg, aber Yves war vor zwei Jahren nach Baden-Baden gekommen, weil er lieber mit Kugel und Einsätzen hantierte als mit Hammer, Amboss und Zange. Er zog es vor, sich mit feinen Leuten anstatt mit schwieriger Kundschaft zu umgeben. Nun, schwierig konnte auch der Geldadel werden, das hatte er inzwischen begriffen, seine Entscheidung allerdings nie bereut. Das Allerbeste an ihm war: Ihn interessierte nicht im Mindesten, dass ihm kein Mann, sondern eine Frau zur Seite stand. Claire rechnete es ihm hoch an, dass er sie nicht anders behandelte als all die übrigen Croupiers an den Tischen.

Zu den Spielern, die stets mit einer vorher festgelegten Summe ihr Glück versuchten, gehörte Lorenzo Benedetti, der Weinbauer, der hoffte, in der Sommerhauptstadt die Vorherrschaft der französischen und badischen Tropfen zu bannen. Er hatte seinen Aufenthalt verlängert. Angeblich aus geschäftlichen Gründen, doch Claire vermutete, dass er Gefallen am Spiel gefunden hatte. Er fuhr sowohl Gewinne als auch Verluste ein. Letzten Endes hielt es sich die Waage. Meist stand er an ihrem Tisch. Als wäre sie sein persönlicher Glücksengel. Obwohl er ihr sympathisch war, blieb ihr Lächeln förmlich. Sie würde ihn gewiss nicht ermuntern, sein Schicksal mit ihr zu verknüpfen. Stets beobachtete sie ihn auf Anzeichen von Gehetztheit, aber der Weinbauer schien Herr seiner Sinne zu sein. Claire wünschte ihm von Herzen, dass es dabei blieb.

Auch George und sein Vater gehörten zu den Stammgästen. Doch es war wohl nur der britischen Zurückhaltung zu verdanken, dass der konservative Lord nicht die Nase rümpfte, wenn George ihn auf seinen Wunsch hin an Claire vorbeischob und an einen der Tische mit männlichen Angestellten brachte. Claire bemühte sich, sich ihre Gefühle gegenüber George nicht anmerken zu lassen. Sie hatten noch einige Male Gelegenheit zur Zweisamkeit gefunden. Zuletzt, als sie einen kurzen Spaziergang über die Lichtentaler Allee gemacht hatten und abseits zum Ufer der Oos gegangen waren, wo ein paar Büsche sie vor neugierigen Blicken verbargen. Dort war es zu einem ersten zarten Kuss gekommen. Viel Zeit hatten sie dennoch bisher nicht miteinander verbracht, denn George beteuerte nach wie vor, wie sehr sein Vater ihn brauchte.

»Aber hast du nicht auch ein Recht auf ein eigenes Leben?«, hatte Claire gefragt.

Er hatte den Kopf gesenkt. »So einfach ist es nicht. Es tut mir leid, es geht nicht anders.«

Manchmal fragte sie sich, wohin diese Verbindung führen sollte, und ob sie nicht von vornherein eine unglückliche war, die sie besser heute als morgen beendete. Aber dann fand sie, dass sie sich nicht zu viele Gedanken darum machen sollte. Sie sollte jede Stunde, die sie mit George verbringen durfte, jede zufällige Begegnung, jeden Blick genießen. Und sich im Übrigen auf ihren Lebenstraum konzentrieren. Nie war sie dem näher gewesen als in diesen Tagen! Könnte sie die Bénazets zu einer Festanstellung überreden, wenn ihnen gefiel, was sie in der Spielbank leistete? Das war das Einzige, was zählte. Was sich mit George entwickelte, würde die Zeit zeigen.

Regelmäßig fand sich an ihrem Tisch der russische Dichter ein. Smirnow gehörte oft zu den ersten Gästen des Tages und verabschiedete sich als letzter. Seine Miene blieb stets undurchdringlich, hin und wieder machte es den Eindruck, als mahle er mit dem Kiefer, sodass seine scharf geschnittenen Wangenknochen hervortraten. In seinen dunklen Augen brannte eine Glut, die ihn gleichzeitig leidenschaftlich und unnahbar erscheinen ließ. Sicher wirkte das auf manche Frauen anziehend. Claire gefiel es nicht. Sie konnte nicht den Finger darauf legen, was genau sie an ihm störte. Seine Verwandlung, nachdem Gräfin Bergfels seit gestern wieder in seiner Begleitung war? Plötzlich gab er sich leutselig, gesprächig und amüsiert. Was die beiden miteinander verband, war nur allzu offensichtlich. Dabei wussten alle, dass Irina von Bergfels verheiratet war. Sie aber hing an den Lippen des Poeten, wann immer er eine Bemerkung fallen ließ. Auch an diesem Abend öffnete sie erneut ihren Beutel und reichte ihm einen nicht unerheblichen Betrag in Banknoten und Gulden, die er sofort auf einzelne Zahlen und »Ungerade« setzte. Er biss sich auf die Backenzähne, während er mit dem gewonnenen Geld neue Einsätze tätigte.

Claire ermahnte sich, ihre Gedanken nicht abschweifen zu lassen. Sie versetzte die Scheibe ein weiteres Mal in Drehung und warf die Kugel ins Roulette. Was ging es sie an, wenn die Gräfin sich zur Närrin machte? Aber dieses verinnerlichte Lächeln, dieser seelenvolle Blick ... Am liebsten würde Claire sie warnen, dass sie auf dem besten Weg war, sich ins Unglück zu stürzen. Denn dass dem so war, daran hatte Claire keinen Zweifel. Die Gräfin machte sich seelisch von diesem Mann abhängig, und das ging Claire gegen den Strich.

Sie bemerkte Theo, der sich unter die Gäste an ihrem Tisch gemischt hatte. Über die Köpfe der anderen hinweg zwinkerte er ihr zu. Obwohl sie sein Kümmern überzogen fand und sich fragte, warum er ihr nicht von der Seite wich, war ihr seine Freundschaft inzwischen wichtig. Bei ihm wusste sie stets, woran sie war. Nichts Falsches, nichts Arglistiges verbarg sich in seinem Wesen, nur seine übertriebene Vorsicht und der Schmerz hinter seinen Augen, den er manchmal zu verbergen vergaß. Ob sie irgendwann erfahren würde, was ihn zu diesem Menschen gemacht hatte, der stets wachsam, immer auf der Hut war?

»*Rien ne va plus!*«, rief sie, als die Kugel ihren Schwung verlor und über die Zahlen hüpfte. »Zero!« Ein unterdrücktes Aufstöhnen fuhr durch die Schar der Gäste. Zero kam zu selten, darauf hatte keiner gesetzt. Mit unbewegter Miene sammelte Claire die Geldstücke und Banknoten ein und beförderte sie mit dem Rechen in die Schatzkiste der Bank. Sie mochte es nicht, wenn alle verloren. Ein Gewinner am Tisch genügte, und die Menschen wirkten beseelt. Erfreut darüber, dass das Glück an diesem Abend zu locken war. Alles war möglich, immerzu und jederzeit. Und Claire war mit ihren Kollegen die Dirigentin des Schicksals.

Sie zuckte zusammen, als sich Edouard Bénazet an ihrem Tisch einfand. Die Gäste wichen ehrfürchtig zur Seite, aber er machte beschwichtigende Gesten, bevor er die Arme vor der Brust verschränkte und das Geschehen beobachtete. Die Spieler fuhren in ihren Einsätzen fort, während Claire der Schweiß ausbrach. Ein Rinnsal lief ihr Rückgrat hinab, aber sie ließ sich äußerlich nichts anmerken, verhielt sich so professionell wie den ganzen Abend schon. Als der Juniorchef nach zehn Minuten wieder verschwand, hatte sie nicht den blassesten Schimmer, ob ihm zugesagt hatte, was er gesehen hatte, oder nicht.

Das erfuhr sie am Vormittag des nächsten Tages, denn zu aller Überraschung erklärte sich Frederic Culot schneller genesen als vermutet. Er kam gegen elf Uhr, als der Spielbetrieb gerade begann, auf sie zu und streckte ihr die mit Mull verbundene Hand entgegen. Obwohl Claire sie vorsichtig ergriff, klappte Culot in der Mitte zusammen. Er musste nach wie vor höllische Schmerzen haben, presste beim Aufrichten zwischen schmalen Lippen hervor: »Danke, dass Sie es einrichten konnten, Mademoiselle, Ihre Dienste werden nun nicht mehr benötigt. Melden Sie sich wieder an der Garderobe.«

Zu dieser frühen Stunde herrschte kaum Betrieb, andere Angestellte wandten die Köpfe nach dem förmlichen Gespräch. Estelle kam mit an den Seiten gerafftem Rock angelaufen, vom Bürogang schritt Edouard Bénazet in geschäftsmäßiger schwarz-weißer Kleidung heran, offenbar auf dem Weg zu einem Treffen außerhalb des Kurhauses. Claire wusste, dass es in diesen Tagen immer wieder um die Therme ging, die sein Vater so dringend errichten wollte, aber als er den Ersten Croupier erblickte, steuerte er sofort auf ihn zu. »Lieber Culot, wie schön, Sie zu sehen!«

Culot verneigte sich so tief, dass er mit seinem Zinken fast das Parkett berührte. »Ich stehe Ihnen ab dieser Stunde wieder vollumfänglich zur Verfügung, Monsieur Bénazet.«

»Nach nur vier Wochen? Wir hatten mit länger gerechnet. Aber das ist ja wunderbar, ganz wunderbar! Ich habe mich gestern davon überzeugen können, dass Mademoiselle Engel hervorragende Arbeit am Spieltisch leistet. Und Monsieur Heger«, er wandte sich an den Blondschopf, der mit hochroter Stirn herangetreten war, »hat Sie würdevoll vertreten. Dennoch haben die Gäste Ihr Fehlen bedauert und werden sich freuen, dass Sie so schnell wieder Ihren Dienst versehen!«

Culot bedankte sich überschwänglich und wandte sich ein weiteres Mal an Claire. Sein Blick sagte alles, und mit einer verdeckten wedelnden Geste verdeutlichte er, dass sie das Schlachtfeld räumen konnte. Daran dachte sie nicht im Traum und betete, dass sie den jungen Bénazet auf ihrer Seite hatte. Der wandte sich zunächst an Yves Heger, dem die Röte von der Stirn aus bis zum Hals lief. »Monsieur Heger, bestätigen Sie meinen Eindruck, dass Mademoiselle Engel sich ungewöhnlich schnell und gut eingearbeitet hat?«

Yves nickte. »Sie hat alle Aufgaben tadellos erledigt und ist von zahlreichen Gästen für ihre Umsicht gelobt worden.« Culots Blick schien ihn versengen zu wollen, aber Yves hob bloß die Schultern. *Wenn es doch so ist.* Ein großer, freundlicher Junge, dem es fernlag, Lügen zu erzählen, obwohl es in Gegenwart seines direkten Vorgesetzten opportun gewesen wäre.

»Nun, dann hätten wir das geklärt.« Edouard Bénazet klatschte in die Hände. »Mademoiselle Engel, wenn es in Ihre Pläne passt, verstärken Sie bitte bis zum Ende der Saison die Riege der Croupiers.« Er nickte Culot zu. »Eine zusätzliche Mitarbeiterin wird Sie in die Lage versetzen, allen öfter einen Tag freizugeben. Schreiben Sie das Rotationsprinzip um, sodass manche hin und wieder auch zwei Tage die Woche vom Dienst befreit sind. Das kommt dem Arbeitsklima zugute.« Noch einmal richtete er sich an Claire, die nicht fassen konnte, was hier passierte. Sie hatte ihre Chance bekommen, und sie hatte sie genutzt! Der Juniordirektor fuhr an sie gewandt fort: »Sie haben einige Zeit durchgearbeitet, nicht wahr? Spannen Sie morgen einmal aus. Machen Sie einen Tag Pause und stehen Sie übermorgen in alter Frische parat. Dann klären wir auch die Formalitäten und Vertragsfragen, ja?«

Claire musste sich zusammenreißen, um ihm nicht vor Freude um den Hals zu fallen. Bis zum Ende der Saison! Was für ein Glück! Das würde sie gleich am Abend ihrer Familie schreiben. Der Großvater würde platzen vor Stolz. Und wie sie ihren morgigen freien Tag begehen würde – da hatte sie schon eine Ahnung, die ihr Herz so laut klopfen ließ, dass sie befürchtete, die Umstehenden würden es bemerken. Was für eine wunderbare Wendung! Das

Schicksal meinte es offenbar gut mit ihr. Und mit Culot würde sie schon zurechtkommen. Bisher war es ihr mit ihrer Art immer gelungen, die Menschen für sich einzunehmen. Warum sollte es ihr ausgerechnet bei diesem zugegebenermaßen widerborstigen Croupier nicht gelingen?

Bénazet wollte auf dem Absatz kehrtmachen, um seinen Termin nicht zu verpassen, da erklang Estelles schrille Stimme in dem Pulk von Gästen, die sich um sie geschart hatten und tatsächlich die Entscheidung des Juniordirektors beklatschten. »Aber wie soll ich das alles an der Garderobe schaffen? Das ist zu viel für mich auf meine alten Tage mit den paar Stündchen, die Odette aushilft! Das ist nicht gerecht!«

Bénazet trat auf sie zu, berührte ihre Schulter. Claire ging durch den Kopf, dass der ältere Bénazet ihr in seiner charismatischen Art vermutlich Honig um den Mund geschmiert hätte, und sie wäre Wachs in seinen Händen gewesen. Aber der Junior wählte die sachlichere Form: »Madame Rosenberg, wir haben bereits Gespräche mit Mademoiselle Odette geführt. Noch in dieser Woche wird sie Ihnen Vollzeit zur Seite stehen.«

Estelle knickste tief. »Eine schöne Hilfe wird mir das junge Ding sein«, murmelte sie unwirsch, seufzte dann aber ergeben. Was blieb ihr auch übrig?

Die Spielbank füllte sich. Es gab eine Klientel, die vor dem Nachmittagskaffee die ersten Einsätze tätigte und das Glück auf die Probe stellte. Längst nicht so viel Betrieb wie nach dem Diner, doch genug, dass alle Croupiers beschäftigt waren. Obwohl Claire sich insgeheim überlegte, wie sie George darüber in Kenntnis setzen konnte, dass sie morgen einen freien Tag hatte, war sie hoch konzentriert.

Nach Culots Ermessen allerdings nicht hinreichend professionell.

Den ganzen Nachmittag über maßregelte er sie. Einmal sammelte sie die Gulden nicht schnell genug ein, ein andermal bestimmte sie seiner Meinung nach zu früh, dass kein Spiel mehr gemacht werden durfte, und schmälerte damit einen möglichen Gewinn für die Bank. Claire bemühte sich, ihm alles recht zu machen, aber es schien unmöglich zu sein. Zwischendurch wechselte sie Blicke mit Yves.

»So kenne ich ihn gar nicht«, flüsterte der ihr bei nächster Gelegenheit zu. »Normalerweise kommt man gut mit ihm aus.«

»Es passt ihm nicht, dass ich eine Frau bin«, zischte Claire zurück.

»Wenn das nicht aufhört, musst du dich bei Bénazet beschweren«, erwiderte Yves. »Das darf er sich nicht herausnehmen.«

»Ich warte noch ein paar Tage. Vielleicht lässt es sich mit ihm allein klären. Den Chef hinzuzuziehen macht nur böses Blut.«

»Aber warte nicht zu lange«, riet Yves.

»Ach, George, du glaubst es nicht!« In einer Seitenstraße neben dem Kurhaus stieg der Engländer aus der Kutsche, die er für ihren heutigen Ausflug zum Alten Schloss gemietet hatte. Am Abend zuvor hatte Claire eine ruhige Minute im Kasino genutzt, um ihm zu erzählen, dass sie am nächsten Tag Zeit miteinander verbringen konnten. George hatte ihre Hand gedrückt vor Freude, die Augen strahlend. »Wie wunderbar! Mein Vater trifft sich mit zwei Bekannten zum Bridge, er wird mich gar nicht vermissen. Wir könnten hinauf zum Schloss fahren!«

Claire liebte ihre geradlinig geschnittenen Kleider, die sie mit einem schlichten Samtband im Haar als Croupière in der Spielbank trug. Die Näherin hatte ordentliche Arbeit geleistet und für die Garderobe tannengrünen und erdbraunen Samt gewählt, zum Teil miteinander kombiniert, ein Arrangement, das Claires Haarfarbe aufs Schönste unterstrich. Aber für dieses Treffen hatte sie die schlichten Stücke im Schrank gelassen und sich für ihr hellgelbes Ensemble mit Krinolinenrock und ihren mit Bändern verzierten Strohhut entschieden. Dazu trug sie ihre besten silbernen Ohrringe und eine passende Kette mit einem Anhänger in Blumenform. Frau Seibold hatte einen langen Hals gemacht, als sie so herausgeputzt die Treppe hinuntergestiegen war. Inzwischen wusste sie, dass Claire eine Anstellung bis zum Ende der Saison hatte und die Miete zuverlässig zahlen konnte. Aber machte sie das zugänglicher? Nicht im Geringsten.

»Frauen in Männerberufen?«, hatte die Witwe ausgestoßen. »Himmel! Und dann diese unfeine Garderobe!« Dass der Vermieterin mit ihrer Haube die Uniform nicht zusagte, interessierte Claire nicht. Das Kleidungsstück musste noch erfunden werden, das der Seibold an ihr passte. Ihr sagte gar nichts zu, was mit ihr im Zusammenhang stand, und damit hielt sie nicht hinter dem Berg. »So wollen Sie in die Spielbank?«

»Ich habe andere Pläne«, hatte Claire ihr nur hingeworfen und die Tür hinter sich zugeschlagen, bevor sie voller

Vorfreude den abfallenden Weg zum Kurhaus hinabgelaufen war. Bislang hatten ihr Zeit und Muße gefehlt, aber sie sollte sich wirklich überlegen, das Angebot der Leberechts in Anspruch zu nehmen, eine andere Unterkunft für sie zu finden.

Nun ließ sie sich von George in den Landauer helfen und genoss seine Nähe, während der Kutscher die dünne Peitsche über die Pferderücken schwang und sich das Gefährt in Bewegung setzte.

»Stell dir vor, was gestern passiert ist, George!« Claire war von Aufregung durchdrungen. »Culot hat sich zum Dienst zurückgemeldet, und der Juniordirektor hat mich gefragt, ob ich trotzdem den Rest der Saison als Croupière arbeiten möchte. Ist das nicht wundervoll?«

Er beugte sich zu ihr, küsste sie sanft auf die Wange. »Ach, ich hatte mich schon gewundert, als ich ihn gestern im Kasino sah. Wirklich auf dem Damm schien er mir nicht. Er sieht wohl seine Felle davonschwimmen, wenn er noch länger abwesend ist. Aber umso schöner für dich, Claire! Du bist hinreißend am Roulettetisch.«

Von ihren Gefühlen überwältigt drückte sie sich kurz an ihn, den Blick mit einem strahlenden Lächeln nach vorn gerichtet.

Spaziergänger schauten ihnen hinterher, manche mochten die Croupière und den jungen Lord erkennen. Vermutlich gaben sie ein hübsches Paar ab. George trug eine leichte helle Leinenjacke über einer karierten Hose und einen Zylinder. Neben sich hatte er den Spazierstock abgelegt. Sie wurden durchgeschüttelt, als die Kutsche in den schmalen steilen Weg hinauf zum Schloss bog und sich die Pferde über Serpentinen zwischen hohen Laubbäumen hindurch bis auf die Anhöhe kämpften. Oben angekommen, verabredete George mit dem Fuhrmann, dass er auf sie warten werde. Dann begaben sie sich zu Fuß zur Ruine des Prachtbaus, der jahrhundertelang der Sitz der Markgrafen gewesen war. Claire interessierte sich mehr für den Ausblick als für die Geschichte und sprang leichtfüßig die Stufen zu einer Plattform hinauf, von der aus man über den Schwarzwald, die Rheinebene und die Vogesen schauen konnte. Wie eine Spielzeuglandschaft breitete sich das im Tal liegende Baden-Baden mit seiner Kirche und den zahllosen Dächern und Gassen, Parkanlagen und prunkvollen Gebäuden vor ihnen aus. Die Stadt hatte einen ungewöhnlich hohen Baumbestand, ein grünes Kleinod inmitten der bewaldeten Anhöhen. Glitzernd schlängelte sich die Oos durch die Szenerie. Vor der Mauer fielen Erdtreppen und Büsche schwindelerregend steil hinab bis zu den Spitzen der Tannen unter ihnen.

»Ist Baden-Baden nicht wunderschön?« Claire stützte sich auf den Mauervorsprung und konnte sich nicht sattsehen. »Was haben wir für ein Glück, diesen Sommer hier zu verbringen!« Sie erwartete, dass George in ihre Begeisterung einfiel, doch über seinem Gesicht lag ein Schatten, als sie sich ihm zuwandte. Ohne ersichtlichen Grund war seine Stimmung umgeschlagen. Eine Düsternis umfing ihn, die Claire beinahe frösteln ließ.

»Wie leicht man von hier aus über das Land fliegen könnte«, flüsterte er undeutlich. Er stieg auf einen Mauervorsprung. Setzte seinen Fuß auf die Brüstung.

»George, lass das, du machst mir Angst!« Es war gefährlich genug, sich so weit nach vorn zu lehnen, aber jetzt kletterte er sogar hoch! Er richtete sich auf, stellte sich auf die Mauer und hielt sich mit beiden Händen an den Resten einer Säule fest. Dann lachte er aus vollem Hals. Es hallte unheimlich von den Wänden der Ruine wider. Andere Gäste wurden auf sie aufmerksam, tuschelten miteinander, kamen vorsichtig näher, doch eher aus Sensationslust denn aus dem Wunsch heraus, einzugreifen und das irrsinnige Unterfangen zu stoppen.

George löste sich von seinem Halt, breitete die Arme aus und legte den Kopf in den Nacken. »Wie einfach es wäre, alles zu beenden. Hinabzufliegen. Den Rausch, alles zu überblicken, mit in den Tod zu nehmen. Was für ein wunderbares Ende!«

Mit beiden Händen umfasste Claire seine Beine. »Was redest du da? Komm sofort runter, George!« Fieberhaft überlegte sie, wie sie ihn dazu bewegen konnte, auf sie zu hören. Ihre Gegenwart allein schien nicht auszureichen, aber jetzt war keine Zeit, dem Stich nachzuspüren, den ihr diese Erkenntnis verpasste. »Du würdest ... Dein Vater würde es nicht überleben! Er braucht dich! Und ich brauche dich auch«, fügte sie hinzu.

Endlich erkannte aus den Reihen der Zuschauer ein junger Mann mit modischer Melone die Notlage. Er eilte heran und half Claire, George herabzuziehen. Nötig war das kaum noch, von einer Sekunde auf die andere war Georges Stimmung erneut umgeschlagen. In seinen Augen stand der Schrecken, als er sichtlich kraftlos zu Claire hinabsprang. Der Mann mit dem Hut fasste ihn am Arm und betrachtete prüfend sein Gesicht. »Alles in Ordnung, Monsieur? Brauchen Sie meine Hilfe?«

Verwirrt sah George sich um, schüttelte den Kopf. »Danke ... Es tut mir leid«, murmelte er geistesabwesend, dann blickte er Claire an. »Es tut mir leid«, wiederholte er, diesmal aus voller Seele. »Ich … ich weiß nicht, was in mich gefahren ist. Ich wollte dich nicht erschrecken.«

Die Menge um sie herum zerstreute sich, einige schauten immer wieder über die Schultern zurück. Claire hatte ihren Atem nicht unter Kontrolle. Ihr Brustkorb hob und senkte sich im schnellen Luftholen, dennoch hatte sie das Gefühl zu ersticken. Ihre Augen brannten, weil sie sie so weit aufgerissen hatte und George unverwandt ansah. Panik erfasste sie, rief ihr zu wegzulaufen, einen möglichst großen Abstand zwischen sich und das zu bringen, was sie hatte miterleben müssen.

»Liebste, es ist alles gut.« Er bemühte sich um ein ehrliches Lächeln. »Ich … ich habe nur Spaß gemacht.« Claires Atem beruhigte sich, die Panik schwand, dafür wallte ein Anflug von Zorn auf. Ärger darüber, wie er ihr so etwas hatte antun können. Wenn es ein Scherz gewesen war, dann ein böser! Sie hielt die Vorwürfe zurück. Erst musste sie für sich selbst klären, was an diesem sonnigen Junivormittag auf der alten Schlossruine passiert war.

»Lass uns den Rundgang fortsetzen«, schlug George munter wie ein Reiseleiter vor und nahm ihre Hand, als hätte es die letzten Minuten nicht gegeben.

Sie entzog sie ihm. »Entschuldige, ich fühle mich nicht gut. Ich würde unseren Ausflug gern beenden.«

Erschütterung malte sich auf seinen Zügen ab. »Aber wir sind doch gerade erst angekommen … Nun, wie du meinst. Lass uns die Kutsche zurücknehmen.«

Die Heimfahrt verlief schweigend. George schaute sich nach rechts und links um, als genieße er die Landschaft, grüßte, wenn ihnen Wanderer begegneten. Claire wusste nicht, was sie mehr schmerzte: sein gewagter Tanz auf dem Abgrund oder seine Art, so zu tun, als sei nichts geschehen.

10

Mitte Juli 1847

Gab dieser verdammte Kerl nie Ruhe? Selbst ein Frederic Culot musste doch irgendwann einsehen, dass Claire ein Gewinn für das Kasino war. Wie charmant sie die Gäste ansprach, wie elegant und gleichzeitig konzentriert sie das Spiel leitete, die ausgespielten Nummern ausrief und die Einsätze hin und her schob. Manch einer der männlichen Besucher richtete mehr Aufmerksamkeit auf sie als auf das Geschehen am Roulettetisch. Kein Wunder, hübsch wie sie war, obwohl sie in ihrer Garderobe bescheidener wirkte als die herausgeputzten Damen neben den Spielern. Oder vielleicht gerade deshalb. Vielleicht brachte die Schlichtheit ihre Schönheit nur noch mehr zur Geltung?

Culot jedoch schäumte innerlich vor Wut. Um das zu sehen, brauchte man nicht Theos Beobachtungsgabe. Auch Yves Heger und die anderen Croupiers schüttelten nur die Köpfe über ihn. Es herrschte eine Unruhe unter den Mitarbeitern, die dem Spielbetrieb nicht guttat.

Vorgestern hatte Culot sein Verhalten auf die Spitze getrieben. Er hatte sich bei den Herren Bénazet darüber beschwert, Claire würde mit den männlichen Gästen kokettieren. Claire hatte ihm auf ihrem abendlichen Spaziergang zur Pension davon erzählt. Theo hatte gespürt, dass sie darum fürchtete, ihre Anstellung wieder zu verlieren, eine Sorge, die vermutlich nicht ganz unberechtigt war. Culot schien es darauf anzulegen, sie bei den Bénazets in Misskredit zu bringen. Und er war immerhin ein langjähriger Mitarbeiter, sie nur die Neue, die für Gesprächsstoff sorgte und Gäste lockte. Wem würden sie mehr Glauben schenken?

Am liebsten hätte er Culot zur Rede gestellt. Stattdessen war er am Morgen in das Büro des Seniors marschiert. Claire hatte er nicht eingeweiht, sie hätte es ihm sicher ausgeredet, hätte selbst auf eine Gelegenheit gewartet, mit dem Direktor zu sprechen. Aber wusste man, ob es dann nicht schon zu spät war? Nein, Theo fand es wichtig, die Angelegenheit sofort geradezurücken. Er hatte geschworen, dass an den Vorwürfen nichts dran war. Höchstens waren die Herren von ihrer Attraktivität und ihrer Noblesse gebannt, doch sie selbst legte es mit keinem Blick, keiner Geste darauf an, jemandem den Kopf zu verdrehen. Später hatte er noch Yves zu Jean Jacques Bénazet geschickt, aber das hatte es schon nicht mehr gebraucht. Sowohl der Vater als auch der Sohn schienen zu verstehen, dass Culot die junge Frau verunglimpfen wollte. Theo wäre gern dabei gewesen, als sie ihn daraufhin einbestellt und von ihm gefordert hatten, die Croupière mit allem gebotenen Respekt zu behandeln. Verleumdungen dieser Art hatte er zu unterlassen. So musste es sich angehört haben. Auf jeden Fall war Culot heute wie ausgewechselt.

Er quälte sich ein Lächeln ab, das wohl verbergen sollte, wie gedemütigt er sich fühlte. Von nun an würde er Claire in Ruhe lassen. Wenigstens hoffte Theo das. Und falls nicht, wäre er da, um seine schützende Hand über sie zu halten.

Schützende Hand. Der Hals wurde ihm trocken, als ihm auf seinem Rundgang durch das an diesem Nachmittag nur mäßig besuchte Kasino einfiel, dass es einen Tag in seinem Leben gegeben hatte, an dem seine schützende Hand vonnöten gewesen wäre.

Und er hatte versagt.

Der Druck hinter seiner Stirn trieb ihm den Schweiß aus den Poren. Er griff in die Tasche seiner Uniformhose und zog ein gefaltetes Taschentuch hervor, mit dem er sich das Gesicht tupfte. Ein kaum wahrnehmbares Klimpern erklang, als mit dem Tuch etwas herausfiel. Er schaute hinab und sah das Armband mit den Glückskleeblättern, das er Hanna zu ihrem zehnten Geburtstag geschenkt hatte. Sie hatte es Tag und Nacht getragen, in dem festen Glauben, es würde ihr Schicksal lenken und dafür sorgen, dass es ihr immer gut ging.

Der Zauber hatte nicht gewirkt.

Er spürte den vertrauten Wirbel, seine Knie wurden weich, und das Herz wollte ihm aus der Brust springen. Luft, er brauchte Luft! Er musste raus hier, durfte unterwegs auf keinen Fall zu Claire schauen, deren Haare denselben Kupferstich hatten wie Hannas, deren Kinnlinie den gleichen Schwung besaß und deren Augen auf dieselbe Art glitzerten, wenn sie lachte. Sie war ihr so ähnlich, dass es wehtat, und mit jeder Stunde, die er in ihrer Nähe verbrachte, fühlte er sich, als rängen zwei Seelen in ihm um die Vorherrschaft: die Sehnsucht danach, alles ungeschehen zu machen, was Hanna passiert war, und die Freude, Claire wie die Wiedergeburt seines geliebten Kindes zu betrachten. Als sei sie zu ihm zurückgekehrt, schön und erwachsen und voller Kraft und Leben. Sie ahnte nicht, wie oft er sie schon an sich hatte ziehen wollen, sie berühren, ihren Duft aufnehmen, ihren warmen Atem an seinem Ohr spüren wollte. Ein Vater, den der Tod seiner Tochter aus der Bahn geworfen hatte und der sich an einen Strohhalm klammerte, der ihn in ein besseres Leben zurückholen konnte. Manchmal meinte er, der Himmel habe ihm Claire zum Trost geschickt, und dann wiederum hatte er Angst, sie könnte diese Anziehungskraft, die er ihr gegenüber empfand, falsch verstehen und sich von ihm abwenden. Bloß das nicht! Wenn Claire aus seinem Leben verschwand, würde es sich beinahe anfühlen, als würde er Hanna ein zweites Mal verlieren.

Er kratzte sich unauffällig am Unterarm. Wann immer seine Gedanken zu Hanna trieben, schien der Ausschlag aufzublühen. Mittlerweile hatte er sich sogar auf seinem Rücken ausgebreitet.

Im Hinauseilen glitt sein Blick doch zu der jungen Frau, die durch eine Laune der Natur aussah wie eine ältere Version seiner verstorbenen Tochter. Das mit dem Samtband gehaltene Haar, die schmalen Schultern, die helle Stimme, das Profil mit der etwas zu kurzen Nase und den vereinzelten Sommersprossen. Ach, könnte er sie nur einmal halten und ihr alles erzählen. Aber der Zeitpunkt war falsch, und wahrscheinlich würde er niemals richtig sein. Er würde sie nur verstören, und sie würde das zarte Band zu ihm kappen.

Mit einem Ruck wandte er sich ab und setzte die Schritte Richtung Ausgang fort.

Vor dem Kurhaus empfingen ihn eine graue Wolkendecke und leichter Nieselregen. Solche Tage gab es immer mal wieder in Baden-Baden, doch in der Erinnerung der Gäste würde alles im Sonnenschein glänzen, wie es sich für eine Sommerhauptstadt gehörte. Die Menschen spazierten eng beieinander untergehakt unter Schirmen, aber Theo brauchte keinen Schutz. Er legte den Kopf in den Nacken, begrüßte die willkommene Kühle und Feuchtigkeit in seinem Gesicht. Eine Weile ließ er sich nass regnen, beobachtete die Tropfen, die vom Rand seiner Kappe fielen. Allmählich entspannte er sich. Er öffnete die Faust und betrachtete das Armband auf seiner Handfläche. Es glänzte, als hätte Hanna es all die letzten Jahre sorgsam mit Salzlösung gepflegt, aber es hatte immer nur in dieser Tasche gesteckt. Er hatte es ihr behutsam abgenommen, damals, an ihrem Sarg. Der Bestatter hatte sie hergerichtet, dass man meinen konnte, sie schliefe bloß. Ihn hatte niemand täuschen können. Vor ihm hatte nur die Hülle des geliebten Menschen gelegen, der sein wichtigster Lebensinhalt gewesen war.

Es war in der Saison passiert, bevor die Bénazets nach Baden-Baden gekommen waren. 1837, als Antoine Chabert noch die Belange des Kurhauses geleitet hatte. Baden-Baden schickte sich gerade erst an, zum Sammelplatz für die vornehmste Gesellschaft von Europa zu werden. Der Takt des Sommers war damals gemächlicher, weniger getrieben. Theo war zu diesem Zeitpunkt schon fünfzehn Jahre Sicherheitsbeauftragter in den Diensten des Direktors gewesen. Was hatte er sich gefreut, als er diese Anstellung bekommen hatte nach seiner Vermählung mit Elisabeth und sie wenig später feststellten, dass sie ein Kind erwartete. Hanna war 1823 geboren, ihre Mutter im Kindbett gestorben. Theo hatte geglaubt, die Dinge nicht allein bewältigen zu können. Aber er war mit seiner Aufgabe gewachsen, hatte alles so organisiert, dass seine Tochter in geordneten Verhältnissen aufwachsen und er dennoch das Geld nach Hause bringen konnte. Seine Schwester Beate und ihr Mann Günther waren dabei eine große Hilfe gewesen. Sie hatten Hanna und ihn bei sich aufgenommen. Das Mädchen brachte die Freude in das Leben des kinderlosen Paares, nach der sie sich sehnten. Die Leberechts waren sich jedoch stets darüber im Klaren, dass sie Hannas Mutter nicht ersetzten und Hanna ja noch ihn, Theo, hatte. Ein Arrangement von gegenseitigem Respekt, Vertrauen und großer Zuneigung, das sie unter einem Dach vereint hatte.

So gingen die Jahre ins Land, und selbst an jenem schicksalhaften Tag im September, an den Theo sich wie an keinen zweiten erinnerte, war sie sein kleines Mädchen. Dabei konnte man nicht leugnen, dass sie mit vierzehn an der Schwelle zum Erwachsenwerden stand. Sie achtete zunehmend auf ihr Äußeres, obwohl sie ohne gedrehte Locken und dergleichen auf bezaubernde Weise hübsch war. Das versicherte er ihr immer wieder, wenn sie mehr Zeit als nötig vor dem Spiegel verbrachte. Sie reagierte mit einem Erröten, riss sich widerwillig los und richtete dann doch ein letztes Härchen, verteilte Puder oder Duftwasser.

»Wann sie uns wohl ihren Verehrer vorstellen wird?«, hatte Beate an diesem Tag gefragt. Fröhlich schwingend hatte Hanna sich mit einem Wangenkuss von Theo verabschiedet, war mit wehendem Kleid aus dem Haus gestürmt. Nach dem Privatunterricht, den Beate und Günther ihr in Absprache mit Theo nach Abschluss der grundlegenden Schulbildung bezahlten, arbeitete sie bis zum Abend als Hausmädchen im Grandhotel am Park. Dort reinigte sie die Zimmer, hin und wieder half sie auch in der Küche aus oder trug den Gästen das Abendessen auf.

Theo war von Beates dahingeworfener Äußerung vor den Kopf gestoßen. Er hatte sich gesetzt, weil es ihm sonst den Boden unter den Füßen weggezogen hätte. Seine Hanna, einen Verehrer? Welch schöne und gleichermaßen schmerzhafte Erkenntnis. Und dennoch … nein!

»Für so etwas ist sie zu jung.«

Beate betrachtete ihn spöttisch. »Der Gedanke muss schwer für dich sein. Aber das ist der Lauf der Dinge, Theo. Du kannst ihn nicht aufhalten.«

Er wollte keinen Zwist, er war ohnehin spät dran für die zweite Hälfte seiner Schicht im Kasino, die er nur unterbrochen hatte, um Hanna an diesem Tag wenigstens kurz zu sehen. Denn meistens, wenn Beate den *Lauf der Dinge* ansprach, wollte sie ihm eins damit sagen: dass er sich, vierzehn Jahre nach Elisabeths Tod, nach einer neuen Frau umschauen sollte.

»Hanna ist alles, was mir von ihr geblieben ist«, kürzte er die Diskussion ab. »Ich habe sonst nichts.«

Seine Schwester legte ihm die Hand auf den Unterarm, sprach sanft. »Du hast Günther und mich, vergiss das nicht.« Und kam dann doch auf ihr Lieblingsthema zurück: »Die Zeiten werden sich ändern, ob du es willst oder nicht. Es ist besser, du findest dich damit ab. Leb nicht länger in der Vergangenheit. Herrje, Theo, Elisabeth war eine wunderbare Frau, ja! Aber wenn du sie weiter auf einen goldenen Sockel stellst, wird niemals eine andere an sie heranreichen.«

»Es soll auch keine an sie …«

»Hanna wird bald ihr eigenes Leben führen! Du hast nur noch ein paar Jahre mit ihr. Und dann? Willst du etwa allein sein?«

»Ich habe euch, hast du gerade noch gesagt.«

»Ach, bitte, du weißt, wie ich es meine.«

»Zu gut, ja. Aber mein Liebesleben lass mal meine Sorge sein.«

Beate lachte auf. »Du hast ein Liebesleben? Das wäre mir neu. Nein, ich glaube, da ist die Tochter dem Vater ein Stück voraus.«

»Du weißt Genaueres? Dann verrate es mir. Ich sehe doch, dass du es kaum für dich behalten kannst. Du platzt ja fast.«

»Ich … ich«, stotterte sie, dann atmete sie aus, als hätte sie seinem Drängen nun schon stundenlang standgehalten. Dafür sprudelten die Worte flink aus ihr heraus. »Seit Neuestem begleitet sie mich überraschend gern auf den Markt. Dort sucht sie häufig den Stand von Ernst Brenner auf, dem …«

»Keramikmaler? Brenner ist an die fünfzig. Und verheiratet!«

»Doch nicht er, Dummkopf! Sein Lehrling! Ein hübscher Junge von sechzehn, siebzehn Jahren. Ihm schießt die Röte ins Gesicht, wenn Hanna nur ›Guten Tag‹ sagt.«

»Pff«, machte Theo, als könne er auf diese Weise daran rütteln, was Beate da zu sehen glaubte. »Trifft sie sich mit ihm?«

»Möglich. Ach, ist Liebe nicht schön?«

Theo enthielt sich jedes weiteren Kommentars. Liebe. Hanna wurde erwachsen, noch war sie allerdings ein Kind, und das, was sie für Verliebtsein hielt, war nur Spielerei. Wenn es denn überhaupt stimmte und Beate nicht bloß Gespenster sah.

Natürlich wünschte er seiner Tochter, dass sie die große Liebe erlebte. Aber doch noch nicht jetzt! Er würde mit ihr reden, wenn er am Abend den Umweg über das Grandhotel ging und sie abholte. Nicht immer war ihm das möglich. Hanna wusste, dass ihm seine Anstellung wichtig war, er deswegen Pflichtbewusstsein und Fleiß zeigte und häufig Überstunden machte. Sie war ihm nicht böse, wenn sie allein zum Ärztehaus zurückkehren musste. Für heute nahm er sich vor, pünktlich zu sein, als er sich mit einem Augenrollen von Beate verabschiedete, um ihr zu zeigen, dass er das Thema leid war.

Inmitten der gediegenen Gesellschaft und dem Markt der Eitelkeiten des Kasinos gelang es ihm, die Gedanken an zu schnell älter werdende Töchter zu verdrängen. Es gab einen kleinen Taschendiebstahl, einen Streit um gesetztes Geld, und ein Belgier pöbelte einen der Croupiers an, weil er sich angeblich nicht korrekt verhalten hatte. Kleinigkeiten nur, die jedoch Theos ganze Aufmerksamkeit in Anspruch nahmen. Als er das nächste Mal auf die Uhr schaute, war es schon eine Stunde nach seinem offiziellen Dienstschluss um zehn, und Theo war immer noch damit beschäftigt, Formulare auszufüllen, die später der Polizei vorgelegt werden würden. Wieder einmal würde er Hanna nicht abholen können. Dabei hatte er sich die Worte zurechtgelegt, die er an sie richten würde, um die *Liebe* mit ihr zu erörtern. Wie so oft spürte er den Verlust seiner Frau. Elisabeth wäre es sicher leichtgefallen, mit dem Mädchen über all dieses Gefühlige zu reden.

Theo klappte den Kragen seiner Uniformjacke hoch, als er sich endlich auf den Heimweg begab. Vor dem Kasino empfing ihn ein kühles Lüftchen. Um diese Jahreszeit klafften die Tages- und Nachttemperaturen mitunter weit auseinander. Aber gut, er würde zügig ausschreiten und sich so warmhalten. Vielleicht war er dann rechtzeitig zu Hause, um doch noch kurz mit Hanna zu plaudern. Nach dem Abendessen zog sie sich gern mit einem Buch auf ihr Zimmer zurück. Er würde mit einer heißen Honigmilch bei ihr anklopfen und sich ein paar Minuten zu ihr setzen. Keramikmaler würde er Keramikmaler sein lassen, möglicherweise steckte gar nichts dahinter. Nein, sie würden über dies und das sprechen, alles andere hatte Zeit.

Ein paar Nachtschwärmer waren unterwegs, nickten ihm grüßend zu. Man kannte ihn aus dem Kasino. Die Straßen lagen im Dunkel, vereinzelt waren die Ecken von Gasleuchtern erhellt. Theo hörte seine eigenen Schritte auf dem Pflaster, vernahm sein rhythmisches Atmen im Takt. Er war zwei Querstraßen vom Ärztehaus entfernt, als sich aus der Düsternis eine Gruppe von Menschen schälte, die eng zusammenstanden. Sie raunten und tuschelten – eine Frau schrie auf. Theo begann zu laufen, trat in die Gasse, in der sich die Menge versammelt hatte. Die Frau, die geschrien hatte, drückte sich die Hand auf den Mund, der Mann neben ihr rief mit weit aufgerissenen Augen: »So hol' doch einer die Polizei!« Ein junger Kerl, den Theo als Pagen aus dem Englischen Hof erkannte, flitzte los.

Direkt neben Theo schlang Käthe Lehmann, die Frau des Bäckers, die Arme um ihren Körper, ihre Unterlippe zitterte.

»Was ist denn passiert?«, sprach er sie an, da er immer noch nichts erkennen konnte.

Käthe starrte ihn an, schweigend, mit geöffnetem Mund, während sich in ihren Augen die Tränen sammelten. »Theo …« Sie löste ihre verkrampfte Haltung, legte eine Hand auf seine Schulter, und er spürte, wie sein Körper instinktiv in Alarmbereitschaft fiel. Etwas war hier schrecklich verkehrt.

Ein weiteres bekanntes Gesicht löste sich aus der Gruppe. Jasper Finken. Vermutlich hatte er Theos Stimme gehört. Sein Heimweg aus dem Grandhotel führte an dieser Gasse vorbei, er musste zufällig dazugekommen sein. »Theo? Meine Güte, geh, Theo, geh heim! Schau es dir nicht an, behalte sie nicht so in Erinnerung! Die Polizei ist unterwegs. Los, komm, ich bringe dich.« Fest packte sein Freund ihn am Oberarm, wollte ihn umdrehen. Theo schüttelte seine Hände mit einem Ruck ab. Der Sinn seiner Worte sackte nicht in sein Bewusstsein, aber eine Ahnung durchdrang ihn. Mit den Ellbogen kämpfte er sich den Weg frei, schien kaum Kraft dafür zu brauchen. In seiner Wahrnehmung traten die Leute beiseite, starrten ihn mit weit aufgerissenen Augen an.

»Theo, nicht!«, rief Jasper hinter ihm.

Im Nachhinein fragte er sich oft, ab wann er gewusst hatte, dass es Hanna war, die da auf dem kalten Pflaster lag. Es hätte jedes andere Mädchen in ihrem Alter sein können. Der Körper auf dem Bauch, die schmalen Beine in seine Richtung gestreckt, das Kleid vor Schmutz und Blut strotzend. So viel Blut, zum Teil schon zu einer schwarzen Kruste getrocknet, aber der unverkennbare kupferartige Geruch hing noch in der Gasse.

Theo hörte sich selbst einen unmenschlichen Schrei ausstoßen, brüllte trotz der Übelkeit, die ihm den Hals nach oben schoss, so laut, dass er in der ganzen Stadt zu hören gewesen sein musste. Er stürzte zu Boden, kroch auf Hanna zu, zog sie in die Arme. Keinen Moment verspürte er, was ihm später sein Schwager Günther über Menschen mit einem ähnlichen Verlust erzählte: das Verneinen der offensichtlichen Tatsachen, das Nicht-Wahrhaben-Wollen. Das Verhandeln mit Gott. Das Flehen. Er erfasste das Unfassbare mit einem Blick: Ein Wangenkuss am Morgen, ein wehendes Kleid, als sie aus dem Haus stürmte, und jetzt war seine Hanna tot.

Ermordet.

»Der Keramikmaler«, vernahm er ein dumpfes Knurren aus seiner Kehle. Jasper half ihm auf die Beine, Theo konnte die Augen nicht von seiner Tochter abwenden. »Bei Meister Brenner. Der Lehrling! Mit ihm hat Hanna sich getroffen!«

»Theo, du bist außer dir. Du musst das erst verkraften.« Japser redete eindringlich auf ihn ein, machte verscheuchende Gesten in Richtung der Gaffenden, als zwei Polizisten herantraten. Nur widerwillig löste sich die Menge auf. Zu besonders war das, was sich ihnen hier bot.

»Ich weiß, was ich weiß«, erwiderte Theo unbeirrt. Denn wer sonst sollte ... *das* hier getan haben? Der Junge *musste* es gewesen sein.

Während ein Teil in ihm danach schrie, erneut auf die Knie zu sinken, sich zu Hanna zu legen und auf den Tod zu warten, der ihn mit ihr und Elisabeth vereinen würde, verlangte ein anderer nach Rache.

Er entschied sich für beide Wege. Erst würde er denjenigen zur Rechenschaft ziehen, der Hanna angetan hatte, worauf die weit gespreizten Beine und das zerrissene Kleid hinwiesen. Danach war sein Leben verwirkt, und es war gleich, was mit ihm geschah. Und wenn er seinen letzten Atemzug in einer schmutzigen Gasse wie dieser hier tat, in der jemand sein kleines Mädchen wie Müll liegen gelassen hatte – es war einerlei, ja vielleicht sogar das passende Ende für einen, der nicht da gewesen war, als er gebraucht wurde.

Aus den Augenwinkeln beobachtete er, wie Jasper mit den Beamten flüsterte. Sicher besprachen sie das weitere Vorgehen. Dabei achteten sie nicht auf den fassungslosen Vater. Theo passte den Moment ab und rannte los. Er war an Jasper, den Polizisten und den hartnäckigsten Gaffern vorbei, bevor diese begriffen, was er vorhatte. Brenners Laden lag in der Nähe. Der Meister lebte in der Stube darüber, sicher hatte er dem Lehrling dort ein Zimmer gegeben. Theo eilte durch die Straßen, verfolgt von den Schritten der Gendarmen. Er war schon da, hämmerte an die Tür, rief nach Brenner, bis das flackernde Licht einer Kerze im Treppenhaus erschien. Ein verschlafener Mann mit Glatze und müden Augen öffnete ihm. »Was soll der Lärm?«, fragte er, aber Theo drängte an ihm vorbei.

»Wo ist der Kerl?« Er stürzte in ein Zimmer nach dem anderen. »Der Lehrling, sag schon! Wo steckt er?« Er war wild vor Raserei.

Dann hatte er ihn gefunden. Der Junge musste den Tumult gehört haben, hatte sich unter seinem Bett versteckt. Theo packte ihn am Fuß, zerrte ihn mit aller Gewalt hervor und hieb auf ihn ein. »Ich bring dich um!« Er rollte ihn auf den Rücken, schlug ihm die schützend erhobenen Arme beiseite, rammte ihm die Faust ins Gesicht. Die Nase brach, Theo spürte das warme Blut an seinen Fingerknöcheln, aber er war noch lange nicht fertig mit ihm.

Die Polizisten und Jasper hatten ihn inzwischen eingeholt und Brenners Haus ebenfalls gestürmt. Der ältere der beiden Beamten riss ihn von dem Lehrling, hielt ihn gemeinsam mit Jasper von hinten umklammert, während der jüngere den stöhnenden Burschen in Gewahrsam nahm.

»Wenn er es war, wird er seine gerechte Strafe erhalten«, sagte der ältere Polizist. Ein Versprechen, das alle Kraft aus Theo fließen ließ und der unendlichen Trauer über seinen Verlust die Türen öffnete. Er krümmte sich zusammen wie ein kleines Kind, schluchzte und weinte unter Krämpfen, als wäre er es, der geschlagen worden war.

Einen Tag später stand fest, dass Benjamin Schneider, so der Name des Jungen, es nicht gewesen sein konnte. Nicht nur sein Meister bestätigte, dass er den ganzen Abend in der Werkstatt verbracht hatte, dann mit ihm zum Essen nach oben und anschließend in sein Bett gegangen war, sondern auch Brenners Ehefrau. Sie litt seit den Wechseljahren unter unruhigem Schlaf, was ausgerechnet Günther Leberecht bezeugen konnte, bei dem sie Hilfe gesucht hatte. Sie hätte es in jedem Fall gehört, wenn der Junge die knarzenden Stufen hinabgestiegen wäre. Außerdem war die Haustür verschlossen, und der Schlüssel lag auf einer Anrichte im Schlafzimmer des Ehepaars. Nein, der Schneiderjunge kam nicht infrage, zumal er überzeugend darstellte, dass er Hanna nur vom Sehen her kannte. Beide waren zu schüchtern gewesen, um mehr als verliebte Blicke zu tauschen. Rotz und Tränen waren ihm gelaufen, als zu ihm durchdrang, dass er sie verloren hatte, bevor sie sich überhaupt richtig kennengelernt hatten. Vielleicht eine unsterbliche Liebe, weil sie sich niemals in der Realität beweisen musste? Aber was war der Kummer eines vernarrten Jungen gegen den allumfassenden Schmerz eines Vaters! In Theo war wenig Platz für Empathie, obwohl er sich bei ihm für die Schläge entschuldigte.

Dafür wurde bald von einem Mann gesprochen, den Anwohner in der Nähe der Gasse gesehen haben wollten. Eine Beschreibung gestaltete sich schwierig, es war dunkel gewesen, der Herr mit einem Zylinder und einem Cape bekleidet wie so viele der feinen Gäste. Doch kurz darauf hatte man durch weitere Sichtungen den Weg rekonstruiert, dem er Hanna beinahe bis zum Ärztehaus gefolgt war. Quer durch die Stadt. Ausgehend vom Grandhotel. Der Suche nach ihm würde Theo sein Leben widmen. Das wusste er in diesen Tagen, da ansonsten kein vernünftiger Gedanke in ihm aufstieg, der seinen Schmerz linderte. Dieses Ungeheuer würde dafür bezahlen, was es seinem Mädchen angetan hatte.

11

Ende Juli 1847

Erst hatte Claire das Starren des jungen Manns für einen Tick eines derjenigen gehalten, die Theo als *Verlorene* bezeichnete. Als wolle er die Croupière beschwören, der Kugel den richtigen Dreh zu geben. Doch dann prostete er ihr mit seinem Weinglas zu und lächelte sie an, ohne zu setzen – ganz klar, sein Interesse galt nicht dem Spiel.

Theo konnte seinen Unmut nicht so gut verbergen wie Claire ihre Belustigung über die Situation, die sich seit einigen Tagen in wechselnder Besetzung wiederholte.

»Deshalb also die Eheleute Hohenberg aus Rastatt neulich zum Abendessen«, raunte Theo ihr hinter vorgehaltener Hand zu. Es war ihnen inzwischen zur lieben Gewohnheit geworden, dass Claire mindestens einmal die Woche im Ärztehaus gemeinsam mit den Leberechts und Theo dinierte. Als die Rastätter zu Besuch gewesen waren, hatte Claire allerdings gefehlt. »Herr Hohenberg sitzt der Hohenbergschen Finanzanstalt vor. Ein Pionier im Bankwesen, sagt man, seine Frau ist für ihr wohltätiges und kulturelles Engagement bekannt. Eine gutsituierte Familie. Was den beiden fehlt, ist eine Schwiegertochter für ihren Sohn Maximilian.« Er wies mit dem Kinn auf den Mann. In der dunkelblauen Samtjacke mit dem goldfarben verzierten Revers, der weißen Seidenweste und der schwarzen Krawatte zeigte sich der Stil der Hohenbergs. Blonde Locken umspielten ein scharf geschnittenes Gesicht, dezenter Schnurrbart. Ein Schmiss auf der linken Wange wies auf Mut und Entschlossenheit hin. Und auf einen Hauch Abenteuerlust.

Nun, das Abenteuer würde dieser Maximilian wie die Kerle vor ihm, die Beate auf Claire *angesetzt* hatte, woanders suchen müssen. So nannte Theo den neuesten Zeitvertreib seiner Schwester, der unermüdlichen Kupplerin. Immer öfter bemühten sich unverheiratete Männer um einen Platz an Claires Tisch – offensichtlich auf Beates Anraten.

Claire fand das Engagement von Theos Schwester amüsant. Zeigte es nicht, dass ihr etwas an ihr lag? Dennoch hatte sie wenig Lust, Schwiegertochter im aufstrebenden Bankwesen zu werden. Der Schock über Georges Eskapaden auf den alten Schlossmauern saß tief, aber ihre Zuneigung hatte sich dadurch seltsamerweise verstärkt. Mit seinem Verhalten erweckte George den Eindruck, eine helfende Hand an seiner Seite zu brauchen. Claire wusste nicht, ob ihr diese Rolle passte, aber der Gedanke stieß sie auch nicht ab. Wenn sie nur wüsste, was die Ursache für dieses sonderbare Benehmen war. Es musste schlimme Stunden in seiner Vergangenheit geben, das stand fest. Sie suchte den Saal mit Blicken nach ihm ab und entdeckte ihn mit seinem Vater beim Kartenspiel.

Der Lord wirkte verkniffen. Er hockte eingesunken im Rollstuhl. Der anhaltende Nieselregen schlug ihm auf die Knochen, hatte George erzählt, woraufhin Claire lachen musste. »Solltet ihr Engländer das nicht gewohnt sein?«, hatte sie belustigt gefragt. Schließlich hieß es doch, dass man in London das Haus nie ohne Schirm verließ, oder? Ob es wirklich so war, wusste sie nicht, aber sie war begierig darauf, mehr über Georges Heimat zu erfahren. Sie wollte ihn unbedingt besser kennenlernen. Was missfiel ihm, was mochte er, worum sorgte er sich – abgesehen von seinem Vater?

Der angeschlagene Gesundheitszustand des Lords war Segen und Fluch zugleich: Einerseits nahm er sich bei gesellschaftlichen Aktivitäten zurück, besuchte nicht mehr jede Veranstaltung und hielt sich öfter allein in der Villa auf. Das eröffnete ihnen die Möglichkeit, sich häufiger zu sehen, wenn Claires Dienstplan dies zuließ. Auf der anderen Seite bedrückte es George. Das machte auch die Miene deutlich, mit der er auf ihren Scherz über das Londoner Wetter reagiert hatte.

»Dein Vater sollte Dr. Leberecht aufsuchen«, hatte sie daraufhin geraten. »Er kann sicher helfen.« Ihr fielen Theos Worte aus ihrem ersten Gespräch über George ein, und zögernd fügte sie hinzu: »Vielleicht magst du auch einmal mit Günther reden?«

»Wieso sollte ich? Mir geht es bestens! So gut wie noch nie, um genau zu sein!« Er hatte Claire um die Hüften gepackt, sie an sich gezogen und jeden weiteren bedrückenden Gedanken mit einem Kuss vertrieben. Ja, es ging ihm gut. Zumindest wenn sie bei ihm war.

Auch jetzt breitete sich ein Grinsen auf seinem Gesicht aus, als sich ihre Blicke über die Köpfe der Männer und Frauen im Saal hinweg trafen. Er schien einen Moment zu überlegen, bevor er sich zu seinem Vater beugte, ihm etwas ins Ohr flüsterte und ihn allein am Tisch zurückließ.

Claires Herzschlag war ein warmes Pochen. Kam er zu ihr? Sie hatten bislang niemandem von ihren Treffen erzählt, machten aber auch kein Geheimnis daraus. Menschen hatten sie gesehen, wenn sie gemeinsam unterwegs gewesen waren. Theo zum Beispiel ahnte gewiss etwas. Andere hingegen würden aus allen Wolken fallen. Und eine Liebelei mit einem Gast womöglich verurteilen. Nach wie vor war ihr höchstes Bestreben, sich keine Nachlässigkeit in ihrer Stelle als Croupière zu erlauben. Die Bénazets sollten nur den besten Eindruck von ihr haben. Aber ein Privatleben würde ihr doch gestattet sein! Zumal, wenn darunter weder ihre Konzentration am grünen Tisch noch ihr Pflichtgefühl litten.

Sie atmete aus, als George abdrehte und das Klavier ansteuerte. Er sprach mit dem Pianisten, der sich mit einer Verbeugung erhob und ihm seinen Platz überließ. George setzte sich, schüttelte die Arme aus und begann zu spielen.

Aber was war das? Das Stück konnte nicht weiter von dem Spiel entfernt sein, bei dem Claire ihn vor einiger Zeit belauscht hatte. Seine Finger sausten über die Tasten, hüpften mal hierhin, mal dorthin. Eine fröhliche Melodie tanzte durch das Kasino. Ein Herr mit Monokel an Claires Tisch rief begeistert: »Der Champagner-Galopp von Lumbye! Heißa!« Laut klatschend folgte er dem Rhythmus. Nicht nur ihm gefiel die Abwechslung. Offenbar nahm die versammelte Hautevolee an, die Herren Bénazet hätten sich wieder einmal etwas zu ihrem Amüsement einfallen lassen. Keine getragene Hintergrundmusik, sondern ein Stück, das das Blut in Wallung brachte. Andere Gäste stimmten mit ein, umringten George, feuerten ihn an, noch schneller zu spielen. Er kam dem nach, offenkundig beseelt von dem Jubel, den er auslöste.

Nicht allen gefiel, was sie da hörten: Frederic Culot schaute, als frage er sich, was George sich bloß erdreistete. Claire hingegen lauschte fasziniert, obwohl sich in ihr flüsternd eine Stimme meldete, die diesen lauten, überdrehten George nicht verstand. Zu gern hätte sie geglaubt, dass es der echte war. Dass sie ihn durch ihre Zuneigung zum Vorschein gebracht hatte, den wahren Kern Georges. Ihr kam das Bild eines dunklen Zimmers in den Sinn, in dem sie ein graues Tuch von einem Leuchter gezogen hatte, der daraufhin in all seiner Pracht erstrahlte und alles um sich herum zum Scheinen brachte. Doch gleichzeitig hatte diese Energie, die George aus jeder Pore zu strömen schien, etwas ... Verrücktes.

Er steigerte sich in einen wahren Rausch und beendete das Stück in einem wahnwitzigen Tempo. Die Gäste applaudierten donnernd. Neben Culot verfolgte lediglich Georges Vater mit finsterem Blick, wie sein Sohn von der Klavierbank sprang, sich mit großen Gesten verbeugte und bei seinem Publikum bedankte, um seinen Platz wieder dem angestellten Pianisten zu überlassen. Der wusste, was die Stunde geschlagen hatte, und stimmte eine ruhige Sonate an, um die Gemüter abzukühlen. Die Leute sollten sich dem Roulette oder *Rouge et Noir* zuwenden. Auch George kehrte zum Kartentisch zurück. Statt hinter seinem Vater Aufstellung zu beziehen, nahm er dankbar einen ihm angebotenen Stuhl an und stieg wieder ins Spiel ein. Munter setzte er eine respektable Summe. Dabei glitt sein Blick wieder einmal an den Mitspielern vorbei zu Claire. Und dieses Mal war das Lächeln, das er ihr schenkte, eindeutig echt. George schien das Glück ebenso aus dem Herzen zu springen wie ihr. Rührte sein Ausbruch am Klavier daher, dass er sonst nicht gewusst hätte, wohin mit seinen Gefühlen der Freude?

Später am Abend kam er an ihren Tisch. Das Kasino hatte sich geleert, er blieb kurz stehen, sah sich nach allen Seiten um. »Mein Vater frühstückt morgen mit einigen preußischen Adeligen. Natürlich wird es um die große Politik gehen. Ich habe mich entschuldigt. Ich möchte lieber über große Gefühle reden.«

»Hast du das deinem Vater so gesagt?« Claire erlaubte sich einen neckenden Ton.

George zwinkerte verschwörerisch. »Nein, denn das ist etwas, worüber ich mich lieber mit jemand anderem unterhalte. Ich habe da eine hübsche Croupière im Auge, weißt du? Also morgen, bevor du deinen Dienst antrittst? Um zehn Uhr, abgemacht?«

Sie nickte wortlos, da sie das Gefühl hatte, beobachtet zu werden. Culot? Sie sah sich um, entdeckte den Franzosen an einem anderen Tisch, wo er die Aufräumarbeiten überwachte und Yves Heger auf Kleinigkeiten hinwies. Er nahm dem Armen noch immer übel, dass er Partei für Claire ergriffen hatte. Aber wer betrachtete sie dann? War dieser Maximilian Hohenberg doch noch im Saal und beäugte sie verstohlen aus einer Ecke? Nein, von ihm war nichts zu sehen, dafür lehnte Theo an einem Pfeiler und schaute herüber, als George sich mit einer betont förmlichen Verbeugung verabschiedete.

Nach Dienstschluss wartete Theo wie immer auf Claire, und wenig später schlugen sie den Weg über die Oos zur

Altstadt ein. Leider schien ihr Aufpasser an diesem Abend bemüht, ihr die gute Laune zu vermiesen.

»Du musst mehr auf dich achtgeben«, sagte er, spähte in eine dunkle Gasse. Wie ein Wachhund mit aufgestellten Ohren schnupperte er prüfend, ob sich in den Schatten etwas anderes verbarg als die Mäuse, die auf trippelnden Füßchen davonflitzten. Claire musterte ihn von der Seite. Gemeinhin konnte sie in Menschen lesen, aber Theo war lange genug Sicherheitsbeamter im Kasino, dass er gelernt hatte, seine Gefühle zu verbergen.

»Die Bénazets haben mir ihr Vertrauen ausgesprochen«, entschied Claire, dem Gespräch gleich eine Richtung zu geben, die weg von George führte. »Seitdem verhält Culot sich mir gegenüber korrekt.«

Theo wiegte den Kopf, während sie weiter durch das nächtliche Baden-Baden schlenderten. Über ihnen zogen leichte Wolken im Mondschein dahin, aus den Gaststuben der Altstadt drangen Unterhaltungen und Gesang der einfacheren Leute. »Er ist mir fast *zu* handzahm. Ich traue dem Frieden nicht. Er gönnt dir deine Anstellung nicht, daran hat sich nichts geändert.«

»Ich gebe mein Bestes, das muss doch letzten Endes reichen, oder? Da kann mir doch ein Widersacher nicht alles kaputt machen. Die Bénazets treffen ihre eigenen Urteile, die lassen sich nicht so leicht beeinflussen.«

»Ach, Claire, wenn die Welt nur so einfach wäre, wie du sie dir denkst.«

»Hör auf, mich naiv zu nennen. Ich bin in fröhlicher Stimmung, und das willst du doch nicht ändern, oder?«

Theos Miene wurde weich. »Natürlich nicht. Entschuldige das missmutige Gemecker eines alten Mannes.«

Vor der Pension griff Claire nach seinen Händen, schaute ihm in die Augen. »Versuch doch auch mal, die schönen Seiten des Lebens zu sehen, Theo. Dafür muss man nicht gutgläubig sein, man muss nur den Blick weiten.«

»Du hast ja recht. Aber bei allem Glück muss man vorsichtig sein. Es zerrinnt einem allzu schnell zwischen den Fingern.«

Das wusste jeder, der im Kasino arbeitete. »Ich werde Culot schon keinen Grund geben, mich bei den Herren Direktoren anzuschwärzen.« Er nickte, aber Claire spürte, dass es damit nicht getan war. Theo hatte sie nicht zum ersten Mal mit George gesehen, und er machte sich vermutlich Gedanken. »Ich weiß deine Fürsorge zu schätzen«, fuhr sie fort. »Wirklich! Du bist mir so ein guter Freund geworden, dass ich dir alles anvertrauen kann. Aber zur rechten Zeit muss es sein.« Sie dachte an Georges geflüsterte Worte. *Große Gefühle.* Noch war alles unausgesprochen zwischen ihnen. Vielleicht würde sich das morgen ändern, und sie fänden einen gemeinsamen Weg. Claire wünschte es sich von Herzen. »So wie ich dir vertraue, vertraue du auch mir, Theo. Kannst du das?«

Er zögerte. Sein Blick sprach Bände. Nur widerwillig nickte er. »Wenn du meinst.«

»Ja, das tue ich. Und ich meine, dass ich mich nach dem langen Tag auf ein warmes Essen, das mir die Seibold hoffentlich aufgehoben hat, und mein Bett freue. Danke fürs Heimbringen, Theo, bis morgen.« Einem Impuls folgend stellte sie sich auf die Zehenspitzen, beugte sich vor und gab ihm einen Kuss auf die Wange. Der alte Griesgram brauchte dringend etwas mehr Freude in seinem Leben. Und wenn er Claire als seinen Schützling auserkoren hatte, dann wollte sie ihm das mit ein wenig der Liebe vergelten, die sie gerade für alles und jeden in dieser wunderbaren Stadt empfand.

Leichten Fußes lief sie die letzten Meter. Sie kramte ihren Schlüssel hervor, den sie mit einem Band an einer Schlaufe ihres Mantels festgebunden hatte. Frau Seibold hatte ihr eingebläut, ihn bloß nicht zu verlieren. Mit Einbruch der Dämmerung schloss sie ab und würde nicht den Nachtportier geben und auf ein Klopfen hin aus dem Bett steigen. Umso überraschter war Claire, als der Schlüssel sich nicht drehen ließ. Die Tür war offen.

Kaum hatte sie den Flur betreten, stand die Witwe in einem Morgenmantel aus dunkler Baumwolle vor ihr. Die Haare, die sie für den Schlaf sonst mit einem Netz schützte, waren frisiert, ein straffer Dutt zierte den Hinterkopf. Das Rot auf ihren Wangen sah aus wie von Pariser Puder, hing aber eindeutig mit der Aufregung zusammen, die um die alte Frau zu flattern schien wie ein Schwarm aufgeschreckter Spatzen. Sie lächelte Claire an, als wäre sie eine verlorene Tochter. Es fehlte nur, dass sie sie in die Arme schloss! Dafür wirkte sie beinahe unterwürfig, buckelte, als müsse sie gutmachen, was sie ihr in den Wochen zuvor an Abneigung entgegengebracht hatte. »Fräulein Engel, da sind Sie ja!«, sagte sie mit honigsüßer Stimme. »Wir warten schon eine ganze Weile auf Sie!«

»Wir?«

Claire fühlte sich am Arm gepackt und in Richtung der Stube gezogen. »Wieso haben Sie denn so ein Geheimnis darum gemacht? Hätte ich das gewusst, hätte die Sache doch von Beginn an anders ausgesehen. Jetzt kommen Sie, warum so störrisch?«

Das einzige Geheimnis, das Claire einfiel, war ihre Beziehung zu George. Davon konnte die Seibold nichts wissen. Es sei denn ... Erging es George wie ihr und er konnte den morgigen Tag nicht erwarten? Hatte er seinen Vater in der Villa versorgt und war hierhergekommen? War er so verrückt, sämtliche Vorsicht sausen zu lassen?

Claire trat hinter Frau Seibold ins Wohnzimmer. Die Vermieterin machte einen Schritt zur Seite und gab den Blick frei.

Am Tisch saß ein Mann. Aber es war nicht George. Claire hatte keine Ahnung, um wen es sich handelte.

»Claire, wie schön, dich zu sehen.«

Diese Stimme! Sie erinnerte sich an sie, weil sie klang, als habe er einen Schnupfen. Ein Erinnerungsfetzen zog durch ihren Verstand, wie sie als kleines Mädchen ein Taschentuch aus ihrer Rocktasche hervorzog, es ihm anbot und er es mit einem Feixen ablehnte. Damals war er ein Junge gewesen. Sie unterzog sein Gesicht einer eingehenden Musterung und hielt den Atem an. Ja, sah man über den gepflegten Backenbart hinweg, ignorierte man den verhärmten Ausdruck um den Mund, der sich trotz des Grinsens zeigte ...

»Hermann?« Im Gegensatz zu seiner verlor sich ihre Stimme fast in der Stube, die mit einem mit Spitzendeckchen geschmückten Sofa, zierlichen Kirschbaummöbeln und allerlei Tinnef eingerichtet war. Gedanken tobten durch ihren Kopf. Hatte sie wirklich ihren Halbbruder vor sich, der sich seit Jahren nicht mehr in Sinzheim hatte blicken lassen? Sein Vater und seine Stiefmutter hatten ihn aus dem Haus geworfen. Er war ein Geist geworden, über den nur der Großvater nette Worte verloren hatte. Und jetzt saß er da, grinste spitzbübisch wie früher, wenn er mit ihr durch das Haus galoppiert war oder einen in den Augen der jüngeren Schwester sicher aufregenden, aber harmlosen Streich ausgeheckt hatte. Eingeweiht hatte er sie trotz ihres Drängens nie. *Ist besser für dich*, hatte er stets gesagt und ihr ein Stück Kuchen zugesteckt, das er aus der Küche gemopst und das so süß und verboten geschmeckt hatte.

Ein warmes Gefühl breitete sich von ihrem Brustkorb im Rest ihres Körpers aus. Hermann, an den sie so oft gedacht hatte. Nach dem sie sich manches Mal gesehnt hatte, weil es schön wäre, neben den Zwillingen einen älteren Vertrauten in ihrer Familie zu haben.

Er stand auf und kam über die knarzenden Dielen auf sie zu. Nicht nur sein Gesicht war erwachsen geworden. Claire erinnerte sich an ihn als einen dünnen Jungen, jetzt hatte er deutlich an Gewicht zugelegt, ohne dabei dick zu wirken. Trotzdem hatte der Bauchansatz das Getriebene nicht aus dem Körper verdrängt. Er sah aus wie einer, der schnell mit dem Knie wippte, dessen Finger immer etwas zum Hantieren brauchten. Seine Kleidung entsprach nicht der gängigen Mode. Vor allem die Hose war zu weit geschnitten, dass sie schick erschien. Inzwischen trug man sie enger. Das Jackett wies bei genauerem Hinsehen auf die Jahre der Nutzung hin. Der Tweed musste einmal von einem kräftigen Grün gewesen sein, jetzt war die Farbe verblasst und der Stoff an den Ellbogen dünn geworden. Als hätte Hermann sie zu oft aufgestützt, um den Kopf in Händen zu vergraben. Nur seine tadellose Haltung täuschte über diese Unzulänglichkeiten hinweg. Frau Seibold war offenbar verzaubert von seinem Charme.

Claire umarmte ihn, fühlte seinen Körper dicht an ihrem, nahm Tabakrauch und Seife wahr, erinnerte sich an diesen Duft aus Kindheitstagen, aber da war noch etwas anderes unter dem Vertrauten, ein fremder Geruch, für den sie keinen Namen fand.

Er erwiderte ihre Umarmung, fasste sie dann an den Schultern, um ihr mit Abstand ins Gesicht zu schauen. »So schön bist du, Claire. Ich glaube, ich werde mich niemals an dir sattsehen.«

Die Bemerkung kam ihr seltsam vor, nachdem sie sich so lange Zeit nicht gesehen hatten. Endlich fand sie ihre Sprache wieder. »Was machst du hier, Hermann?«

Statt einer Antwort Hermanns erntete sie ein helles Lachen der Vermieterin, die die Szene mit wohlwollendem Grinsen verfolgte. »Na, ein schöner Verlobter wäre das, wenn er seine Auserwählte nicht vermissen und sie besuchen würde!«

Bevor sie darauf hinweisen konnte, dass hier ein Missverständnis vorlag, stimmte Hermann zu. »Verzeih mir den Überfall, Claire. Ich hätte mein Kommen ankündigen sollen. Jetzt scheint mir die Idee, dich zu überraschen, dumm. Magst du dich nicht setzen? Dir ist ja sämtliches Blut aus dem Kopf geflossen.«

»Vor Freude, vor Freude!«, wusste Frau Seibold.

Hermann wies auf den Stuhl, auf dem er gesessen hatte, und wandte sich an die Vermieterin: »Wären Sie so gütig, ein Glas Wasser für meine Verlobte zu holen? Aber wenn es Ihnen zu viel ist, kann ich mich auch selbst darum kümmern. Wir haben ohnehin unendliches Glück, dass Claire in Ihrer Obhut ist.«

»So weit käme es noch, dass ich Sie herumschicke. Sie

bleiben schön bei dem Fräulein. Sie hat lange genug auf Sie verzichtet.« Frau Seibold eilte in die Küche, sicher weniger um Claires Wohl bemüht, als um ihrem angeblichen Verlobten zu gefallen. Hermann hatte eine gewinnende Art mit seinem Lächeln und seiner höflichen Ausdrucksweise. Kein Wunder, dass die Witwe sich an diesem Abend von einer anderen Seite präsentierte.

Claire wähnte sich in einem irrwitzigen Theaterstück, das auf ihre Kosten gespielt wurde. Es wurde Zeit, dass die Vorstellung endete.

»Was soll der Unsinn?«, zischte sie, kaum dass ihre Vermieterin außer Hörweite war.

Hermann hockte sich hin, seine Hände fanden ihre, kneteten sie. »Ich habe dich vermisst, Schwesterchen.«

Ihr Halbbruder tauchte nach all den Jahren wie aus dem Nichts auf, weil er sie vermisst hatte? Und gab sich dafür als ihr Verlobter aus? Bei aller Zuneigung, die sie für den verlorenen Bruder empfand, blieb Claire auf der Hut. Irgendetwas stimmte hier nicht.

Er lachte, als er dies in ihrem Gesicht zu lesen schien. »Komm schon, Schwesterchen, ein kleiner Spaß. Früher hast du mir jeden Unsinn abgenommen!«

Es war so lange her, sie hatte nur verschwommene Erinnerungen. Aber wie er da vor ihr kniete und sie schelmisch anschaute, sah sie doch wieder den Jungen in ihm, der er gewesen war. Der ältere Bruder, den sie bewundert hatte, der aber wegen falscher Freunde und schlechter Entscheidungen auf die schiefe Bahn geraten war.

»Wie hast du mich hier aufgespürt?«

»Opa hat mir alles geschrieben. Er ist so stolz auf dich, dass du eine Stelle als Croupière bekommen hast. Das war offenbar schon lange dein Traum, wenn ich es richtig verstanden habe. Der alte Herr hat dich auf die Idee gebracht, nicht wahr?«

»Ich durfte Opa oft zuschauen, er hat mir alles gezeigt. Bei ihm ist mein Wunsch entstanden, ja. Aber mein Vertrag gilt erst mal nur für diese Saison.« Ob die Herren Bénazet auf sie zukommen würden? Oder sollte sie im Laufe des Sommers nachfragen, ob sie mit ihrer Arbeit zufrieden waren? Ach, hoffentlich beging sie keinen Fehler, und hoffentlich hielt Culot die Füße still!

»Hm«, machte Hermann, bevor er ein bisschen verächtlich die Luft ausstieß. »Mich hat der alte Herr wohl für weniger geeignet gehalten. Ich durfte nur wenige Male im Hinterzimmer dabei sein. Wahrscheinlich hatte er Angst, ich könnte der Spielsucht verfallen, wie ich alle Probleme, die man im Leben haben kann, anzuziehen scheine.«

Die Bitterkeit hinter seinen Worten rührte etwas in Claire. »Du hast doch keinen Ärger, Hermann?«

Er lugte in Richtung der Küche, senkte den Kopf, legte ihn in ihren Schoß. »Ach, Claire, nicht alle Menschen haben solch ein Glück wie du. Ich brauche eine Bleibe. Nur für ein paar Tage. Du wirst mich gar nicht bemerken, ich verspreche es!«

»Es … es ist nicht meine Entscheidung. Dies ist eine Pension, jeder kann sich hier einmieten.«

»Jeder, der Geld hat«, erwiderte er, und ein paar Sekunden lang lag Schweigen zwischen ihnen.

»Du meinst, ich soll deinen Aufenthalt bezahlen?« Im Geiste rechnete sie durch, ob sie sich das überhaupt leisten konnte. Das Honorar im Kasino war nicht allzu üppig, die Trinkgelder besserten ihr Einkommen allerdings ordentlich auf, was bei der Bemessung der Gehälter in der Branche einkalkuliert war.

»Ich zahle es dir zurück, das schwöre ich dir! Ich bin nur im Augenblick klamm, das wird sich rasch ändern.«

»Ich weiß nicht, ob in der Pension überhaupt noch etwas frei ist.« Claire hatte diverse Mitbewohner beim Frühstück und auf den Treppen getroffen, ohne sie näher kennenzulernen.

»Tatsächlich gibt es noch eine Kammer, direkt unter dem Dach, weit entfernt von deinem eigenen Zimmer.« Hermann lachte auf. »Die Seibold hätte mich gern als Mieter, mir kann selbst eine Nebelkrähe wie sie nicht widerstehen.« Wieder das Lachen. »Aber sie will sichergehen, dass unsere Zimmer nicht allzu verführerisch nebeneinander liegen, solange wir nicht verheiratet sind. Dafür reserviert sie uns für die Hochzeitsnacht ihr schönstes Doppelzimmer mit Blick auf die Kirche.« Er gluckste in die Faust vor Vergnügen.

Claire stimmte in seine Heiterkeit nicht ein, schwankte zwischen wechselnden Gefühlen. Ihr gefiel nicht, wie verächtlich er über die Witwe sprach, obwohl sie sich selbst oft genug über sie geärgert hatte. Aber immerhin bot sie ihm ein Zimmer an. Und wie es klang, hatte er es längst angenommen und stellte Claire praktisch vor vollendete Tatsachen. In ihr regte sich Widerspruch.

»Wieso hast du erzählt, dass wir verlobt sind? Was wäre dabei gewesen, wenn du gesagt hättest, dass wir Halbgeschwister sind?«

Sein Kopf ruckte hoch, wieder sah er zur Küche, ein ernstes Funkeln in den Augen. »Der Drache hat mich auf dem falschen Fuß erwischt! Wollte mich ausfragen. Es war eine Notlüge, mehr nicht. Und nun ist es zu spät, sie aufzuklären, befürchte ich. Wenn ich ihr jetzt die Wahrheit sage, denkt sie, ich hätte sie auf den Arm genommen. Bestimmt setzt sie mich dann auf die Straße und dich womöglich gleich mit. Es ist doch nur für ein paar Tage, Schwesterchen. Eine Woche. Höchstens. Mehr verlange ich nicht.«

»Wir heißen beide Engel. Hat sie das nicht stutzig gemacht?«

»Es gab keinen Grund, meinen richtigen Namen anzugeben. Sie hat mich als Hermann Teubner registriert. Eine meiner leichtesten Übungen, verdeckt unterzukommen.«

Ihr lief ein Schauder über den Rücken. Hermann versuchte nicht einmal zu verbergen, dass er eine kriminelle Karriere hinter sich hatte.

Er schien ihr all die Fragen anzusehen. »So viel ist in den vergangenen Jahren passiert, und nicht immer ging es gut für mich aus. Ich hoffe, du hilfst mir aus meiner Notlage. Kann ich mich auf dich verlassen, Claire?« Sein Blick schmolz, als er ihr in die Augen sah, und in diesem Moment konnte sie verstehen, dass Menschen sich schnell von ihm in den Bann ziehen ließen. Sie wusste nicht, was passiert war, warum es ihn ausgerechnet jetzt nach Baden-Baden zu ihr gezogen hatte, aber sie würde ihm aushelfen, schließlich war er immer noch ihr Bruder.

Als sie den Mund öffnen wollte, kam Frau Seibold zurück. »Verzeihung, dass es so lange gedauert hat. Ein Gast wollte Tee, den ich ihm selbstverständlich sofort zubereitet habe.« Sie stoppte mit einem wissenden Lächeln, sah offenbar nur ein frisch vereintes Pärchen vor sich, das sie bei geflüsterten Liebesbekundungen störte. Hermann erhob sich, beugte sich jedoch so weit zu Claire herab, dass sie seinen Atem im Gesicht spürte. Wieder roch sie Seife und Tabak, aber wie bei Hose und Jackett hatte sein Duft etwas an sich, das unter der Oberfläche lag. Jetzt bekam sie das passende Wort zu fassen. *Faulig.*

Bevor ihm im Hause Engel der Mund über den missratenen Sohn verboten wurde, hatte ihr Großvater immer gesagt, dass Hermann eine Chance verdient gehabt hätte. Dass es irgendwann jemanden bedurfte, der ihm wieder auf die Beine half. Der ihm unvoreingenommen die Hand reichte, wenn er es verlangte. Und offenbar hatte das Schicksal sie dazu auserkoren.

Ein paar Tage, mehr nicht. Eine Woche. Was machte die ihr schon? Einzig eine Sache mussten sie klären. Claire beugte sich vor, bis ihre Lippen fast sein Ohr berührten: »Du bleibst in dieser Pension. Du lässt dich nirgends sonst blicken, wo wir nach unserer Verbindung gefragt werden könnten. Vor allem hältst du dich vom Kasino fern. Hast du das verstanden?«

»Aber was denkst du denn, Schwesterchen! Nie im Leben würde ich dir Schwierigkeiten machen!«

Zu späterer Stunde wurden Claires Grübeleien über ihren Halbbruder, der mit einem einzelnen kleinen Koffer die Treppe bis unters Dach gestiegen war, von einem Boten unterbrochen. Die Witwe rümpfte die Nase ob der nächtlichen Störung, bekam aber einen langen Hals, nachdem der junge Mann nach Claire verlangt und ihr einen Brief ausgehändigt hatte. Claire sah sofort, dass er von George stammte, und öffnete ihn in ihrem Zimmer, um der Vermieterin die neugierigen Fragen zu ersparen, auf die sie ohnehin keine Antworten erhalten hätte.

Ihre Aufregung verwandelte sich zu einem dicken Knoten in ihrem Magen. George sagte die morgendliche Verabredung, bei der er über *große Gefühle* hatte reden wollen, einfach ab! Sein Vater bestand auf seine Anwesenheit beim Treffen mit dem preußischen General. Er könne ihn nicht im Stich lassen, schrieb George weiter. So versetzte er im Gegensatz zu seinem Vater offenbar sie, ohne mit der Wimper zu zucken. Ein ständiges Auf und Ab der Empfindungen. Ob sie sich daran gewöhnen musste, wenn sie auf eine langfristige Beziehung hoffte? Dass sie stets nur die zweite Geige spielen würde? Oder sollte sie sich diese Verliebtheit so schnell wie möglich aus dem Herzen reißen, um nicht irgendwann einmal schwerer verletzt zu werden?

Hermann lenkte sie in den darauffolgenden Tagen von diesen Gedanken ab. Er erzählte von einer unglückseligen Anstellung bei einem Kaufmann, der ihn unrechtmäßigerweise des Diebstahls bezichtigt und ohne sein letztes Gehalt hinausgeworfen hatte. Dort hatte er auch eine Stube bezogen. »Weißt du, Claire, wenn die Leute einmal herausfinden, dass ich in der Vergangenheit Mist gebaut habe, dann sind sie mit ihren Verdächtigungen schnell zur Hand.«

»Du hast ihn nicht bestohlen?«

»Natürlich nicht! Im Gegenteil, er schuldet mir Geld. Deswegen bin ich ja auf der Straße gelandet und war heilfroh, als Opa Knut von dir erzählt hat. Wir schreiben uns hin und wieder heimlich, ohne dass Vater etwas davon weiß.«

Claire wollte ihm glauben, wollte gerne einen Bruder in ihrem Leben haben. Vielleicht war es dafür noch nicht zu spät. Ihr Misstrauen stellte dieser Wunsch jedoch nicht ab. Allein an Frau Seibolds verträumten Blicken erkannte man, wie leicht Hermann selbst unausstehliche Menschen um den Finger wickeln konnte. Claire würde wachsam bleiben und auf der Abmachung bestehen, dass er nach wenigen Tagen wieder auf eigenen Füßen stand und ihr das Geld zurückzahlte, das sie ihm vorstreckte.

Dass sich Hermann nicht an gegebene Versprechen hielt, wurde ihr nach einer knappen Woche bewusst, als er ihr auf der Treppe begegnete. All die Tage war er in seiner Tweedjacke herumgelaufen, doch an diesem Abend trug er einen Frack und eine Melone, beides nicht nach der neuesten Mode, aber elegant genug, um als ansprechende Garderobe durchzugehen. Claire hatte sich soeben für die Arbeit am Roulettetisch umgezogen und ein leichtes Cape übergeworfen.

»Nimmst du mich so mit, Schwester?« Er feixte vor Vergnügen, lüpfte zum Spaß die Melone, zeigte seine sorgsam gescheitelten Haare.

»Ich muss ins Kasino.«

»Ich auch«, gab er grinsend zurück.

»Wir hatten vereinbart …«

»Ach, komm schon, Claire, ein bisschen Vergnügen wirst du mir doch gönnen, oder? Muss ja keiner erfahren, dass wir verlobt sind.« Er zwinkerte ihr zu, aber sie blieb ernst.

»Ich dachte, du hättest kein Geld? Womit willst du deine Einsätze machen?« Er sollte gar nicht versuchen, sie um weitere finanzielle Mittel zu bitten! Nicht für den Spieltisch! Wenn jemand wusste, wie leicht sich das Glück dort verabschiedete, dann Claire.

»Ich hatte ein paar Stellen als Tagelöhner, Fässer liefern, am Marktstand aushelfen, Kohlen schaufeln … Alles unter meinem Stand, aber ausreichend.«

Etwas Herausforderndes lag in seinem Blick. Er würde dem Kurhaus einen Besuch abstatten, ob mit oder ohne ihr Einverständnis.

»Aber halt dich dort bloß von mir fern.«

Er drückte ihr einen Kuss auf die Wange. Trocken und hart. »Keine Sorge, ich will doch nur dein Bestes.«

Das mulmige Gefühl verließ sie den ganzen Abend nicht, während sie ihrer Arbeit am Roulettetisch nachging. Sie begrüßte die Stammgäste lächelnd, wechselte freundliche Worte mit diesem und jenem und zeigte eine unbewegte Miene, wann immer die Kugel ins Rollen kam. Dennoch konnte sie ihre Überraschung kaum überspielen, als mit Madame Suzanne Bénazet die Frau Direktor an sie herantrat. Ihre Körperfülle, der aufrechte Gang und die aufgetürmten und mit Perlenkämmen verzierten Haare machten sie zu einer Erscheinung, die alle ehrerbietig grüßten. Das dunkelrote Spitzenkleid mit ausladender Krinoline, Falbeln und Schleppe verliehen ihrem Auftritt etwas Königliches. Claire hatte sie bislang nur aus der Entfernung zugenickt, zum ersten Mal sprach die Dame sie direkt an.

»Sie machen das ganz wunderbar, Mademoiselle Engel. Ich bin froh, dass mein Mann und mein Sohn eingesehen haben, dass es an der Zeit ist, auch den Frauen eine Chance in unserem Betrieb zu geben.«

»Vielen Dank, Madame Bénazet, das bedeutet mir viel. Ich liebe diese Arbeit.«

»Das merkt man Ihnen an. Sie sind eine der Attraktionen des Kasinos.«

Vor Freude stieg Claire die Hitze in die Wangen. Dann entfernte sich die Frau des Direktors wieder, gesellte sich zu den Gästen, versprühte Charme. Ein weiterer Vorteil für sie, wenn Madame Bénazet von ihr überzeugt war! Der Senior mochte Liebschaften unterhalten, doch die Meinung seiner Frau zählte für ihn, darin war sich die Belegschaft einig. Sie ließ sich selten zu den Geschäftszeiten blicken, aber man ahnte, dass sie im Hintergrund die Fäden gleichermaßen zog wie der Gatte und der Sohn. Claire durchströmte ein Glücksgefühl bei dem Gedanken, dies könne einer dauerhaften Anstellung förderlich sein.

Sie schaute sich im Saal um, entdeckte den Weinhändler Benedetti an Yves' Tisch. Seine Gesichtsfarbe war von einem ungesunden Rotblau. Merkwürdig, er wirkte verändert. Die Bewegungen des Mannes erschienen ihr fahrig, seine Anzugjacke sah aus, als hätte er darin geschlafen. Claire befürchtete, dass es nicht gut mit ihm enden würde, sie kannte die Anzeichen.

Und da waren Gräfin Irina von Bergfels und ihr russischer Poet, sie eng an ihn geschmiegt, seinen Arm umklammernd, als wollte sie ihn mit Gewalt bei sich halten. Er befreite sich von ihr, um auf mehreren Tischen gleichzeitig sein Geld zu setzen, hatte kaum ein Auge für die Frau an seiner Seite. Immer wieder flüsterte sie ihm etwas in Ohr, wollte ihn vielleicht weglocken, aber sein Blick war auf das Spielgeschehen fixiert. Claire hatte erlebt, mit welcher gleichgültigen Gelassenheit er vor Kurzem gewonnen oder verloren hatte. Davon war nichts mehr zu spüren. Er fieberte.

Die beiden traten direkt gegenüber von Claire an den Tisch. Der Russe nahm nur das Spielfeld und die Drehscheibe mit der Kugel wahr. Irina nickte ihr mit gezwungenem Lächeln zu, Claire erwiderte den Gruß mit einem unguten Gefühl im Magen.

Vor wenigen Tagen hatte Claire ihren Mann, den Grafen Wolfram von Bergfels, bei einem Abendessen im Ärztehaus kennengelernt. Günther hatte ihn ihr vorgestellt.

»Graf von Bergfels ist Günthers hervorragender Ruf zu Ohren gekommen«, hatte Beate mit sichtlichem Stolz und Wohlgefallen verlauten lassen. Mit dem vornehmen älteren Herrn saß einer von der Klientel in der Stube, die sie sich für ihren Gatten wünschte.

Günther winkte ab. »Der Graf weiß, dass das Alter vor keinem Halt macht, und unterzieht sich einigen Routineuntersuchungen«, behauptete er, doch die Blicke, die die beiden Männer wechselten, sagten etwas anderes. Wolfram von Bergfels war krank, das zeigten die eingefallenen Wangen und der gelbliche Teint.

Wach im Verstand schien er hingegen zu sein. Claires Zweifel waren ihm nicht entgangen. »Wem wollen wir etwas vormachen, werter Dr. Leberecht? Ich habe ein Leiden, das meinen Leibarzt vor Rätsel stellt, und erhoffe mir Linderung durch Ihre fortschrittlicheren Methoden. Aber bis wir wissen, ob sie anschlagen, bleibt dies ein Geheimnis der Anwesenden. Kann ich mich in dieser Hinsicht auf Ihrer aller Diskretion verlassen? Meine geliebte Frau hält sich derzeit öfter in Baden-Baden auf, sie soll nichts erfahren. Es würde sie nur unnötig in Sorge versetzen. Nicht einmal, dass ich hier bin, muss sie wissen. Ich habe mich eigens in einem anderen Hotel einquartiert und halte mich vom öffentlichen Leben fern.«

Claire wechselte vielsagende Blicke mit Theo. Nicht nur

der Graf verbarg etwas vor seiner Frau. Eine ungute Situation, die schnell das Ende der Ehe bedeuten konnte, wenn etwas durchsickerte. An Claire würde es nicht liegen, obwohl sie Offenheit und Ehrlichkeit für die Grundlage in einer Beziehung hielt.

Unweigerlich kam ihr George in den Sinn. Nach ihm würde sie an diesem Abend vergeblich suchen. Die britische Gesellschaft in Baden-Baden veranstaltete zwei Kulturwochen mit Hauskonzerten, privaten Lesungen und Ausflügen zum Aussichtsturm auf den Merkurberg, zum barocken Lustschloss Favorite bei Rastatt, zum Geroldsauer Wasserfall, zu den Ruinen der Ebersteinburg und zum Hungerberg, von dem aus man den besten Blick über die Altstadt hatte. Der Lord wollte keinen Programmpunkt verpassen. Obwohl er Baden-Baden liebte, half ihm der Umgang mit seinen Landsleuten über seinen schlechten Allgemeinzustand hinweg. George konnte ihn bei diesen Aktivitäten nicht allein lassen. In einer stillen Minute hatte er Claire in einer Gasse neben dem Kurhaus in den Arm genommen und ihr zugeraunt, dass sie Zeit genug hatten. Nach den Kulturwochen würden sie sich wieder häufiger sehen können, und er freue sich jetzt schon darauf. In dieser Stunde war sie froh, dass sie sich nicht überlegen musste, wie sie George ihren Halbbruder, der sich als ihr Verlobter ausgab, erklären sollte. Zum ersten Mal wünschte sie, er wäre nie in Baden-Baden aufgekreuzt! Da dachte sie an Ehrlichkeit und war doch selbst in einem Lügengespinst verstrickt.

Sie schüttelte die Gedanken ab, machte ihre Ansagen, beobachtete jeden einzelnen Spieler um sie herum und stutzte, als Hermann hinter der Gräfin Irina auftauchte.

Durch eine Lücke zwischen Armen und Leibern hatte Claire freie Sicht auf seine Hände. Mit geschickten Fingern lockerte er die Bändchen an ihrem Ridikül und griff hinein. Es geschah blitzschnell, und schon ließ er eine Handvoll Scheine in der eigenen Hosentasche verschwinden. Unbekümmert schlenderte er davon und wandte sich dem nächsten Tisch zu.

Claire wollte aufschreien, ihm hinterherlaufen, aber sie unterdrückte den Impuls. Das würde alles nur schlimmer machen! Er ging hier, an ihrer Arbeitsstelle, auf der all ihre Hoffnungen ruhten, kriminellen Machenschaften nach! Was, wenn ein Sicherheitsbeamter ihn erwischte? Am Ende gar Theo! Ob als Bruder oder Verlobter, sie durfte sich in einem so verbrecherischen Umfeld nicht bewegen. Das widersprach allem, was man von einem Croupier erwartete. Nicht einmal Madame Suzannes Zuspruch hätte dann noch Zweck. Sie wäre für das Kasino nicht länger tragbar. Jean Jacques und Edouard Bénazet könnten gar nicht anders, als sie sofort zu entlassen.

Der weitere Abend entwickelte sich nicht angenehmer. Mehrere Male beobachtete sie, wie Hermann sich am Schmuck und in den Handtaschen der Damen bereicherte – manchmal sogar in direkter Nachbarschaft eines Uniformierten aus Theos Reihen. Als hätte er Spaß an dem Nervenkitzel, das Risiko einzugehen erwischt zu werden! Er verhielt sich auffallend geschickt, und Claire wurde klar, dass es offenbar sein Metier war, in einem solchen Umfeld auf Beutezug zu gehen.

Irgendwann war er verschwunden. Untergetaucht, als wäre er nie dagewesen. Claire leistete ihren Dienst bis zum Ende ab, begleitet von der drängenden Hoffnung, dass er die Pension verlassen hätte, wenn sie nach Hause kam. Dass er an einem Abend genug eingeheimst hatte, um seiner Wege zu ziehen. Dass sich all das als ein schlimmer, aber kurzer Albtraum entpuppte. Einzig aus diesem Grund schwieg sie Theo gegenüber.

»Du bist ungewohnt still«, bemerkte er, als sie sich Frau Seibolds Unterkunft näherten.

»Verzeih, ja. Madame Suzanne war heute an meinem Tisch. Ich frage mich, ob ich einen guten Eindruck hinterlassen habe.«

Er tätschelte ihr die Hand. »Das hast du sicher, Claire. Sorge dich nicht. Alles wird gut.«

Wurde es das? Zu gern hätte sie es geglaubt. Die Worte des väterlichen Freunds weckten ihren Mut. Wenn Hermann noch da war, würde er sich erklären müssen. Sie würde ihn zur Rede stellen. Den Kampf aufnehmen! Vielleicht gegen einen verlorenen Kindheitstraum. Vielleicht aber auch gegen das Böse.

»Was denkst du dir bloß! Wie kannst du es wagen, die Gäste im Kasino zu bestehlen!«, zischte Claire am nächsten Vormittag auf der Lichtentaler Allee voller unterdrückter Wut. Zwar hatte sie am Abend noch gegen Hermanns Tür geklopft, aber nur lautes Schnarchen vernommen. Er hatte nicht einmal auf ihr leises Rufen reagiert. Als könne nichts ihn in seinem Schlaf stören. Um keinen der anderen Mieter oder gar Frau Seibold zu wecken, hatte Claire es auf sich beruhen lassen. Im Beisein der Vermieterin hatte sie am nächsten Morgen jedoch ihre Freude über den gemeinsamen Spaziergang ausgedrückt, den sie und ihr *Verlobter* an diesem herrlichen Tag unternehmen wollten. Hermann hatte kurz gestutzt, dann verstanden und sich nicht quergestellt.

Die Witwe hatte ein üppiges Frühstück kredenzt, neben dem sonst üblichen Haferbrei auch Semmeln, Butter, Marmelade, Käse und Rührei. Hermann hatte es sich schmecken lassen. Die Seibold hatte ihn mit verhangenen Augen betrachtet wie eine Frau, die sich an ihre Jugend erinnerte, und Claire zugezwinkert. »Recht so, Kindchen, zeigen Sie Ihren Fang nur endlich in der Stadt herum. Er kann sich schließlich sehen lassen.«

So hatte Hermann keine Ausflüchte finden können, falls er ahnte, worauf Claires Wunsch nach einem Spaziergang hinauslief. Jetzt stand sie auf der Allee vor ihm und wollte Klarheit. Hermann spielte nicht nur mit seiner Zukunft, sondern auch mit ihrer!

»Sie merken es doch nicht einmal, Claire. Diese Leute haben so viel Geld, denen kommt es auf zehn Gulden mehr oder weniger nicht an.«

»Du musst alles zurückgeben!«

Er lachte so laut auf, dass andere Spaziergänger sich zu ihnen umdrehten. Kutschen ratterten im warmen Schein der Vormittagssonne an ihnen vorbei – und Claire erschrak, als sie in einem der offenen Wagen George erkannte. Er wandte irritiert den Kopf, sah zwischen ihr und Hermann hin und her, dann verdeckte das nachfolgende Gefährt den Blick auf ihn. Offenbar war die Gesellschaft zum Kloster Lichtental unterwegs. Claires Herz hämmerte ihr von innen gegen die Rippen. Sie würde sich etwas einfallen lassen müssen, um ihre Beziehung zu diesem für George fremden Mann zu erklären. Ohne dass dabei das Wort *Verlobter* fiel.

»Nichts gebe ich zurück«, holte Hermann sie ins Gespräch zurück. »Das ist das Geld, mit dem ich dich ausbezahle, sobald ich mir eine andere Bleibe suchen kann.«

»Ich will dein gestohlenes Geld nicht. Ich will nichts damit zu tun haben.«

»Dieses Geld ist so gut wie jedes andere. Komm runter von deinem hohen Ross!« Der verhärmte Zug um seinen Mund trat stärker hervor, sein Geruch wehte ihr in die Nase, ließ sie kurz schaudern, vertrieb den Duft nach Wiese, Margeriten und frischen Blättern. Der Sommermorgen mit dem Vogelgezwitscher und dem lauen Lüftchen in den Baumkronen, den Entenfamilien an der Oos und all den gutgelaunten Sommerfrischlern könnte nicht schöner sein, aber Claire fühlte sich in ein tiefes, kaltes Loch gestoßen.

»Geh, Hermann«, sagte sie. »Verschwinde aus meinem Leben. Es war ein Fehler, dich überhaupt hineinzulassen. Vater und Mutter hatten recht.«

Von einer Sekunde auf die andere trat ein Ausdruck von Trauer in seine Augen. Kurz fragte sich Claire, ob er darunter litt, aus seinem Zuhause verstoßen zu sein. Ob da nicht wirklich noch etwas wie eine gute Seite war, eine verletzte Seele, an die ihr Großvater so gern glauben wollte. Er berührte ihre Schulter. »Wo wir uns doch gerade erst gefunden haben ...«

Sie schüttelte seine Hand ab. »Mit einem Dieb und Betrüger will ich nichts zu tun haben!«

Das Verschlagene überlagerte die Melancholie in seinem Blick. Er nickte, heuchelte Verständnis. Seine Stimme hob sich um ein paar Nuancen. »Ein solches kriminelles Element in der Verwandtschaft macht keinen guten Eindruck, stimmt's?« Die Angst in ihrer Brust blähte sich auf. Das Blitzen in seinen Augen verriet, dass er es bemerkte. »Ich habe dir nicht die ganze Geschichte erzählt. Wenn du es genau wissen willst – natürlich hat dieser verfluchte Kaufmann Anzeige gegen mich erstattet. Das ist der eigentliche Grund, warum ich mich unter falschem Namen angemeldet habe. Man fahndet offiziell nach mir, und mir kann nichts Besseres passieren, als unter dem unbescholtenen Namen Teubner als der Verlobte der ehrwürdigen Croupière Claire Engel angesehen zu werden. Auch deshalb habe ich mich im Kasino blicken lassen.«

»D-du hast dort herumerzählt, du seist mein Verlobter?«

Er hob die Schultern. »Vielleicht habe ich es ein-, zweimal in einem Nebensatz fallen lassen?«

»Das kannst du mir nicht antun!« Claire hielt sich nur mit Mühe zurück, ihn nicht anzuschreien. Bloß keine Aufmerksamkeit erregen, obwohl sie innerlich kochte.

»Würde es dir besser gefallen, wenn alle erführen, dass ich dein von der Polizei gesuchter Bruder bin? Dass du mir Zutritt zum Kasino verschafft hast, wo ich mich am Plunder und den Moneten der Protzköpfe bereichern konnte?«

Am liebsten hätte sie ihm eine schallende Ohrfeige verpasst. Sie fröstelte vor Enttäuschung. »Du willst mir also drohen«, presste sie hervor.

»Ach, pack doch nicht immer gleich alles in so grobe Worte. Ich habe nur klargemacht, in welcher Situation wir uns befinden. Zusammen. Sowohl für dich als auch für mich ist es nur von Vorteil, dieses Spiel noch eine Weile fortzuführen. Bis ich wieder auf eigenen Füßen stehen kann.«

In Claire tobte ein Orkan. Abrupt wandte sie sich von

ihrem Halbbruder ab, der ungefragt in ihr Leben geplatzt war und mit einem Wort alles zunichtemachen konnte, was sie sich aufbauen wollte. Wenn das nicht schon längst geschehen war! Wem gegenüber hatte er etwas erwähnt? Wann würde Theo davon hören und, noch schlimmer, wann käme George etwas von ihrer angeblichen Verlobung zu Ohren?

Sie brauchte Abstand von diesem Menschen, der ihr Leben zu zerstören drohte. Und sie musste allein sein, um zu überlegen, wie sie mit all dem umgehen sollte. War es wirklich das Beste, stillschweigend mitzumachen und darauf zu hoffen, dass er bald seinen Koffer packte und verschwand? Oder musste sie etwas unternehmen?

Am Abend stand wieder eine Einladung bei den Leberechts an. Claire spielte mit dem Gedanken abzusagen, weil sie innerlich so aufgewühlt war, entschied sich aber dagegen. Das Zusammensein mit den Menschen, denen sie am Herzen lag, würde sie beruhigen. Auf keinen Fall jedoch würde sie Theo, Beate und Günther einweihen. Am Ende nahmen sie noch an, sie würde grundsätzlich aus schlechten Kreisen stammen, wenn sie von Hermanns Lebenswandel berichtete. Vielleicht würden sie sogar in Zweifel ziehen, dass ihre Erzählungen über ihre Mutter, die französische Tänzerin, ihren Vater, den Gasthof und die Lehrstunden an den Tischen im Hinterzimmer beim Großvater der Wahrheit entsprachen. Selbst wenn sie ihr glaubten: Theo würde sich Hermann vorknöpfen und damit alles verschlimmern. Sie hatte es doch in Hermanns Augen gesehen: Wenn er unterging, riss er sie mit. Nein, Claire war auf sich gestellt. Sie musste sich aus eigener Kraft aus den Fängen ihres Bruders befreien.

All diese Sorgen begleiteten sie, bis sie mit Theo und den Leberechts zu Tisch saß. Schon bei der Vorspeise, frisch geräucherte Forellen aus der Oos, zerstörte Beate ihre Hoffnung, die Freunde aus ihren Angelegenheiten herauszuhalten.

»Dass du uns aber auch nichts gesagt hast!« Beate nahm ihre Hände, um sie fest zu drücken. »Es gibt also einen Mann in deinem Leben. Wenn ich das gewusst hätte, hätte ich doch niemals die jungen Kavaliere ins Kasino geschickt.«

Claire verschluckte sich an einer Gräte, Günther aß unbeirrt weiter, Theo ließ die Gabel sinken. Seine Brauen wanderten hoch bis zu seinem Haaransatz. Für ihn war die Eröffnung neu. Wahrscheinlich vermutete er, seine Schwester spräche von George.

»Ich habe es von der Eierverkäuferin auf dem Wochenmarkt«, plapperte Beate weiter. »Martha Seibold erzählt überall herum, dass seit Neuestem auch dein Verlobter bei ihr wohnt. Also, wann stellst du ihn uns vor?«

Claire lehnte sich zurück. Der Appetit war ihr vergangen. Theos Blicke schienen sie zu versengen. »Es ist nicht so einfach, wie es aussieht«, brachte sie nur hervor.

Theo spürte ihr Unbehagen. Schwer war das nicht. Ihre Hände zitterten, als sie nach der Serviette griff.

»Wie meinst du das, Claire? Brauchst du Hilfe?«

Sie schüttelte den Kopf, schaffte es, den älteren Freund anzulächeln. »Ich bekomme das alleine hin. Aber bitte – bedrängt mich nicht.« Sie grinste schief in Beates Richtung. »Und wenn dies alles dazu führt, dass du aufhörst, mich verkuppeln zu wollen, hat es wenigstens ein Gutes.«

Beate schürzte pikiert die Lippen, oberhalb ihres Mundes bildeten sich senkrechte Fältchen. Doch sie schwieg und ließ es dabei bewenden. Die restliche Mahlzeit nahmen sie schweigend ein. Beate rechnete sich trotz der mysteriösen Worte vermutlich aus, was sie zu Tisch bringen sollte, wenn Claire ihren Verlobten mitbrachte. Günther interessierten all diese privaten Verwicklungen weniger, und er dachte womöglich über die heutigen Fälle in seiner Praxis nach. Ob Wolfram von Bergfels wieder da gewesen war? Nur Theo ließ Claire nicht aus den Augen, und sie konnte nur inständig hoffen, dass er ihrer Bitte entsprach, diese Angelegenheit ihr zu überlassen. Wenn er sich einmischte, konnte es gefährlicher werden, als es schon war.

12

Gernsbach, zwei Wochen später

»Du wirkst so getrieben, Liebling. Keine Spur von der Heiterkeit, die du sonst vor deinen Besuchen in Baden-Baden verbreitest.«

Irinas Lächeln wackelte. »Du täuschst dich, Wolfram. Ich freue mich sehr auf den Ausflug, wie jedes Mal.« Sie saßen beim Frühstück, aber Irina schaffte es nicht, mehr als einen ungesüßten Tee zu sich zu nehmen. Ihr Magen war verschlossen, der Appetit war ihr seit Tagen vergangen.

»Du bist in den letzten Wochen ungewöhnlich häufig und lange da.« Wolfram köpfte sein Frühstücksei. Das Geräusch ließ Irina zusammenzucken. Sie suchte nach Argwohn in seinem Blick, aber er betrachtete sie voller Wärme. Wie immer. Lediglich etwas Sorge mischte sich darunter.

»Ja, genau, da siehst du also, wie gut es mir dort geht.« Sie hörte selbst, dass ihr Lachen künstlich klang.

»Du weißt, dass du jederzeit zu mir kommen kannst, wenn dich etwas bedrückt? Wir halten zusammen, egal, was geschieht.«

Sie ertrug seinen offenen Blick nicht, wandte sich ab. Unvermittelt kamen ihr die Tränen wegen seiner Gutmütigkeit. *Wir halten zusammen.* Ja, so dachte ein redlicher Mann. Einer, auf den man sich verlassen konnte, der einen nicht im Stich ließ. Aber dachte er noch so, wenn er erfuhr, dass sie sich seelisch und finanziell in die Abhängigkeit eines jungen Russen begeben hatte?

»Mach dir keine Gedanken«, sagte sie mit belegter Stimme. »Alles ist gut.«

Nichts, nichts ist gut.

»Ich wunderte mich nur, weil in den Büchern der letzten Wochen Beträge auftauchen, die ich in der Summe ein wenig befremdlich finde.« Er hob eine Hand, als sie den Mund öffnete, um etwas zu erwidern. »Bitte, Liebes, ich mache dir keine Vorwürfe. Kauf dir die edelsten Kleider, den schönsten Schmuck, wann immer dir danach ist, und genieße das Leben in vollen Zügen. Du bist meine Frau, das steht dir zu.« All das sagte er auf eine so selbstverständliche Art, dass sie erneut einen Kloß in den Hals bekam.

Es hatte ja irgendwann auffallen müssen! Irina hatte längst den Überblick verloren. Und das in wenigen Wochen. Mal meinte sie, ihrem Beutel fehlten mehr Scheine, als sie ihrem Begleiter an einem Abend zugesteckt hatte. Mal wusste sie überhaupt nicht, wie hoch die Gesamtsumme inzwischen war, und traute ihrer eigenen Einschätzung nicht. Maxim wollte immer mehr und mehr. Anfangs hatte sie ihm gegeben, was er verlangte, weil er sich in der Nacht nach dem Spiel mit einer solchen Leidenschaft bedankte, dass ihr schwindelig wurde, wenn sie nur daran dachte. Ja, sie war süchtig nach seinen Zärtlichkeiten, aber jenseits des Rausches spürte sie, wie verkehrt es mit ihr und ihm lief. Sie war längst zu tief in diese Affäre verstrickt, um noch einen Ausweg zu sehen.

Außerhalb dieser Beziehung war Maxim leutselig und charismatisch, erhielt mit seinen Andeutungen über sein lyrisches Werk überall Anerkennung. Man erwartete Großes von dem russischen Poeten, der über seine mannigfaltigen Kontakte ins Reich der Literaten nicht mehr hinter dem Berg hielt. Irina spürte neidische Blicke, wenn sie mit ihrem Begleiter zu ihrem Abendvergnügen aufbrach. Manche Dame hätte sich gern im Ruhm des jungen Dichters gesonnt. Doch hinter den Kulissen hatte Maxim inzwischen eindeutige Sätze über ihr *Arrangement* gefunden, wie er es bezeichnete: dass ihm wohl einige pikante Details über sie herausrutschen könnten, wenn er nicht weiter die Gelegenheit bekam, sich mit dem Geld, das sie heranschaffte, beim Spiel abzulenken; dass diese Berichte über ihr Liebesspiel zur allgemeinen Erheiterung beitragen würden; dass ihre in der Lust ausgestoßenen Liebesschwüre auf offene Ohren stoßen würden. Ihr war klar, dass er sie ohne Skrupel der Lächerlichkeit preisgeben würde. Sie hatte sich zur Närrin gemacht, indem sie angenommen hatte, er habe sich in sie verliebt. Aber mehr noch wollte sie ihre Ehe mit Wolfram nicht gefährden. Ein grundguter Mann, der sicher andere Seiten zeigen würde, wenn er erfuhr, dass sie ihn trotz seiner Großzügigkeit und seines Verständnisses schamlos hinterging.

»Es … ist einiges zusammengekommen«, sagte sie nun. »Entschuldige, Wolfram. Ich werde mich einschränken.«

Über den Tisch hinweg ergriff er ihre Hand, küsste die Fingerspitzen. »Nicht doch, Irina. Ich weiß selbst, wie wundervoll sich Baden-Baden entwickelt hat und dass man sich dort glänzend amüsieren kann.«

»Du warst seit Ewigkeiten nicht mehr dort«, erwiderte

sie. Und sah, dass er zögerte. Als ringe er mit sich. Eine Weile lastete Schweigen zwischen ihnen, nur das Ticken der Wanduhr war zu hören und das Klappern der Tassen auf den Untertellern. Vom Fenster aus blickte man über eine saftig grüne Pferdeweide, auf die einer der Stallknechte die Stuten trieb. Am tiefblauen Himmel standen nur ein paar Wattewolken.

»Tatsächlich war ich zuletzt einige Male da.«

Irina spürte eine Ader an ihrer Schläfe pochen, starrte Wolfram ins Gesicht. Es war vorbei. Alles. Er würde sie mit der Affäre konfrontieren. Und dann? Würde er die Scheidung verlangen? Sie drückte das Kreuz durch, saß aufrecht wie verdrahtet.

»Ich bin einer Empfehlung gefolgt und habe Dr. Günther Leberecht aufgesucht. Er scheint mir besser geeignet als Dr. Koch.«

Erleichterung durchströmte Irina. Es ging also nicht um Maxim und sie, sondern ... ein neuer Stein bildete sich in ihrem Magen ... um seine Gesundheit? Was stimmte mit ihm nicht?

»Ich dachte, der Doktor kommt aus Gewohnheit zum Aderlass und Schröpfen?« Ihre eigenen Probleme traten in den Hintergrund, als sie spürte, wie die Angst um Wolfram in ihr hochstieg. Warum machte er ein solches Geheimnis aus der Sache? Ihr war aufgefallen, dass er sich verändert hatte, aber sie hatte es damit abgetan, dass er sich zu sehr auf Gut Bergfels verkroch. Jetzt sollte mehr dahinterstecken? Und sie hatte es nicht bemerkt, weil sie nur mit sich selbst beschäftigt war.

»Ich bin krank, Irina. Schwer.« In seinem Gesicht zeichnete sich Bedauern darüber ab, dass er ihr kein gesunder

Weggefährte war, sondern einer, der kämpfen musste. Ihr Herz flog ihm zu, als er weitersprach: »Dir ist natürlich nicht entgangen, dass ich dir in den vergangenen Monaten nicht mehr der ... der Mann sein konnte, den du verdient hast.« Er stieß ein trauriges Lachen aus. »Ich weiß doch, dass dir die körperliche Nähe in unserer Ehe stets wichtig war. Genau wie mir. Umso höher rechne ich dir an, dass du mich in letzter Zeit nicht mehr gedrängt hast. Mich selbst schmerzt es am meisten, dass ich deine Bedürfnisse nicht stillen konnte. Aber sei versichert, dass dies nichts, aber auch gar nichts an meiner tiefen Liebe zu dir ändert!«

Sie schwieg und fühlte sich miserabel bis in die Knochen.

Wolfram fuhr fort und schickte das Mädchen weg, das weiteren Tee reichen wollte. Sie mussten für dieses Gespräch allein sein, ohne Mithörer, selbst wenn die Bediensteten professionell vorgaben, nicht das Geringste mitzubekommen. »Anfang des Jahres ertastete ich eine Beule in meinem Bauch. Sie brannte bei der Berührung. Unser Hausarzt gab sein Bestes, doch das Geschwür wurde immer größer und schmerzhafter.« Er senkte den Blick. »All meine Kraft geht in den Kampf mit diesem ... Ding. Ich muss es besiegen, bevor es überall in meinem Leib wuchert. Gegen die Schmerzen hatte Koch gute Mittel. Aber sie schwächten mich auch, und manchmal musste ich allen Willen aufbringen, um morgens überhaupt das Bett zu verlassen.«

»Warum hast du mir nichts gesagt?«

»Meine liebe Frau mit meinen Altersbeschwerden belästigen? Nein, so bin ich nicht. Du bist noch jung, vital, Irina. Krankheit und Tod sollten dein Leben nicht berühren.«

Sie langte über den Tisch, drückte seine Hände. »Du hättest es mir erzählen müssen, Wolfram. Vielleicht hätte ich dir Trost und Unterstützung sein können.«

»Vielleicht. Aber ich hatte Angst, dir damit die Freude am Leben zu nehmen, wenn du erkennst, dass du mit einem todkranken Mann zusammen bist.«

»Todkrank? Ist es wirklich so schlimm?«

»So sah es aus, ja.« Ein Lächeln stahl sich auf sein Gesicht, das ihr in diesem Moment so herzerwärmend erschien wie noch nie zuvor. Wolfram, ihre große Liebe. Ob er ihr dies nun körperlich beweisen konnte oder nicht. Es war einerlei. Atemlos nickte sie ihm zu, damit er weitersprach.

»Seit ich bei Dr. Leberecht bin, hat sich etwas verändert. Er ist ein Pionier, weißt du? Und ich gestatte ihm nur zu gern, seine neuartigen Therapien an mir auszuprobieren, wenn sie mir weitere Jahre mit dir schenken. Er gibt mir Heilpilze zu essen, füllt mir regelmäßig das Thermalwasser von Baden-Baden ab und legt mir einen Brei aus Mistelblättern und -beeren auf, der die Kraft haben soll, die Geschwüre zu erweichen, und tatsächlich! Ich kann inzwischen ohne Schmerzmittel auskommen, die Beule löst sich allmählich auf, ich fühle es ganz deutlich.« Er hatte immer schneller gesprochen vor Aufregung und Dankbarkeit. Irina sprang auf, um ihn zu umarmen. Er kam ihr entgegen, sie hielten sich, drückten sich, streichelten sich und ihre Lippen fanden sich zu einem festen Kuss.

Irina ließ die Tränen laufen. Hemmungslos weinte sie an seiner Brust. Er tupfte die Tropfen auf ihrer Wange mit der Fingerspitze auf. »Liebes, es ist ja alles wieder gut.«

Noch nicht, schoss es ihr durch den Kopf, aber sie war

dankbar, dass er auf dem Weg der Heilung war. Und alles andere würde *sie* bereinigen müssen. Sie würde nicht länger untätig sein und Maxim aus ihrem Leben verbannen.

Am nächsten Morgen verabschiedete sich Wolfram wegen eines Banktermins in der Stadt früh von ihr. Wieder war ihre Umarmung so herzlich und liebevoll wie schon lange nicht mehr. Ganz anders fühlte sich das an im Gegensatz zu dem, was sie mit Maxim verspürt hatte. *Wahr.*

Für sie war die Affäre mit dem Russen beendet. Nur er musste das noch einsehen. Und ihr versprechen, nichts herumzuerzählen, wie er gedroht hatte. Es würde nicht leicht werden, aber Irina hatte eine Ahnung, womit sie es erreichen konnte. Es war ihm immer nur um ihr Geld gegangen, das hatte sie inzwischen begriffen. Was dies für die Loslösung von ihm bedeutete, verursachte ihr Magenschmerzen. Eine andere Möglichkeit gab es jedoch nicht.

Sie ließ sich von Anna in ihr silberfarbenes Reisekostüm helfen und die Haare richten. Dann schickte sie das Mädchen vor zur Kutsche, auf der ihr Gepäck verladen war, und eilte selbst in den Arbeitsraum ihres Mannes, den ein ausladender Tisch aus gedrechseltem Eichenholz dominierte. Sie wusste, wo er das Bargeld und den Schlüssel für die Schublade aufbewahrte. Es gab in diesem Haus keinen Grund, übervorsichtig zu sein. Das Personal hatte sich in vielen Jahren als loyal entpuppt, und mehr Leute hatten zu dem Zimmer keinen Zugang. Vor ihr lagen kurz darauf fünf Bündel mit einem Bindfaden umwickelter Banknoten und Säckchen voller Gulden, deren Summe Irina auf den ersten Blick gar nicht schätzen konnte. Aber es sah immens aus, und es musste reichen. Es gab ihr einen Stich, dass sie Wolfram diesbezüglich noch einmal anlügen musste.

Sie würde von nötigen Investitionen in eine umfangreiche Garderobe sprechen. Dass keine neuen Kleider hinzukamen, würde ihm gar nicht auffallen.

Sie nahm Paket um Paket, Beutel für Beutel, und stopfte alles in ihr Ridikül. Diesen Betrag wollte sie dem Poeten in den gierigen Schlund werfen und sich damit sein Schweigen erkaufen. Dann wäre sie frei und konnte sich wieder auf das Besinnen, was in ihrem Leben Bestand und Wert hatte: die Liebe zu ihrem Mann.

13

Baden-Baden, Mitte August 1847

Hermann hatte auf sie gewartet. Als Claire an diesem Abend das Kurhaus betrat, tauchte er hinter einer Säule auf. Sie erschrak, ging jedoch weiter, irritiert, wütend. Er passte sich ihren Schritten an und hakte sich bei ihr unter.

»Was soll das?«, zischte sie ihm zu, wagte es nicht, sich aus seinem Griff zu befreien, da ein Handgemenge noch mehr Aufmerksamkeit erregt hätte. In ihrem Magen köchelte eine Mischung aus Zorn und Sorge. In der nächsten Sekunde fühlte sie seinen Mund auf ihrer Wange, als er ihr einen Kuss aufdrückte. Ein Ekelschauer flog über ihren Rücken.

»Jetzt sei doch nicht so biestig«, flüsterte er. »Ich will dir doch nichts Böses.«

»Du sollst mich in Ruhe lassen und meine Anstellung nicht gefährden.«

»Keine Sorge, das werde ich nicht. Ich bin lange genug im Geschäft, um nicht aufzufliegen«, fügte er mit einem Lachen hinzu, das vorbeiflanierende Gäste als gutgelaunt interpretieren mochten.

»Wenn du heute Abend die Besucher bestiehlst, rufe ich den Sicherheitsdienst.«

»Ganz bestimmt nicht, Claire. Du würdest überhaupt nichts tun, was deine Arbeit als Croupière gefährdet.«

»Sei dir nicht zu sicher, Hermann.« Sie wandte den Kopf, als er sie erneut demonstrativ küssen wollte, sodass sein Mund nur ihre Schläfe berührte. Im selben Moment trat George von der Garderobe in den Saal, den Rollstuhl seines Vaters schiebend. Das Kulturprogramm der britischen Gesellschaft war beendet.

Ihre Blicke trafen sich, und Claire hätte sich am liebsten in Luft aufgelöst. Wie er sie anstarrte! Der Schmerz in seinen Augen, seine verhärteten Züge, sein Stocken, bevor er eilig weiterging, als wäre nichts gewesen.

Selten zuvor hatte Claire sich so ohnmächtig gefühlt. Mit einem Ruck befreite sie sich aus Hermanns Griff, um ihr Cape bei Estelle abzugeben. Die hatte ihr nicht verziehen, dass Claire sie, aus ihrer Sicht, im Stich gelassen hatte. Odette sortierte im Hintergrund verträumt die Garderobenhaken nach Farben, statt vorn an der Theke die Gäste zu bedienen. Claire waren Estelles verächtliche Miene und ihre kurz angebundene Art egal. Sie hatte größere Sorgen als eine schnippische Garderobiere.

Wie sollte sie George diese unsägliche Geschichte ihres kriminellen Bruders, der so dreist in ihr Leben gekrochen war, erklären? Auf jeden Fall würde sie ihm sagen, dass sein Eindruck täuschte, wenn er annahm, sie sei mit diesem Mann verbandelt. Er musste doch wissen, wem ihr Herz gehörte! Sicher grübelte er über diesen Kuss nach. Und würde seine Schlüsse aus der Tatsache ziehen, dass er Claire mit dem Kerl schon einmal beim Spaziergang auf der Allee gesehen hatte.

Sie nahm den Platz an ihrem Roulettetisch ein, wo Yves

bereits die Spiele beaufsichtigte. Sie würden an diesem Abend zu zweit über das harmonische Miteinander der Gäste und die korrekten Geldwechsel wachen. Am Nachbartisch hatte Culot die Oberaufsicht. Er nickte ihr zu, und neben allem Kummer, der sie belastete, erkannte sie in diesen Augen, dass der Franzose trotz der Maßregelung durch die Bénazets nie aufhören würde, sie zu beobachten. Der kleinste Fehler und er würde ihn den Messieurs anzeigen.

»Guten Abend, Claire.« Theo schlich an ihr vorbei, die Hände auf dem Rücken verschränkt, ein Schmunzeln im Gesicht. Wenigstens er betrachtete sie mit Freundlichkeit.

Sie erwiderte seinen Gruß, schaute sich gleichzeitig instinktiv nach Hermann um. Der war in der Gästeschar untergetaucht. Sie entdeckte ihn am letzten Roulettetisch hinten am Fenster, an dem auch George mit seinem Vater seine Einsätze machte. Claires Puls beschleunigte sich. Die beiden würden doch wohl nicht miteinander reden?

»Mademoiselle, würden Sie mir bitte meinen Gewinn auszahlen?« Ein dunkelhaariger Mann mit gewaltigem Schnauzbart und starkem italienischen Akzent sah sie mit hochgezogenen Brauen an.

»Verzeihen Sie, selbstverständlich!« Verdammt, sie sollte ihre Probleme nicht mit ins Kasino nehmen! Man erwartete zu Recht von ihr, dass sie in jeder einzelnen Sekunde konzentriert war. Das war der Anspruch, den sie an sich selbst hatte. So ein Fauxpas durfte ihr nicht passieren. Das zeigte auch Yves' Blick, der kaum merklich den Kopf schüttelte. Claire linste zu Culot, aber der hatte ihr zum Glück wieder den Rücken zugewandt.

An ihrem Tisch drängelten aus den hinteren Reihen der

russische Poet und Irina von Bergfels nach vorn. Der Russe setzte Hände und Ellbogen ein, um einen Platz direkt am Spielfeldrand zu ergattern. Die Gräfin folgte ihm mit knochenweißem Gesicht und sichtlich beschämt über diese rüden Umgangsformen. Ihre Frisur löste sich an einer Seite, ein Perlenkamm hing schief. Ihre Augen glänzten wie bei einem bösen Fieber, während ihr Blick hierhin und dorthin glitt und sie an der Jacke ihres Begleiters zupfte. Der Russe machte eine ruppige Bewegung, sodass er mit dem Arm in ihren Bauch stieß. Einen Moment lang krümmte sich die Gräfin vor Schmerz.

Claire hatte die beiden schon an mehreren Abenden beobachtet. Mit jeder Faser spürte sie das Gift, das von dieser Beziehung ausging. Der Russe folgte rücksichtslos seinem Spieldrang, die Gräfin versuchte, seine Aufmerksamkeit zu erringen und möglicherweise, ihn von weiteren Einsätzen abzubringen.

Eine halbe Stunde später musste Claire die Waschräume für die Angestellten aufsuchen. Auf dem Weg zurück in den Saal sah sie die Gräfin abseits des Trubels im Gang zu den Büros stehen, offensichtlich um Fassung bemüht, obwohl ihre Schultern bebten.

»Gräfin von Bergfels?«

Die Angesprochene drehte sich um, wischte sich schnell über das Gesicht. »Ja?«

»Ich ... Verzeihen Sie, falls ich Ihnen zu nahetreten sollte, aber geht es Ihnen gut?«

Die Gräfin straffte die Schultern, bemühte sich um eine hochnäsige Miene. Das Flackern in ihren Augen verriet ihre Unruhe. »Natürlich, wieso sollte es nicht?«

»Es ... es ist nur ein Gefühl. Ich kann mich oft in meine

Gäste am Roulettetisch einfühlen, das gehört praktisch mit zu den Berufsanforderungen.«

»Sie liegen falsch. Es ging mir nie besser.«

»Ich habe gesehen, dass Ihr Begleiter Ihnen den Arm in den Bauch gestoßen hat.«

»Ach, da übertreiben Sie jetzt aber. Vielleicht vergisst er manchmal im Spiel, dass ich neben ihm stehe. So gesehen war es eher mein Fehler, dass ich im Wege war.« Sie lachte gekünstelt auf. »Nein, Maxim ist keine Gefahr für mich. Wissen Sie, er ist ein großer russischer Dichter«, fügte sie mit verschwörerisch gesenkter Stimme hinzu. »Manchmal lebt er mit seiner Fantasie in einer Parallelwelt. Da habe ich als Frau es schwer, zu ihm vorzudringen. Es ist mir ein Vergnügen, seine Mentorin hier in Baden-Baden zu sein.«

Claire sah die Unsicherheit in ihrer Miene, ob sie ihr das abkaufen würde. Nein, an diesem Abend war der Gräfin nicht zu helfen. Sie hielt eisern an ihrer Rolle als kulturell interessierte Förderin fest, wenngleich es nicht Claires Einfühlungsvermögen bedurfte, um zu erkennen, dass sie und den Russen mehr verband.

Claire verneigte sich. »Bitte entschuldigen Sie, wenn ich falsche Schlüsse gezogen habe, Gräfin von Bergfels. Ich wünsche Ihnen und Ihrem Begleiter noch einen angenehmen Abend. Und vergessen Sie nicht, wir sind jederzeit für Sie da.«

Die Gräfin tätschelte ihr den Arm wie einer Musterschülerin, die Gutes geleistet hatte, und verschwand mit ihrem rauschenden Kleid zu den Toiletten. Claire blickte ihr nach und wollte zu ihrem Platz zurücklaufen. Da trat Frederic Culot ihr in den Weg. »Was erlauben Sie sich, Mademoiselle Engel, während Ihrer Arbeitszeit Privatgespräche mit unseren Gästen zu führen! Hat man Ihnen nicht gesagt, dass das unerwünscht ist?«

Natürlich wusste sie, dass sich Croupiers stets höflich distanziert verhalten sollten. Aber wie schaffte man das, wenn das Herz übervoll war vor Mitgefühl mit einer alternden Frau, die sich von einem jungen Kerl ausnutzen ließ?

»Entschuldigen Sie, Monsieur Culot, es kommt nicht wieder vor. Ich hatte mir Sorgen um das Wohlbefinden der Gräfin gemacht.«

»Was auch immer Sie beobachten – es hat Sie nicht zur Indiskretion zu verleiten! Ein weiterer Vorfall, den ich den Herren Direktoren melden muss, das werden Sie sicher einsehen.«

Claire kam sich vor wie ein geprügelter Hund, als sie zu ihrem Tisch zurückschlich und nach einem kurzen Nicken in Yves' Richtung ihre Position wieder einnahm. Sie dachte noch an Culots Worte, als unter den Besuchern ein Aufruhr losbrach. Eine Stimme wurde laut, Gelächter und Anfeuerungsrufe, dann stieg jemand auf einen Stuhl. Er hatte sich das Hemd aufgerissen und schwang sein Halstuch wie ein Lasso über dem Kopf.

George, um Himmels willen! Was tat er da?

Die Menschen standen um ihn herum, klatschten oder lachten höhnisch, und George rief mit sich überschlagender Stimme: »Lasst uns das Glück des Abends gemeinsam feiern! Champagner für alle!«

Der Jubel wurde lauter. George strahlte mit glänzenden Augen in sein Publikum, das Gesicht zu einer feixenden Maske verzogen. Claire schlug sich die Hände vor den Mund, während das Geschehen an allen Roulettetischen zum Stillstand kam. Endlich bahnte sich Theo mit zwei Kollegen seinen Weg durch die Gästeschar, wollte George vom Stuhl helfen, aber der stürzte sich einfach vornüber in die Menge – im blinden Vertrauen darauf, dass man ihn schon halten würde. Tatsächlich griffen instinktiv ein paar Arme zu, ließen ihn jedoch rasch auf den Parkettboden gleiten, wo er sich im Überschwang vor Lachen wälzte.

Die zwei Sicherheitsbeamten hoben ihn auf die Beine und begleiteten ihn zum Ausgang. Theo schob den Rollstuhl, in dem Georges Vater mit verbissener Miene und hochroter Stirn saß. Die Hände hatte der alte Lord auf den Rollstuhllehnen zu Fäusten verkrampft. Claire sah zu George, ob er einen Blick zu ihr werfen würde, aber er stolzierte nur, weiterhin flankiert von Theos Kollegen, nach draußen. Der Schauer, der Claire über das Rückgrat lief, ebbte nicht ab.

Schlimmer konnte diese Nacht nicht werden.

Dieser Gedanke trieb sie zu Hermann. Wo steckte er in all dem Getümmel? Sie schaute sich um, entdeckte ihn aber nirgends. Vielleicht hatte er den Abend wegen großen Erfolges vorzeitig beendet. Bei dem Aufruhr um George hatten sicher einige Besucher ihren Taschen und Beuteln keine Aufmerksamkeit geschenkt. Eine seltsame Erleichterung durchfuhr sie, dass ihr Halbbruder auch diesmal unentdeckt davongekommen war, und ihr wurde körperlich übel, als ihr bewusst wurde, wie schlimm es um sie stand, wenn sie sich darüber freute. Wie hatte sie sich nur so in dieses verbrecherische Verwirrspiel einbinden lassen können! Sein Schicksal hing unabänderlich mit ihrem eigenen zusammen.

Zum Glück hing Hermann ihr tagsüber nicht an den Fersen. Er schlief lange und stromerte dann durch die Stadt. Ob er nach redlicher Arbeit suchte oder die erbeuteten Schmuckstücke verscherbelte, wollte Claire gar nicht wissen. Sie wich ihm aus, musste nur in den Abendstunden seine Anwesenheit im Kasino erdulden, wenn er um sie herumstrich. George bekam sie die folgenden drei Tage nicht zu Gesicht. Ob er sich für seinen Auftritt schämte und die Spielbank deshalb nicht mehr betrat?

Unvermittelt wurde er bei einem weiteren Abendessen bei den Leberechts zum Thema. Es war Theo, der nicht länger an sich halten konnte und seinem Schwager, dem Arzt, von Georges exzentrischem Verhalten erzählte. »Es wird immer bizarrer, Günther! Stell ihn dir vor als einen, der aussieht, als wollte er ins Wasser gehen und nicht mehr wieder auftauchen, und dann, am nächsten Tag, steht er auf dem Stuhl und ruft nach Champagner für alle. Unberechenbar über alle Maßen, schwankend von einem Extrem ins andere.«

Claire horchte auf, legte die Scheibe Brot auf ihren Teller, die sie sich mit gesalzener Butter bestrichen hatte, und schenkte dem Arzt ihre gesamte Aufmerksamkeit. Theos Blick mied sie.

»Verstehe«, sagte Günther. »Das erscheint mir inzwischen doch recht eindeutig, obwohl ich normalerweise nichts von Ferndiagnosen halte. Aber du beschreibst ein zirkuläres Irresein. Und gegen das gibt es leider keine Therapie. Die Betroffenen leiden besonders in der schwermütigen Phase, in den aufgedrehten Zeiten lieben sie ihren Zustand und könnten die ganze Welt umarmen. Dabei müssten sie genau dann Medikamente zur Beruhigung bekommen. Aber die lehnen sie ab, weil es ihnen ja angeblich so gut geht.«

»Ist dieser ... Zustand gefährlich?«, wollte Claire wissen und spürte das harte Pochen in ihrer Brust.

»Solche Menschen sind für sich selbst eine Gefahr. Ich erinnere mich an einen Fall bei uns in der Stadt. Der Tuchhändler Anderhold hatte sich nach dem Tod seiner Gemahlin eine junge Frau, Eva, ins Haus geholt, die ihn besonders mit ihrer Vitalität begeisterte. Später stellte er dann fest, dass es auch Perioden gab, in denen sie wochenlang nicht aus dem Bett kam. Eva starb in einer ihrer überdrehten Phasen, als sie im Nachthemd singend auf dem Dachsims balancierte und in die Tiefe stürzte.«

»Oh mein Gott!« Sofort stieg das Bild von George auf den Schlossruinen in ihr hoch. Günther Leberecht hatte den Nagel auf den Kopf getroffen. Und Theo hatte es schon immer geahnt. George war nicht bloß wechselhaft und launisch, sondern ernsthaft krank. Was sollte sie tun? Bestand wirklich keine Aussicht auf Heilung? Auf einmal bekam sie schreckliche Schuldgefühle. Bestimmt hatte sie Georges letzten Schub sogar dadurch ausgelöst, dass er sie mit Hermann zusammen gesehen hatte.

Wenigstens den erwähnten sie an diesem Abend nicht mehr, aber Claire spürte weiterhin Theos fragende Blicke auf sich. Er wartete darauf, dass sie ihn einweihte, was die seltsamen Männer in ihrem Leben bedeuteten. Doch um ihn das wissen zu lassen, musste sie selbst erst einmal all diese Verwirrungen durchschauen.

14

Culot fluchte innerlich. Statt die feine Mademoiselle zu-
rechtzustutzen, hatte Jacques Bénazet ihren Einsatz für die
Gräfin sogar gelobt, als er ihm davon berichtet hatte! Nein,
es musste schon Handfesteres sein, wenn es das Licht trüben sollte, in dem der Herr Direktor Claire sah. Aber nicht
einmal, wenn sich ihr Verlobter in ihrer Nähe aufhielt, vergaß sie ihre Pflichten. Eher wirkte sie, als wolle sie diesen
Mann schnell wieder loswerden. Eine seltsame Beziehung.
Auch wenn Claire Engel auf eine korrekte Haltung als
Croupière achtete, sollte sie ihn doch zumindest einmal an-
lächeln und zart am Arm berühren, so stolz, wie er überall
herumerzählte, dass bei ihnen bald die Hochzeitsglocken
läuteten. Verhielt sich so ein Paar, das vernarrt ineinander
war und sich auf eine gemeinsame Zukunft freute?

   Frederic kannte solche Gefühle. Er allerdings würde sie
nicht in der Öffentlichkeit zeigen. Aus triftigem Grund. Mit
Hercule, dem weizenblonden Barmann aus dem Kasino-
Restaurant, der stets nach Minze, Orange und Mandellikör
duftete, verband ihn eine Liebe, welche die Gesellschaft
niemals akzeptieren würde. Niemand wünschte Menschen
wie ihnen Glück, keiner applaudierte bei etwaigen Liebes-

bezeugungen. Eher jagte man sie mit einem Tritt auf die Straße. Also nein, seine Liebschaft musste er verheimlichen. Die Frage war, wieso sich Mademoiselle so distanziert verhielt?

Neulich hatte er mitbekommen, wie der Mann an ihre Seite gesprungen war, kurz bevor sie das Kasino betreten hatte, wie er ihr einen Kuss hatte aufdrücken wollen. Sie hatte sich abgewandt. Als würde sie sich ekeln. Das Ganze war höchst merkwürdig. Und vielleicht sogar seltsam genug, dass er es gegen sie verwenden konnte?

Dieser Gedanke reifte schon einige Abende. Heute machte er sich an seinem freien Tag endlich auf den Weg zur Kirche oben am Marktplatz auf, wo Claire in Martha Seibolds Pension untergekommen war. Ein innerer Drang zwang ihn dazu. Er selbst hatte seit seiner Jugend um Anerkennung gekämpft. Sie war ihm verwehrt worden. In dem Vorort von Dijon, wo er aufgewachsen war, hatten die Leute schnell mitbekommen, dass Frederic anders war. Nie hatte man ihn mit einem Mädchen gesehen, einen Freundeskreis gab es nicht, und man wunderte sich darüber, dass seine Stimme ein Stück höher klang als die der übrigen jungen Männer. Er hatte es gehasst, ein Außenseiter zu sein, aber in der vertrauten Umgebung kam man aus einer Rolle nicht heraus. Mit achtzehn schaffte er den Absprung nach Baden-Baden und achtete von Anfang an darauf, dass sein Ansehen keinen Schaden nahm. Mit Hercule, den er bald getroffen hatte, verhielt er sich diskret, niemand war jemals Zeuge dieser Begegnungen geworden, aber gleichzeitig arbeitete er sich vom einfachen Croupier zum Spielleiter hoch, und die Menschen betrachteten ihn mit Respekt. Seine Stimme hatte er mit einigen

Mühen so trainiert, dass sie volltönend und gelassen klang. Er hatte einen tadellosen Ruf, nicht einmal Gerüchte rankten sich um seine Person, sofern er das beurteilen konnte. Was würde es bedeuten, wenn Claire Engel an seinem Renommee kratzte, indem sie ihm den Rang ablief? Sie erschien ihm wie eine, die in ihrem beruflichen Vorwärtsdrängen vor nichts Halt machte. Wie lange würde es dauern, bis man ihn austauschte, weil eine Frau als Spielleiterin die größere Attraktion war? Und was würde dann aus ihm werden? Er liebte sein Leben in Baden-Baden, er würde keinen neuen Anfang in einer anderen Kurstadt machen, wegen Hercule nicht und weil die Gäste ihn hier kannten und wertschätzten. Das hatte er sich hart erarbeitet, das würde er sich nicht nehmen lassen. Nicht von einer kleinen Mademoiselle aus der Provinz.

Der steile Anstieg zum Marktplatz kostete ihn Kraft, er hielt sich keuchend die Seiten, als er vor dem Haus in der Gasse zum Stehen kam. Die Witwe öffnete ihm, ihre Augenbrauen schnellten hoch bis zum Saum ihrer Haube. Frederic stellte sich vor und bat um Einlass, er habe ein paar geschäftliche Angelegenheiten mit ihr zu klären.

Kurz darauf saß er in ihrem Wohnzimmer, in dem es nach Mottenkugeln roch, und nippte an einer Tasse Kaffee. Geschäftliches schien die Witwe zu interessieren. Er faselte vage von einem Bruder, der demnächst mit seiner Familie aus Dijon nach Baden-Baden anreisen wollte, und ob man denn in ihrer Pension unterkommen könnte für zwei Wochen. Er sah das Leuchten in ihren Augen, als sie sich ausrechnete, welcher Verdienst damit einhergehen würde. »Aber gerne doch, Monsieur Culot! Richten Sie meine besten Grüße aus, und ich freue mich auf ihre Ankunft.«

Er würde sich später überlegen, wie er erklären sollte, wenn das Geschäft am Ende nicht zustande kam, weil es gar keinen Bruder mit Familie gab. Auch sonst machte sich niemand aus Culots Verwandtschaft auf, um in der Sommerhauptstadt Europas unbeschwerte Stunden zu verbringen. Aber das war sein kleinstes Problem, ihm würde schon etwas einfallen. »Sie hätten also etwas für diese Zeit?«

»Selbstverständlich, lieber Monsieur Culot. Fünf Zimmer werden am Wochenende frei, dann sind nur noch meine beiden Dauergäste hier, und die stören nicht weiter. Sie kennen sie übrigens, hat sie mich vielleicht sogar empfohlen? Mademoiselle Engel?« Sie richtete mit der Hand die Haare am Nacken, die unter der Haube hervorlugten. Offenbar gefiel ihr die Vorstellung, dass man so freundlich über sie sprach.

Frederic spielte den Überraschten. »Nein, ist das wahr? Meine liebe Kollegin wohnt hier bei Ihnen?«

»Ja, gleich oberhalb der Treppe, das rechte Zimmer. Dass sie hier Quartier bezogen hat, sollten Sie wissen. Lesen Sie nicht das Badeblatt?«, fügte sie mit einem Zwinkern an.

Er winkte ab. »Nur hin und wieder. Sie wohnt also seit Mai bei Ihnen?«

»Genau, und sie fühlt sich allem Anschein nach pudelwohl. Ich sorge auch stets dafür, dass es den Gästen an nichts mangelt. Ihre Familie wird es Ihnen danken, dass Sie sie an mich vermittelt haben.«

Seine eigene nicht vorhandene Sippschaft war nebensächlich, es ging um Claire. »Mademoiselle Engel ist ein wunderbarer Mensch. Ihr Verlobter ist zu beneiden.«

»Das können Sie laut sagen. Ein eloquenter Herr mit herausragenden Manieren! Ich habe Herrn Teubner das Zimmer unter dem Dach gegeben, klein, aber fein und weit genug von Mademoiselles Raum entfernt, dass die beiden nicht auf dumme Gedanken kommen.« Sie lachte auf, und Culot stimmte um der guten Stimmung willen fröhlich ein. Gleichzeitig machte er sich innerlich einen Vermerk, dass der Verlobte mit Nachnamen Teubner hieß. Ein wichtiger Hinweis bei seinen weiteren Recherchen.

»Da hat er es wohl vor Sehnsucht nach ihr nicht mehr ausgehalten«, bemerkte er, um die Frau am Reden zu halten.

Sie beugte sich vertraulich vor. »Das dachte ich anfangs auch, als er Ende Juli hier auftauchte. Da hieß es noch Hermann hier, Hermann da, und viel Geflüster und trautes Beisammensein, aber wenn Sie mich jetzt fragen ...« Er fragte sie nichts, ließ sie plappern. »... also Verliebtsein kenne ich anders. Dass die beiden gemeinsam frühstücken, ist schon eine Seltenheit. Ansonsten verhalten sie sich wie Fremde.« Sie schüttelte den Kopf. »Die jungen Leute sind ja oft so unstet, da zählt eine Verlobung gar nichts, und schwupp, geht wieder jeder seinen eigenen Weg. Ich sage Ihnen, alles Übel fängt damit an, dass die Frauen in die Männerberufe drängen. Könnte Mademoiselle Engel ihre Zeit nicht mit dem Verlobten verbringen? Ihm unsere herrliche Stadt und die prächtige Natur zeigen? Aber nein, da läuft sie jeden Abend ins Kasino und ...« Sie unterbrach sich selbst. »Verzeihen Sie, Monsieur Culot, ich will Ihren Beruf nicht herabwürdigen, aber muss das denn sein, dass eine junge Frau ihn ausübt? Das tut doch nicht not!«

»Ganz meine Worte, Madame Seibold, ganz meine

Worte! Und Sie glauben also, dass die beiden so verliebt nicht sind?«

Die Witwe wiegte den Kopf. »Ehrlich gesagt verhalten die beiden sich eher wie … alte Freunde. Oder Geschwister. Gehören irgendwie zueinander, können aber nicht viel miteinander anfangen. Eine Zweckgemeinschaft, jawohl. Ich habe Mademoiselle Engel schon einige Male gefragt, was da los ist, aber sie will mir keine Auskunft erteilen. Sie ist ja auch recht eigen, die junge Frau, nicht wahr?«

»Oh ja, wie wahr«, stimmte Culot aus vollem Herzen zu und erhob sich. Er nahm Martha Seibolds Hände in seine, als sie ebenfalls aufstand, und hauchte einen Kuss darüber. »Ich danke Ihnen, dass Sie für meine Familie Zimmer freihalten. Ich werde ihnen gleich telegrafieren. Das Finanzielle regeln wir dann noch.«

»Ja, dafür kommen Sie am besten zu einem gesonderten Besuch vorbei.« Sie nannte ihm eine Summe für drei Zimmer, bei dem ihm schwarz vor Augen wurde. Was für eine geldgierige Schlange! Der Preis war das Dreifache des ansonsten in Baden-Baden Üblichen für eine Unterkunft dieser Art. Dafür könnte seine anreisende Familie fast im Grandhotel nächtigen. Zum Glück war sie nur seiner Fantasie entsprungen. Davon abgesehen war sein Besuch erfolgreicher verlaufen, als er es sich ausgemalt hatte. Hermann Teubner, seit Ende Juli in der Stadt, wohnhaft in der Pension von Martha Seibold. Das war eine Information, mit der sich arbeiten ließ.

15

Anfang September 1847

Die Saison war in vollem Gange, doch George hatte sich in letzter Zeit rar gemacht. Nach seinem peinlichen Auftritt vor zwei Wochen hatte ihn Claire nicht mehr gesehen, aber diesmal würde sie nicht zu Fuß seine Privatvilla aufsuchen. Zu stark vernahm sie das Echo von Günthers Worten, dass George krank sein könnte, dass sein Verhalten behandlungsbedürftig war, obwohl es keine Therapie gab. Aber zu wissen, dass etwas mit ihm nicht stimmte, und ihn gleichzeitig aus ihrem Herzen zu verbannen, das waren zwei unterschiedliche Dinge.

Sie träumte von ihm, und in frohen Momenten malte sie sich aus, dass sie ihm helfen könnte, dass sie die Frau war, auf die er nur gewartet hatte und mit der sich alles zum Besseren wenden würde. Sie sehnte die Stunde herbei, in der er wieder auftauchte oder ihr wenigstens eine Nachricht in die Pension schickte.

Hermann war inzwischen nicht mehr jeden Abend im Kasino. Vermutlich hatte er hinreichend Geld und Schmuck erbeutet, um es ruhiger angehen zu lassen. Dennoch blieb er, anders als zuvor verlautbar, in der Herberge. Mitunter stand er sogar früher auf als zuletzt und setzte sich zum

Frühstück zu ihr. Seine scheinbar belanglosen Plaudereien zerrten an ihren Nerven, und die überschwängliche Freundlichkeit ihrer Vermieterin ließ sie mit den Zähnen knirschen.

»Wann verschwindest du endlich?«, zischte sie ihm zu, als Martha Seibold außer Hörweite war.

»Aber nicht doch, Claire! Die alte Schabracke würde es bitter treffen, wenn wir unsere Verlobung lösten. So ein feiner Fang wie ich bin, nicht wahr?« Wollte er allen Ernstes mit ihr gemeinsam über die Seibold lachen? Alles an ihm erfüllte sie mit Widerwillen. Reichte man ihm die helfende Hand, ergriff er sie, jedoch nicht, um sich aus dem Sumpf zu ziehen, sondern um einem den Schmuck vom Finger zu klauen. Ihrem Vater musste es damals das Herz zerrissen haben, den Sohn fortzuschicken. Aber es war die einzige Möglichkeit gewesen, das eigene Leben ohne Angst um Hab und Gut weiterzuführen.

Neben all den Sorgen achtete Claire peinlichst darauf, sich am Roulettetisch nichts zuschulden kommen zu lassen. Obwohl Culot meinte, das Private ihrer Gäste ginge sie nichts an, konnte sie doch nicht aus ihrer Haut und beobachtete weiter die ausgemergelte Gräfin, die der Russe wie Müll behandelte. Und sie behielt den Weinhändler Lorenzo Benedetti im Auge, der längst wieder zu Hause hätte sein sollen, den es aber wie mit Eisenzwingen im Spielerparadies hielt und der inzwischen offenbar in seinem eigenen Weinhandel sein bester Kunde war. Schon wenn er am frühen Abend das Kasino betrat, schwankte er, und wirre Strähnen fielen über seinen Scheitel. Seine Taschen beulten sich von all den Scheinen und Münzen, die er mal hier, mal da setzte, und wie durch Zauberhand gewann er mehr und mehr. Um die nie enden wollende Glückssträhne zu verkraften, schien er literweise von seinem Wein zu brauchen. An diesem Abend stolperte er über seine Füße, hielt sich am Rückenpolster eines voluminösen Kleides fest und zog im Fallen die Dame mit zu Boden, die in ihrer Krinoline wie ein knochiger Käfer zu liegen kam. Ohne Unterstützung vermochte sie nicht mehr aufzustehen, ein Angestellter eilte hinzu. Auch Benedetti brauchte Hilfe, Theo flog heran, zog ihn hoch. Er richtete ihm die Jacke und den Kragen, wischte ein paar Staubkörner von der Schulter und geleitete ihn dann mit einem freundlichen Lächeln zur Tür. Claire wusste, dass er ihn draußen in eine Mietdroschke setzte, die ihn zu seiner Unterkunft bringen würde. Benedetti war nicht der Erste, dem es so erging.

Nach seiner Rückkehr gesellte sich Theo zu Claire. »Armer Teufel. Beim nächsten Vorfall muss ich ihm Hausverbot erteilen. Er kann hier nicht sturzbetrunken auftauchen und beim Hinfallen auch noch andere Gäste mitreißen.«

»Mir tut er leid«, sagte Claire. »Er macht den Eindruck, als wäre er in einem anderen Leben ein grundsolider Mann. Ihn hat das Glücksspiel völlig aus dem Tritt gebracht. Die Gewinne steigen ihm zu Kopf.«

Theo zuckte mit den Schultern. »Soll er eben aufhören und das Geld lieber gut anlegen. Aber das kriegen sie nie hin, die Verlorenen«, fügte er wie an sich selbst gewandt hinzu.

»Kannst du Erkundigungen über ihn anstellen?«, bat Claire und zog im gleichen Atemzug die auf dem Tisch liegenden Gelder mit dem Rechen ein. Nur einer bekam auf Rot das Doppelte ausgezahlt. Sie erledigte das mit links und einem Lächeln.

Theo wandte ihr den Blick zu. »Manchmal meine ich, du willst die ganze Welt retten.«

»So ist es nicht. Aber ich sehe nicht gern weg, wenn ich merke, dass jemand Probleme hat. Ich kann das nicht an mir abprallen lassen. Also, was ist? Wendest du dich an Benedettis Familie oder soll ich das übernehmen?«

Theo hob beide Hände und pustete die Wangen auf. »Bestimmt lasse ich nicht zu, dass du dich auch noch in diesen Fall hineinhängst. Nein, nein, überlass Benedetti mir. Ich höre mich um.« Er musterte sie skeptisch von der Seite. »Du hast ja wohl ohnehin genug zu tun mit deinem Verlobten.«

Aus seinen Worten klang die Enttäuschung darüber, dass sie ihm bisher nicht mehr über Hermann erzählt hatte. Aber vielleicht war dies die Gelegenheit für einen Schritt in die richtige Richtung? Wenn Hermann allerorten Lügen über sie und sich verbreitete, konnte sie das nicht auch tun? Und damit sogar der Wahrheit ein ganzes Stück näherkommen? Auf die Idee hatte er sie selbst beim Frühstück gebracht.

»Wir sind nicht verlobt. Nicht mehr.«

»Gott sei Dank.« Theo stieß einen Seufzer der Erleichterung aus. »Ich habe ihn ein paarmal hier gesehen und finde ihn alles andere als sympathisch. Mein Bauchgefühl sagt mir, dass du gut daran tust, wenn du dich von ihm fernhältst. Ob allerdings George Bedford die bessere Alternative ist, bezweifle ich.«

Claire teilte ihre Aufmerksamkeit zwischen dem, was Theo erzählte, und dem Geschehen auf dem Spieltisch. Gerade warf sie die Kugel in die Drehscheibe und verkündete Sekunden später, dass kein Spiel mehr gemacht werden konnte. »Zurzeit ist bei mir alles sehr verworren«, sagte sie ausweichend. »Hermann wohnt immer noch in der Pension, ich treffe ihn häufig, dabei will ich eigentlich nichts mehr mit ihm zu tun haben. Für mich ist die Angelegenheit erledigt. Es war auch nie von großen Gefühlen die Rede.«

Theo nickte nachdenklich, während er sie betrachtete. Sie wusste nicht, ob er ihr die Geschichte abnahm, aber es fühlte sich besser an, dass er nicht mehr glaubte, sie plane schon bald eine Hochzeit. »Hm«, macht er nur vage. Dann tätschelte er kurz ihre Schulter und mischte sich wieder unter die Gäste, um ihnen auf die Finger zu schauen.

16

Mitte September 1847

»Nein, das ist unmöglich, Maxim!«

Irina von Bergfels war den Tränen nahe. Nur die Blicke
des Portiers Finken, die sie quer durch die prächtige Eingangshalle des Grandhotels am Park auf sich spürte, ließen
sie die Fassung wahren.

Ihren russischen Begleiter schien ihr Zustand nicht zu
kümmern. Er griff sie am Oberarm und zog sie beiseite
in den Schatten einer Säule. Ihr ging durch den Kopf, wie
ihr jede seiner Berührungen Anfang der Saison einen woh-
ligen Schauer über den Körper gejagt hatte. Nun riefen sie
bloß noch Widerwillen und Scham hervor. Widerwillen
vor diesem Menschen, der sie ausnutzte, Scham darüber,
sich ihm liebeshungrig an den Hals geworfen zu haben.
Mit aufwallender Panik sah Irina sich um. Außer Finken
war noch Fournier zugegen. Der Concierge sprach mit
abreisenden Gästen aus der Schweiz, warf ihr nur einen
kurzen Blick zu. Wie hatte sie annehmen können, dass
das, was sich zwischen ihnen abspielte, den Bediensteten
und Besuchern verborgen blieb? Hatte sie es nicht darauf
angelegt, dass andere ihre Schlüsse zogen? Hatte sie den
Neid nicht genossen? Wie sollte ihr jetzt noch jemand ab-

nehmen, dass sie an Maxim nur als aufstrebendem jungem Poeten interessiert war?

»Irischka«, säuselte er ihr ins Ohr und verstärkte mit der ungewollten Nähe ihr Unwohlsein. Doch trotz ihrer Abscheu verstand sie, wie er sie um den Finger hatte wickeln können. Maxim war der geborene Verführer, in seiner Stimme lag immer ein Versprechen. »Nichts ist unmöglich in Baden-Baden. Wären wir uns sonst begegnet? Du bist mein großes Glück, Irina. Eine nie versiegende Quelle der Freude.«

Und des Geldes, dachte sie. *Sprich es doch aus.*

Wie er den Kopf in den Nacken geworfen hatte, dass die dunklen Locken flogen, als sie ihm bei ihrem Besuch im August den Betrag offeriert hatte, den sie aus Wolframs Tresor genommen hatte. Im Gegenzug hatte sie das Ende ihres *Arrangements* verkündet. Er hatte sich nicht um eine Antwort bemüht, hatte sie an der Hand gepackt, aus dem Hotel geführt und in eine Kutsche gesetzt. Er war ins Kasino geeilt, wo er zwischen den Spielen immer wieder das Gespräch mit angesehenen Gästen gesucht hatte. Er war nicht müde geworden, die Beziehung mit seiner Gönnerin zu betonen, die von Tag zu Tag inniger werde und ihn in seinem Schaffen beflügelte. Er hatte jegliche vornehme Zurückhaltung abgelegt, die er anfangs in Bezug auf seine Dichtertätigkeit gezeigt hatte, und lautstark getönt, dass man dank ihr sein Werk bald über die Grenzen Russlands hinaus kennen würde.

»Also, Irischka, wir wollen den Abend doch vergnüglich enden lassen«, sagte er auch heute, als die Kutsche wenig später vor der Spielbank hielt und er ihr die Tür öffnete. »Ich spüre, dass ich heute Glück haben werde.«

Sie hatten wie immer zu Abend gegessen, aber wo sie zu Beginn der Saison die Minuten gezählt hatte, die sie aus Höflichkeit hatte bleiben müssen, konnten sie ihr jetzt nicht lange genug vergehen. Dabei bekam sie kaum einen Bissen hinunter. Und so fühlte sie sich, als trüge sie einen schweren Sack auf den Schultern, während sie hinter Maxim die Stufen zum Kurhaus hinaufschritt. Allein in ihrer Not.

»Du hast nur Pech, Maxim«, antwortete sie flüsternd und sah sich wie zuvor im Hotel nach allen Seiten um. Noch immer hatte sie Angst vor einem Skandal, den er vom Zaun brechen könnte. Zeugen gab es hier genug. Sie nickte George Bedford zu, der seinen Vater, den Lord, ins Kurhaus schob, blieb vor dem Portal stehen und nahm ihren restlichen Mut zusammen. Es brauchte deutliche Worte, vielleicht ließ Maxim sie dann vom Haken: »Du hast alles verspielt. Ich habe nichts mehr, das ich dir geben könnte.«

Seine Hand schnellte nach vorn, schon hatte er ihr Ridikül gepackt und riss es an sich. Irina schluckte, griff aber nicht danach, weil ein ihr bekanntes Ehepaar, Baron und Baronin von Wexford, an ihnen vorbeischritt. Sie schenkte ihnen ein gezwungenes Lächeln, sie antworteten mit höflichem Nicken. Währenddessen wühlte Maxim im Beutel, brachte einige Scheine zutage und hielt sie Irina unter die Nase. »Bist du ein dummes oder nur ein vergessliches kleines Kind, hm?«

»Bitte, es ist das letzte, das ich habe.« Sie hasste sich für den jämmerlichen Ton, den sie anschlug. Als wollte ihre Stimme seine Beleidigung bestätigen. »Wenn es fort ist, muss ich Wolfram bitten, dass er neues Geld schickt. Er würde fragen, was mit …«

»Nichts wird er fragen. Weil es nicht nötig sein wird. Heute gehen wir mit einem satten Gewinn nach Hause. Möglicherweise vertreibt das dein Unwohlsein und bringt dein Blut in Wallung wie bei unserem ersten Mal.«

Sie hatte seit ihrer Aussprache mit Wolfram nicht mehr mit Maxim geschlafen. Wie könnte sie auch! Was ihre Scham linderte, war die tief empfundene Reue darüber, was sie getan hatte. Ihr wahres Bedürfnis bestand jedoch nicht darin, mit irgendjemandem zusammen zu sein, sondern nur mit Wolfram.

Das hatte sie nun erkannt.

Wirklich enttäuscht hatte Maxim sich nicht gezeigt, als sie ihn abgewiesen hatte. Er hatte danach noch zwei-, dreimal versucht, sie zu einer weiteren gemeinsamen Nacht zu überreden, doch ohne großes Drängen. Keinen Tag verzichtete er hingegen auf die geflüsterten Worte, mit denen er sie daran erinnerte, welche Sinnesfreuden sie bereits geteilt hatten. Nichts daran erregte Irina noch, stattdessen schämte sie sich in Grund und Boden. Maxim demonstrierte ihr stets die pikanten Details, die er jederzeit über sie verbreiten könnte, wenn ihm danach war.

Die Einsicht schmerzte: Sie hatte sich trotz ihres Alters und ihrer Erfahrung wie das kleine, dumme Kind, als das er sie bezeichnete, in eine hoffnungslose Lage manövriert, aus der sie sich allein nicht befreien konnte. Ihren Bekanntschaften in Baden-Baden würde sie sich nicht anvertrauen. Echte Freunde hatte sie weder hier noch in Gernsbach, Anna schien seit einigen Tagen sehr mit sich selbst beschäftigt und war mit ihren vierzehn Jahren ohnehin zu jung. Sie hatte nur einen einzigen Seelenverwandten, und das war Wolfram, der aus verständlichen Gründen ausschied.

»*Faites vos jeux*«, erklang wenig später die Stimme der Croupière, an deren Tisch sie wieder gelandet waren. Mademoiselle Engel, inzwischen selbst eine Attraktion des Kasinos. Mit konzentrierter Miene verfolgte die junge Frau, wie die Spieler ihre Einsätze tätigten. Sie behielt stets den Überblick, und während sie und die Spielenden darauf warteten, dass die Kugel im Rad ratterte und das Setzen damit beendete, betrachtete Irina sie genauer.

Hatte Mademoiselle Engel nicht genau die Beobachtungsgabe unter Beweis gestellt, die sie im Gespräch erwähnt hatte, nachdem Maxim sie in den Bauch gestoßen hatte? Obwohl sie so jung war, schien sie die Beziehung zwischen Maxim und ihr durchschaut zu haben.

Aber war es richtig, ausgerechnet eine Croupière um Rat zu fragen? Andererseits, was hatte sie zu verlieren?

Die Kugel hüpfte, Mademoiselle Engel wollte sich abwenden und ihr Kommando geben. Rasch führte Irina wie vor Spannung die Hand zum Mund, deutete aber in derselben Bewegung zum Gang, in dem die Croupière sie angesprochen hatte. Dann war der Moment vorbei, und ihr blieb nur die Hoffnung, dass die junge Frau verstanden hatte.

»Entschuldige mich«, sagte sie zu Maxim, der wie gebannt den weiteren Verlauf der Kugel beobachtete.

»Wo willst du hin?«, fragte er, ohne den Blick zu heben.

Irina verspürte einen Anflug von Wut über die unerhörte Art, wie er die Frage stellte. Und auf sich selbst. Wie weit war es gekommen, dass sie sich vor einem wie ihm rechtfertigen musste!

»Ich will mir kurz die Beine vertreten«, sagte sie, spürte sich aber im nächsten Moment am Arm zurückgehalten.

»Bleib nicht zu lange«, erwiderte er so laut, dass alle es mitbekommen mussten. »Und geh nicht zu weit. Ich brauche dich hier. Als meinen Glücksbringer.«

Sie wich den Blicken aus, die sich ihr in die Haut brannten, und steuerte durch den Saal den Gang an. Dort wartete sie ungeduldig. Es dauerte mehrere Minuten, und sie war kurz davor umzukehren, als Mademoiselle Engel doch noch kam.

»Gräfin von Bergfels.« Sie sah sich nach allen Seiten um, nickte dann zu einer Nische. »Ich habe nur einen Moment, dann muss ich zurück an den Tisch.«

»Sie ... Sie haben mich neulich angesprochen. Wieso?«

Die Frage schien Mademoiselle Engel zu überraschen. »Darf ich offen sein? Sie sehen von Tag zu Tag verzweifelter aus. Sie wissen nicht mehr ein noch aus, das ist nicht zu übersehen.« Sie zuckte mit den Schultern. »Ich weiß nicht, ob ich Ihnen eine Unterstützung sein kann. Aber ich sichere Ihnen absolute Diskretion zu.«

»Aber wie wollen Sie mir ...?«, setzte Irina an, bemerkte jedoch, wie die Croupière sich versteifte, als Frederic Culot zwischen den Gästen in ihrer Nähe auftauchte. Augenblicklich kehrte sie zur nüchtern distanzierten Haltung zurück, wie man sie von einer Angestellten der Spielbank gegenüber einer Besucherin erwartete.

»Natürlich kann ich Ihnen den Badearzt Dr. Leberecht empfehlen, Gräfin«, gab sie vernehmlich von sich. »Morgen um elf Uhr in der Früh scheint mir eine gute Zeit für einen Besuch zu sein, ja. Ich fühle mich geehrt, dass Sie mich um meine Meinung gefragt haben, aber nun muss ich weiter das Spiel beaufsichtigen.«

Ohne weitere Erklärung kehrte sie an ihren Tisch zurück und ließ Irina verwirrt stehen. Der Badearzt? Bei dem auch Wolfram in Behandlung war? Was sollte er in dieser Angelegenheit unternehmen? Hielt Mademoiselle Engel sie etwa für krank? Dann war Maxim Smirnow die Krankheit, die es auszumerzen galt.

Maxim gegenüber täuschte sie am nächsten Vormittag um kurz vor elf Uhr Übelkeit vor. Wirklich gelogen war das nicht. In der Nacht hatte sie kein Auge zugetan. Zu groß waren die Sorgen, die sie zu erdrücken drohten, und die sich mit einer Überraschung, die Anna ihr am Morgen bescherte, noch verstärkten.

»Graf von Bergfels hat sich für das Wochenende angekündigt«, erklärte die Zofe mit vor Aufregung hoher Stimme, während sie Irina in die Krinoline half. »Fournier hat mich gebeten, Ihnen diese Nachricht zu überbringen. Sie kam mit der Postkutsche. Der gnädige Herr wird am Freitag eintreffen. Der Concierge hat Madame Constance angewiesen, ihn in die Tischgesellschaft aufzunehmen, nachdem der Tenor bereits abgereist und somit ein Platz frei geworden ist.« Anna verstand offenbar mehr, als Irina ihr zugetraut hätte. Dass es kein gutes Zeichen war, wenn sich Irinas Gatte in Baden-Baden blicken ließ, begriff sie jedenfalls.

Irina fühlte blankes Entsetzen. Wie sollte sie ihm ihr Verhältnis zu Maxim beim gemeinsamen Abendessen erklären?

Mit einem Nicken gab Irina Anna zu verstehen, ihr weiter beim Ankleiden behilflich zu sein. Für heute hatte sie sich für das luftige Morgenkleid aus zartem Moiré-Stoff in einem sanften Fliederton entschieden. Der hochgeschlossene Kragen wies einen verspielten Spitzenbesatz auf, die bis zu den Ellbogen reichenden Ärmel waren leicht gerafft. Sie schloss das Pelerine-Mäntelchen aus cremefarbener Wolle, das sie überwarf, mit einer schimmernden Brosche, bevor sie ihre Suite und das Hotel verließ, um zu Fuß zum Ärztehaus aufzubrechen. Der Strohhut mit der breiten Schleife in der gleichen Farbe wie ihr Kleid schützte sie vor der Sonne, die wie zum Hohn über ihre Lage vom prächtig blauen Himmel schien. Nach kurzer Zeit lief ihr der Schweiß den Rücken hinunter, und sie war froh, als sie ihr Ziel erreichte. Ohne Zögern klopfte sie an.

Im Inneren erklangen Schritte, eine junge Dame öffnete ihr.

»Ich … ich soll mich um elf Uhr bei Dr. Leberecht einfinden«, erklärte Irina, darauf hoffend, dass Mademoiselle Engel den Arzt unterrichtet hatte.

»Ich bin Schwester Ursula, kommen Sie doch bitte herein.« Die Frau mit dem blassen Gesicht unter der Haube ging ihr voran und deutete auf eine Reihe Stühle links an der Wand. Drei davon waren besetzt. Zwei Handwerker, ein junger und ein älterer, hockten dicht beisammen. Ihre Kluft wies sie als Zimmermannsleute aus. Neben ihnen hatte ein Herr in feinem Gehrock Platz genommen. Zuvor musste er seinen Stuhl ein wenig zur Seite geschoben haben. Ob die Gegenwart der einfachen Männer ihn dazu veranlasst hatte oder seine Erkältung, vor der er sie schützen wollte, erschloss sich Irina nicht. Der Herr, seinem Aussehen mit dem dichten Bart und den dunklen Augen nach zu urteilen, ein Russe wie Maxim, steckte sein Stofftuch gar nicht erst weg, sondern schnäuzte unentwegt hinein. In den wenigen Pausen verzog er das Gesicht zu einer Grimasse, sobald er schluckte.

Irina scheute davor zurück, sich neben ihn zu setzen. Dabei wusste sie selbst, dass es nicht recht war, nach ihrer schrecklichen Erfahrung mit Maxim all seine Landsleute in einen Topf zu werfen. Es gab in jeder Nation gute und schlechte Menschen.

Die Tür zum Behandlungsraum öffnete sich. Irina war Dr. Leberecht schon auf der ein oder anderen Abendveranstaltung begegnet, obwohl der Arzt das gesellschaftliche Leben nicht suchte. Ihm war wohl der Haussegen wichtig: Seine Gattin fühlte sich bei solchen Anlässen in ihrem Element, knüpfte Kontakte, zog ihn zu neu angereisten Gästen. Dr. Leberecht hingegen schien einerlei, welchen Stand jemand hatte. Das zeigte sich auch nun, als er sich nicht an den feinen Russen, sondern an den älteren der Handwerker wandte: »Herr Keller, wie schön, Sie wieder in Ihrem Anzug zu sehen. Dem Bein geht es so weit gut?«

Statt dem Angesprochenen nickte der Junge neben ihm, den Irina aufgrund der ähnlichen Züge als seinen Sohn erkannte: »Zu gut geht's ihm! Mutter mahnt ihn ständig, es nicht zu übertreiben. Am liebsten möchte er mit auf jede Baustelle.«

»Baden-Baden wächst«, bestätigte Herr Keller. »Wir haben Aufträge bis zum Sankt Nimmerleinstag. Dank Ihnen können wir Sie annehmen, Herr Doktor. Wir verdienen gutes Geld, und damit will ich endlich meine Schulden bei Ihnen bezahlen.« Mithilfe seines Sohnes erhob er sich und humpelte auf den Arzt zu.

Der schüttelte den Kopf. »Von Schulden weiß ich nichts.« Er sprach leise, linste dabei zur gegenüberliegenden Tür, die vermutlich in den Wohnbereich führte.

»Meine Frau würde mich mit dem Besen aus dem Haus jagen, wenn ich mit dem Geld zurückkommen würde«, erwiderte der Zimmermann. »Also bitte, nehmen Sie es. Ist längst nicht so viel, wie Sie eigentlich verdient hätten, Herr Doktor.«

Dr. Leberecht seufzte. »Und meine Frau Gemahlin würde sich den Besen von Ihrer Frau leihen, wenn ich das Angebot ausschlagen würde.« Er lachte, dann nickte er Schwester Ursula zu, das Geld an sich zu nehmen. Viel war es nicht, wie Irina aus dem Klirren der wenigen Münzen schloss. Aber einen einfachen Handwerker mit Familie schmerzte jeder ausgegebene Gulden, gute Auftragslage hin oder her. Dr. Leberecht musste ihm tatsächlich aus der Klemme geholfen haben, wenn ihm die Begleichung seiner Schulden so wichtig war.

Die Männer schüttelten sich die Hände, Herr Keller setzte sich die Mütze auf, verabschiedete sich und nickte seinem Sohn zu. »Komm, auf uns wartet Arbeit, Junge.«

Die Szene erfüllte Irina mit neuem Mut. Mademoiselle Engel schien nicht die einzige Person in dieser Stadt mit einem guten Herzen zu sein. Sie hatte gewollt, dass sie sich dem Arzt anvertraute, also würde sie es tun. Nachdem er den Russen behandelt hatte, würde sie ...

»Gräfin.« Jemand hatte sie von hinten angesprochen. Claire Engel war aus dem Wohnbereich getreten. Die junge Frau schenkte ihr ein etwas unsicheres Lächeln. Verwirrt sah Irina zwischen Dr. Leberecht und Mademoiselle Engel hin und her. Welche Verbindung hatten die beiden? Natürlich! Der Badearzt war der Schwager des Sicherheitsbeauftragten im Kasino, Theo Vlissing. Der schien Claire Engel auf väterliche Weise zugetan, ohne dass Irina den genauen

Grund kannte. Vielleicht wohnte die Croupière sogar bei ihm? Sie führte Irina nun weg vom Praxisteil des Hauses.

»Beate Leberecht war so nett, mir den Salon für unsere Unterhaltung zur Verfügung zu stellen«, erklärte Mademoiselle Engel. »Ich bin den Leberechts freundschaftlich verbunden. Ich selbst wohne in einer kleinen Pension. Nicht gerade passend für unser Gespräch. Außerdem hat die Vermieterin die Ohren überall. Kommen Sie, ich muss in ein, zwei Stunden im Kasino sein. Culot hat heute seinen freien Tag, da wird jede Hand gebraucht.«

Sie setzten sich an einen Platz am polierten Mahagonitisch. Auf einer mit Spitze verzierten Tischdecke stand eine silberne Teekanne mit einem Blumenmuster. Der Duft des Earl Grey erfüllte den Raum.

Irina wartete, bis Mademoiselle Engel ihr eingeschenkt hatte. Dann sagte sie geradeheraus: »Wie Sie wahrscheinlich schon ahnen, bin ich in ein … ungünstiges Arrangement mit Maxim Smirnow geraten, Mademoiselle Engel.«

»Sagen Sie doch bitte Claire zu mir, wenn Sie mögen. Und ja, etwas in dieser Richtung dachte ich mir.«

»Er nutzt mich aus. Er hat mich in seinem Griff, und ich weiß nicht, wie ich ihm entkommen soll. Nun ist es ausgesprochen.«

Claire beugte sich vor, legte ihre Hand auf die der Gräfin. Eine schwesterliche Geste, als wäre in diesem Augenblick nicht Irina die ältere, sondern umgekehrt. Diesmal hielt sie die Tränen nicht zurück. »Ich verzweifele!«, schluchzte sie. All der Mut, den sie zuletzt noch auf Gut Bergfels verspürt hatte, war verschwunden.

»Wie viel Geld hat er von Ihnen genommen?«

»Viel. Zu viel. Die genaue Summe weiß ich nicht. Zu

Beginn waren es nur ein paar Gulden. Dann wurden es immer mehr. Und am Ende ...« Ein Schütteln durchfuhr sie ob ihrer Leichtgläubigkeit, Maxim auf diese Weise loswerden zu können. »Ich dachte, dass ich ihn mit einem größeren Betrag zufriedenstellen kann. Aber er wird mich nie aus seinen Fängen lassen, Claire, er erpresst mich.«

»Dieser Schuft!« Claire ballte die Faust, und Irina sah, dass ihr Ärger echt war. Aber auch wenn es guttat, dass die junge Frau ihr das Mitgefühl entgegenbrachte, wie eine Freundin es tun würde, änderte das nichts an den Tatsachen: Irina drohte nicht nur zum Gespött der Leute zu werden, sobald sie Maxim den Geldhahn zudrehte und er es ihr heimzahlte. Das Schlimmste war, dass sie Wolfram verlieren würde, wenn alles ans Licht kam.

Claire hatte Anstand genug, nicht nach dem Druckmittel Maxims zu fragen. Eine Entschlossenheit trat in ihre Augen. »Wir müssen ihm das Handwerk legen, Gräfin.«

»Bitte nennen Sie mich Irina. Und ja, natürlich. Aber wie soll das funktionieren? Ohne dass die Schande, die ich über mich und meinen Mann gebracht habe, öffentlich wird?

»Indem wir etwas finden, das selbst ein derart schlechtes Licht auf diesen Halunken wirft, dass man ihm keinen Glauben schenken wird. Egal, was er erzählt. Alles, was er dann sagt, wird wirken, als wolle er sich an Ihnen rächen.«

Irina nickte langsam. Das klang nach einem Plan. Hoffnung keimte in ihr auf. Vielleicht würde ja doch noch alles gut werden. »Sie haben eine Idee?«, fragte sie.

»Noch nicht. Doch uns wird schon etwas einfallen. Dazu müssen Sie mir aber erst einmal alles erzählen, was Sie über ihn wissen.«

17

Viel zu lange dauerte es nach Frederic Culots Geschmack, bis er seine Nachforschungen intensivieren konnte. Sein Dienstplan ließ ihm vier Wochen lang nicht zur rechten Zeit eine freie Stunde, die er auf dem Postamt verbringen konnte. Aber schließlich half ihm der entfernte Cousin, den es im Gegensatz zu einem Bruder und dessen Familie wirklich gab und der seit einigen Jahren als Kutscher zwischen Baden-Baden und den umliegenden Ortschaften hin und her fuhr. Zu Frederics Leidwesen erinnerte sich Clément Bernard, als er ihn während einer Fahrtenpause endlich antraf, nicht an einen Hermann Teubner, den er Ende Juli von irgendwoher in die Stadt mitgebracht hatte. Immerhin ließ er sich überreden, in der Amtsstube, wo es für ihn stets eine Tasse Kaffee zwischen den Touren gab, in den Büchern nachzusehen. Ungeduldig stand Frederic daneben, während Clément jedes Mal seinen Zeigefinger befeuchtete, bevor er umblätterte. Schließlich tippte er auf eine Zeile. »Da gab es einen Hermann, aber der hieß Engel mit Nachnamen.«

Frederic fühlte sich wie elektrisiert. Da hieß einer wie seine Kollegin? Waren die beiden letzten Endes schon verheiratet? Aber warum in drei Teufels Namen spielten sie dann die Verlobten? Eine Madame Engel stand in der Gesellschaft doch zehnmal besser da als eine Mademoiselle.

Frederic schnappte nach Luft, als ihm die andere Möglichkeit einfiel. Waren die zwei miteinander verwandt? Hatte die gierige Witwe Seibold gar recht mit ihrem dahingeworfenen Satz, dass sie Geschwister sein könnten? Aber auch dann stellte sich die Frage, wieso sie etwas anderes behaupteten? Irgendetwas lag hier im Argen, etwas, das ihm nur in die Karten spielen konnte.

»Geht heute noch eine Kutsche nach Sinzheim?«, erkundigte er sich bei Clément, der an den Spitzen seines Schnauzbartes zwirbelte und zu rätseln schien, weshalb sich sein Cousin plötzlich so interessiert zeigte. Nun, er würde ihm nicht auf die Nase binden, dass er sich in dem Kaff, aus dem Claire Engel stammte, Antworten holen wollte.

»Nein, erst morgen früh wieder. Ich kann dir gerne einen Platz reservieren.«

»Nicht nötig. Ich denke, ich werde mir eine Mietdroschke leisten.« Was das kosten würde! Er war keiner, der das Geld aus dem Fenster warf. Seine Kundschaft zeigte ihm Abend für Abend, Nacht für Nacht, wie wichtig es war, die Gulden zusammenzuhalten. Aber das hier war eine besondere Situation. Denn vielleicht hatte er gerade herausgefunden, womit er die feine Mademoiselle zu Fall bringen konnte. Bevor sie ihn aus seiner Stellung drängte. Bevor sie ihn vernichtete.

Die Gaststätte *Zum Bären* am Sinzheimer Marktplatz wirkte heimelig mit dem nach draußen fallenden warmen Licht. Die Dämmerung war hereingebrochen, die Menschen zündeten die Kerzen an, und im Schankraum sammelten sich die Besucher. Frederic stieg schon vor dem Eingang, über dem das Emailleschild in der Abendbrise hin und her schwang, der Duft von Sauerbraten in die Nase, und unversehens verspürte er Hunger. Er hatte seit dem Frühstück nichts mehr gegessen. Aber deswegen war er nicht hier. Er würde versuchen, einen Platz an der Theke zu ergattern, um mit den Hiesigen ins Gespräch zu kommen.

Tabakrauch empfing ihn, weitere Küchengerüche und das Lachen und Rufen der Gäste, von denen die meisten offenbar schon mehrere Krüge geleert hatten. Ein wenig unschlüssig blieb er in der Mitte der Stube stehen, schaute sich um. Alle Tische waren besetzt, überall klapperte man mit Besteck und Gläsern und unterhielt sich ausgelassen. An der Theke stand man in drei Reihen. Keiner beachtete ihn. Er entdeckte eine Schankmagd, die unter dem Gewicht eines reich beladenen Tabletts fast in die Knie ging. Ein bisschen erinnerten ihre Gesichtszüge an Claire Engel. Eine weitere Helferin lief herum, die der anderen zum Verwechseln ähnelte. Schwestern? Zwillinge gar? Die zweite eilte in den hinteren Bereich und drückte mit dem Ellbogen die Klinke einer Tür. Als sie aufschwang, huschte sie hinein, und Frederic erhaschte einen Blick auf ein samtgrünes Spielfeld und darübergebeugte Köpfe.

In diesem Raum hatte Claire Engel also das Roulettespiel gelernt. Ihr Großvater hatte ihr alles beigebracht, so viel hatte Frederic mitbekommen, aber das Nebenzimmer und die Menschen darin interessierten ihn nicht im Geringsten. Wer wüsste besser als er, dass die Spieler selten zu einer kleinen Plauderei aufgelegt waren, stattdessen all ihre Aufmerksamkeit auf das grüne Feld richteten?

Frederic kämpfte sich durch die Menschenmenge vor dem Tresen und schaffte es, sich ein Pils zu bestellen. Ein groß gewachsener kräftiger Mann mit Bart schob es ihm zu. Möglich, dass es sich um Claires Vater handelte, aber auch den würde er nicht von der Arbeit abhalten.

Er stellte sich inmitten der Leute, prostete nach links und nach rechts, und in ihrer bierseligen Offenheit nahmen ihn die anderen in ihrer Mitte auf. Frederic erzählte, dass er auf dem Weg nach Frankreich sei und nur eine kurze Rast einlegte. In Wahrheit wartete seine Mietdroschke aus Baden-Baden draußen auf ihn, um ihn später wieder zurückzukutschieren.

»Schön habt ihr es hier in Sinzheim!«, rief er munter und sicherte sich damit die Sympathie und Aufgeschlossenheit der Einheimischen. »Und so eine feine Gaststätte! Kein Wunder, dass sie bis auf den letzten Platz besetzt ist. Das Bier schmeckt frisch und rein.« Er nahm einen langen Schluck.

»Probier erst die Fleischküchle! Du willst niemals wieder andere essen«, erwiderte einer lachend, der sich als Wilhelm und Apotheker vorstellte.

Darum ließ sich Frederic nicht lange bitten, den Fleischklops konnte er auf der Hand essen, und er stillte den gröbsten Hunger. Er stimmte Wilhelm zu, den er nach wenigen Minuten Willi nennen durfte, dass er ein Gedicht sei, und leckte sich die Finger ab. »Und um all das«, seine Geste schloss den ganzen Raum ein, »kümmern sich die Wirtsleute? Ein Ehepaar?«

Wilhelm nickte. »Die Engels machen das seit Jahrzehnten, der Großvater hilft aus, die Zwillinge Flora und Justine packen tüchtig mit an. Aber ja, die Engels kümmern sich allein um alles. Haben sie sich bestimmt auch anders vorgestellt.«

»Inwiefern?« Frederic bemühte sich, den Mann am Reden zu halten. Er sah aus wie einer, der sonst eher in sich gekehrt war und unter dem Einfluss von drei Litern Bier alles herausließ, worüber er nachdachte.

»Es gab eine ältere Tochter, die sollte eigentlich in den Betrieb einsteigen. Sie hat es nach Baden-Baden verschlagen.«

Damit erzählte er Frederic nichts Neues. Aber was gab es sonst noch über die Engels zu wissen?

Wilhelm fuhr fort, ohne dass er drängeln musste, senkte dabei die Stimme. »Und es gab einen Sohn. Über den sollte man allerdings Stillschweigen bewahren, wenn man sich nicht den Zorn des Wirts zuziehen will. Der schlug aus der Art, hatte schon als Jugendlicher nichts als Dummheiten im Kopf und wurde kriminell. Er hat seine Eltern bestohlen und andere brave Bürger aus Sinzheim. Sie haben ihn mit Schimpf und Schande aus dem Haus getrieben. Ich glaube, er hat mittlerweile mehrere Aufenthalte im Gefängnis hinter sich. Ein übler Kerl, dieser Hermann.«

Frederic Culot fiel fast der Bierkrug aus der Hand, während er dem Apotheker lauschte. Dieser Hermann war tatsächlich Claires Bruder. Und ein Verbrecher dazu! Ein kriminelles Subjekt in der Biografie der ach so feinen und hochnäsigen Croupière.

Die Teile setzten sich in seinem Verstand zusammen. Warum führten die beiden diese Scharade auf und benahmen sich wie Verlobte? Weil Claire mit ihm unter einer Decke steckte! Eine andere Erklärung fand er nicht.

Sein Ausflug nach Sinzheim war ein voller Erfolg. Endlich hatte er das Geheimnis dieser Frau gelüftet, das er für sich zu nutzen wissen würde. Obwohl er sonst nur ab und zu ein Likörchen trank, gönnte er sich vor Freude ein weiteres schäumendes Bier. Er gab dem Wirt hinter der Theke ein Zeichen mit der Hand, freute sich diebisch über dessen Grinsen, als er seine Bestellung aufgab. Da lachte einer, der nicht den Hauch einer Ahnung hatte, dass er den bediente, der dem Treiben seiner Brut bald ein Ende bereiten würde.

»Zwei Pils für mich und meinen Freund hier!«, rief er und stieß wenig später kräftig mit Apotheker Wilhelm an, der ihm so unvermittelt diese Tür weit geöffnet hatte.

18

Baden-Baden, eine Woche später

Die Tür der Pension Seibold schlug hinter ihnen zu. Claires Halbbruder Hermann wandte sich nach links, klappte den Kragen seines Mantels hoch, damit ihm der Regen nicht hineinlief, und stapfte davon.

Dass Claire und er die Unterkunft gemeinsam verließen, kam selten vor. Die Tage, an denen er früh aufgestanden war, schienen eine Ausnahme gewesen zu sein. Meist hörte sie sein Schnarchen noch aus der Dachkammer, wenn sie zu ihrer Schicht aufbrach. Auch jetzt suchte er nicht nach ihrer Gesellschaft, sondern eilte die Straße hinab, ohne den Pfützen auszuweichen. Er wirkte getriebener als zuletzt. Die Saison steuerte unaufhörlich dem Höhepunkt entgegen, bald würden die Bénazets ihr Ende mit großem Pomp feiern. Einige Sommerfrischler reisten schon jetzt ab, und das abendliche Gewimmel im Kurhaus lichtete sich. Für einen Dieb wie ihn war das keine gute Nachricht. Zu leicht konnte er beim Griff in eine Handtasche von einem anderen Gast oder einem der Sicherheitsleute erwischt werden. So geisterte er nach dem Ausschlafen durch die Stadt und rumpelte meist erst dann betrunken die Stiege hinauf, wenn Claire längst im Bett lag.

Martha Seibolds Begeisterung für ihn war deutlich abgeflaut. Keine Spur mehr von der überschäumenden Freundlichkeit, mit der sie ihn empfangen hatte. Stattdessen betrachtete sie ihn wie einen Schädling, der trotz aller Vorsicht in ihr Heim gelangt war. Und auch Claire beäugte sie noch misstrauischer als nach ihrer Ankunft. Lediglich die Tatsache, dass sie zuverlässig beide Mieten zahlte, schien die Witwe milde zu stimmen. Was sie über die Auflösung der angeblichen Verlobung dachte, wusste Claire nicht. Es war ihr auch egal. Hermann hatte es schulterzuckend zur Kenntnis genommen, dass sie für die Öffentlichkeit fortan getrennte Wege gingen. Ihn schien anderes zu beschäftigen. Zunehmend beschlich sie der Eindruck, dass sich etwas in ihm aufstaute, nachdem das Hochgefühl eines gelungenen Diebstahls ausblieb. Aber erkannte er die Zeichen der Zeit und zog davon? Nein. Er blieb in Baden-Baden, als gäbe es hier noch etwas für ihn zu holen. Oder als wartete eine unerledigte Aufgabe. Wie die aussehen konnte, war ein weiterer Punkt auf ihrer langen Liste an Sorgen und Problemen.

Sie lächelte bitter, während sie den Schirm aufspannte und hinaus auf die Gasse trat. Da lebte sie endlich ihren Traum als Croupière, und Menschen wie ihr Halbbruder setzten alles daran, ihn in einen Albtraum zu verwandeln.

Sie schob die Gedanken an ihn beiseite und machte sich auf zum Kasino. In einer halben Stunde begann ihre Schicht. Eine besondere, wenn alles so lief, wie sie mit Gräfin Irina und später mit Theo besprochen hatte, den sie mit Irinas Erlaubnis eingeweiht hatte. Die Arme! Wie übel Maxim ihr mitspielte!

Claire vermisste George. Zuletzt hatte er sich wieder

öfter im Kasino gezeigt, war dabei stets sehr um seinen Vater bemüht oder im lebhaften Beisammensein mit anderen Gästen vertieft. Ob es an einer Krankheit lag oder er einem klärenden Gespräch auswich, machte keinen Unterschied. So oder so konnte sie ihn nur aus der Ferne beobachten, während sie an ihrem Tisch höllisch aufpassen musste. Zwar hatte sich etwas an Culots Aufmerksamkeit ihr gegenüber verändert. Er schien nicht mehr auf jede ihrer Bewegungen zu achten, und Yves hatte dies als gutes Zeichen gewertet. Doch die Zufriedenheit, mit der Culot sie neuerdings betrachtete, verursachte ihr aus unerfindlichen Gründen Gänsehaut. Bildete sie es sich nur ein, oder war da ein Hauch von Triumph in seinem Gesicht? Claire wusste nicht, was das zu bedeuten hatte, aber solange sie sich in der Spielbank nichts zuschulden kommen ließ, musste er sich ihr gegenüber nach den deutlichen Worten der Bénazets korrekt verhalten.

Dass ihr heute kein Fehler unterlief, bedurfte besonderer Anstrengung. Nachdem sie Schirm und Mantel ausgeschüttelt und verstaut hatte, beobachtete Claire möglichst unauffällig die Gäste an den anderen Tischen. Vor allem hielt sie Ausschau nach der Gräfin und ihrem Begleiter. Als Erstes entdeckte sie am frühen Abend George, der seinen Vater mit einem fröhlichen *Hui!* in den Saal schob, ihn an einen der Kartentische bugsierte und dann die Anwesenden ringsum mit einem Händeschütteln oder einem Schulterklopfen begrüßte. Dabei führte ihn sein Weg in ihre Nähe.

»Claire!«, sagte er im Überschwang, und ehe sie reagieren konnte, nahm er sie in die Arme, tätschelte ihr den Rücken und hielt sie dann von sich weg, um sie von oben bis unten zu betrachten. »Gut siehst du aus!«

Claire schnappte nach Luft. Wie sollte Culot eine solche Vertraulichkeit auffassen? Doch im nächsten Moment war diese Sorge vergessen, denn George packte auch den herumschleichenden Franzosen auf die gleiche Weise, schüttelte ihn sogar, als wären sie langjährige Freunde. Culot blickte konsterniert aus dem gebügelten Anzug.

»Was für ein wunderbarer Abend!«, ließ George vernehmen, als wäre er nicht durch den seit gestern stetig fallenden Regen ins Kurhaus gelangt. Er breitete die Arme aus, als wolle er die ganze Welt umarmen. »Lasst ihn uns in vollen Zügen genießen!« Mit schnellen Schritten eilte er durch den Saal auf das Klavier zu. Der Pianist ahnte schon, worauf das hinauslief, und wechselte einen Blick mit Culot, der aber wie angewurzelt dastand, überrumpelt von Georges Gebaren. Der Musiker machte Platz, George setzte sich und hieb mit den Fingern auf die Tasten, dass die Wenigen, die sein Benehmen noch nicht mitbekommen hatten, die Köpfe reckten.

Himmel, das Ganze würde aus dem Ruder laufen, wenn niemand etwas unternahm! Mochte Georges Lebenslust zu Beginn dieser *Episode* mitreißend und amüsant gewirkt haben, wurde sie zusehends unheimlicher. Unberechenbarer. Das schienen auch die anderen Gäste so zu sehen. Nicht einmal der Herr mit Monokel, der vor einiger Zeit den Champagner-Galopp erkannt hatte, verbarg seine Irritation.

Claires Blick glitt auf der Suche nach Theo durch den Raum. Da war er, nahe beim Eingang. Und dort steuerte Maxim Smirnow Claires Tisch an, wie immer die Gräfin an seiner Seite. Ihn schien Georges wüstes Stück keinen Deut zu scheren, er wirkte ähnlich wie Hermann, kam ihr in den

Sinn. Wie von einem inneren Dämon getrieben. Er sicherte sich einen Platz und wartete mit angespannter Miene darauf, dass das Spiel wieder aufgenommen wurde. Irina hingegen war noch blasser als sonst. Trotz der gesunkenen Temperatur draußen stand ihr der Schweiß auf der Stirn, mit einem Fächer wedelte sie sich Luft zu.

Aus den Augenwinkeln sah Claire, wie Theo ihr zuwinkte. Er nickte, als sie zu ihm blickte. Offenbar waren die Gäste eingetroffen, die sie für heute ins Kasino gebeten hatten. Zum denkbar schlechtesten Zeitpunkt! George hämmerte auf die Tasten, dass der Pianist neben ihm angespannt das Gesicht verzog. Er musste Angst um sein Instrument haben. Claires Sorge hingegen galt George. Sein Lachen passte nicht zu den Misstönen, die er erzeugte. Nur schwerlich ließ sich Beethovens Sturm-Sonate in dem Lärm erkennen.

Claires Blick schwenkte wieder zu Irina. Sie hatte Theos Zeichen mitbekommen. Sie wedelte stärker mit ihrem Fächer. Die Arme würde es nicht schaffen, das erkannte Claire an der Panik in ihren Augen. Sie hatten alles durchgesprochen, doch es stand und fiel mit dem Mut, den die Gräfin aufbringen musste. Unmerklich schüttelte Irina den Kopf. Gleichzeitig lag ein Flehen in ihrem Blick.

Am Tisch tuschelten die Leute über George. Bei den Karten verbarg Lord Bedford das innere Beben nicht vollständig. Seine Hände krallten sich um die Lehnen seines Rollstuhls.

Plötzlich kam Claire eine Idee. Ja, das war es! Auf diese Weise würde sie nicht nur Irina, sondern auch George helfen. »Ich bin gleich wieder da«, sagte sie an Yves gewandt, der das seltsame Schauspiel ebenso gebannt verfolgte wie

Culot. Dann eilte sie mit schnellen Schritten zum Klavier, um George sanft an der Schulter zu berühren. Ein Strahlen trat in seine Augen, als er aufsah, doch dahinter erkannte Claire den tiefen Schmerz, der ihn verzehren würde, sobald die Manie abflaute. Sie lächelte ihn an, und in diesem Moment war ihr gleich, was Culot oder andere dachten. Zärtlich strich sie ihm über die Wange. Er antwortete mit einem Seufzen und legte sein Gesicht in ihre Hand.

Claire wandte sich an die Anwesenden: »Verehrte Gäste. Ich möchte Ihre Aufmerksamkeit im Namen der werten und angesehenen Gräfin Irina von Bergfels noch einen Moment länger in Anspruch nehmen. Ich handele auf ihre Bitte hin, wenn ich Ihnen für den heutigen Abend eine kulturelle Attraktion ankündige, ein Amüsement, wie es einer Stadt wie Baden-Baden und seinen erlauchten Gästen gebührt.«

Die Leute drehten die Köpfe nach der Gräfin, die noch immer fächerte. Nach einem tiefen Atemzug nahm sie Haltung an. Augenscheinlich wollte sie dem Urteil, das in wenigen Minuten über sie gefällt werden würde, hoch erhobenen Hauptes begegnen. Mit einer Geste bedeutete sie Claire fortzufahren, dankbar, dass sie ihr diese eigentlich für sie gedachte Aufgabe abgenommen hatte. Neben ihr taxierte Maxim Claire skeptisch.

»Seit Beginn der Saison hat die Gräfin einen jungen Künstler unter ihre Fittiche genommen«, sagte Claire. »Sicher haben Sie die beiden schon zusammen gesehen. Es zeugt von großer Noblesse, einem unbekannten Poeten derart viel Zeit zu widmen, da stimmen Sie mir wohl alle zu. Ihn in die Gesellschaft einzuführen, ihn mit allerlei wichtigen Persönlichkeiten bekannt zu machen.« Claire ließ den letzten Satz wirken. Sie war bestimmt nicht die Einzige, die ihre Schlüsse aus dem Verhalten der Gräfin gezogen hatte. Irina hatte ja öffentlich mit Maxim getändelt. Aber hatten sie wirklich Küsse ausgetauscht? Waren sie je bei einer unsittlichen Berührung gesehen worden? Entsprach das, was man vermutete, nicht eher der eigenen Fantasie? Diese Fragen sollten sich die Gäste nach Claires lobenden Worten stellen. Sie sollten darüber nachdenken, ob die Lust auf einen Skandal sie zu Trugschlüssen verleitet hatte.

Jetzt wurde es Zeit, die Schlinge um Smirnows Hals zu legen.

»Eine große Zukunft liegt vor diesem jungen Mann«, behauptete Claire. »In Baden-Baden soll sie ihren Anfang nehmen. Gräfin von Bergfels möchte ihm hier und heute eine Bühne bieten, um einige seiner sicher bezaubernden Gedichte zum Besten zu geben. Monsieur Smirnow? Wären Sie so freundlich, uns mit Ihrer Poesie zu erfreuen?«

Die Worte waren Claire leicht von den Lippen gekommen. Nun klopfte ihr Herz. Würde ihr Plan aufgehen? Und was bedeutete dieser Auftritt für sie? Culot zumindest sah aus, als hätte sie ihm ein vorgezogenes Weihnachtsgeschenk gemacht. Claire beobachtete, wie er im Flur zum Büro des Herrn Direktors verschwand. Sicher informierte er Jean Jacques und Edouard Bénazet darüber, dass sie ihre Kompetenzen in seinen Augen maßlos überschritten hatte.

Wenigstens George schien sie für den heutigen Abend gerettet zu haben. Er erhob sich hinter ihr, flüsterte ein leises »Danke« in ihre Richtung und entfloh der Aufmerksamkeit aller, die er sich vor ein paar Minuten selbst gewählt hatte.

Die lag nun auf Maxim Smirnow. Seine Hände umfassten die Kante des Roulettetisches. Er senkte den Kopf – und hob ihn nach wenigen Atemzügen mit einem überzeugend schüchternen Lächeln. »Danke für die großen Worte, aber sie sind zu viel der Ehre. Ich bin nur ein kleines Licht am russischen Dichterhimmel und würde es nie wagen, in dieser illustren Runde meine Stimme zu erheben. Sehen Sie es mir also nach, wenn ich es vorziehe, meine Werke vorerst nur im engsten Kreis meiner literarischen Freunde …«

»Welche Freunde?«, unterbrach eine tiefe, kehlige Stimme vom Eingang her seinen Vortrag. Nikolai Grigorjewitsch Orlowski trat ein. Der Russe aus dem Arzthaus hatte seine Erkältung noch nicht überwunden, aber doch so weit im Griff, dass er auf Theos Bitte hin erschienen war. Theo hatte ihn nach der Behandlung bei Günther abgefangen und ihn über Smirnow ausgefragt. Orlowskis Familie konnte auf eine lange Geschichte im Dienste des Zaren zurückblicken. Orlowski selbst war ein leidenschaftlicher Mäzen der Künste und organisierte literarische Salons in einem prächtigen Anwesen in der Nähe von Baden-Baden. Man sagte ihm Kontakt zu Gogol nach. Von einem Maxim Smirnow, den Gogol angeblich förderte, war ihm nichts bekannt.

Theo hatte ihn daraufhin um den Gefallen seines Erscheinens an diesem Abend gebeten. Und er kam nicht allein! Ihm folgte eine ganze Entourage empörter Russen, die Maxim allesamt finster anstarrten. Gäste des Russischen Hofes, des Hotels, das Maxim wohl aus triftigen Gründen *nicht* für seinen Aufenthalt in der Stadt ausgewählt hatte. Zu leicht wären seine Landsleute ihm dort auf die Schliche gekommen.

»Wenn Sie Ihre eigene Seele nicht entblößen wollen«, tönte Orlowski weiter, und Groll lag in seiner Stimme, »dann geben Sie den Herrschaften einen Einblick in die russische. Ein paar Zeilen Ihres geschätzten Freundes Gogol? Lermontow, Tjutschew, Puschkin? Nun?« Er baute sich vor dem Roulettetisch auf. In die Stille hätte nur das Klackern der Kugel im Rad gepasst, die jeden Moment darüber entscheiden würde, ob jemand gewann oder alles verlor, was er eingesetzt hatte. Orlowski beugte sich vor. »Oder kennen Sie deren Worte gar nicht, Smirnow?«

»Natürlich!« Maxims Stimme klang nicht überzeugend. »Ich … ich … Der Druck! Ich kann nur frei sprechen, wenn ich unter wenigen, mir zugetanen Menschen bin!«

Irinas Stuhl quietschte, als sie von ihm abrückte. Zu Claires Erleichterung nahm sie nun die Rolle ein, die sie besprochen hatten. Überrascht gab sie die Nachdenkliche und reagierte auf Smirnows Einwand: »Habe ich Sie jemals unter Druck gesetzt, werter Maxim? Ich glaube nicht. Und doch habe ich, wenn ich es recht überlege, nie eine Zeile von Ihnen gehört. Sie haben mir nie einen Einblick in Ihr Schaffen gegeben. Ich habe schlicht Ihrem Wort vertraut, was Ihr Können angeht. Sollte ich mich so in Ihnen getäuscht haben?«

Den Vorwurf der eigenen Gutgläubigkeit musste sie in Kauf nehmen. Es war nur ein kleines Übel im Vergleich zu dem, was ihr drohte, wäre Maxim vor dieser Scharade, die sie mit ihm trieben, an die Öffentlichkeit gegangen. Die Gräfin selbst hatte es vorgeschlagen, um Claires Plan glaubhafter zu machen.

»Irischka!«, zischte er in die erwartungsvolle Stille. Die Drohung war nicht zu überhören. Die Panik ebenso wenig. Das Blatt hatte sich gewendet. Eine Dame neben der Gräfin beugte sich vor und flüsterte ihr offenkundig aufmunternde Worte ins Ohr. Auch die Männer murmelten und starrten auf Smirnow hinab.

Orlowski kam weiter um den Tisch herum. Das rhythmische Tocken, mit dem sein Gehstock auf den mit Teppich belegten Boden fuhr, klang wie das gnadenlose Ticken einer Uhr, die die letzten Sekunden eines Delinquenten zählte. Oder wie Schüsse.

»*Moschennik*!«, rief einer in seinem Gefolge auf Russisch. Es fielen weitere Worte, die alle wohl dasselbe aussagten: Lügner. Schwindler. Betrüger.

»Nein, ich … ich …!« Maxim stand so abrupt auf, dass er den schweren gepolsterten Stuhl umwarf. Er stolperte rückwärts über ihn, als er der russischen Abordnung ebenso zu entkommen versuchte wie den strafenden Blicken der anderen. Er fing sich, taumelte weiter, schaute sich um … und stürmte aus dem Saal.

Dafür erhielt die geknickt spielende Gräfin Zuspruch von allen Seiten. Claire erschrak, als sie ihren Platz vor dem Klavier verließ und auf dem Weg zum Tisch Madame Bénazet unter denen entdeckte, die der so hinters Licht Geführten beistanden. Offenbar hatte Culot Pech gehabt, und die Herren Bénazet waren außer Haus.

Suzanne Bénazet nickte ihr mit unergründlicher Miene zu, bevor sie wieder in den Personalräumen verschwand. Was mochte sie über Claire denken, die an diesem Abend weit über ihre Rolle als Croupière hinaus gehandelt hatte? Würde man es ihr als Indiskretion und Anmaßung auslegen? Claire betete, dass die Bénazets Verständnis hatten. Sie hatte schließlich niemand Geringerem als der Gräfin aus der Patsche geholfen! Daraus würde ihr vermutlich niemand einen Strick drehen. Sie hatte richtig gehandelt. Und sie hatten gewonnen. Indem sie Mut bewiesen hatte und ein Risiko eingegangen war. Sie nahm sich vor, dieses Gefühl von innerer Stärke fest in ihrem Herzen zu bewahren und sich daran zu erinnern, wenn in der Nacht Hermanns Poltern sie weckte und sie sich fragte, wie sie diesen Teil ihres Lebens in Ordnung bringen sollte.

Und mit George musste sie reden. Ausräumen, was zwischen ihnen stand: ein angeblicher Verlobter und Georges wechselndes Gemüt. Sie mussten reinen Tisch machen, wenn sie eine Zukunft haben sollten. Wie auch immer die aussehen würde. Sie sah sich nach ihm um, aber entweder ihn selbst oder seinen Vater schien es nicht mehr im Kasino gehalten zu haben.

Stattdessen geriet ein anderer Mann in ihr Blickfeld, ein Gast, den sie hier nie zuvor gesehen hatte. Wolfram von Bergfels. Irina löste sich aus dem Pulk um sie und eilte auf ihn zu, den Saum des weit schwingenden Rocks über das Parkett streichend. Sie warf sich an seine Brust. Er hielt seine Frau fest, streichelte ihren Rücken, schaute sich irritiert um, aber die Gäste wandten sich ab, ließen ihnen den privaten Moment. Claire hörte, wie Irina zu ihm sagte: »Wie wunderbar, dass du heute schon kommen konntest, Liebster. Bringst du mich zum Hotel? Wir müssen reden.«

19

Schon am nächsten Morgen reiste Maxim Smirnow in aller Frühe ab. Obwohl die Angestellten des Grandhotels für ihre Diskretion bekannt waren, verbreitete sich die Nachricht rasch in der Stadt, ausgehend von Jasper Finken über Theo zu den Leberechts. Beate gab die Neuigkeiten auf dem Markt an verschiedene Nachbarn weiter. »Natürlich im absoluten Vertrauen!«, hatte sie betont und dann auch Claire gegenüber die Szene im Hotel ausgemalt: »Gezetert und getobt hat er! Was ihm nur für Unrecht widerfahren sei! Er wolle jetzt nach Venedig weiterreisen. Dort wisse man hoffentlich besser mit seinen Gästen umzugehen als in diesem Provinzloch!«

Man vermutete, dass es ihn in das altehrwürdige Spielkasino der Lagunenstadt zog, weil er von seiner Leidenschaft besessen war und nach neuen Wirkungsstätten suchte. Manche staunten über die lange Wegstrecke, die er dafür auf sich nahm, erzählte Beate, bis zur Adria waren es rund achthundert Kilometer. Aber dann gab sie zu bedenken, dass die Russen aus St. Petersburg und Moskau das Reisen gewöhnt waren, wenn sie sich Europa ansehen wollten.

»Vermutlich wird er sich dort eine andere Dumme suchen, die er mit seiner erfundenen Biografie beeindrucken
und anschließend ausnehmen kann. Ach, ich wünschte,
ich könnte alle Frauen der Welt vor ihm warnen«, sagte
Gräfin Irina, als Claire sie am frühen Nachmittag an der
Lichtentaler Allee traf. Ihr Mann Wolfram ließ sich gerade,
wie jeden Tag um diese Uhrzeit, von Dr. Leberecht unter-
suchen. »Aber wenn man sich in einen solchen Mann verliebt, setzt das Denken aus.«

Claire bewunderte die Gräfin für ihre Ehrlichkeit sich
selbst gegenüber. »Das kann uns allen passieren, fürchte
ich.« Noch während sie sprach, kam ihr ihre eigene Beziehung zu George in den Sinn. Hätte man sie auch vor ihm
warnen müssen? Theo hatte es versucht, aber hatte sie ihn
ernst genommen?

In einer halben Stunde würde sie eine Kutschfahrt mit
ihm unternehmen. Er selbst hatte den Ausflug zum Kloster
Lichtental in einer Nachricht vorgeschlagen, die Martha
Seibold ihr am gestrigen Abend nach Claires Rückkehr in
die Pension mit steinerner Miene überreicht hatte. Trotz
aller widersprüchlichen Gefühle überwog die Freude über
die gemeinsame Zeit. Es gab so viel zu bereden. Hoffentlich
sah sie am Ende des Tages klarer.

»Dennoch kann ich mir diesen Fehltritt nicht verzeihen«, fuhr Irina an ihrer Seite fort, während sie gemäch-
lich dahinschlenderten. »Ich habe mich verhalten wie ein
dummes Gänschen, nicht wie eine gestandene Frau, die
sich zu wehren weiß und der nichts im Leben fremd ist.«

»Schließen Sie ab damit, Irina«, meinte Claire. »So, wie
es Ihr Mann hoffentlich auch tut?« Wolfram von Bergfels
hätte jedes Recht der Welt, seine Frau zu verdammen,

wenn sie ihm die ganze Wahrheit gesagt hatte. Aber danach sah es nicht aus.

Das Leuchten in Irinas Augen bestätigte Claires Vermutung. Als fiele ein Sonnenstrahl auf Bachkiesel. »Sie können sich nicht vorstellen, was für einen wunderbaren Mann ich habe. Wie töricht ich war, das für eine Zeit lang zu vergessen! Ich hätte das Gespräch mit ihm suchen sollen, statt ihm den Vorwurf zu machen, unsere Ehe zu vernachlässigen.« Ein Hauch von Röte stieg in ihr Gesicht, kurz senkte sie die Lider, dann blickte sie Claire direkt an. »Ich werde ihm auf seinem weiteren Weg der Genesung treu zur Seite stehen. Dr. Leberecht sagt, mit etwas Glück wird er wieder vollständig gesund werden. Das Geschwür hat sich fast komplett zurückgebildet und scheint sich auch nicht im Körper ausgebreitet zu haben. Der Arme, wie muss er gelitten haben, und mich wollte er bloß nicht beunruhigen! Hätte er mit mir gesprochen, dann wäre dies alles vielleicht nicht geschehen.«

Claire spürte, dass sich die Gräfin all die Kümmernisse der letzten Zeit von der Seele reden wollte. Sie verstand, dass die Ehe der beiden gelitten und sich Irina deswegen einem anderen Mann zugewandt hatte. Sie schien das ideale Opfer für jemanden wie den verschlagenen Russen gewesen zu sein. Eine Verkettung unglücklicher Ereignisse.

»Es ist wahrscheinlich immer der beste Weg, wenn man sich ausspricht«, sagte sie vorsichtig. Abermals trieben ihre Gedanken zu George.

»Unbedingt! Jetzt haben Wolfram und ich keine Geheimnisse mehr voreinander. Wissen Sie, es war nicht ganz leicht zuzugeben, dass da mehr war zwischen Smirnow und mir als die Beziehung zwischen Künstler und Mentorin.« Sie schluckte und musterte Claire lauernd, als wollte sie herausfinden, ob sie Bescheid wusste.

»Das kann ich mir gut vorstellen.« Claire hielt jeden Vorwurf, jeden Anflug von Vorhaltung aus ihrem Blick heraus. Menschen begingen Fehler, und wer wollte den ersten Stein werfen?

Irinas Schultern sackten nach unten vor Erleichterung. »Wolfram hat mein Verhalten sehr verletzt, aber er ist bereit, mir zu verzeihen. Er denkt, dass er seinen Teil dazu beigetragen hat, dass ich mich so stark nach ... Aufmerksamkeit gesehnt habe. Maxim hat für eine kurze Zeit mein Selbstwertgefühl wieder aufgerichtet – bevor er es letzten Endes komplett zerschlagen hat. Alles ist schiefgelaufen, aber Wolfram ist ein großherziger Mann, und mit ihm komme ich aus diesem Schlamassel wieder heraus.« Sie lächelte.

»Sie können nach vorn schauen, Irina.«

»Und das werde ich, Claire! Obwohl es wie ein Stachel in meinem Fleisch sitzt, wie viel Geld ich Smirnow hinterhergeworfen habe. Ich dachte, wir stünden dadurch kurz vor dem Ruin, und habe Wolfram vorgeschlagen, an Smirnows Verwandtschaft in St. Petersburg zu schreiben. Jemand muss sich für seine Schulden verantwortlich zeigen! Vielleicht sind sie bereit, sie zu begleichen. Von Smirnow selbst ist nichts zu holen, da bin ich sicher. Jeden Gulden, den er in die Finger bekommt, steckt er sofort ins nächste Spiel.«

»Eine gute Idee.«

Die Gräfin schüttelte den Kopf. »Wolfram möchte lieber einen endgültigen Schlussstrich unter die Angelegenheit ziehen. Ja, wir haben durch meine Dummheit viel Geld verloren, aber wir sind nicht verarmt. Wir haben Immobilien und Geldanlagen, von denen ich gar nichts wusste.« Sie lachte auf, und Claire stimmte ein. Was für ein Glücksfall, dass die Gräfin so glimpflich aus dieser Affäre aussteigen konnte. Es gab vermutlich nicht viele Männer auf der Welt, die sich dermaßen verständnisvoll und generös gezeigt hätten wie der Graf. Seine Frau musste ihm viel bedeuten. Und möglicherweise war ihm auch sein eigener Beitrag dazu bewusst. In jedem Fall war Claire froh darüber, zwei Menschen geholfen zu haben, die sich wahrlich liebten.

Wenig später wartete die offene Kutsche, die George gemietet hatte, neben dem Kurhaus auf sie. Er kletterte hinaus und half ihr beim Einsteigen, doch sein Blick war flackernd, seine Bewegungen fahrig, und als er sie ansprach, klang seine Stimme schleppend. »Wie schön, dich zu sehen«, sagte er steif, als kostete es ihn zu viel Kraft, eine persönlichere Begrüßung zu formulieren. Seine Schultern hingen nach vorn, seine Haltung war gebeugt, der Schmerz der ganzen Welt schien ihn niederzudrücken. »Ich habe leider nur wenig Zeit, Vater braucht mich gleich. Er möchte einen Ausflug mit einer Bekannten aus Bath machen, die zu Besuch weilt. Der Dame kann er natürlich nicht zumuten, seinen Rollstuhl zu schieben.«

Seine Stimme klang monoton, ohne Höhen und Tiefen, seine Hand, als er ihre berührte, war kalt und trocken. Nichts war mehr zu spüren von dem überschäumenden Elan der vergangenen Tage. Er wirkte wie ein anderer Mensch. Claire rückte dicht neben ihn, behielt seine Hand in ihrer, obwohl er sich ihr kurz entziehen wollte, und rief dem Wagenführer zu, dass er losfahren könne.

Der Mann lenkte den Zweispänner auf die Lichtentaler Allee, die Pferde gingen im Schritt. Eine schnellere Gangart war inmitten der zahlreichen Spaziergänger, Reiter und anderen Kutschen zu gefährlich. Claire und George hielten ihre ineinander verschränkten Hände zwischen sich, sodass man bei einem flüchtigen Blick diese Intimität nicht bemerkte. Sie wollte kein Gerede aufkommen lassen, denn manche hielten es sicher schon für einen Fehltritt, dass sie ohne Anstandsdame Zeit miteinander verbrachten.

Auf der gegenüberliegenden Kutschbank entdeckte Claire eine zusammengefaltete karierte Decke und einen Korb mit diversen Gläsern, verschnürten Päckchen und einer Kanne. Sie lächelte George von der Seite an. Ob es ihr gelingen würde, seine Laune heute zu heben? »Wie lieb von dir, du lädst mich zu einem Picknick ein?«

»Reginald hat der Haushälterin sofort aufgetragen, mir kaltes Hühnchen, Gurkensandwiches und Tee einzupacken, nachdem er von meinem Ausflug mit dir erfahren hat.« Er verzog den Mund, als hätte er auf etwas Saures gebissen. »Ich habe nur leider nicht den geringsten Appetit.« Seine Haut war grau wie Asche, die Lippen blass.

Claires Stimmung sank. Keine guten Voraussetzungen für schöne Stunden. Ein paar Minuten lang ließen sie den Blick über die Grünanlage zu beiden Seiten der Allee schweifen. Überall standen Menschen in Grüppchen zusammen, Kinder warfen Reifen durch die Luft, Hunde jagten Bällen hinterher, über ihren Köpfen schimpften zwitschernd die Spatzen. In den Blumenrabatten rangen Astern, Goldruten und Herbstanemonen um die Aufmerksamkeit der Parkbesucher, hochgewachsene Sonnenblumen nickten in der leichten Septemberbrise. Kinder mit Jutesäcken liefen unter den Kastanienbäumen umher und balgten sich um früh herabgefallene Früchte. Buchenblätter wechselten von einem satten Grün zu einem herbstlichen Gelb, das die Sonne zum Leuchten brachte. In der Ferne tauchten inmitten von Rasenflächen und kiesbestreuten Wegen die Mauern und Türme des Zisterzienserklosters auf. Dahinter erstreckte sich ein Wald mit hohen Baumwipfeln.

Tief sog Claire den Geruch nach Wiese und den Uferpflanzen der Oos ein, fühlte, wie sich ihr Gemüt im Takt der Pferdehufe und im sanften Schaukeln der Kutsche beruhigte. Sie drückte Georges Hand, sah ihn von der Seite an. Er hob nur einen Mundwinkel, erwiderte mit sichtlicher Anstrengung die zärtliche Geste. Vielleicht würde er mehr aus sich herausgehen, wenn sie die Menschenmassen hinter sich gelassen hatten? Er hatte schon einmal betont, wie viel Kraft ihn ein solcher Trubel jedes Mal kostete.

Das gemauerte Tor des Klosters kam in Sicht. Claire rief dem Kutscher zu, er solle den Weg nach links die Anhöhe hinauf zu den Weinbergen einschlagen. »Magst du?« Sie wies mit dem Kinn auf eine ebene Fläche zwischen den Rebstöcken.

Er zuckte mit den Schultern. »Wenn du meinst …?«

Als der Kutscher anhielt, schnappte sich Claire den Korb und die Decke und sprang vor George hinab. Er folgte bedächtig wie ein alter Mann, der jede seiner Bewegungen kontrollierte und achtgab, dass er nicht neben die Stiege trat und stolperte.

Claire wandte sich an den Fahrer. »Wären Sie so freundlich, uns hier in einer Stunde wieder abzuholen?« Es war ihr wichtig, allein mit George zu sein. Kein Mensch sollte Zeuge des Gesprächs werden, das sie schon so lange vor sich her schob.

Der Kutscher tippte sich an die Schirmkappe, zog die Zügel, brachte die Pferde zum Umkehren und verschwand in die Richtung, aus der sie gekommen waren. George schaute ihm mit trübem Blick hinterher. Claire hakte sich bei ihm ein, führte ihn zu dem Platz zwischen den Rebstöcken und breitete die Decke aus. Beim Hinsetzen arrangierte sie ihren Rock und sah auffordernd zu George hoch. Als er sich endlich niederließ, nahm sie erneut seine Hände in ihre. Dabei wusste niemand besser als sie selbst, dass ihre muntere Art nur aufgesetzt war. Sie wollte so gern zu ihm durchdringen, aber er blickte drein, als hätte sie ihn zu diesem Tête-à-Tête gezwungen. Sie war unsicher, welcher Gefühlsregung sie nachgeben sollte: ihrer Zuneigung, der Enttäuschung oder dem Stolz.

Doch George war ein besonderer Mann, mit dem man auf besondere Weise umgehen musste. Er war nicht mit herkömmlichen Maßstäben zu messen. Sie wusste, dass er sie liebte und dass nur sein unberechenbares Gemüt für seine Verschlossenheit verantwortlich war. Oder dachte er letzten Endes daran, dass er sie mit Hermann zusammen gesehen hatte, und zog falsche Schlüsse daraus? Das würde sie herausfinden. An diesem Nachmittag würde nichts Unklares mehr zwischen ihnen stehen, das hatte sie sich während des Gesprächs mit Irina vorgenommen.

»Was ist denn bloß los mit dir?«, sagte sie so zärtlich, dass es George die Tränen in die Augen trieb.

»Ach, Claire, ich wünschte, ich könnte all dieses Wirrwarr in mir in Worte fassen. Ich weiß oft selbst nicht, was in mir vorgeht.« Er machte eine Pause, und sie wartete geduldig, dass er weitersprach. »Ich lasse mich von Gefühlen und Impulsen führen und staune dann, wohin es mich getrieben hat. Es ist schwer zu erklären ...« Abermals schwieg er, ehe er den Kopf hob und Claire verzweifelt ansah. »Ich kann mich doch nie wieder im Kasino blicken lassen. Wahrscheinlich habe ich dem Pianisten fast das Instrument zerstört, oder? Oh Gott, wie peinlich!« Er vergrub das Gesicht in den Händen.

»Ach George, du bist nicht der Erste und wirst nicht der Letzte sein, der in der Spielbank einmal aus dem Rahmen fällt. Mach dir keine Gedanken, so etwas vergisst man dort schnell.« Es gab ihr einen Stich, als er daraufhin nur seine Uhr aus der Westentasche zog und die Zeit kontrollierte. »Du hast es eilig?«

»Ich sagte dir ja bereits, dass ich nicht zu spät zu meinem Vater zurückkehren möchte. Ich lasse ihn nicht gerne warten. Ihm ist dieses Treffen mit der Britin sehr wichtig, ich will es ihm nicht verderben. Vielleicht hätten wir den Kutscher doch dabehalten sollen?«

Und das Treffen mit mir ist weniger wichtig?, schoss es Claire durch den Kopf wie schon einmal. Ein bitterer Geschmack breitete sich in ihrem Mund aus. »Du verehrst deinen Vater sehr, nicht wahr?« Sie versuchte, die Verletztheit aus ihrer Stimme herauszuhalten.

George stieß die Luft aus und richtete den Blick zu dem undurchdringlichen Wald hinter dem Kloster. Eine Nachtigall sang eine bezaubernde Melodie, die Claire in dieser Minute unpassend erschien.

»Verehrung ist das falsche Wort.« Er schien sich in Erinnerungen zu verlieren.

Sie nahm die Flasche aus dem Korb und schenkte für sie beide erkalteten Schwarztee in Becher. Er griff danach und versank tiefer in Gedanken. Claire spürte, dass etwas an die Oberfläche drängte. Etwas, das lange im Verborgenen gewirkt hatte. Ihr Herz klopfte hart gegen die Rippen vor Ungeduld, aber sie riss sich zusammen, gab ihm die Zeit, die er brauchte.

»Mein Vater und ich könnten unterschiedlicher nicht sein«, begann er, und zum ersten Mal an diesem Tag gewann seine Stimme an Festigkeit. »Ich komme mit meinem Interesse an Kunst und Musik wohl eher nach meiner Mutter, an die ich mich kaum erinnere. Sie ist gestorben, als ich fünf war. Mein Vater war von jeher ein konservativer Machtmensch, hat mich immer stark an sich gebunden. Ihm war es wichtig, dass wir zusammen eine Familie bilden, wenn die Mutter schon nicht mehr da ist. House Bedford in Sussex war stets unsere Burg, weißt du? Und ich konnte daran lange Zeit nichts Falsches finden.«

»Zwei, die zusammenhalten«, warf Claire ein, um zu signalisieren, dass sie ihm aufmerksam zuhörte und ihn verstand.

»Ja, nach außen sah es so aus. Aber in meinen Jugendjahren erkannte ich, dass mein Vater zu viel Einfluss auf mich nahm. Ich war mitten in einem Prozess, bei dem ich mich von ihm lösen und meinen eigenen Weg gehen wollte, als das Unglück geschah.« Er senkte den Kopf. Kurz befürchtete sie, er würde abbrechen, von seinen Gefühlen überwältigt. Doch er brauchte nur einen Moment, um sich zu fangen, fuhr dann fort: »Du bist die Erste, der ich davon erzähle, Claire. Ich habe es gehasst, wenn mich mein Vater mit auf die Jagd nahm. Moorhühner schießen, aber auch Treibjagden mit schnellen Pferden und Hunden, um Füchse aufzuspüren und sie zu Tode zu hetzen. Eine grausame Tradition! Mein Vater bestand darauf, dass ich daran teilnahm. Für einen angehenden Lord seien Jagden ein Muss, ich käme nicht daran vorbei. Ich sollte härter werden, sonst hielten mich die Leute für weibisch.« In seiner Stimme schwang die ganze Verbitterung über das Urteil des Vaters mit.

»Was für eine Ungerechtigkeit!«, entfuhr es Claire. »Ich kenne keinen feinsinnigeren Menschen als dich. Wenn du nicht gerade Klaviere zerhämmerst«, fügte sie im schwachen Versuch zu scherzen hinzu. George verzog keine Miene. Sie erreichte ihn nicht, er war in der Vergangenheit gefangen. Also ließ sie ihn weiterreden.

»Es passierte in dem Herbst, als ich dreizehn Jahre alt wurde. Wir waren allein auf Fasanenjagd. Ein nebliger Morgen, aber mein Vater war ein guter Schütze und traf einen Vogel im Flug. Triumphierend sah er mich an und forderte mich auf, es ihm nachzutun, sobald er das Tier eingesammelt hatte. Er lief voraus in das Wäldchen, während ich mein Gewehr schussbereit machte. Ich wollte mir besonders viel Mühe geben, damit nichts schiefging, wenn ich auf ein Ziel anlegte. Dabei hielt ich das Gewehr mit dem Lauf nach vorn …« Er sprach wie zu sich selbst. Claire starrte ihn unverwandt an, wollte keine Regung in seinem Gesicht verpassen, obwohl es grau und unbewegt war. »Da löste sich der Schuss. Ich habe den Knall noch heute im Ohr und sehe mich zu meinem Vater laufen, als wäre ich aus meinem Körper geschlüpft. Wie ein gefällter Baum lag er auf dem Waldweg. Blut sickerte aus einem Loch in seiner Samtjacke, unten am Rücken.

In manchen Nächten höre ich noch immer seine Schreie und seine Flüche. Die Panik von damals überkommt mich, wenn ich nicht achtgebe und die Gedanken an das Erlebnis verdränge.« Er holte tief Luft, kam ins Heute zurück. »Seitdem ist er gelähmt, sind seine Beine nutzlos. Deshalb darf ich ihn niemals im Stich lassen. Es ist meine Aufgabe, mich bis an sein Lebensende um ihn zu kümmern, auch wenn sein einziges Vergnügen das Spiel am Roulettetisch und er ein böser alter Mann geworden ist. Ich bin schuld daran, Claire. Wegen mir sitzt er im Rollstuhl. Weil ich zu dumm war, mit einem Gewehr umzugehen, weil ich mich verhalten habe wie ein ungeschicktes Kind, ein weibischer Junge, der von Männersport und Waffen keine Ahnung hat. Ich widme mich meinem Vater, weil es meine gottverdammte Pflicht ist, nach dem, was ich ihm angetan habe.«

»George, um Himmels willen, du warst ein Kind. Es war ein Unfall!« Claire konnte nicht an sich halten. Als sie sah, dass ihm die Tränen herunterliefen, beugte sie sich vor und küsste sie fort, streichelte seine Wangen, blickte ihm in die Augen. »Du Lieber, was hast du da all die Jahre mit dir herumgetragen! Hat dir dein Vater nicht die Schuld genommen? Hat er dir nicht verziehen?«

»Wie könnte er? Durch mich ist er ein Krüppel.«

»Aber das gibt ihm doch nicht das Recht, über das Leben seines Sohnes zu bestimmen. Hast du denn niemals überlegt, dass du eine solche Strafe nicht verdient hast?«

Er nickte müde. »Ich habe es infrage gestellt, als ich älter wurde. Das schon. Aber ein Blick auf meinen einst so stolzen, mächtigen Vater in diesem verdammten Ding, und mein Herz quillt über vor Schmerz und Schuldgefühlen. Ich kann diese Empfindungen nicht einfach abstellen, Claire, so sehr ich es möchte. Nur manchmal packt mich so etwas wie ein Geist der Fröhlichkeit, eine Welle, die mich überrollt und mich herauszieht aus all der Schwermut.« Ein Lächeln spielte um seine Mundwinkel. »Ich liebe diese Zeiten, weil sie Licht in mein Leben lassen. Andererseits weiß ich auch, dass ich in diesen Phasen einen Hang zum Überschwang habe, der nicht gut für mich und andere Menschen ist.«

Einen Hang zum Überschwang. Das war milde formuliert. Günther Leberecht hatte es ein tendenzielles *Irresein* genannt, das traf es vielleicht eher, aber sie behielt den Gedanken für sich. Es war eine Ferndiagnose gewesen. Möglicherweise brauchte George nur ein heilsameres Umfeld, um die Balance zu finden.

Sie rückte näher an ihn heran, legte den Kopf auf seine Schulter, spürte seine Hände, als er ihren Arm streichelte, seine Lippen auf ihrem Scheitel. Sie hob ihm ihr Gesicht entgegen, ihre Blicke verloren sich ineinander. Was für seelenvolle Augen er hatte! Und ihr hatte er sich als erstem Menschen anvertraut. Bedeutete das nichts?

Sie küssten sich, aber sie spürte seine Zurückhaltung. Sie löste sich, sah ihn fragend an.

»Ich weiß nicht, was aus uns werden soll, Claire. Die Frau, die ihr Leben mit mir teilen will, muss auch meinen Vater akzeptieren.«

Sie schluckte schwer. Ein Dilemma, da hatte er recht, aber ihr Optimismus siegte. Wenn sie sich liebten, würden sie einen Weg finden. Und vielleicht schaffte George es doch, seine Gefühle dem Vater gegenüber nüchterner zu betrachten. Erwachsener. Er hatte schon einmal in der

Jugend versucht, sich von ihm zu lösen. Er konnte es erneut wagen. Dazu brauchte er den Lord gar nicht im Stich lassen. Er müsste nur einsehen, dass ein Diener einige seiner Aufgaben übernehmen konnte, sodass er selbst unabhängiger war.

»Respektieren würde ich ihn.« Claire wählte ihre Worte mit Bedacht. »Er ist ein wichtiger Teil von dir. Aber nicht in der Form, in der ihr aktuell zueinander steht. Es ist weder gut für ihn noch für dich. Und für ... die Frau an deiner Seite ebenso wenig. Sie würde sich immer wie die zweite Geige fühlen. Das hält keine Beziehung auf Dauer aus.«

Er ging nicht darauf ein. Stattdessen wechselte er das Thema. »Und dann ist da ja auch noch die Frage ...« Er rückte ein Stück von ihr ab, ein Frösteln lief ihr über den Rücken. Sie ahnte, was kommen würde. »Da ist dieser Mann, mit dem ich dich mehrere Male gesehen habe. Ich beteilige mich nicht am Klatsch und Tratsch in der Stadt, das weißt du, aber es kommen einem dennoch Gerüchte zu Ohren. Ich dachte, du würdest ihn von dir aus erwähnen. War er tatsächlich dein Verlobter, wie manche behaupten? Wieso hast du mir das verschwiegen? Ist es zwischen euch wirklich aus?«

»Oh, George!« Sie schlang die Arme um seinen Nacken und barg für einen Moment ihr Gesicht an seinem Hals, nahm seinen Duft in sich auf. Er blieb starr und wartete, dass sie sich wieder fing.

Sie rückte von ihm ab und sammelte sich. »Ich bin in eine schwierige Situation geraten. Ehrlich gesagt weiß ich selbst nicht, wie ich mich daraus befreien soll.« Dann erzählte sie, wie der verloren geglaubte Bruder auf einmal mit falschem Nachnamen in der Pension gestanden hatte, wie er überall herumerzählte, sie seien verlobt. Auch seine kriminellen Aktionen verschwieg sie nicht. »Ich verliere meine Arbeitsstelle, wenn herauskommt, dass zu meiner engsten Verwandtschaft ein Verbrecher gehört.«

In Georges Blick trat eine überraschende Klarheit, während er ihr zuhörte. Dann lachte er. Es klang nicht spöttisch, sondern befreit. »Da hilfst du der Gräfin von Bergfels und siehst auch meine Situation in aller Deutlichkeit. Aber dich selbst lässt du an der Nase herumführen. Du hast ihn doch genauso in der Hand wie er dich, Claire! Glaub mir, einer wie er produziert nichts als heiße Luft. Er ist es gewohnt, Menschen einzuschüchtern, und du mit deinem Mitgefühl und deiner Empathie bist das ideale Opfer. Lass mich dir helfen, diesen Mistkerl loszuwerden, und dann steht unserer Beziehung nichts mehr im Weg.«

Claire fühlte sich hin- und hergerissen. Sie kannte Georges melancholische, seine überschwängliche, seine zärtliche Seite. Und nun präsentierte er sich als der kühle Analyst, der alles im Griff hatte? In ihrem Inneren spürte sie den Kampf zwischen Herz und Verstand. Am liebsten würde sie sofort mit dem Reden aufhören und ihn küssen. Ihr Kopf hielt dagegen, dass sich die Frau, die sich für George entschied, in eine Abhängigkeit begab, in der sie ihr eigenes Leben hintanstellen musste, weil er all ihre Aufmerksamkeit und Zuwendung beanspruchte. Genau das, was sie nie gewollt hatte.

Dass George neben seinem unberechenbaren Temperament einen scharfen Verstand hatte, gefiel ihr. Dennoch …

»Ich glaube, ich muss es allein mit ihm aufnehmen. Und ich werde ihn loswerden!«

»Und wenn du das geschafft hast, steht einem Umzug

nach Sussex nach der Saison nichts mehr im Wege, nicht wahr?« Er strahlte sie an.

Verwirrt runzelte sie die Stirn. »Was soll ich in Sussex?«

Jetzt war es an ihm, sie verständnislos anzuschauen. »Du würdest mich als meine zukünftige Frau natürlich nach England begleiten.«

Claire glaubte, sich verhört zu haben. Zu ähnlich war der Verlauf dieses Gesprächs einem, das sie vor langer Zeit mit ihrem damaligen Freund geführt hatte. »Entschuldige, George, aber ist das ein Heiratsantrag?«

Er lachte auf. »Ich dachte, das läge auf der Hand? Wir lieben uns, Claire! Es ist das Selbstverständlichste der Welt, dass wir in Zukunft zusammen sind.«

Sie schüttelte gedankenverloren den Kopf. »Ich lebe hier meinen Traum, George. Ich wollte schon immer im Kasino arbeiten, ich habe hart dafür gekämpft, tue es immer noch. Und ich soll das hinwerfen? Das kannst du nicht von mir verlangen.«

Er sackte in sich zusammen wie ein Ball, aus dem die Luft entwich. Auf einmal wirkte er kraftlos, alle Euphorie hatte ihn verlassen. »Verzeih, wenn ich dich mit meiner Idee überfallen habe. Dein Beruf ist dir natürlich wichtiger als ein Leben mit mir.«

Wieso sagte er so etwas? Wollte er ihr ein schlechtes Gewissen machen? Ihm musste doch klar sein, dass es so simpel nicht war. Und erkannte er nicht, dass er damit das Gleiche von ihr verlangte wie sein Vater von ihm? Dass sie ihm ihr Leben verschrieb?

Jetzt erklangen Hufgeklapper und das »Ho!« des Kutschers, der zurückkehrte, um sie abzuholen. Sie sprang auf, froh darüber, das Gespräch auf diese Weise beenden zu können. George war gekränkt, aber mit etwas Zeit würde er einsehen, dass sie ihm nicht ohne Weiteres folgen konnte.

Doch hatten sie dann überhaupt eine gemeinsame Zukunft?

20

Mitte Oktober 1847

»Wohin bist du unterwegs?« Claire raffte ihr Kleid an den Seiten, um Hermann einzuholen. Sie hatte ihn beim Frühstück knapp verpasst, wie Frau Seibold ihr gewohnt mürrisch hingeworfen hatte: »Oder das, was Ihr ehemaliger Verlobter und Sie für ein Frühstück halten.« Die Vermieterin taxierte sie von oben bis unten. Heute hatte Claire sich für einen bodenlangen Rock aus leichtem Baumwollstoff entschieden, der in sanften Falten bis zu den Knöcheln fiel. Die Bluse betonte ihre Figur, die Ärmel waren dreiviertellang und passten perfekt für die nach wie vor erfreulich angenehmen Temperaturen. Ein Reifrock unterstrich die Silhouette, den modischen Hut mit Stoffblumen hielt sie in der Hand.

»*Ich* würde es eher ein verfrühtes Mittagessen nennen«, fügte die Witwe nach Abschluss ihrer Musterung hinzu. Damit war für sie die Unterhaltung beendet. Sie räumte klappernd das Geschirr ab und schüttelte den Kopf über das Schlachtfeld an Krümeln, das Hermann auf dem weißen Tischtuch hinterlassen hatte. Lange konnte er noch nicht fort sein, also war Claire rasch auf die Straße getreten, hatte ihn entdeckt und war ihm mit klackernden Absätzen hinterhergeeilt. Nun schloss sie zu ihm auf. Sie wollte mit ihm reden, bevor er die Lichtentaler Allee erreichte, die er offensichtlich ansteuerte. Ungern hätte sie sich dort mit ihm sehen lassen, nachdem sie sich endlich mit George ausgesprochen hatte. Der Gedanke an George verstärkte ihr Unwohlsein. Verübelte er es ihr, dass sie nicht spontan alle Brücken hinter sich abbrechen wollte? Sie hatten sich ein paar Tage lang nicht gesehen, im Kasino war er nicht aufgetaucht. Sein Vater nahm ihn vermutlich wieder in Beschlag, und vielleicht brauchte er auch Zeit, um über ihr Gespräch nachzudenken.

»Spionierst du mir nach, Claire? Hast du nichts Besseres zu tun? Die Spielbank öffnet, und du stehst nicht am Tisch?«

Ein kurzer Schreck fuhr ihr in die Glieder. Er wollte doch nicht etwa zum Kurhaus? Zuletzt hatte er sich dort nicht mehr blicken lassen.

»Culot hat mir den Vormittag frei gegeben«, sagte sie und ärgerte sich im nächsten Moment darüber, dass sie sich vor ihm rechtfertigte. Sie verkniff sich die weitere Erklärung, dass ihr Dienst erst in zwei Stunden begann. Möglich war das, weil immer mehr Gäste abreisten, mitunter lichteten sich die Reihen der Spieler zu dieser Uhrzeit. Nicht aber am Abend. Es schien, als habe ein besonderes Fieber diejenigen gepackt, die noch in der Stadt weilten. Als wollten sie unbedingt den großen Coup landen, mit dem sie dann im Winter prahlen konnten, wenn die Hautevolee sich in St. Petersburg traf, in Wien oder Monaco.

Hermann wirkte in diesen Tagen ebenfalls zielstrebiger. Das Getriebene war nicht verschwunden. Im Gegenteil spürte Claire es jetzt deutlich, als sie neben ihm Richtung

Oos ging. Mit drei Schritten stellte sie sich ihm in den Weg. Er lief fast in sie hinein, stoppte im letzten Moment und schaute sie finster an. Und eine Spur überrascht? Sie ließ ihm keine Zeit, seine Verwunderung zu überwinden. »Du verlässt noch heute mein Leben«, verlangte sie und hoffte, das Wummern ihres Herzens verbergen zu können, das ihr selbst ohrenbetäubend schien.

Hermann sah sie an, als betrachte er sie das erste Mal. »Wir sind auf ewig verbunden. Kapierst du das nicht? Wenn nicht als Verlobte, so doch als Bruder und Schwester. Und wie es das Schicksal so will, genieße ich deine Gesellschaft. So sehr, dass ich noch ein wenig bleiben werde. Hier, in deinem *Leben*.« Mit einer ausholenden Geste schloss er die ganze Stadt in seine Worte ein.

Claires Herzschlag geriet ins Stolpern. Aber sie musste dies jetzt durchstehen, durfte nicht klein beigeben. »Ich meine es ernst, Hermann. Ich will, dass du mich in Ruhe lässt.«

Seine Miene verdüsterte sich. Ungehalten schob er sie zur Seite, um seinen Weg fortzusetzen, wo immer er ihn hinführen mochte – das Kasino war offenbar nicht sein Ziel. »Du vergisst, dass wir im selben Boot sitzen.« Abrupt blieb er wieder stehen, tat, als denke er nach, und blickte über die Schulter zurück. »Vielleicht sollte ich meine heutigen Pläne ändern und dich später doch begleiten. Ist ein gutes Revier dort. Ich habe meine Beute zu Geld machen können und sogar einige Male etwas gewonnen. Ich komme also bestens über die Runden. Aber was spricht dagegen, mein Polster noch etwas dicker zu gestalten? Was denkst du?«

Er hatte also *Pläne*, wie sie vermutet hatte. Die waren ihr egal, solange sie ihn von ihr fortführten. Was den Rest anging, hatte Georges klare Sicht ihr die Augen geöffnet.

»Ich lasse nicht zu, dass du noch einmal einen Gast bestiehlst.«

Sein Auflachen ließ Claire zusammenfahren. Er erregte Aufmerksamkeit. Nicht nur die feinen Herrschaften, die den Vormittag für einen Spaziergang nutzten, drehten die Köpfe. Auch Einheimische, die ihrem Tagwerk nachgingen, schauten sich nach ihnen um.

»Hör dich nur an!«, polterte er. »Was willst du denn tun?« Er beugte sich vor, bis seine Nase fast die ihre berührte. Claire brachte alle Kraft auf, um nicht zurückzuweichen. Zum Teil war es Angst, aber darunter spürte sie eine wilde Entschlossenheit. »Willst du mich etwa verraten?«, fragte er.

»Wenn es sein muss.«

Hinter seiner herablassenden Miene bröckelte die Fassade. Er legte die Stirn in Falten und sah sie prüfend an. Versuchte er zu ergründen, wie ernst sie es meinte? Langsam wich er zurück. »Dann kommst du hinter Gitter«, sagte er. »Ich werde Stein und Bein schwören, dass du als Komplizin in alles eingeweiht warst.«

»Mag sein, dass sie mich einsperren.« Seine Verunsicherung erfüllte Claire mit weiterem Mut. Es war, als ströme jetzt die Zuversicht durch sie, die sie von George verlangt hatte. Täuschen lassen durfte sie sich von diesem berauschenden Gefühl keineswegs! Nach wie vor stand ihre Zukunft auf Messers Schneide, denn noch war nicht entschieden, ob George Hermanns Charakter richtig erfasst hatte. Sie atmete tief durch, bevor sie weitersprach: »Dich bringen sie aber auf jeden Fall hinter Gitter.«

Er schwieg, starrte sie an. Sie ließ sich darauf ein, hielt

seinem Blick stand. Das stille Duell dauerte, bis er blinzelte und den Kopf abwandte.

»Du hast mich eingeschüchtert mit deiner Drohung, meinen Traum zu zerstören«, gab sie zu. »Aber mir ist klar geworden, dass auch du einen Traum hast.« Hermann wirkte verwirrt. »Du hast dir viel von den guten Spielern in Großvaters Hinterzimmer abgeschaut. Das muss ich zugeben. Aber du hast bloß geblufft. Die ganze Zeit. Es käme dir niemals in den Sinn, dich dem Gesetz auszuliefern. Du bist einer, der sich nimmt, was er kriegen kann, und dann im Schatten einer Gasse verschwindet.«

»Pass auf, was du …!«

»Nicht ich passe auf, sondern du! Deine Freiheit, das ist dein Traum! Du würdest die Lebensweise, die du gewählt hast, niemals in Gefahr bringen. Du glaubst, dass andere Menschen nur dafür da sind, deine Bedürfnisse zu stillen. Dich kümmert nicht, wem du damit schadest.«

»Hat sich jemals wer um *mich* gekümmert?«

Für Mitleid war es zu spät. Sie würde nicht den gleichen Fehler machen wie der Großvater. »Und wieder siehst du dich als Mittelpunkt, Hermann. Aber ja, es gab Menschen, die sich um dich gesorgt haben. Was ist mit Opa, der heute noch gut über dich spricht? Vater? Meine Mutter! Sie hat dich angenommen wie einen eigenen Sohn, und du hast sie hintergangen. Sie und Vater haben dich erst hinausgeworfen, als sie erkannt haben, dass du ein hoffnungsloser Fall bist. Das hat Großvater noch nicht verstanden. Und auch ich habe länger dafür gebraucht. Aber jetzt weiß ich, dass du viel mehr zu verlieren hast als ich. Also sage ich es dir nur noch ein einziges Mal: Du verschwindest aus meinem Leben. Wenn ich heute Abend aus dem Kasino zurückkomme, bist du aus der Pension ausgezogen. Sonst melde ich dich.«

Die letzten Worte hatte sie mit fester Stimme von sich gegeben, ohne ihn merken zu lassen, dass sie außer Atem war. Jetzt drehte sie sich auf dem Absatz um und nahm ihren Weg zum Kurhaus auf. Sie würde zu früh dort sein, doch ihre zitternden Hände brauchten eine Beschäftigung. Ihr Verstand musste etwas tun, damit er diese Begegnung nicht wieder und wieder durchging. Wie viele Spieler hatte sie schon gesehen, die voller Überzeugung und mit Aussicht auf Gewinn ihr Blatt auf den Tisch gelegt hatten, nur um dann festzustellen, dass ein anderer doch bessere Karten hatte als sie? Würde es ihr genauso ergehen?

Die Frage beschäftigte sie den ganzen Tag über, und die Arbeit lenkte sie wider Erwarten nicht ab. Culot hatte ihr frühes Erscheinen mit hochgezogener Augenbraue zur Kenntnis genommen und sie kurzerhand als Unterstützung an Yves' Tisch geschickt. Dem hatte sie dann jedoch weniger unter die Arme greifen können, als ihm zusätzliche Arbeit zu bereiten. Einmal hatte er sie nur knapp davor bewahrt, dem falschen Spieler einen Gewinn zuzuteilen. So etwas durfte nicht passieren, niemals!

»Du warst heute nicht recht bei der Sache«, stellte Theo am späten Abend fest, als sich nur noch wenige Gäste im Kasino aufhielten und ein Teil der Belegschaft – so wie sie beide – zwei Stunden früher gehen durfte. Bald würde jeder Handgriff der letzte dieser Saison sein, schoss ihr durch den Kopf.

Theo schien nicht zu bemerken, dass sie gar nicht antwortete. Gedankenverloren lief er neben ihr her, schaute nicht wie sonst prüfend in jede dunkle Ecke. Claire hätte ihm am liebsten von Hermann erzählt, doch es war der falsche Zeitpunkt. Und auch über ihre Beziehung zu George hätte sie gern geredet. Sie sehnte sich nach ihm, er hatte sich seit ihrem Picknick nicht bei ihr gemeldet. Es zermürbte sie, sich auszumalen, ob er wegen seiner Verpflichtungen fernblieb – oder ob er Abstand zwischen sie bringen wollte. Nein, sie wollte immer noch nicht nach Sussex, aber man konnte doch über alles reden, wenn man sich liebte! Man konnte gemeinsam Lösungen suchen.

Gerne hätte sie sich mit jemandem darüber ausgetauscht. Theo war jedoch nicht der Richtige dafür. Er schien genug eigene Probleme zu haben, über die er nicht reden wollte. Oder konnte. An jedem anderen Abend hätte Claire ihn direkt angesprochen und sich erkundigt, was ihn beschäftigte. Aber heute schlug ihr das Herz bis zum Hals, als die Pension vor ihnen auftauchte. Sie hatte nur einen Gedanken im Sinn, und der ließ ihr keine Ruhe. Daher verabschiedete sie sich knapp, wollte die letzten Meter wie immer allein gehen, als er sie zurückhielt. »Fast hätte ich es vergessen. Ich soll dich in Beates Auftrag für den morgigen Sonntag zum Essen einladen.«

Die Stunden im Haus der Leberechts waren stets eine willkommene Abwechslung. Claire nahm gern an. »Ich freue mich darauf, bei euch zu Gast zu sein.«

Theo schüttelte den Kopf. »Nicht bei uns. Die Einladung geht von Graf und Gräfin von Bergfels aus. Sie wollen Günther und Beate ausführen, um Wolframs fortschreitende Genesung zu feiern, und haben einen Tisch im Speisesaal des Grandhotels reserviert. Als Familienmitglied bin auch ich eingeladen, und da meinte Beate, dass du ... du ... ja quasi ebenfalls zur Familie gehörst. Die Gräfin war aus nachvollziehbaren Gründen sofort angetan von der Idee.«

»Ins Grandhotel? Es scheint, als suche der Graf geradezu die Öffentlichkeit mit Irina.«

Theo hob die Schultern. »Er will zeigen, dass er trotz allem zu ihr steht. Ein nobler Zug.«

Das war es. »Ich komme gern.«

Damit gingen sie beide ihrer Wege. Mit jedem Schritt näher zur Pension kehrte die Anspannung zurück. Was würde sie erwarten? War Hermann ihrer Aufforderung nachgekommen oder war er geblieben, um sie doch mit sich in den Abgrund zu reißen? Entschlossen nestelte sie den Schlüssel hervor, schob ihn ins Schloss und öffnete die Tür. Dahinter stieß sie auf Martha Seibold, wie meist in schwarzem Hauskleid und mit einer Haube auf dem Kopf, unter der sie unfreundlich hervorlugte. Normalerweise schlief sie um diese späte Uhrzeit.

»Mademoiselle Engel hat ihre Schicht im Kasino beendet?«, fragte sie statt einer Begrüßung. Die bissige Bemerkung der Witwe erinnerte sie erneut daran, sich nach einer anderen Unterkunft umzusehen. Aber würde das überhaupt nötig sein? Die Saison neigte sich dem Ende zu, und die Herren Bénazet hatten bislang nichts verlauten lassen, wie es mit ihr weitergehen sollte. Sie hoffte, dass sie grundsätzlich mit ihr zufrieden waren. Doch es passierten auch Patzer, wie an diesem Abend, als sie unaufmerksam gewesen war. Und womöglich nahmen sie ihr auch das Theater mit Gräfin von Bergfels krumm. Claire wünschte, ihre Zukunft läge klarer vor ihr, aber wie es aussah, musste sie noch eine Zeit lang bangen, ob Baden-Baden ihr Zuhause bleiben würde oder nicht.

»Ich habe die Erbsensuppe warmgehalten«, erklärte die Vermieterin ungefragt. »Wie es scheint, müssen Sie nun die doppelte Portion essen.«

»Wie meinen Sie das?«, fragte sie, während sie der Seibold in die Küche folgte.

»Na, ihr ehemaliger Herr Verlobter.«

»Was ist mit ihm?« Klang ihre Stimme ängstlich? Claire nahm sich vom Tisch ein Stück von dem aufgeschnittenen Laib Brot, um das Flattern ihres Herzens zu verbergen.

»Fort ist er! Als wüssten Sie das nicht.« Die Witwe stellte ihr einen Teller hin, randvoll mit grauem Eintopf, in dem ein Löffel stehen konnte. Aber er duftete verführerisch nach Speck. »Hat gesagt, dass Sie es wohl schlecht verkraften, ihn noch jeden Tag hier zu sehen, nachdem er die Verlobung aufgelöst hat.«

»So? Hat er das?«

»Hm.« Frau Seibold beugte sich verschwörerisch zu ihr hinab und flüsterte, als säße Claire im Speisesaal des Grandhotels und die Gäste ringsum hätten die Ohren gespitzt. »Wenn Sie mich fragen, ist es gut, dass er weg ist. Ich hatte von Anfang an ein schlechtes Gefühl. Und wenn ich mich auf eins verlassen kann, ist das meine Menschenkenntnis.«

Claire verschluckte sich. Sie hustete ein paarmal, dann führte sie erneut den Löffel zum Mund. »Und auf Ihre Kochkünste, Madame Seibold. Der Eintopf schmeckt köstlich.«

Vor Aufregung war ihr der Appetit vergangen. Nichts hielt sie in der kleinen Küche, abgesehen von der Witwe, die den Abend wohl damit verbringen wollte, ihr beim Essen zuzuschauen. Daher löffelte sie pflichtschuldig den

Teller leer, lehnte einen Nachschlag aber dankend ab. Sie stand auf. »Einen zweiten schaffe ich nicht. Außerdem bin ich müde und freue mich auf meinen Schlaf. Eine gute Nacht.«

Sie nahm die Treppe hinauf. Dabei lauschte sie nach unten – und stieg an ihrer Etage vorbei. Sie musste es mit eigenen Augen sehen. Sie musste sich überzeugen, dass es kein Traum war, wollte sicher sein, dass sie von dieser Last befreit war.

Die Tür zur Kammer, die Hermann bewohnt hatte, stand offen. Das Bett war abgezogen, die Decke zum Auslüften über das Fußteil geworfen. Auch der Schrank war weit auf. Und leer. Nichts erinnerte mehr daran, wer hier gewohnt und Claire das Leben schwer gemacht hatte.

All das war nun vorbei. Hoffentlich endgültig.

Am nächsten Tag empfing Theo sie im Foyer des Grandhotels. Er löste sich mit einem Nicken von seinem Freund, dem Portier Jasper Finken, mit dem er sich unterhalten hatte, und bekam bei ihrem Anblick große Augen. Für den besonderen Anlass hatte Claire ein Brokatkleid in einem Schokoladenton angezogen. Die Taille war betont, die Ärmel reichten bis zu den Handgelenken. Schleifen aus Seide zierten die Abschlüsse. Ein Spitzenkragen schmückte ihren Hals, und ein schmaler goldener Gürtel verlieh dem Ensemble einen Hauch von Glamour. Ihre Haare hatte sie hochgesteckt, auf funkelnden Schmuck, wie ihn viele Damen im Hotel trugen, hatte sie verzichtet. Claire wollte sich nicht anmaßen, eine von ihnen zu sein.

Theo bot ihr am Eingangsportal den Arm. Auch er hatte

sich herausgeputzt. Die Lederschuhe glänzten frisch poliert, der Frack mit dem Revers saß. Besser jedenfalls als die Fliege am Stehkragen des weißen Hemds. Mit einem Schmunzeln stellte sich Claire an einer Säule vor einer kleinen Sitzgruppe vor ihn und band sie ihm neu.

»Dir fehlt die Frau im Haushalt«, neckte sie ihn mit einem Satz seiner Schwester Beate.

Theo brachte nur ein schiefes Lächeln zustande. Dieselbe gedrückte Stimmung wie am Tag zuvor. Waren denn all die Männer, die ihr wichtig waren, von ihren düsteren Gefühlen geplagt?

»Wir brauchen uns nicht zu beeilen, Beate und Günther sitzen zwar schon am Tisch, aber wir warten noch auf das Ehepaar von Bergfels.«

Claire betrachtete ihn und fasste sich dann ein Herz. »Ich habe mich übrigens vor Kurzem mit George ausgesprochen«, sagte sie aus einer spontanen Laune heraus. »Ich kann ihn nun besser verstehen. Es hat etwas mit einem Erlebnis aus seiner frühen Jugend zu tun.«

Theo nickte, hakte nicht nach, rückte selbst an der Fliege um seinen Hals und verschob sie damit wieder. Claire ließ es mit einem Lächeln dabei bewenden. Ein wenig passte es zu ihm. Ein feiner Mensch war er, aber bei ihm schien etwas im Argen zu liegen. Und wenn es sich nur in einer schief sitzenden Fliege zeigte.

»Ich bin die Erste, mit der er darüber gesprochen hat«, fuhr sie fort. »Bedeutet das nicht, dass George mir vertraut? Er liebt mich. Und auch mein Herz macht einen Sprung, wenn ich an ihn denke. Ich freue mich auf das, was die Zukunft für uns bereithält. Obwohl wir uns noch nicht einig sind, wie diese für uns aussehen soll ...« Sie musterte ihren väterlichen Freund von der Seite. Was er wohl darüber dachte?

Theo wiegte grübelnd den Kopf. »Es scheint mir ein wenig voreilig, von Liebe zu sprechen«, meinte er verhalten. »Was wisst ihr schon davon.«

Claire zuckte zusammen, verharrte, schaute ihn an. *Wie bitte?* Zorn stieg in ihr auf. Bei all seiner Fürsorge wollte sie sich von Theo nicht wie ein dummes Kind behandeln lassen. Sie wusste sehr wohl, was Liebe war.

Er erkannte, dass er sie verärgert hatte, und ruderte zurück. »Verzeih, Claire. Ich wollte dir nicht zu nahetreten. Das Ende der Saison steht bevor. Das stimmt mich jedes Jahr aufs Neue melancholisch. Aber sag mal, du hast doch gerade erst eine Verbindung gelöst, und nun klingt es, als stünde bald die nächste an. Findest du das nicht ein wenig überstürzt?«

War es an der Zeit, Theo einzuweihen? Jetzt, da ihr Halbbruder fort war, machte das keinen Unterschied mehr. Und er sollte nicht von ihr denken, dass sie locker von einer Beziehung in die andere ging. »Hermann ist aus der Pension ausgezogen. Frau Seibold gegenüber hat er es so hingestellt, als würde ich ihm nachtrauern und er hätte den Anstand, meinen Kummer nicht länger durch seine Gegenwart zu verschlimmern.« Sie atmete tief durch. »Dabei ist Anstand das Letzte, das er besitzt.« Im Schatten der Säule senkte sie die Stimme, damit keiner der Gäste, die durch das Foyer schlenderten, etwas hörte. »Hermann war nie mein Verlobter, Theo. Er ist mein Halbbruder aus der ersten Ehe meines Vaters. Er heißt ebenso wie ich Engel mit Nachnamen, hat sich aber unter falscher Identität hier angemeldet. Leider ist er kriminell geworden. Und scheint mit diesem Leben glücklich zu sein. Dass er andere ins Unglück stürzt, interessiert ihn nicht.«

Diese Offenbarung riss ihn endlich aus seiner tristen Stimmung. Er sah ihr in die Augen. Die Wut in seinen eigenen Pupillen loderte – und erschreckte Claire. So sehr sie Hermanns Verhalten verabscheute, sie war froh, dass er Theo in dieser Verfassung nicht in die Hände fiel. Er bebte geradezu vor Zorn.

Schnell sprach sie weiter: »Mein Großvater hat stets an das Gute in ihm geglaubt. Er brauche nur eine helfende Hand, um auf den rechten Weg zurückzufinden, hat er gemeint. Als Hermann bei mir auftauchte, dachte ich, ich könnte dieser Mensch sein, schließlich bin ich seine Schwester. Aber dann hat er mich erpresst.«

»Wie?«, brachte Theo zwischen zusammengepressten Lippen hervor.

»Er hat sich als mein Verlobter ausgegeben. Angeblich musste er untertauchen. Ob es stimmt oder gelogen war, weiß ich nicht. Aber er hatte mich in der Hand, nachdem ich dummerweise zugestimmt hatte, eine Weile mitzuspielen. Und dann … dann konnte er im Kasino auf Raubzug gehen.« Claire schluckte, als ihr die Tragweite ihrer Worte bewusst wurde. Theo war der Sicherheitsbeamte der Bénazets. Und sie hatte ihn hinters Licht geführt! Wer würde es ihm verdenken, wenn er sie stehen ließ, ja, sie sogar zum Teufel jagte? »Ach, Theo, es tut mir leid! Ich war so gutgläubig!«

»Und das bist du noch«, zischte er, spähte nach allen Seiten. Kaum hörbar flüsterte er: »Es gab immer wieder Meldungen über verloren geglaubten Schmuck. Wir haben die Augen offengehalten, aber niemanden als Täter ausgemacht. Letzten Endes haben wir es als Schusseligkeit einiger Gäste abgetan. Wie oft schon haben die Herren im Suff ihre goldenen Uhren versetzt, um weiterspielen zu können, und wussten am nächsten Morgen nichts mehr davon. Dein Hermann scheint ein echter Profi in diesem Geschäft zu sein. Er hat gerade das rechte Maß beibehalten, um nicht aufzufliegen.«

»Es ist nicht *mein* Hermann.«

»In manchen Augen wäre er es, wenn es herauskommt!«

So streng hatte sie Theo nie zuvor erlebt. Da hatte sie ihn mit ihrer Offenheit nur aus seiner Stimmung herausholen wollen, und nun hatte sie seine Meinung über sie bestätigt. Nach seiner Sicht war sie ein naives Schaf. Sie versteifte sich, rückte von Theo ab, obwohl sie wusste, dass er es nur gut mit ihr meinte.

»Weiß sonst noch jemand davon?«, fragte er.

»Von den Diebeszügen? Nein.«

»Und dass er dein Halbbruder ist? Allein das genügt ja. Was meinst du, was passiert, wenn die Herren Bénazet erfahren, dass du mit ihm wie mit einem Verlobten zusammengelebt hast?«

Claire schnappte nach Luft. »Ich habe nichts Unrechtes mit ihm …«

»Glaubst du, das interessiert dann noch jemanden?«, unterbrach Theo sie barsch. »Es wäre ein Skandal! Und den kann sich kein Kasino leisten. Die Bénazets würden dir den Vertrag aufkündigen, bevor du auch nur ein Wort zu deiner Rechtfertigung über die Lippen gebracht hast. Als Angestellte einer Spielbank brauchst du eine absolut weiße Weste. Allein die Vermutung, dass ihr euch über die geschwisterliche Verbindung hinaus zugetan wart, würde einen so dunklen Fleck hinterlassen, dass die Bénazets gar nicht anders könnten, als dich hochkant hinauszuwerfen. Wenn dazu noch herauskäme, dass er Gäste bestohlen hat, würde jeder vermuten, dass auch du deinen Vorteil davon hattest.« Er sah sie forschend an.

Claire schnappte nach Luft. »Das kannst du doch nicht wirklich glauben, Theo? Nach allem, was ich dir gerade gesagt habe!«

Seufzend schüttelte er den Kopf. »Dass du auch immer jedem helfen musst.« Bestimmt dachte er an die Geschichte mit der Gräfin. Aber da hatte es ja zumindest funktioniert.

Sie gewann ihre Haltung zurück. »Er ist eben mein Bruder. Ich dachte, er hätte einen guten Kern.«

Theo sah sie ernst an. »Claire, du musst dich mehr in Acht nehmen vor den Menschen.«

»Würden wir dann hier zusammenstehen? Wenn deiner Meinung nach jeder etwas Böses im Schilde führt, wie klingt das für dich: Ein älterer Herr verhält sich einer neuen jungen Angestellten gegenüber wie ein Aufpasser, ohne dass sie darum bittet. Er wartet jeden Abend auf sie, um sie nach Hause zu bringen. Ganz ohne Hintergedanken? Deinem eigenen Rat folgend hätte ich Abstand zu dir wahren müssen, Theo. Aber ich habe dir mein Vertrauen geschenkt. Jetzt frage ich mich, ob das voreilig war. Denn gerade habe ich das Gefühl, dass es dir gar nicht um mich und mein Glück geht. Dir geht es darum, mich kleinzuhalten. Mich wie ein Kind zu behandeln mit Vorschriften, wie ich deiner Ansicht nach zu leben habe. Darauf kann ich verzichten, Theo. Du bist ein Bekannter, nicht mein Vater.« Sie hatte sich in Rage geredet, mühte sich nun, ihren Atem zu beruhigen, damit keiner der Gäste oder Bediensteten des Grandhotels etwas mitbekam. »Entschuldige mich bitte bei deiner Schwester, Günther, dem Grafen und der Gräfin. Ich fühle mich unwohl und will niemandem den Abend verderben. Denn meiner ist es.« Sie wandte sich um und wollte in dem Moment aus dem Foyer stürmen, als die Eheleute von Bergfels in ihrer festlichen Garderobe die Treppe von der ersten Etage hinabschritten. Claire nickte ihnen zu. »Entschuldigung«, brachte sie nur hervor. Dann hielt sie ihren Hut fest, damit er ihr beim Laufen nicht verrutschte, und eilte an den Portiers vorbei über die Treppe auf die Straße.

21

Zwei Tage später

Es nahte keine Kutsche, da konnte Ludwig ein paar Minuten allein die Stellung halten. Jasper spazierte ins Foyer, stellte sich ein bisschen abseits der Rezeption und stampfte mit den Füßen auf, um die Kälte aus ihnen zu vertreiben, die er mit hereingebracht hatte. Die Tage waren fast zu warm für die Jahreszeit, und die Gäste bevorzugten leichtere Kleidung, warfen sich nur Sommercapes oder dünne Mäntel über. Aber sie eilten ja bloß aus ihren Zimmern in gemütliche Salons, trafen sich in illustrem Kreis, nahmen ein gemeinsames Essen ein. Keiner von ihnen stand den ganzen Nachmittag draußen, öffnete Kutschentüren und geleitete Abreisende aus und Anreisende ins Hotel. Kein Wunder, dass er fror. Entsprechend willkommen waren die Minuten im gut beheizten Inneren des Hauses.

Ihn fröstelte an diesem Tag aber auch aus anderen Gründen. Einer war sein Freund. Vorgestern hatte Theo ihm erzählt, dass er mit Beate und Günther zum Essen eingeladen war, eine Geste der Gräfin, die Anlass zur Freude sein sollte. Man speiste nicht alle Tage so vorzüglich wie im Grandhotel. Die Küche besaß einen ausgezeichneten Ruf über die Grenzen Baden-Badens hinaus. Aber Jasper hatte seinem Freund die düstere Stimmung schon beim Betreten des Hotels angesehen. Die *Oktober-Malade*, so nannte er es insgeheim, wenn Theo mit jedem Tag, den die Hauptreisezeit sich dem Ende näherte, gereizter und bedrückter wurde.

Eine weitere Saison, die verstrich, ohne dass sie denjenigen gefunden hatten, der Theo das Liebste genommen hatte. Wer würde da nicht trüben Gedanken nachhängen? Allein Mademoiselle Engel schien für ihn ein Lichtblick in diesen Tagen zu sein. Der Grund war Jasper ins Auge gestochen, als er die junge Frau zum ersten Mal gesehen hatte. Theo mochte die Ähnlichkeit zwischen ihr und Hanna übertreiben, vorhanden war sie zweifelsohne.

Jasper hatte sich gefreut, als sie ebenfalls zum Essen erschienen war. Doch dann dieser fulminante Abgang! Claire war an ihm und Ludwig vorbeigerauscht, dass der Saum ihres Kleides nur so hinter ihr herwehte. Der junge Portier war nicht weniger verdutzt gewesen als er selbst. Ohne einen Blick auf ihn oder die anderen Gäste, die sich nach einem nachmittäglichen Spaziergang zum Abendessen einfanden, war sie davongeeilt. Sie hatte verbissen und kämpferisch geschaut, aber Jasper könnte schwören, dass er Tränen in ihren Augen gesehen hatte. Eine Erklärung dafür hatte er nicht, doch er nahm sich vor, Theo bei nächster Gelegenheit zu fragen.

Seine Aufmerksamkeit richtete sich auf einen anderen Gast, den er am Fuß der Treppe erblickte. Er war am gestrigen Tag ohne vorherige Nachricht mit nur einem Koffer aufgetaucht und hatte in Jaspers Beisein bei Fournier den Anmeldeschein ausgefüllt. Der Concierge hatte ihm ein Einzelzimmer im ersten Stock gegeben, das der Mann für eine Woche im Voraus zahlte. An sich war nichts Auffälliges an ihm, sah man einmal davon ab, dass seine Garderobe schon bessere Zeiten gesehen hatte und so zerknittert war, als hätte der Mann die letzten Nächte darin geschlafen. Aber auch in einem vornehmen Haus wie dem Grandhotel kehrten manchmal Gäste ein, die es sich eigentlich nicht leisten konnten. Einmal in ihrem Leben wollten sie den Glamour spüren, den eine solche Unterkunft versprach, wollten sich wie die Schönen und Reichen fühlen. Dem Direktor Salbach mochte dies missfallen, aber sowohl Fournier als auch Jasper hatten sich auf die Fahnen geschrieben, jeden so zu behandeln, wie es sich für einen zahlenden Gast gebührte. Ihnen oblag kein Urteil über sie.

Und doch erregte etwas an ihm Jaspers Interesse. Das Gesicht. Der Name, mit dem er sich vorgestellt hatte. Hatte er den nicht schon einmal gehört?

Es war längst nicht so, wie Theo behauptete. Jasper konnte sich nicht alles merken. Sicher, sein Gedächtnis hatte ihm bereits in Jugendjahren geholfen, hatte ihn zu einem Überflieger in den Schulfächern gemacht, die Auswendiglernen erforderten. Er hatte sich selbst Latein beigebracht, einfach aus Freude daran. Schnell hatte er festgestellt, dass er so viel in seinen Kopf schütten konnte wie Kohlen in einen Keller ohne Grund. Er hatte viel gelesen, hatte sich dieses und jenes Wissen eingeprägt und dabei war er auf das Spiel mit Karten gestoßen. Es hatte ihn in seinen Bann gezogen. Sieg oder Niederlage, Gewinn oder Verlust hingen nicht von Glück oder Pech ab. Man konnte es lenken! Zumindest hatte man mit einem Gedächtnis wie Jaspers seine Vorteile. Daran glaubte er. Nur die richtige Kombination der Dinge, die sich beim Spiel in seinem

Kopf sammelten, hatte sich ihm noch nicht offenbart. Und würde es nie, wenn er Theos Rat befolgte und aufhörte. Er musste noch mehr Wissen anhäufen, musste sich Roulette und Würfelei so oft wie möglich anschauen, um wiederkehrende Muster zu finden, die dann irgendwann das Blatt wenden und ihn auf die Siegerstraße führen würden.

Gestern war es in die umgekehrte Richtung gegangen. Er hatte wieder und wieder verloren. Mit einem Bündel Scheine hatte er das Kasino betreten, mit wenigen Münzen hatte er es zu später Stunde verlassen. Der Ärger darüber hatte auch das letzte Geld aufgefressen, als es seinen Weg aus Jaspers Tasche auf die Theke im *Goldenen Adler* gefunden hatte. Schnell war zum ersten Bier, mit dem er seine Enttäuschung hatte hinunterspülen wollen, ein zweites gekommen. Ein Schnaps hinterher. Dann noch ein Gezapftes. Und eines für den anderen Gast, der sich so dicht neben ihn gestellt hatte, dass Jasper der Schweiß aus allen Poren getreten war. Er hatte die fein parfümierte Pomade des Schnauzbartes gerochen, als er sich flüsternd zu ihm gewandt hatte. Im silbernen Knauf seines Gehstocks hatte sich der Kerzenschein der Wirtsstube gespiegelt.

Jasper griff sich an den Schädel. Das Dröhnen hatte den ganzen Tag über angehalten, auch jetzt spürte er ein leichtes Bohren hinter der linken Schläfe. Sei's drum, heute Abend würde er mehr Glück haben. Dann scherte ihn der Kopfschmerz nicht weiter. Und den Mann mit den blanken Schuhen würde er endgültig aus seinem Leben verbannen.

»Guten Abend, Mademoiselle Anna«, drang die näselnde Stimme des Gastes zu ihm herüber, den er gerade noch beäugt hatte, bevor seine Gedanken abgedriftet waren.

Die Zofe der Gräfin von Bergfels blieb auf dem Treppenabsatz stehen. Es wirkte, als wolle das Mädchen umkehren
und nach oben laufen, wo Fournier sie erneut in einem
Zimmer nahe der Suite ihrer Dienstherren untergebracht
hatte. Allein ihre gute Erziehung und die unterwürfigen
Umgangsformen vornehmen Herrschaften gegenüber
hielten sie davon ab. Gleichwohl schien ihr die Begegnung
unangenehm, das war nicht zu übersehen. Sie nickte, und
etwas daran verriet Jasper, dass der Mann sie nicht das
erste Mal ansprach. Sie war ihm schon begegnet, wahrscheinlich außerhalb des Hotels.

Jasper lief es den Rücken hinunter, und es lag nicht
mehr an der Kühle des Abends draußen. Was spielte sich
hier vor seinen Augen ab?

Mit zögerlichen Schritten betrat Anna das Foyer, die
Taille so dünn, dass man sie mit den Händen umfassen
konnte, die Arme zu lang für den Körper. Ein Mädchen,
das erst in zwei, drei Jahren zu voller Schönheit erblühen
würde. Der Mann gesellte sich auf ihrem Weg zum Ausgang zu ihr, obwohl sie ihn mit keinem Lächeln dazu
ermutigt hatte. Eher machte es den Eindruck, dass sie in
Ruhe gelassen werden wollte. Sie war in diesem Moment
kaum mehr Zofe einer Gräfin, sondern ein Kind, das sich
unsicher umblickte.

»Sie gehen aus?«, vernahm Jasper weitere Worte, gefolgt
von einem Kopfschütteln Annas. Dabei war offensichtlich,
dass sie mit ihrem burgunderroten Kleid, dem Hut mit dem
Schleier und den bis zu den Ellbogen reichenden Handschuhen das Hotel hatte verlassen wollen. Wahrscheinlich
war sie mit Leuten ihres Alters zu einem kleinen privaten
Treffen verabredet. Es blieb nicht aus, dass die Bediens-

teten sich untereinander kennenlernten, wenn ihre Herrschaften den Sommer in der Stadt verbrachten. Diesen Plan warf sie nun offenbar über Bord, schwenkte um, steuerte die Rezeption an, hinter der Fournier sich um die Wünsche eines schwedischen Geschäftsmannes kümmerte.

»Ich führe nur einen Auftrag aus«, gab Anna mit piepsiger Stimme von sich. »Dann gehe ich gleich wieder nach oben. Guten Abend.«

Jasper sah, wie die Hand des Mannes sich kurz ballte. Dann entspannte er sie, verneigte sich, als der Schwede beiseitetrat und Anna nach vorn ließ. »Einen guten Abend noch, Mademoiselle Anna. Ich hoffe, wir begegnen uns bald wieder.« Damit drehte er sich um und stürmte an Jasper vorbei.

Hatte Jasper vor wenigen Minuten gefroren? Er war schweißgebadet, seine Hände zitterten mehr als beim Setzen im Kasino. War es möglich? War es wirklich möglich?

Er beobachtete Anna, die erneut den Kopf schüttelte, als Fournier sich ihr mit einem Lächeln zuwandte. Mit einer knappen Entschuldigung wandte sie sich ab, eilte über die Treppe nach oben. Das arme Kind war vollkommen eingeschüchtert. Diese Erkenntnis genügte Jasper. Er verließ seinen Posten bei der Tür und lief zu Fournier. »Einen Zettel, schnell!« Der Concierge war überrascht, kam der Aufforderung aber nach. »Stift!«

Auch den reichte er ihm. Mit fahriger Hand schrieb Jasper den Namen des Gastes auf. Zumindest den, den er gestern genannt hatte. Dann hastete er um die Theke und steuerte das dahinterliegende Büro des Direktors an. Hier lagerten neben den aktuellen Unterlagen die Mappen und Aktensäcke der vergangenen Jahre.

»Bist du von Sinnen? Was treibst du da?« Fournier war ihm gefolgt und beobachtete verwirrt, wie Jasper einige Papiere vom Schreibtisch fegte, um sich einen Jahrgang des Badeblatts vorzunehmen, das der Direktor ebenfalls gewissenhaft aufhob. *»Mon dieu*, du bringst alles durcheinander! Wenn Monsieur Salbach das sieht.«

Im Gegenteil. Jasper brachte Ordnung in ein durch ein Verbrechen fast zerstörtes Leben. Er war sich jetzt sicher. Da war der Monat, den er suchte, und hier … Fournier, der ihm die Hand auf die Schulter legte, ihn wegzog, bevor er das Blatt mit den Namen der Gäste ergreifen konnte. »Jasper! Was soll das?«

»Ich kann es dir nicht erklären. Aber es ist wichtig.«

»So wichtig, dass du deine Anstellung riskierst?« Fournier meinte es gut, Jasper sah die Sorge in seinen weit aufgerissenen Augen. »Wenn Monsieur Salbach dich erwischt, wird er wissen wollen, was du hier treibst. Wenn du es ihm ebenso wenig wie mir verraten kannst, wird er nachbohren. Dann könnte er auf Dinge stoßen, die ihm nicht gefallen.«

Jasper konnte sich nicht entscheiden, wohin er zuerst schauen sollte. Auf das Blatt, das nur einen Meter entfernt lag und die Lösung eines Rätsels enthielt, das ihn und seinen Freund schon viel zu lange quälte, oder ins Gesicht seines Kollegen. »Wovon sprichst du?«, fragte er.

»Du kannst es dir nicht leisten, hinausgeworfen zu werden.«

Natürlich wussten viele Bescheid, dass er hin und wieder das Kasino aufsuchte. Das allein stellte kein Problem dar. Wer es sich leisten konnte, durfte spielen. Einzig Theo hatte tieferen Einblick in Jaspers bisher glücklose Anstrengungen. Und einige Menschen, mit denen einer wie Fournier sicher keinen Umgang pflegte. So war der Lauf der Dinge, nicht wahr? Erst verspielte man seinen Lohn. Dann verriet man den Falschen im Rausch von der Pechsträhne. Sie versprachen, einem über die Runden zu helfen. Und das taten sie ja! Aber dann fiel auch ihr Geld der Spielbank in die Hände, sie gaben einem mehr, und ehe man es sich versah, war man bis über den Hals bei ihnen verschuldet, benötigte immer weiteres Kapital. Der einzige Weg, den Berg abzubauen, bestand für Jasper darin, endlich, endlich alles in seinem Kopf zusammenzufügen und auf die Gewinnerstraße einzubiegen. Nur dass diese Leute ihr Geld zurückhaben wollten. Jetzt. Das war der wahre Grund, weshalb es am Abend zuvor nicht bei einem Bier geblieben war.

Jasper steckte in ernsthaften Schwierigkeiten.

Umso drängender wollte er wenigstens Theos Suche beenden. Er fasste Fournier fest an den Schultern, sah ihm tief in die Augen. »Es ehrt dich, dass du dich einmischst. Aber das hier muss ich erledigen, es ist wichtig.« Damit stürzte er zum Blatt, überflog es, beschwor seine Erinnerungen. Er sortierte Menschen aus, die in seinem Inneren vage verschwommen auftauchten, machte sie älter, verglich sie, las dabei wieder und wieder die Liste mit den Namen. Mit dem Zeigefinger glitt er auf einen, als sich ein Gesicht aus der Vergangenheit mit dem des Mannes im Foyer deckte. Er griff sich das Blatt des Tages nach jener schrecklichen Nacht, die für seinen Freund alles verändert hatte. Mehrere Abreisen waren aufgeführt. Neben anderen fand Jasper den gesuchten Mann.

»Allmächtiger«, hauchte er, nahm sich den Füllfederhalter vom Schreibtisch und stieß ihn ins Tintenfass. *Hanna!*, schrieb er unter den zuvor notierten Namen.

Er wirbelte zu Fournier herum. »Wenn du wirklich ein Freund bist, fragst du jetzt nicht weiter nach. Ich muss los, und du musst mich bei Salbach decken!«

»Jasper, du machst mir Angst. Wenn es etwas Ernstes ist, kannst du es mir ...«

»Keine Fragen!« Er klopfte ihm aufs Revers, dann rannte er durchs Foyer und nach draußen. Im Gehen steckte er den Zettel in seine Uniformtasche und richtete seine Kappe, sodass sie ihm nicht vom Kopf fliegen konnte. Die Kühle empfand er nun als angenehm. Es war nicht weit zum Kasino. Jasper wählte einen Weg durch den abgelegenen, von Büschen und Sträuchern verborgenen Teil der Lichtentaler Allee. In seiner Uniform sollten ihn die Gäste nicht außerhalb des Hotels sehen, und dann auch noch in dieser Eile. Er begegnete nur einer Gruppe Männer, der Garderobe nach zu urteilen einfache Leute. Lange, dunkle Mäntel, die Hüte tief in die Gesichter gezogen, als blende das angenehme Licht der Kandelaber sie. Die Schuhe schmutzig, als kämen sie frisch von einer der Baustellen der Stadt. Einzig einer von ihnen strahlte Wohlstand aus.

Jasper bemerkte den Gehstock, die glänzenden Lederschuhe. Den mit Fell besetzten Mantel.

Auch sein Gegenüber erkannte ihn – und zog seine Schlüsse aus dem Weg, den Jasper lief, als sei der Teufel hinter ihm her. Nun stand er vor ihm. »Das Kasino, Finken? In deiner hübschen Uniform?« Er stieß ein Lachen aus. »Glaubst du immer noch, dass du mir so mein Geld beschaffen kannst?«

Jaspers Atem flog, er schluckte, rang nach Luft. »Du

kriegst es, das ist ausgemacht. Aber jetzt muss ich ... ich muss ...« Sein Gläubiger trat vor, musterte ihn kühl. Und verzog das Gesicht. Er packte Jasper am Aufschlag seiner Portiersuniform, schlug sie dann beiseite und zog eine verächtliche Miene.

»Ich täusche mich selten, aber in deinem Fall habe ich das wohl. Ein Lackaffe bist du, mehr nicht. Und du bist auf dem absteigenden Ast. Warst du schon, als ich dich gefunden habe und du um Hilfe gebettelt hast. Scheiße, ich sollte kein so weiches Herz haben.«

»Du kannst dich auf mich ...«, setzte Jasper an.

»Bla, bla, bla!«, unterbrach sein Gegenüber ihn und äffte ihn auf theatralische Weise nach. »Auf mich verlasse ich mich, auf sonst keinen! Aber andere verlassen sich auf mein Wort. Und das sagt, dass jeder persönlich für seine Schulden bei mir einsteht. Also, was fange ich mit dir an?« Er umrundete den nach wie vor schwer atmenden Jasper. »Vielleicht ist es ein Wink des Schicksals, dass wir uns heute begegnen. Hörst du?« Er legte den Finger auf die Lippen, als er wieder vor Jasper stand, gab vor zu lauschen. »Ja, und das Schicksal sagt mir, dass du vielleicht doch noch den Arsch hochkriegst und mir mein Geld gibst.«

»Danke, du wirst es nicht ...«

»Aber es sagt auch, dass du einen kleinen Denkzettel brauchst, damit du es nicht vergisst.« Er trat zurück, und ein Grinsen hob seine Mundwinkel, als seine Männer Jasper umringten.

Der erste Schlag traf ihn von rechts in die Seite und schleuderte seine rote Kappe in den Dreck. Ein stechender Schmerz schoss durch ihn, dann explodierte es in seinem Schädel, als eine Faust ihn von links an der Schläfe er-

wischte. Jasper stürzte auf die Wiese neben einen Rhodo-
dendron, fing sich mit beiden Händen und kniete wie ein
Hund im Kreis. Ein Tritt warf ihn endgültig um, er landete
schräg auf dem Rücken, stöhnte und rang um Atem. Weitere Schläge folgten, als sie im Schatten der Bäume und
Sträucher über ihn herfielen wie ein Wolfsrudel, das ein
krankes Tier unter sich ausgemacht hatte. Er schmeckte
Blut, seine Sicht verschwamm. Ein Tritt gegen den Kopf
ließ Jaspers Welt dunkel werden.

22

Am folgenden Abend

»Es tut mir so leid, Claire! Ich wünschte, ich könnte meine Worte zurücknehmen. Bitte verzeih mir!« Theo wusste, dass Claire und er an diesem Nachmittag gleichzeitig ihren Dienst um achtzehn Uhr begannen. Die letzten beiden Tage hatten sie sich wegen unterschiedlicher Arbeitszeiten nicht gesehen. Seit einer Stunde hatte er vor der Pension Seibold herumgestanden, immer wieder einen Blick hoch zu den Zimmern geworfen und ungeduldig auf die Uhr geschaut. Was, wenn sie vorher schon das Haus verlassen hatte und er sie gar nicht antraf? Es war ihm wichtig, alles auszubügeln, was zwischen ihnen aufgebrochen war. Und nun trat sie endlich heraus, trug ihr reifloses Kleid, wie immer, wenn sie als Croupière am Spieltisch stand, und hielt sich die Haare mit einem passenden Samtband aus dem Gesicht. So schön und edel sah sie aus, gleichzeitig so verletzlich, und er, der sie beschützen wollte, hatte sie angegriffen und ihr Kummer beschert. Er hatte in den vergangenen Nächten kein Auge zugetan aus Sorge, sie könnte ihm länger zürnen oder ihm gar ihre Freundschaft aufkündigen.

Sie blickte ihn überrascht an, hatte wohl nicht damit

gerechnet, dass er sie diesmal sogar auf dem Hinweg zum Kasino begleiten wollte. Die Sonne würde erst in einer Stunde untergehen, es gab keinen Grund, sie zu beschützen. Nur den, dass er den Frieden mit ihr wiederherstellen wollte. Hoffentlich gehörte sie nicht zu der Sorte Mensch, die einem anderen die Schuld lange nachtrug.

Als sie lächelte, hätte er vor Erleichterung am liebsten aufgestöhnt. Sie würde ihm nicht mehr böse sein! In ihren Augen lag all die Wärme ihrer Freundschaft. »Schon gut, Theo, ich bin doch diejenige, die um Verzeihung bitten muss.« Sie spazierten nebeneinander durch die Altstadt in Richtung des Kurparks. Die ersten Händler räumten ihre Bücherkisten, Postkartenständer und Obststände in die Läden. Die Kirchturmuhr oben am Marktplatz schlug zur sechsten Stunde, der Klang wehte über die Dächer und Schornsteine der Häuser. Bald würde die Stadt schlafen, dann erwachte das Leben im Kurhaus.

Claire griff nach seiner Hand und drückte sie einmal kurz. »Wie hat die Gesellschaft reagiert, als ich nicht an den Tisch gekommen bin?«

Theo winkte ab. »Ach, was die anderen sagen ... Ich habe ihnen erzählt, dass du dich nicht wohlfühlst. Keine Ahnung, welche Spekulationen sie daraufhin angestellt haben. Auf jeden Fall nimmt es dir keiner übel. Nur Günther hat ein wenig bedröppelt geguckt.« Er feixte. »Er freut sich ja immer ganz besonders auf dich. Von ihm soll ich dich sehr herzlich grüßen, aber auch von der Gräfin, die in den höchsten Tönen von dir als Croupière und Mensch geschwärmt hat. Ich glaube, da hast du eine Freundin hinzugewonnen.«

Claire erwiderte sein Lächeln. »Deine Entschuldigung

ist unnötig. Ich habe selbst einen Fehler gemacht. Ich hätte dich von Anfang an in das miese Spiel einweihen sollen, das Hermann trieb. Ich hätte mutiger sein müssen. Aber ich habe erst die Kraft gefunden, mich von ihm zu lösen, als es schon zu spät war. Und damit habe ich dich als Sicherheitsbeauftragten in ein schlechtes Licht gerückt. Verzeih mir!«

»Keiner macht mir Vorwürfe. Nur ich selbst. Ich hätte ihn erwischen müssen. Da bilde ich mir immer ein, alles gut im Blick zu haben, und dann macht einer vor meiner Nase lange Finger, und ich bin blind!«

»Lass uns das alles vergessen«, bat Claire. »Hermann ist abgereist, er wird uns kein weiteres Mal in Schwierigkeiten bringen.«

»Wahrscheinlich hast du recht. Nur fällt es mir schwer, das Grübeln einzustellen. Es ist jedes Mal so im Oktober, weißt du?«

Sie passierten die Poststation, schlenderten über die Oos-Brücke in Richtung Kurhaus, und Theo dachte nicht lange über die nächsten Worte nach. Claire war offen ihm gegenüber gewesen, sie waren sich so vertraut. Es gab keinen Grund, sie noch länger im Unklaren zu lassen.

Also erzählte er von Hanna.

Wie sehr er sie geliebt hatte. Wie ähnlich Claire ihr war. Und er beschrieb jenen schicksalhaften Tag im September 1837, an dem ein Monster sie ihm genommen hatte. Er berichtete davon, dass sein Leben von der Suche nach diesem Mann geprägt war, wie es ihn niederdrückte, wenn wieder eine Saison vergangen und Hannas Mörder nicht gefasst war. »Wahrscheinlich sollte ich mich von der Idee verabschieden, dass er überhaupt zurückkehrt«, schloss er. »Die meisten kommen wieder, wenn sie einmal hier waren, aber für diesen Teufel gelten vielleicht andere Maßstäbe. Es zermürbt mich, dass ich nichts ausrichten kann.«

In Höhe der kleinen Geschäftsstraße mit den Händlerpavillons verharrten sie.

»Oh, Theo!« Claire wandte sich ihm zu, Tränen standen in ihren Augen, als sie die Arme um seinen Hals legte und ihn umarmte. »Es tut mir furchtbar leid«, flüsterte sie. So blieben sie ein paar Sekunden und scherten sich nicht um die Spaziergänger, die einen Bogen um sie schlugen und ihnen neugierige Blicke zuwarfen. Sie waren bloß eine junge Frau und ein Mann, die sich gegenseitig Trost gaben und sich ihrer Freundschaft versicherten, egal, was andere Leute über sie tuschelten.

»Danke, dass du mir das erzählt hast. Ich fühle mit dir, Theo. Nach solch einem Schicksalsschlag weiterzuleben … Das muss furchtbar schwer sein.« Sie löste sich von ihm, sah ihm ins Gesicht. »Ich bin sicher, irgendwann schnappen sie den Kerl. Wenn nicht in Baden-Baden, dann anderswo.«

Er schüttelte zaghaft lächelnd den Kopf. »So bist du, Claire, immer zuversichtlich. Und das ist gut. Lass dich von einem alten Mann, der dir einreden will, pessimistischer durchs Leben zu gehen, nicht verbiegen, ja? Versprich mir das.«

»Ich …« Sie unterbrach sich, als sie am Kurhaus anlangten und ihrer beider Aufmerksamkeit auf eine kleine Gruppe an der Treppe gezogen wurde. Was geschah da? War einer gefallen? Beim Näherkommen erkannte Theo den Weinhändler Benedetti. Er lag der Länge nach auf den Stufen, die Anzugjacke verrutscht, die Hose an den

Knien eingerissen, die Haare wirr vom Kopf abstehend. Am Treppenabsatz rollte eine Weinflasche gegen einen abgestellten Kinderwagen. Über ihm erhob sich wie eine Göttin des Zorns eine Frau, etwa Mitte dreißig, in einem fadenscheinigen dunkelblauen Reisekostüm und mit einem altmodischen kleinen Hut, der unter dem Kinn gebunden war. Ihre Rockfalten bauschten sich um den Bauch herum, offenbar war sie schwanger, aber nicht nur das: Auf dem rechten Arm hielt sie einen Jungen im Matrosenanzug von vielleicht eineinhalb Jahren. Mit den Händen ihren Kleiderstoff umklammernd standen zu beiden Seiten Kinder, ein etwa neunjähriger Junge mit einem trotzigen Sommersprossengesicht und eine Fünfjährige in einem weißen Kleid mit Schleife auf dem Kopf. Die Frau und ihre Kinder starrten auf Benedetti herab. Der stieß einen Schwall italienischer Worte aus. Theo verstand nichts, aber Claire überraschte ihn, als sie das Gröbste erfasste und ihm übersetzte: »*Verzeih mir, Maria!*, sagt er. *Ich wollte nur das Beste für uns. Ich hatte so viel Geld. Wir hätten bis an unser Lebensende im Luxus leben können. Die Ausbildung der Kinder wäre gesichert, wir hätten eine wunderschöne Villa und edle Pferde und Dienerschaft* ... Alles war zum Greifen nah, meint er, und dann hat er es verloren. Er wollte es zurückholen, aber seine Glückssträhne war vorbei. *Am Ende stehe ich mit leeren Händen vor dir, meine Liebe!*« Er weinte und wischte sich mit dem Jackenärmel unter der Nase entlang.

»*Rocco, ragazzo mio!*« Benedetti streckte die Rechte nach dem Neunjährigen aus, aber sein Sohn wich zurück, im Blick eine stumme Anklage. Das kleine Mädchen im weißen Kleid hingegen trat näher und tupfte ihrem Vater mit einem Taschentuch die Augen.

Claire wandte sich an Theo. »Hast du seine Familie benachrichtigt?«

»Ja, wie du es mir aufgetragen hast. Und du hattest recht. Es war unsere Menschenpflicht. Jemand muss ihn aus diesem Schlamassel ziehen.«

Nach einem weiteren peinlichen Vorfall, bei dem er erneut gefallen war und die Sicherheitsleute, die ihn auf die Beine bringen wollten, unflätig beschimpft hatte, hatte Theo ihm schweren Herzens Hausverbot erteilt. Gleichzeitig hatte der Mann ihm leidgetan. In der Zwischenzeit hatte er von seiner Familie in der Toskana erfahren. Also hatte er eine Entscheidung getroffen und ihnen telegrafiert. Seitdem waren fünf Wochen vergangen, und Theo hatte sich schon zu fragen begonnen, ob die Mühe vergebens gewesen war, doch jetzt wusste er, was seine Frau so lange aufgehalten hatte. Zu einer Reise mit drei kleinen Kindern und in ihrem Zustand brach man nicht über Nacht auf.

Claire lächelte ihn warm von der Seite an, den linken Mundwinkel leicht nach oben gezogen. »Da tust du immer so hartherzig, aber in deinem Inneren bist du sensibel. Wusste ich es doch!«

»Ach, na ja ... Irgendwer musste es ja tun. Jetzt bleibt uns nur zu hoffen, dass seine Familie ihn noch akzeptieren kann.«

»Das werden sie«, behauptete Claire. »Allerdings nicht, wenn er weiter im Dreck liegt ...«

Theo nickte. Dann begrüßte er die Dame, beugte sich hinab und half Lorenzo auf. »Gut, dass Sie da sind, Signora Benedetti!«, sagte er dabei auf Französisch. »Ihr Mann braucht Sie jetzt.«

Claire ging ebenfalls auf die Gruppe zu und streckte

dem Kind auf der Hüfte der Frau die Hände einladend entgegen. Der Kleine wechselte zutraulich zu ihr, sodass seine Mutter erst einmal ihren Arm ausschütteln konnte. »Sind Sie der Monsieur, der mir telegrafiert hat? Monsieur Vlissing?«, fragte die Frau in gebrochenem Französisch. Die Italiener passten sich sprachlich der Mehrheit der Gäste in Baden-Baden an. Mit Französisch kam hier jeder durch.

Theo bejahte und führte ihren Mann die Treppen hinab, damit er nicht stürzte. Seine Familie und Claire mit dem Kleinkind folgten. Der Geruch nach Alkohol strömte Lorenzo aus allen Poren, auch seine Klamotten stanken danach, aber seine Aussprache normalisierte sich. Offenbar wurde ihm der Ernst der Situation allmählich klar. So am Boden sollten Kinder ihren Vater nicht sehen. Er riss sich sichtlich zusammen.

»*Maria, amore mio! Non giudicarmi!*«

»Hast du Schulden gemacht?«, herrschte sie ihn an, weiter auf Französisch, als wolle sie seine Schande öffentlich zelebrieren, damit sein schlechtes Gewissen ihn nur noch mehr traf. Ihre Miene wirkte steinern, aber ihre Augen brannten – vor Zorn und Schmerz und vielleicht auch vor Liebe zu diesem Mann. Das war für Theo schwer zu erkennen. Doch hätte sie die weite Reise auf sich genommen, wenn er ihr gleichgültig wäre? Sicher nicht.

Lorenzo schüttelte den Kopf, das Gesicht todunglücklich, die Augen trüb. »So bin ich nicht erzogen, das weißt du. *Non spendete mai soldi che non avete!* Gib nie Geld aus, das du nicht hast, hat mein Vater immer gesagt, daran habe ich mich mein Leben gehalten. Einmal, ein einziges Mal sah es so aus, als könnte ich in Zukunft sorglos leben als

reicher Mann, und dann ist alles wieder den Bach runter-
gegangen. *Ma no …* Aber nein, Schulden bringe ich nicht
mit nach Hause – aber auch kaum noch Wein.« Seine
Miene wirkte so verzweifelt, dass es fast komisch aussah.
»Und das nicht, weil ich ihn verkauft hätte. Nein, Maria, ich
habe alles allein getrunken. Der Wein hat mir geholfen zu
vergessen, er hat mich mutig gemacht, um mit den letzten
Gulden erneut mein Glück zu versuchen.« In seinen Augen
sammelten sich Tränen. »Monsieur Vlissing! Sie hatten alles Recht der Welt, mir Hausverbot zu erteilen. Das ist mir
im ganzen Leben noch nicht passiert. Es tut mir so wahnsinnig leid. *Perdonatemi!*«

Seine Frau schüttelte den Kopf. »Wie konntest du nur,
Lorenzo«, sagte sie, aber in ihrer Stimme hörte man, dass
der größte Zorn verraucht war. Fast zeigte sich etwas wie
Mitgefühl in ihren Zügen. Sie nahm Claire den Kleinen
ab, setzte ihn in den Kinderwagen. Dann wandte sie sich
an Theo. »Ich danke Ihnen, Monsieur. Wir werden das
gemeinsam durchstehen. Die Weinlese dieses Jahr war
ertragreich, unsere Keller sind gefüllt, wir kommen schon
wieder auf die Füße. So schnell haut es eine Familie Benedetti nicht um, nicht wahr?« Fast liebevoll schaute sie zu
ihrem Mann, hob seinen Arm und legte ihn sich um die
Schulter. Gleichzeitig fasste sie mit ihrer Rechten um seine
Taille, um ihm Halt zu geben.

»Alles Gute für Sie, Signora Benedetti«, sagte Theo, und
Claire fügte an: »Ich wünsche Ihnen eine gute Heimreise.
Und seien Sie nicht zu streng mit ihm. Er ist nicht der Erste
und wird auch nicht der Letzte sein, der sich im Spiel ver-
liert. Nicht alle schaffen es, dabei keine Schulden anzuhäu-
fen. Das sollten Sie ihm hoch anrechnen.«

»Das tue ich, Mademoiselle.«

»Danke für alles«, brachte Lorenzo Benedetti mit einem schiefen Grinsen hervor. »Und nochmals Entschuldigung für den Ärger, den ich Ihnen bereitet habe.« Damit zog die Familie ab in Richtung Innenstadt, offenbar zu dem Hotel, in dem sich Lorenzo eingemietet hatte. Theo schätzte, dass sie schnell wieder abreisen würden. Signora Benedetti verband mit Baden-Baden vermutlich wenig Erfreuliches und wollte mit ihren Kindern und ihrem geläuterten Mann zurück in den Süden.

Theo blickte ihnen nach. Das Ehepaar Arm in Arm, mehr einander stützend denn in liebevoller Verbundenheit, das jüngste Kind im Wägelchen, die Tochter an der rechten Seite des Papas, wo sie den Arm hob und ihre kleine Hand in seine legte. Der älteste Sohn in zwei Meter Abstand, seine Ablehnung gegenüber dem Vater offen zur Schau stellend. »Er kann von Glück sagen, dass er eine Familie hat. Irgendwann wird sein Aufenthalt in Baden-Baden nur noch eine ferne Erinnerung sein, man wird sich diese Anekdote auf Festen erzählen, und irgendjemand wird auch das Amüsante daran sehen, obwohl es sich jetzt wie eine Katastrophe anfühlt. So ist es immer. Wenn wir die Dinge durchstehen, gewinnen wir Abstand und können die Perspektive wechseln. Meistens jedenfalls.«

»Sein Sohn wird eine Weile brauchen, ihm zu verzeihen«, warf Claire ein.

Theo zuckte mit den Schultern. »Wenn es Lorenzo dazu bringt, sein Handeln zu überdenken, ist das nicht das Verkehrteste. Und jetzt, meine Liebe, sollten wir an die Arbeit gehen, bevor uns Bénazet suchen lässt.«

Sie liefen die Kurtreppe hinauf, immer zwei Stufen auf

einmal nehmend, doch kaum hatten sie die Eingangstür erreicht, trappelten Schritte hinter ihnen, ein Keuchen wurde lauter. Theo wandte sich um. »Ludwig, du liebe Zeit, was rennst du denn so? Du bist ja völlig außer Puste, und wie siehst du aus?«

Der sonst so akkurate Jungportier hatte seine Jacke falsch geknöpft und keine Kappe aufgesetzt. Seine Wangen waren feuerrot, sein Haar stand in alle Richtungen ab.

»Sie müssen rasch ins Krankenhaus, Herr Vlissing, es ist dringend! Herr Finken …«

»Jasper? Was ist mit Jasper?«

Ludwig atmete im schnellen Rhythmus. Seine Schultern hoben und senkten sich. »Er ist gestern Abend zusammen-geschlagen worden und wacht nicht mehr auf! Er liegt in der Stadtklinik, und die Ärzte haben sich gerade erst ge-meldet, wollen wissen, wen sie verständigen sollen, weil es so schlecht um ihn steht!«

Theo sackte das Blut aus dem Kopf. »Herr im Himmel!« Seine Gedanken flogen. Er wandte sich an Claire, die ent-geistert zwischen Ludwig und ihm hin und her sah. »Lauf zu Lindemann und sag ihm, dass jemand für mich ein-springen muss. Schumann vielleicht, der ist an seinem freien Tag meist zu Hause.«

»Was hast du vor?«

Theo wandte sich schon Richtung Treppe. »Ich muss zu Jasper, sofort! Er hat doch sonst keinen.«

Das Bild seines Freundes im Krankenbett würde Theo sein Lebtag nicht vergessen. An den Stellen, die nicht mit Mull umwickelt waren, war das Gesicht so violett und verquollen, dass man ihn fast nicht erkannte. Die Augen hielt er geschlossen, den Mund leicht geöffnet, sein Atem ging so flach wie bei einem Vogel. Kaum sah man, dass sich der Brustkorb bewegte. Die weißen Laken betonten seine ungesunde Farbe.

»Man hat ihn abseits der Lichtentaler Allee gefunden. Da lag er schon im Koma. Seitdem hat sich sein Zustand nicht gebessert.« Dr. Bernau, ein junger Mann mit Brille und Backenbart, räusperte sich, bevor er weitersprach: »Er hat schwere innere Verletzungen erlitten, einen Magendurchbruch, Rippenbrüche, die Leber ist gerissen. Eine Leberruptur ist oft tödlich wegen des hohen Blutverlusts, insofern ...« Er zuckte ein bisschen hilflos mit den Schultern. »Sein Leben hängt am seidenen Faden, Herr Vlissing. Sein Herz pumpt rhythmisch, aber schwach. Das Schlimmste ist allerdings der Schädelbasisbruch, den die Kerle ihm wohl mit einem Tritt von schweren Stiefelspitzen zugefügt haben. Ich will offen zu Ihnen sein: Es ist sehr fraglich, ob er jemals wieder zu Bewusstsein kommt.«

Theo hatte zunehmend das Gefühl, neben sich zu stehen. Sein kluger, kraftvoller Freund Jasper, so ohnmächtig dem Geschick der Ärzte ausgeliefert! Und selbst die konnten nicht mehr tun als zu warten und zu hoffen. Theo hatte einen Kloß im Hals, als er die Stimme hob: »Hat er Schmerzen?«

»Ich denke nicht. Er spürt wohl gar nichts. Aber wer kann das schon genau sagen? Es entspricht nur dem, was ich erfragt habe, wenn Patienten aus einem solchen Zustand wieder erwacht sind. Jedes Mal haben sie von Träumen und Visionen erzählt, und manchmal haben sie auch Stimmen gehört, die durchaus von Besuchern stammen konnten. Also sprechen Sie ruhig mit ihm, vielleicht kommt etwas davon an. Aber nein, nie hat einer berichtet, dass er gelitten hat.«

Beruhigt war Theo nach den Worten des Arztes nicht, doch die Sorge um seinen Freund wich zumindest zum Teil einem anderen Gefühl: Wut auf die Schurken, die ihm das angetan hatten. Wieso? Einer wie Jasper hatte mit niemandem Streit.

Der Zorn wuchs und begleitete Theo aus dem Krankenhaus, nachdem er einmal kurz Jaspers Hand gedrückt und »Halte durch, mein Freund« gemurmelt hatte. Vielleicht gab es ihm Trost und das Wissen, dass er, obwohl ohne Familie, nicht allein war.

Den Weg zum Kurhaus legte er zu Fuß zurück, den Kopf dabei voller dunkler Wolken. Die Saison neigte sich dem Ende zu, er bekam die alljährliche Melancholie nicht aus dem Herzen. Sein erster Gedanke am Morgen, sein letzter Gedanke, bevor er einschlief, galt dem Mann, den zu suchen er sein Leben verschrieben hatte. Er war keinen Deut weitergekommen. Und nun gab es weitere Verbrecher. Die Polizei hatte Ermittlungen aufgenommen, sicher. Aber was bedeutete das schon? Bei der Jagd nach Hannas Mörder hatten sie versagt, zu schnell hatten sie damals aufgegeben, nachdem sich keine Spur zu dem ominösen feinen Herrn aufgetan hatte, der Hanna vom Grandhotel aus gefolgt war.

Die folgenden Tage waren von Trübsinn geprägt. Einzig das Zusammensein mit Claire war ein Lichtblick, wenn er sie nach Hause begleiten durfte oder mit ihr über Jasper sprach. Er spürte ihre Erleichterung darüber, dass sie ihren Halbbruder aus ihrem Leben verbannt hatte, bemerkte aber, wie oft ihre Gedanken zu George Bedford wanderten.

Er glaubte nicht, dass er in dieser Hinsicht irgendetwas für sie tun konnte. Sie hatte sich in einen schwierigen Menschen verliebt, er hatte seine Bedenken in die Waagschale geworfen. Doch Claire war eine erwachsene Frau, die ihre Entscheidungen allein traf. Man konnte niemanden vor seinen Fehlern bewahren, und es stand ihm nicht zu, sich in ihr Leben einzumischen. Sie war nicht Hanna.

Am Ende der Saison verabschiedeten sich Menschen von ihm. Anders als erwartet reisten die Benedettis erst eine Woche nach der Wiedervereinigung vor dem Kurhaus ab. Der Weinhändler kam vorbei, bat mit erhobenem Haupt um Einlass und überreichte Theo eine Flasche Sangiovese, die ihm nicht zum Opfer gefallen war in seiner schweren Zeit. »Hoffentlich kann ich Ihnen damit eine Freude bereiten, Monsieur Vlissing. Ich selbst werde mich einige Monate von jeglichem Tropfen fernhalten. Ich muss die Achtung meiner Familie zurückgewinnen, wissen Sie?«

Theo wünschte ihm viel Erfolg und genoss den Roten am Abend mit Beate und Günther.

Auch Gräfin von Bergfels beendete, gemeinsam mit ihrem Mann, die Saison und reichte Theo die Hand. Er führte sie an seine Lippen, verbeugte sich galant. »Ich freue mich, Sie im nächsten Jahr wiederzusehen, verehrte Gräfin.« Ein paar wenige Nachuntersuchungen bei Theos Schwager standen in den nächsten Tagen noch auf dem Terminplan, danach wollte das Ehepaar abreisen.

»Wenn, dann nur mit Wolfram«, sagte die Gräfin und warf einen Blick zu ihrem Mann, dessen Augen leuchteten. »Wir sind so glücklich, dass Ihr Schwager ihm helfen konnte, und hoffen nun, dass die Geschwüre nicht mehr wiederkehren. Aber ja, wir verbringen gerne wieder einige Wochen in der Stadt. Allein wegen des Thermalwassers.«

»Haben Sie noch einmal etwas von unserem falschen Poeten gehört?«, erkundigte sich Theo.

Wolfram übernahm die Antwort. »Sein Vater hat sich im Grandhotel gemeldet, der Concierge Fournier hat ihm erzählt, dass sein Sohn die Stadt verlassen hat und nach Venedig aufgebrochen ist. Der Senior scheint ein recht vernünftiger, ehrenwerter Mann zu sein. Ein tüchtiger Geschäftsmann, der in seiner Fabrik Loren, Förderbänder und Pferdewagen für den Bergbau produziert. Er hat ausrichten lassen, dass er für den Schaden, den sein Sohn angerichtet hat, aufkommen würde. Ich habe erwidert, er solle lieber dafür sorgen, dass er keine weiteren Menschen in Schwierigkeiten bringt, und das Geld den Armen der Stadt spenden. Den finanziellen Verlust nehmen wir als Lehrgeld, nicht wahr, Liebling?«

Gräfin Irina errötete, hob aber das Kinn. Ihr Selbstwertgefühl schien sich nach der Episode mit dem Russen wieder erholt zu haben. »Ja, Wolfram. Das ist sehr großherzig von dir. Ich bin froh, wenn ich nicht mehr das Geringste mit ihm zu tun habe.« So verließen die beiden das Kurhaus, sie mit durchgedrücktem Rücken, er nonchalant den Arm um ihre Schultern gelegt, als wären sie jung und verliebt und kein gesetztes Paar, das die schwerste Krise ihrer Ehe überwunden hatte.

Wie zum Trotz in dieser melancholischen Atmosphäre von Abschiednehmen, Enttäuschung und Krankheit zeigte sich den letzten Gästen ein goldener Oktober, der das Herbstlaub vielfarbig blühen ließ. Am dunkelblauen Himmel schwebten Schäfchenwolken, in der Luft lag der Duft nach reifen Äpfeln und Heu. Eine Kraftanstrengung der Sonne, bevor der Kurort in den Winterschlaf fiel. Für Theo war es zum lieben Ritual geworden, jeden Tag vor seiner Spätschicht oder nach seinem Frühdienst den Weg zum Krankenhaus auf sich zu nehmen. Das herrliche Wetter heiterte ihn nicht auf, genauso wenig wie die lebhaften Grüße der Spaziergänger, die ihn erkannten. Er saß an Jaspers Bett, folgte Dr. Bernaus Rat und berichtete ihm, was ihm durch den Kopf ging. Welche Herrschaften gegangen waren, welche Kollegen sie im kommenden Jahr wieder beschäftigen würden. Er erzählte, wie die Bénazets sich in diesen letzten Tagen unter die Leute mischten und selbst ein paar Gulden setzten, einfach aus Spaß am Spiel und um mit den Stammgästen ins Gespräch zu kommen. Er sprach über Claire, die sich ihren Platz in der Mitte der Croupiers erkämpft hatte und auf eine Festanstellung hoffte. Und ein bisschen plauderte er davon, dass sie sich immer noch mit diesem Engländer traf, obwohl er nicht gut für sie war. »Aber du weißt ja, wie die jungen Frauen sind, Jasper. Mit dem Kopf durch die Wand und nie auf das hören, was erfahrenere Leute ihnen raten.«

An dieser Stelle stockte er, sah auf die faltige, von Adern durchzogene Hand seines Freundes, die unbewegt auf dem Laken lag, sah in sein Gesicht, in dem die Schwellungen deutlich zurückgegangen waren. Doch sein Atem war so dünn, dass man ihn kaum wahrnahm. »Ach, Jasper, ob wir ihn nächstes Jahr finden werden? Ich war mir immer so sicher, dass er irgendwann an den Ort des Schreckens zurückkehren würde. Ein Instinkt, verstehst du? Aber vielleicht hat er mich getrogen, und wir sollten die Suche aufgeben. Wenn ich nur wüsste, wie ich das schaffen soll.« Er erhob sich, schaute auf seinen Freund und nickte, als könne der das durch die geschlossenen Lider sehen. »Dann bis morgen.«

Er wollte das Krankenzimmer gerade verlassen, als eine junge Schwester mit hellblonden Löckchen unter der Haube, einem schmalen Gesicht und großen grauen Augen mit Kleidung auf dem Arm das Zimmer betrat. »Herr Vlissing, Sie sind der einzige Angehörige des Patienten?«

»Sein bester Freund, ja.«

Die Schwester drückte ihm den Kleiderstapel in die Hand. »Das hatten wir noch im Schwesternzimmer liegen. Könnten Sie das mitnehmen? Wissen Sie, es war feucht, es riecht ein bisschen, und wir haben da auch nicht so viel Platz.«

»Ich verstehe.« Seine Stimme klang rau. Im Schwesternzimmer, und vermutlich auch bei den Ärzten, glaubte man nicht, dass Jasper seine Uniform noch einmal tragen würde. Jasper würde dieses Krankenbett nicht mehr verlassen, das dachten sie. Theo betete, dass sie sich täuschten, während er der Pflegerin dankte und Hose, Hemd, Jacke, Schuhe an sich nahm.

»Seine Kappe fehlt«, sagte er, als ob das nicht furchtbar egal wäre. Aber wenn er in Gedanken seinen Freund sah, trug er meistens diese rote Portiersmütze mit dem schwarzen Schirm.

Die Schwester wirkte zerknirscht. »Das ist alles, was wir haben.«

Er zuckte mit den Schultern, brachte alles in seine Räume im Haus der Leberechts. Beate würde sich darum kümmern, dass jemand die Kleidung reinigte und die Schuhe putzte. Er hob die Hose, faltete sie, dann das Hemd, das einen Geruch nach Schweiß verströmte und vom Straßendreck verschmiert war. Auch die Jacke war in Mitleidenschaft gezogen. In den Taschen klimperte es. Er griff hinein, holte ein wenig Münzgeld und einen Schlüssel hervor. Plötzlich hielt er einen Zettel in der Hand.

Franz Maushaupt. Hanna!

Theo starrte auf die Notiz. Fühlte sich, als finge das Blatt vor seinen Augen Feuer. Warum hatte Jasper diesen Namen aufgeschrieben? Wieso hatte er ihn mit Hanna in Verbindung gebracht?

Franz Maushaupt.

Er holte sein zerfleddertes Notizbuch hervor, blätterte es durch, fand keinen Eintrag. Ein Gast, dem er keine Bedeutung beigemessen hatte? Dann gab es vielleicht einen Hinweis im Badeblatt? Zwischen Fenster und Schreibtisch lagen all die Ausgaben, die er durchforstet hatte, auf der Suche nach irgendeinem Erkenntnisgewinn, einer Eingebung, einer Auffälligkeit. Jetzt arbeitete er sich gezielt zu den Blättern vor, die um Hannas Tod herum erschienen waren. In seinen Händen knisterte das Papier, ungeduldig blätterte er, dann entdeckte er den Namen wenige Tage, bevor sein Kind ermordet worden war. Maushaupt war zu dieser Zeit in Baden-Baden angekommen, danach nie wieder da gewesen, sonst hätte sich in seiner kleinen Kladde ein Hinweis gefunden.

Er musste in der Stadt sein. Anders war Jaspers Notiz nicht zu erklären. Hektisch durchblätterte er alle Ausgaben dieser Saison, doch einen Maushaupt fand er nicht. Kurz breitete sich Enttäuschung in ihm aus, aber dann kam ihm in den Sinn, dass Jasper diesen Namen aufgeschrieben haben könnte, weil er möglicherweise das Gesicht dieses Mannes kannte. Ein Gast im Grandhotel?

Theo dachte nicht an heute oder an morgen, nicht an Mäßigung und Bedachtsamkeit. In diesen Minuten brach in ihm ein Vulkan aus. Die Lava drohte ihn zu versengen und ihn jedes klaren Gedankens zu berauben. Er stürmte los, schob seine Schwester Beate wortlos beiseite, als die sich erkundigte, ob er den Nachmittagstee mit ihr trinken wollte. Er eilte durch die Gassen, die Absätze klackten auf dem Kopfsteinpflaster, die Hände hielt er in den Hosentaschen vergraben, die Schultern vorgeschoben wie ein angreifender Boxkämpfer.

Franz Maushaupt.

Beim Grandhotel sprang er die Stufen hinauf. Gäste in Reisekleidung mit Koffern in der Hand oder diensteifrigen Trägern hinter sich verließen das Haus. Vor dem Eingang standen die Kutschen in Zweierreihen. Die Pferde schnaubten und tänzelten, die Fahrer saßen bewegungslos auf ihren Böcken und warteten auf die Herrschaft. Wie ein Funken in dunkler Nacht lichtete es sich allmählich in Theos Kopf, und sein Verstand begann zu arbeiten. Mit unbeherrschten Reaktionen kam er nicht weiter, er musste mit Bedacht vorgehen. Erst einmal herausfinden, ob Maushaupt noch im Hotel gemeldet war, wie er es aufgrund von Jaspers Zettel vermutete. Hoffentlich kam er nicht zu spät!

Im Foyer entdeckte Theo die Hausdame, die eilig hin und her trippelte, den Gästen einen letzten Schluck Champagner offerierte, der auf einem Beistelltisch an der Pforte bereitstand. »Madame Constance«, sprach er sie an, »ich bin auf der Suche nach einem Gast …«

»Monsieur Vlissing! Gut, dass ich Sie sehe! Alle wollen wissen, wie es Monsieur Finken geht. Waren Sie bei ihm?«

Theo nickte. Wenn dem Personal das Wohl ihres Kollegen so am Herzen lag, konnten sie ihn selbst besuchen, oder? Aber so weit reichte die Verbundenheit offenbar nicht. »Er ist immer noch nicht aufgewacht, sein Zustand ist unverändert. Ich besuche ihn jeden Tag. Man weiß nicht, ob er es vielleicht mitbekommt, wenn man an seinem Bett sitzt.«

»Ach, herrje! Wenn Sie ihm dann bitte die besten Genesungswünsche von uns ausrichten würden? Wir wollten noch sammeln für einen Blumenstrauß und einen Gruß, aber Monsieur Salbach duldet so was nicht während der Arbeitszeit, Sie kennen ihn, also müssen wir ...«

»Machen Sie sich keine Umstände. Von Blumen hat er im Moment nicht viel. Heben Sie die auf, bis er die Augen wieder geöffnet hat. Aber ich bin nicht wegen Jasper hier ...«

Die Hausdame hob die Brauen. Ihr Blick ging zu einem abreisenden Ehepaar, für Sekunden erstrahlte zum Abschiedsgruß ein künstliches Lächeln auf ihren Zügen, dann sah sie erwartungsvoll zu Theo. »Ja?«

»Ich bin auf der Suche nach Monsieur Franz Maushaupt. Ist der Mann Gast im Haus?«

»Aber ja! Er hat sich vor einigen Tagen angemeldet.« Sie beugte sich vertraulich vor. »Unter uns, er macht nicht den Eindruck, als gehöre er zur Prominenz. Er ist eher einer, der einmal im Leben Luxus genießen möchte.« Wieder glitt ihr Blick umher, da trat ein Erkennen in ihre Miene. Mit dem Kinn wies sie in Richtung der mit rotem Teppich be-

legten und mit poliertem Holzgeländer versehenen Treppe.
»Ach, da ist er ja!«

Theo wandte den Kopf. Auf den Stufen stand nur ein
Gast. Theo verengte die Augen. »Das soll Franz Maushaupt
sein?« Er kannte den Mann.

Es war niemand anderes als Hermann Engel, der die
Stadt angeblich längst verlassen hatte.

»Genau. Einer derer, die zum Ende der Saison noch hoffen, die Spielbank zu sprengen, schätze ich. Zwei Wochen,
länger kann er sich den Aufenthalt bei uns wohl auch nicht
leisten.«

Ob Hermann noch auf das Glück hoffte, wusste Theo
nicht. Er hatte sich nach der Auflösung der angeblichen
Verlobung nicht mehr im Kasino sehen lassen. Weshalb
war er in der Stadt geblieben? Und dann dieses erneute
Versteckspiel. Neben Claire gab es etliche, die ihn unter
anderem Namen kannten. Befürchtete er nicht aufzufliegen? Nicht zum ersten Mal zweifelte Theo am Verstand
dieses Mannes. Wie war er überhaupt an den Namen Franz
Maushaupt gekommen? War er unbeabsichtigt auf ihn gestoßen? Doch sein Freund Jasper hatte nicht an einen Zufall geglaubt, das bewies die Notiz. Konnte es sein, dass …?

Geistesabwesend verabschiedete er sich von der Hausdame und heftete sich Hermann Engel an die Fersen, als
der das Hotel verließ. Wie erwartet, führte sein Weg ihn
nicht zum Kurhaus, sondern in die entgegengesetzte Richtung zum Marktplatz. Ein paar Meter vor ihm ging eine
junge Frau mit einem Korb über dem Arm. Sie trug ein
hellblaues Kostüm mit kleinem Hut und kam ihm vage
bekannt vor. Theo hielt sich unauffällig hinter Engel, wunderte sich, was ihn zum Markt trieb. Im Grandhotel gab es

doch alles, was Leib und Seele zusammenhielt? Aber nicht etwa die Verkaufsstände rund um die Stiftskirche waren sein Ziel. Es war das Mädchen vor ihm. Claires Halbbruder machte ein paar schnelle Schritte, schloss zu ihr auf. Er packte sie grob am Arm. Die Kleine blieb stehen, starrte ihn an.

Theo drückte sich in einen Hauseingang und lugte daraus hervor. Sein Pulsschlag brauste, auf dem rechten Ohr hörte er ein durchdringendes Pfeifen aus seinem Inneren heraus, aber dennoch verstand er, was die beiden redeten.

»Mademoiselle Anna, warum denn so abweisend, wenn wir doch den gleichen Weg haben? Ich könnte Ihren Korb tragen und Ihnen Gesellschaft leisten. Wäre das nicht eine schöne Idee?«

Engel sprach, als hätte er Kreide gefressen. Theo spürte Übelkeit in sich aufsteigen. Hatte der Kerl so seine Hanna angesprochen?

Die junge Frau riss sich aus seiner Umklammerung, wich ihm aus. »Lassen Sie mich bitte in Ruhe!« Ihre Stimme klang so klein, und nun drückte sie sich ängstlich gegen die Wand. Engel trat näher, berührte mit seinem Körper den ihren.

Theo hielt es nicht mehr aus. Er sprang hervor, eilte mit geballten Fäusten auf die beiden zu. »Finger weg von dem Mädchen!«, schrie er und sah das Entsetzen in Engels Augen. Ob er Theo aus dem Kasino kannte und wusste, dass er enttarnt war? Der Schrecken in seiner Miene war groß, er zettelte auch keine Diskussion darüber an, ob es Vlissing etwas anging, was er tat. In seinen Augen standen nur fiebriger Wahnsinn und Erregung. Er wirbelte herum und lief mit flinken Beinen und angewinkelten Armen davon. Da rannte einer, der es gewohnt war, zu fliehen.

Theo starrte ihm nach, bis er hinter der nächsten Häuserzeile in einer Gasse verschwand. Sollte er laufen. Er würde ihm nicht mehr entkommen. Das Mädchen neben ihm stieß hektisch die Luft aus, die Lider hatte sie so weit aufgerissen, als würden ihr gleich die Augäpfel herausfallen. Theo packte ihre Schultern, schaute sie an. »Atme mit mir«, sagte er, instinktiv die vertraute Anrede wählend. Vor ihm stand ein Kind in der Kleidung einer Erwachsenen.

Das Mädchen tat, wie ihm geheißen, und kurz darauf beruhigte sie sich. Theo hatte schon mehrere Menschen erlebt, die von Panik überwältigt wurden, kannte selbst dieses Gefühl, wenn das Herz bis unter die Schädeldecke schlug. Er wusste damit umzugehen.

»Ich bin Anna«, sagte die Kleine außer Atem. »Ich stehe in den Diensten der Gräfin von Bergfels. Danke für Ihre Hilfe.«

»Du willst zum Markt?«

Sie schüttelte den Kopf. »Jetzt nicht mehr. Ich habe Angst, dass der Kerl mir woanders auflauert. Ich will zurück ins Hotel.«

»Ich begleite dich.«

Ihr Dank kam aus tiefstem Herzen. Das Mädchen war bis ins Mark verschreckt. »Der Mann spricht mich ständig an und tut, als würden wir uns gut kennen. Er macht mir Angst.«

»Hat er dir schon mal wehgetan?«

»Er hat schon mehrmals so fest meine Arme gepackt wie heute, ich habe blaue Flecke inzwischen. Und zweimal hat er versucht mich zu küssen. Das war so ekelig! Ich konnte mich nur befreien, weil ich ihm arg fest gegen das Schienbein getreten hab. Ich bin froh, wenn ich mit meiner Herrschaft wieder in Gernsbach bin. Da bin ich sicher. Glaube ich«, fügte sie ein bisschen kleinlaut an.

Theo hatte mit wachsender Unruhe zugehört. Es gab keinen Zweifel: Hermann Engel alias Franz Maushaupt hatte eine ungesunde Vorliebe für junge Mädchen, und er hatte sich am Todestag seiner Tochter in der Stadt aufgehalten. Er hatte den Wahnsinn in seinen Augen gesehen. Engel war zu irrationalen Handlungen fähig. Vielleicht kam man ihm bei all seinem verbrecherischen Tun deswegen nicht so leicht auf die Schliche, weil er ständig die Namen wechselte. Und als Franz Maushaupt ging er seinem gefährlichen Trieb nach ... Theo wurde schwindelig bei der Vorstellung, dass sogar Methode dahinterstecken könnte. Dass er nicht instinktiv und spontan in seine Verbrechen schlidderte, sondern sie akribisch plante. Als Sicherheitsbeauftragter des Kasinos hatte Theo in all den Jahren die unterschiedlichsten Charaktere mit ihren mannigfaltigen Auffälligkeiten kennengelernt. Einer, der mehrere Identitäten besaß, war ihm bislang nach seinem Wissen nicht begegnet, aber er hielt eine solche Abnormität in allen Gesellschaftsschichten für möglich.

An der Hotelpforte verabschiedete er sich – innerlich voller Unrast, äußerlich Zuversicht verströmend – von Anna. »Geh nicht mehr alleine raus, bis ihr abreist«, riet er ihr. »Und vertrau dich deiner Herrschaft an. Sie können dich beschützen.«

Das Mädchen machte eine wegwerfende Handbewegung. »Das Grafenpaar belästige ich nicht mit meinen Dingen. Sie haben genug eigene Probleme. Wir sind ja spätestens übermorgen wieder auf dem Landgut.«

Nachdenklich und aufgewühlt begab sich Theo auf den Weg nach Hause. So oft hatte er sich ausgemalt, wie er den Mörder stellen, wie er ihn der Polizei übergeben und wie entspannt danach sein eigenes Leben verlaufen würde.

Nun war alles anders.

Hermann Engel war Hannas Mörder. Dessen war er sich sicher. Aber wie sollte er mit diesem Wissen umgehen? Verständigte er die Behörden, damit die ihn in Gewahrsam nahmen, würde es keinen Tag dauern, bis ganz Baden-Baden wusste, dass Claires Bruder ein Verbrecher war. Und nicht irgendein windiger Bursche, sondern ein Mörder! Mit einem solchen kriminellen Subjekt in ihrer Verwandtschaft könnte sie unmöglich im Kasino angestellt bleiben. Das würden die Bénazets, die so sehr auf ihren Ruf bedacht waren, niemals dulden. Er konnte es drehen und wenden, wie er wollte: Wenn er Engel seiner gerechten Strafe zuführte, besiegelte er das Ende von Claires Traum einer Festanstellung als Croupière in der kommenden Saison.

Er musste einen Ausweg aus diesem Dilemma finden, schnell. Morgen musste er aktiv werden, gleich morgen. Die Zeit brannte ihm unter den Nägeln. Nicht auszudenken, wenn ihm Hermann Engel am Ende doch noch entwischte und als Franz Maushaupt oder unter anderem falschem Namen sonst wo sein Unwesen trieb.

23

Am folgenden Tag

Alles würde wie von Zauberhand gewebt seinen Lauf nehmen. Die feine Mademoiselle selbst würde ihre Taschen
packen und sich auf Nimmerwiedersehen verziehen, bevor die Bénazets auf den albernen Gedanken kamen, ihr
zum Ende dieser Saison eine erneute Beschäftigung in der
nächsten anzubieten. Dafür hatte Frederic mit Hilfe seines
Cousins bei der Post und weiteren Kontakten feinsäuber-
lich die Wege ihres halbseidenen Bruders nachgezeichnet.
Auf einer Karte würde das ein hübsches Zickzack abge-
ben. Mal hatte er sich ein paar Tage hier aufgehalten, dann
schien es beinahe, als wäre er dort sesshaft geworden,
plötzlich reiste er weiter und tauchte woanders in den Gäs-
teverzeichnissen auf. Oft benutzte er den Namen Teubner,
mehrmals war er unter seinem wirklichen in unschöne
Angelegenheiten verwickelt gewesen. Zuletzt schien er in
Speyer einen Kaufmann ausgenommen zu haben. Frederic
war sicher, dass die Lücken in der Liste an Gesetzesüber-
tretungen und Gefängnisaufenthalten, die er zusammengestellt hatte und wie einen Schatz hütete, mit weiteren
falschen Identitäten und ihren Verbrechen gefüllt werden
könnten.

Ihm war das einerlei. Was er hatte, reichte zuhauf, um es Claire Engel heute endlich unter die Nase zu reiben.

Ja, das war der Plan: Er würde nicht zu den Bénazets spazieren, sein Wissen kundtun und am Ende als Denunziant dastehen. Wie als Spielleiter am Roulettetisch würde er sich vornehm im Hintergrund halten. Damit es so blieb und die Liste über ihren Bruder niemals in falsche Hände geriet, musste die Mademoiselle nur seiner Forderung nachkommen, die Stadt zu verlassen. Dann würde Ruhe einkehren, und er konnte im nächsten Jahr als Mann unter Männern seinen Dienst tun, wie es sich gehörte.

Er hatte auf Claires freien Tag gewartet und erteilte Yves Heger am Nachmittag das Sagen über die nur dünn besiedelten Roulettetische, um zu einem kleinen Spaziergang zum Markt aufzubrechen. Er hatte die Uniform gegen karierte Hosen, einen dunkelbraunen Gehrock mit passender Weste und einen Zylinder getauscht. Der Stock aus poliertem Mahagoni, den er zur Zierde mit sich führte, schwang im Takt seiner Schritte munter umher. In der Innentasche seiner Jacke wärmte ihn das Blatt Papier, das ihm ein sorgenfreies Leben bescheren würde. Nach dem herrlichen Herbstwetter der vergangenen Tage braute sich drüben im Westen hinter den hohen Tannen mit dunklen Wolkenbergen ein Herbstgewitter zusammen. Aber es würde dauern, bis der Sturm über die Stadt zog. Dann hätte er sein Vorhaben längst in die Tat umgesetzt.

In der engen Gasse vor der Pension Seibold angekommen stutzte er. Es sah der Witwe gar nicht ähnlich, die Tür nur anzulehnen. Er schaute nach rechts und links, ob irgendwelche Nachbarn ihm Auskunft geben konnten oder ob Martha Seibold nur auf einen Sprung das Haus verlassen hatte, aber es war fast gespenstisch ruhig in der Straße. Kein Vogel sang, kein Hund bellte, nirgendwo pfiff ein Lüftchen.

Behutsam trat er ein paar Schritte vor, schob die Haustür mit dem Knauf des Stocks auf, prüfend, als könne ihn jeden Moment etwas aus dem Inneren anspringen. Das Knarzen klang in der Stille ohrenbetäubend. Dann fiel sein Blick auf das Schloss, allem Anschein nach aufgebrochen. Holzsplitter ragten wie gebrochene Knochen aus dem Rahmen. Du lieber Himmel, was war hier passiert? Im Hausflur empfing ihn der Duft nach gebratenen Zwiebeln und Schmalz, die gute Stube war verschlossen. Daraus drangen merkwürdige Geräusche. Ein Pochen, ein unterdrücktes Seufzen ... Aber oben aus Claire Engels Zimmer, das erste rechts oberhalb der Treppe, wie Frau Seibold ihm erzählt hatte, vernahm er ein Scheppern und Knarren, als würden schwere Möbel bewegt. Frederic schaute zum Wohnzimmer, dann zur Stiege und traf eine Entscheidung. Was auch immer in den Privaträumen der Vermieterin vor sich ging, darum würde er sich später kümmern.

Er stieg die Stufen hinauf und spürte eine fahrige Unruhe, als er sah, dass die Tür zum Zimmer der Mademoiselle halb offenstand. Vorsichtig trat er näher, schob sie mit einer Hand auf und blickte fassungslos auf das Bild, das sich ihm bot. Der Inhalt des Schranks war auf den Boden geworfen, das Bett verrückt, die Matratze lag hochkant darauf. Schreibtisch und Stuhl waren umgeschmissen, Kissen und Decken mit herumfliegenden Federn aus ihren Bezügen gezerrt. Und inmitten dieses Chaos stand breitbeinig Hermann Engel und starrte Frederic entgeistert an.

»Was tun Sie hier?«, stieß Frederic hervor.

»Nach was sieht es denn aus, du Hohlkopf?« Mit zwei Schritten war Hermann bei ihm, packte ihn an der Halsschleife und zog ihn ins Zimmer, bevor er mit einem Fußtritt die Tür schloss. »Du weißt doch selbst, wie viel Trinkgeld ihr Kugeldreher einheimst. Und meine feine … ehemalige Verlobte ist so sparsam, die verkneift sich die Butter auf dem Brot, wenn sie nur einen weiteren Gulden horten kann. Dabei schuldet sie mir noch etwas, meinst du nicht auch?«

Verlobte? Von wegen! Immerhin setzte dank der Lüge, an der Hermann festhielt, weil er nicht wissen konnte, was Frederic inzwischen herausgefunden hatte, trotz aller Todesangst sein Verstand wieder ein. Er zwang zwei Finger zwischen Halstuch und Haut, um Luft zu bekommen, dann trat er kraftvoll nach hinten aus.

Volltreffer! Er erwischte seinen Gegner an der empfindlichsten Stelle, der Griff lockerte sich, und Frederic wirbelte herum. Er ballte die Fäuste und fuchtelte damit vor seinem Brustkorb herum, während er gleichzeitig den Kopf zwischen die Schultern zog. Einen Schritt näher, und der Mann hätte seine Faust auf der Nase. Aber Hermann waren die Regeln eines fairen Kampfes völlig gleichgültig. Aus seiner hinteren Hosentasche zog er ein Messer, eine lange schmale Klinge blitzte auf, als sich draußen die Sonne vor eine dunkle Wolke schob und einen blassen Strahl ins Zimmer warf.

»Was ist jetzt, Lackaffe? Da siehst du rot, was? Ich stech dich ab!«

Frederic zögerte nicht. Er täuschte einen Schlag an. Hermann fiel auf die Finte herein. Frederic drehte ihm das Handgelenk, im nächsten Moment hatte er die Klinge selbst gepackt und stocherte damit vor Hermann in der Luft herum. Als hätte er eine Ahnung, was er da tat. Er hatte in seinem Leben noch nie einen Menschen auf diese Art angegriffen. Boxkämpfe, ja, in der Schule und später, als das Gehänsel nicht aufhören wollte, wenn er einen Jungen aus der Klasse zu lange verträumt angestarrt hatte, statt wie die anderen den Mädchen hinterherzupfeifen. Aber ein Kampf auf Leben und Tod? Niemals hätte er sich freiwillig einer solchen Gefahr ausgesetzt.

Hermann hatte seinen Schmerz scheinbar überwunden und fackelte nicht lange. Mit einem Urschrei stürzte er sich auf ihn und rang ihn zu Boden. Bekam er das Messer zu fassen, war er verloren. Wenn der Kerl nur nicht so stark wäre! Er drehte Frederic auf den Rücken, wollte sich wohl auf die Oberarme knien und ihn damit zur Bewegungslosigkeit verdammen.

Verzweifelt riss Frederic den linken Arm nach oben, Hermann rutschte ab, prallte mit vollem Gewicht auf ihn. Ein abgehacktes Ächzen drang aus seinem Mund. Sein Gesicht war Frederics so nahe, dass er den eigenen Schrecken in Hermanns Augen sah. Augen, die vor Überraschung und Schmerz weit geöffnet waren, der Blick starr auf Frederic gerichtet, dann ins Leere gleitend. Etwas Warmes rann über Frederics Hand.

Nein, nein, das konnte nicht sein!

Er strampelte mit den Beinen, legte alle Kraft in seine Arme und befreite sich von dem Körper. Auf den Knien kam er darunter hervor, Hermann lag auf dem Bauch vor ihm. Er packte seine Schulter, drehte ihn um. Ein roter Schleier fiel über seine Augen, als er erkannte, was passiert war. Die Klinge war mit ganzer Länge in den Brustkorb

eingedrungen. Ein unglücklicher Zufall, dass kein Rippen-
knochen sie aufgehalten hatte. Das Blut quoll in stetigem
Fluss aus ihm heraus, färbte Hemd und Hose dunkelrot,
tropfte auf den Steinboden und perlte dort ab.

Himmel, was sollte er bloß tun? Wie sollte er erklären,
was er in diesem Zimmer suchte und, weit schlimmer, wie
dieser Mann zu Tode gekommen war! Da hatte er geglaubt,
Claire Engel ausschalten zu können, und hatte sich – obwohl er selbst nicht der Verlierer des Kampfes war – nur
sein eigenes Grab geschaufelt.

Er fuhr herum, als es an der Tür klopfte.

24

Was wog schwerer? Sein Wunsch nach Rache und Gerechtigkeit oder Claires Traum? Theo hatte die Nacht und den ganzen Tag über mit sich gerungen und hoffte nun, am frühen Abend, zu einer Entscheidung zu gelangen, indem er Jasper besuchte und ihm erzählte, was sich zugetragen hatte. Obwohl er nicht wusste, ob er ihn verstand, so half es Theo selbst, seine Gedanken in Worte zu fassen und die verschiedenen Möglichkeiten abzuwägen. Und vielleicht drang doch zu Jasper durch, dass sein Zettel mit dem Hinweis auf Franz Maushaupt zum Ziel geführt hatte. Sein phänomenales Gedächtnis war letztlich das Zünglein an der Waage gewesen, wie Theo schon immer vermutet hatte.

Doch das Bett, in dem Jasper noch am Vortag mit dünnem Atem und papierner Haut gelegen hatte, war leer. War er aufgewacht? Hatten sie ihn in ein Mehrbettzimmer verlegt? Oh, was wäre das für eine wunderbare Wendung!

Theo bemerkte seinen Irrtum in dem Augenblick, als die blonde Schwester ins Zimmer kam und seinem Blick auf der Stelle auswich. Er sackte in sich zusammen. »Er hat es nicht geschafft«, brachte er tonlos hervor, bevor die Pflegerin ein Wort gesagt hatte.

Sie nickte, und als er aufsah, erkannte er, dass ihre Augen mit Tränen gefüllt waren. Sie war noch nicht lange dabei, die junge Frau würde sich abhärten müssen, wenn sie in diesem Beruf glücklich werden wollte. Jasper würde nicht der einzige Mensch bleiben, von dem sie während ihrer Arbeitszeit Abschied nehmen musste.

Etwas brach in Theos Herzen, es fühlte sich an wie ein schmerzhafter Riss, auf eine andere Weise ähnlich schlimm wie damals, als ihm Hanna genommen worden war. Wenigstens schien die Polizei diesmal nicht ahnungslos. Theo hatte sich erkundigt, man sprach von einer vielversprechenden Spur. Mehr wollte man ihm erst verraten, wenn es zu einer Verhaftung gekommen war.

»Seine Sachen haben Sie ja bereits an sich genommen«, riss die Schwester ihn aus seinen Überlegungen.

Müde nickte Theo. »Ist er noch einmal aufgewacht?«

»Nein, er hat einfach aufgehört zu atmen. Es war ein sanfter Tod«, sagte sie, offenbar im Versuch, sich selbst und ihn zu trösten.

Und das Bett war frisch bezogen und stand für den nächsten Patienten bereit. Jasper war ein Fall, der im städtischen Krankenhaus keine Spuren hinterlassen hatte. Leise war er gekommen, und leise war er gegangen.

Doch er sollte nicht umsonst gestorben sein. Auf dem Heimweg, der ihm so schwerfiel, als trüge er Blei in den Schuhabsätzen, wurde Theo eines bewusst: Niemals hätte sein Freund gewollt, dass er die Suche nach Hannas Mörder für beendet erklärte. Er hätte gewollt, dass man Hermann Engel alias Franz Maushaupt dingfest machte. Theo hatte keine Wahl, er musste ihn zur Rede stellen und ihm klarmachen, dass er enttarnt war. Wenn er sich nicht freiwillig aufgrund der erdrückenden Beweislast stellte, würde er Mittel und Weg finden, ihn davon zu überzeugen. Fast hoffte ein Teil von ihm, dass Hermann sich zur Wehr setzen würde.

Ein dumpfes Grollen am westlichen Horizont wies auf ein Gewitter hin. Lange würde es nicht mehr dauern, bis der Regen niederprasselte. Theo beschleunigte seine Schritte. Sein Weg führte ihn ins Grandhotel, wo er erst Ludwig, dann Madame Constance über Jaspers Tod in Kenntnis setzte. Ludwig wurde weiß wie saure Milch, seine Unterlippe zitterte. Madame Constance schlug die Hände vors Gesicht.

»Sorgen Sie dafür, dass Direktor Salbach und alle, die es angeht, davon erfahren?«, erkundigte sich Theo.

»Aber natürlich. Wer kümmert sich denn jetzt um seine Wohnung und sein Begräbnis? Der arme Mann! Hoffentlich hat er vorgesorgt für seine Bestattung.«

»Machen Sie sich keine Sorgen, ich erledige das alles«, versprach Theo, obwohl er selbst nicht wusste, wie er das bewältigen sollte. Aber er war es dem Freund schuldig. »Ich müsste jetzt mit Monsieur Maushaupt sprechen. Ist er auf seinem Zimmer?«

»Den habe ich seit dem Frühstück nicht gesehen. Er verputzt ja immer Rührei für eine ganze Kompanie, das reicht dem bis zum Abend. Er ist irgendwo unterwegs, ich weiß leider nichts über etwaige Verabredungen.«

Verdammt! Zumindest hatte er sich nicht abgemeldet. Der Vorfall auf dem Markt schien ihn nicht aufgeschreckt zu haben. Er rechnete sich wohl weiterhin Chancen auf eine Begegnung mit Gräfin von Bergfels' Zofe aus. Kurz überlegte Theo, wie er weiter vorgehen sollte, dann entschied er sich, dass Claire das größte Recht hatte, in alles eingeweiht zu werden. Es war ihr Bruder, es ging um ihre Zukunft, und sie musste verstehen, dass er einen solchen Teufel nicht entkommen lassen konnte. Was auch immer das für ihre Karriere bedeutete. Sie würden schon irgendeinen Ausweg finden. Da sie heute ihren freien Tag hatte, steuerte Theo die Pension der Witwe Seibold an.

Die aufgebrochene Tür ließ alle Alarmglocken in ihm schellen.

Hermann, der seiner Schwester aufgelauert hatte? Wie viel Unheil wollte dieser Kerl noch anrichten? Theo trat in den Flur, lauschte, keinerlei Geräusch. Wo war die Vermieterin? Egal. Er rannte die Treppe nach oben, stand vor der verschlossenen Tür zu Claires Zimmer, klopfte. Als keine Antwort kam, stieß er sie auf.

Ein Bild des Grauens bot sich ihm, aber mit einem einzigen Blick erkannte er, dass Claire nicht betroffen war. Sie befand sich gar nicht in diesem Zimmer, nur Hermann Engel, blutüberströmt auf dem Boden liegend, und Croupier Frederic Culot auf allen vieren, die Hände rot verklebt.

»Was zum Teufel geht hier vor?«

»I-i-ich … er … er …« Die Panik stand Culot ins Gesicht geschrieben. Abwechselnd sah er vom Messer im Brustkorb des leblos daliegenden Hermann auf Theo. »Er hat mich angegriffen!«

Die aufgebrochene Tür. Die Verwüstung. Das Chaos konnte nicht allein von einem Kampf herrühren. Hermann musste sich Zutritt verschafft und dann den Raum auf der Suche nach Wertgegenständen oder Geld durchwühlt haben. Offenbar hatte er doch befürchtet, aufgeflogen zu sein, hatte noch einmal alles an sich raffen wollen, dessen er habhaft werden konnte, und hätte anschließend die Stadt verlassen. Dass er das Grandhotel nicht über seine geplante Abreise informiert hatte, mochte Kalkül sein. Oder war es schlicht, weil er die dort verbrachten Nächte nicht bezahlen konnte? Wie auch immer, Culot hatte ihn ertappt, einen anderen Hergang konnte Theo sich nicht vorstellen. Das beantwortete jedoch nicht die Frage, weshalb der Croupier hier war?

Theo behielt das Messer im Blick. Momentan war nicht zu befürchten, dass Culot danach griff und es Hermann aus dem Leib zog. Der Franzose stand sichtlich unter Schock, zitterte am ganzen Körper. Dennoch musste Theo vorsichtig sein, solange er nicht mit Sicherheit wusste, was genau vorgefallen war. Er baute sich vor Culot auf. Ein wenig Druck half meist, die Wahrheit ans Licht zu bringen. »Für mich sieht es so aus, als wärt ihr gemeinsam hier eingedrungen.« Culots Augen weiteten sich vor erneutem Schreck. Er wurde blasser, als er ohnehin schon war, schüttelte den Kopf, doch Theo fuhr unbeeindruckt fort: »Zwei Ganoven, die sich am Verdienst einer ehrlichen Angestellten bereichern wollten. Es kam zum Streit wegen der Beute. Und da sticht der eine den anderen kaltblütig ab. Das klingt logisch. So wird es auch jeder Richter sehen.«

»Ich bin kein Ganove!«, fuhr Culot auf. Die Empörung war echt. Dann schien ihm aufzufallen, dass er im Blut eines Toten kniete. Er schluckte schwer und ließ den Kopf hängen. »Ich ... ich wollte Mademoiselle Engel mit einigen Entdeckungen konfrontieren, die ich gemacht habe.«

Sein Seitenblick auf Hermann verriet Theo alles. Culot wusste Bescheid. Wie Theo war er hinter das Geheimnis von Claires angeblichem Verlobten gekommen. Aber ahnte er wirklich alles? Wusste er von seiner Identität und der Tat als Franz Maushaupt? Theo musste es aus Culot herauskitzeln, ohne selbst etwas preiszugeben. »Du weißt, dass …?«

Culot sprang auf die Frage an, schnaubte sogar, für einen kurzen Moment kehrte die gewohnte Überheblichkeit zurück. »… der Kerl ihr Halbbruder ist? Ja! Und ein Verbrecher dazu! Ein Dieb! Er ist der Ganove, nicht ich.« Er schien einen Ausweg aus seinem Dilemma zu sehen. »Die Mademoiselle kann von Glück reden, dass ich zur rechten Zeit am rechten Ort war. Stell dir vor, sie wäre heimgekehrt und er wäre noch hier gewesen! Genau genommen bin ich ein Held, der …«

Theo sog die Luft ein. Besser, er nahm diesem Wicht gleich den Wind aus den Segeln: »Du wolltest sie erpressen. Du bist ebenso niederträchtig wie er.«

»Ich wollte, dass sie Baden-Baden verlässt. Ich möchte, dass wieder Ordnung herrscht im Kasino. Eine Frau hat an einem Roulettetisch nichts verloren.«

»Genau so viel oder so wenig wie ein feiner Croupier am Ort eines Mordes. Daran gibt es nichts zu rütteln. Du hast den Mann getötet, ob im Kampf oder mit Vorsatz werden die Untersuchungen ergeben müssen.«

In Culots Augen stand das Entsetzen über die Richtung, die sein Leben so unvermittelt eingeschlagen hatte. Dann machte der Ausdruck kühler Berechnung Platz. Er war nicht dumm, Theo sollte ihn besser nicht unterschätzen. Einen Teil seiner Aufmerksamkeit behielt er bei dem Messer. Doch Culot dachte nicht daran, etwas Unüberlegtes zu tun und Theo als Zeugen aus dem Weg zu räumen. Er war in Gedanken schon weiter. »Das wird ein öffentlicher Skandal, Theo, und das weißt du. Alle Zeitungen werden darüber berichten. Nicht das kleinste Detail des Falles wird verborgen bleiben. Jeder wird erfahren, dass es keinen Hermann Teubner gab. Dass er vielmehr der kriminelle Halbbruder der ach so gefeierten Croupière war. Die ihn auf die Art in das Kasino eingeschleust hat?« Er grinste, weil er längst ahnte, dass Theo es niemals so weit kommen lassen würde. Er würde nicht zulassen, dass Claires Leben in den Schmutz gezogen wurde.

Theo kam zu einem Schluss, und die Tatsache, wie schnell er ihn traf, ließ ihn frösteln. Aber es war die einzige Möglichkeit. »Wir schaffen ihn weg.«

»Weit, weit weg«, bestätigte Culot. Er rappelte sich auf, wankte, dann riss er sich zusammen und überraschte Theo mit der feinen Beobachtungsgabe, für die die Bénazets ihn als obersten Leiter an den Tischen schätzten. »Bei meinem Eintreffen habe ich ein Ächzen und Stöhnen aus der unteren Wohnung gehört. Ich vermute, Hermann hat Frau Seibold überwältigt.«

Theos Gehirn arbeitete auf Hochtouren. »Wir müssen die Leiche wegbringen, bevor wir sie befreien.«

»Und dann herausfinden, wie viel sie weiß.« Culot sah sich um. »Ich suche Eimer, Wasser und Seife. Es darf kein Fleckchen Blut übrig bleiben. Und du ...«

Theo gefiel nicht, wie Culot das Kommando übernahm. Er musste ihm zu verstehen geben, dass nach wie vor *er* der Glücklichere über den gemeinsam gefassten Plan zu sein hatte. Dazu musste er nur auf seine blutverschmierten Hände zeigen. »Dann fang am besten da an. Sonst weiß jeder gleich, dass du ein Mörder bist.« Er trat rückwärts zur

Tür, sodass er Culot keinen Moment den Rücken kehrte. Draußen donnerte es zum ersten Mal laut vernehmlich. Das Wetter passte und gereichte ihnen zum Vorteil. Es schien, als würde da ein kräftiger Wind Regen bringen. Kaum jemand würde sich aus dem Haus trauen. »Ich sehe im Hinterhof nach. Frau Seibold hat bestimmt einen Handkarren.«

Mit einem letzten gegenseitigen Nicken bestätigten die beiden sich, dass die aus der Not getroffene Vereinbarung zumindest für den Augenblick stand. Wie es dann weitergehen würde, mussten sie aushandeln. Doch dafür war jetzt keine Zeit. Theo eilte nach unten, bemühte sich, so leise wie möglich auf die Stufen zu treten. Frau Seibold konnten sie später erzählen, dass es der Unhold gewesen war, der die Beine in die Hand genommen hatte. Er lauschte, und tatsächlich vernahm er ein Ächzen. Sie mussten sich auch ihretwillen beeilen. Wer wusste, wie schwer sie verletzt war? Ein Toter an diesem Tag reichte.

Hermann Engel alias Franz Maushaupt. Hannas Mörder. Tot.

Während Theo nach hinten lief und die Tür zum Hof suchte, lauschte er in sich hinein. Meldete sich ein schlechtes Gewissen, weil er ihn nicht einer Gerichtsverhandlung zuführen konnte, sondern stattdessen seine Leiche entsorgte? Nein. Es war sogar besser so. Denn wer garantierte, dass Hermann seine gerechte Strafe erhalten hätte? Gab es die überhaupt für das, was er Hanna angetan hatte? Die einzige Gerechtigkeit war, dass er nun ebenso tot war wie sie und niemandem mehr etwas ähnlich Schreckliches antun konnte.

Draußen hing der Himmel voller dunkler Wolken, aus

denen jeden Moment der Regen fallen würde. Sie waren von einem so tiefen Grau, dass Theo kurz bei dem Gedanken fröstelte, dass es sich um Hermann Engels düstere Seele handelte, die Baden-Baden von seinem Tod wissen lassen wollte. Dann riss ihn ein erneuter Donnerschlag aus der Erstarrung, er rannte weiter in den Hof und fand in einem Unterstand nicht nur einen kleinen Leiterwagen, sondern auch ausreichend Kartoffelsäcke, um die Leiche zu verbergen.

Bis er mit der Nachricht wieder oben war, hatte Culot schon einen Großteil der Arbeit verrichtet. Das Blut war noch nicht angetrocknet gewesen, der Croupier hatte es ohne Rückstände aufgewischt. Theo half ihm beim letzten Rest, dann fing er an, die Schubladen wieder in die Kommode zu schieben. Nach einigen Minuten blickten sie sich zufrieden um. Theo nickte auf den Leichnam. »Ich packe ihn unter den Armen, du nimmst die Beine.«

So tapfer Culot sich bis jetzt gezeigt hatte, diese Aufgabe setzte ihm sichtlich zu. Seine Haut nahm erneut eine ungesunde Farbe an. Aber er tat, wie ihm geheißen. Beim ersten Versuch entglitt Hermann ihnen. Dann hatten sie ihn sicher gegriffen und brachten ihn mit schwerem Schnaufen über die Treppe und an der Wohnung von Frau Seibold vorbei nach hinten. Den Wagen hatte Theo vorsorglich nah an die Tür geschoben, schnell wuchteten sie die Leiche hinein und verbargen sie mit allerhand Jutesäcken. Sie legten eine Schaufel dazu, die Theo ebenfalls gefunden hatte.

»Schütt noch den Eimer aus, dann wartest du mit dem Wagen am Tor. Ich sehe nach Frau Seibold.« Theo hatte den Weg nach draußen schon ausgekundschaftet und ließ Culot zurück, nachdem der noch einmal nach oben geeilt und das Blutwasser geholt hatte. Er verriegelte die Tür zum Hof, wie er sie vorgefunden hatte. Dann ging er so leise wie möglich zum Hauseingang und tat, als betrete er die Pension zum ersten Mal.

»Hallo?«, machte er sich laut bemerkbar. »Claire? Madame Seibold?«

In der Stube meldete sich die Vermieterin mit einem Stöhnen. Schnell trat Theo ein und fand vor, was er erwartet hatte: Die Witwe lag, gefesselt und geknebelt, am Boden, die Haube verrutscht, das graue Haar darunter zerzaust. Er hoffte, dennoch glaubhafte Überraschung vorgeben zu können. »Meine Güte! Warten Sie, ich befreie Sie!« Er knotete die Fessel auf und nahm der älteren Frau vorsichtig den Knebel aus dem Mund. Sie sog hektisch die Luft ein, der Rotz hing ihr aus der Nase. Die Arme hatte sicher befürchten müssen, dass sie bald erstickte, wenn niemand sie fand. Umso dankbarer schaute sie Theo an.

»Was … für … ein Glück, Herr Vlissing, dass … Sie da sind.«

»Ich habe etwas mit Mademoiselle Engel zu besprechen«, sagte er. Gelogen war es nicht, genau deshalb war er ja gekommen.

Sie schüttelte den Kopf. »Da haben Sie Pech. Sie ist vor gut einer Stunde aus dem Haus. Und dann … dann …« Jetzt setzte der Schock über das ein, was sie hatte erleiden müssen. Wie Culots Augen zuvor weiteten sich auch ihre.

Theo nickte ihr aufmunternd zu. »Weiter, Frau Seibold. Reden Sie nur.«

»Ich … ich wollte zum Pfarrer. Wegen des neuen Organisten. Der hat ja noch keine Unterkunft, wenn er demnächst kommt.«

»Und da wollten Sie sich ins Gespräch bringen, bevor andere es tun.«

Die Stunde, die sie gefesselt am Boden verbracht hatte, hatte sie nicht kleinlaut gemacht. Sie schob das Kinn vor. »Daraus wird mir ja wohl keiner einen Vorwurf machen!«

»Sicher nicht, Madame. Ich halte es sogar für eine hervorragende Idee. Ich weiß ja von Claire, wie wohl man sich bei Ihnen fühlen kann. Der Organist dürfte sich glücklich schätzen, wenn der Pfarrer vor seiner Ankunft alles regelt. Aber erzählen Sie weiter. Was ist passiert?«

»Ich bin noch einmal umgekehrt, um mir einen Schirm zu holen. Es sah doch sehr nach Regen aus, und ich wollte nicht tropfnass beim Pfarrer ankommen. Und da bemerke ich, dass die Tür aufgebrochen ist, und sehe nach und dann ... dann ...« Der Bericht schien sie sichtlich mitzunehmen. Theo half ihr auf einen Stuhl und kniete vor ihr nieder, um ihr die Hände zu kneten. Sie starrte ihn an, während sie stockend weitersprach: »Dann höre ich etwas hinter mir, will mich umdrehen, aber da war es schon zu spät. Der Kerl stößt mich nach vorn, anschließend bringt er mich zu Fall und dreht mir die Arme auf den Rücken. Er zieht mir die Haube über den Kopf, und ich denke schon, mein letztes Stündlein hat geschlagen.«

»Der Kerl?«, unterbrach Theo sie. Das hier war wichtig. »Haben Sie ihn erkannt?«

Frau Seibold starrte weiter vor sich hin. Sie schüttelte sich, als sie die Szene offenbar noch einmal durchspielte. »Ich habe ja nichts gesehen. Er hat auch nichts gesagt. Hat mich nur gefesselt und die Haube dann nur so weit angehoben, dass er mir den Knebel in den Mund stecken konnte.« Sie fasste sich an den Hals. »Ich hatte solche Angst. Mit der

Zeit habe ich mich dann wieder getraut, mich zu bewegen. Hab mir die Haube halb vom Kopf geschoben.« Sie hielt inne. »Da waren Schritte auf der Treppe. Ich glaube, es war mehr als nur ein Mann.«

Theo nickte. »Solche Banden gehen oft zu mehreren vor.«

»Eine Bande? Und sie bricht ausgerechnet bei mir ein? Was wollten sie denn holen?«

»Alleinstehende Frauen sind beliebte Opfer, erst recht, wenn sie eine gutlaufende Pension leiten. Die Verbrecher haben vermutlich Bargeld gesucht.«

Frau Seibold schüttelte den Kopf. »Dann sind sie bei mir nicht fündig geworden. Ich trage alles immer gleich auf die Bank.«

»Deshalb haben die Diebe wohl auch oben nachgesehen. Und als sie erkannt haben, dass sie leer ausgehen, sind sie über alle Berge, als sie mich kommen hörten.«

»So muss es gewesen sein. Sie begleiten mich doch zur Polizei, Herr Vlissing?«

Theo nickte ausgiebig, verzog dann aber das Gesicht. »Wenn Sie es wünschen, selbstverständlich.« Erneut legte er seine Hände auf ihre. »Aber wenn Sie meine Meinung als Sicherheitsbeamter hören wollen. Es ist vergebliche Mühe, die Sie da auf sich nehmen. Solche Banden werden äußerst selten gefasst. Und Ihnen ist ja kein finanzieller Schaden entstanden. Abgesehen von der Tür. Die lässt sich schnell reparieren, und es ist, als wäre nichts passiert. Da wären mir persönlich die Stunden wichtiger, die ich auf der Wache verliere.«

»Stunden?«

»Aber sicher! Bis dort alles aufgenommen und dokumentiert ist! Da vergeht schon seine Zeit. Dann will vielleicht ein Vorgesetzter alles noch einmal hören und fühlt Ihnen auf den Zahn. Da sollten Sie heute keine anderen Pläne mehr machen.«

»Aber der Pfarrer!« Frau Seibold sprang so abrupt auf, dass Theo fast nach hinten fiel. Nur mit Mühe konnte er das Gleichgewicht halten und sich erheben. Derweil strich die Vermieterin ihr Kleid glatt und rückte die Haube gerade. »Sie haben vollkommen recht, Herr Vlissing. Was soll so eine Anzeige schon bringen?«

»Sie wollen zum Pfarrer? Das halte ich für eine gute Idee. Sichern Sie sich, was Ihnen zusteht.« Er führte sie aus der Stube, reichte ihr sogar den in einer Ecke stehenden Schirm und trat gemeinsam mit ihr auf die Straße. »Wir lehnen die Tür an. So fällt es gar nicht auf. Und ich kümmere mich um den Handwerker, der es richtet. Heute Abend ist es, als wäre nie etwas geschehen. Und jetzt Beeilung, bevor es wirklich zu regnen beginnt.«

Mit einem letzten Dank ging Frau Seibold zügig davon.

»Und?«, fragte Culot, als Theo um die Ecke trat und das Tor zum Hof öffnete. Theo berichtete in knappen Worten von ihrer Schilderung, Culot nickte zufrieden. »Sie hat also keine Ahnung, wer der Einbrecher war. Das ist gut.«

»Und noch besser wird es erst, wenn wir nicht länger herumtrödeln.«

Er überließ Culot die ersten Meter. Ratternd zog er den Leiterwagen hinter sich her. Theo schaute sich um, aber die wenigen Menschen, die kurz vor dem drohenden Gewitter noch auf den Straßen waren, beeilten sich, nach Hause zu kommen. Niemand beachtete sie. Bald ließen sie die Stadt hinter sich, tauchten in den Wald ein, folgten einem Weg, der sich im Unterholz verlor. Sie hielten den Wagen an, packten erneut die Leiche mit vereinten Kräften, schleppten sie etliche hundert Meter, weit entfernt von jeglichem Pfad.

»Hier ist es so gut wie überall sonst.« Ächzend ließ Culot die Beine fallen. Der Körper entglitt auch Theo. Und es stimmte. Viel tiefer in den Wald konnten sie ihn nicht tragen.

Theo nahm sich die Schaufel, suchte eine Stelle, an der nicht allzu viele Wurzeln den Erdboden durchzogen, und hob eine Grube aus. Sie wechselten sich ab, und bald konnte man nicht mehr unterscheiden, ob ihnen der Schweiß über die Stirn lief oder der Regen, der nach einem weiteren gewaltigen Donnerknall vom Himmel fiel. Das Trommeln auf den Baumkronen und das Rauschen im Blattwerk schluckte die Geräusche der unter der Anstrengung ächzenden Männer. Endlich war das Loch tief genug, dass kein Wildschwein die Leiche ausbuddeln würde. Sie rollten Hermann hinein. Culot warf das Messer hinterher. Theo griff in die Innentasche seiner Jacke und zog das Büchlein hervor, das ihm über all die Jahre die Hoffnung gegeben hatte, Hannas Mörder irgendwann zu finden, wenn er nur akribisch genug bei der Spurensuche war. Er starrte einen Moment darauf, all die Namen, all die Geschichten, all die Zweifel, die sie geweckt hatten, all die falschen Fährten. Mit einer ruckartigen Bewegung warf er es ins Grab, wo es auf Hermanns Bauch zum Liegen kam.

Statt einer Grabrede galt es, ein Versprechen einzuholen.

»Wir bewahren Stillschweigen.«, sagte Theo und betrachtete den schon wieder die Schaufel packenden Culot aufmerksam. Der Croupier hatte sich wieder im Griff, in ihm schien es zu arbeiten, und erneut war es besser, ihn auf keine falschen Ideen kommen zu lassen. »Andernfalls wanderst du hinter Gitter.«

»Wenn ich eingesperrt werde, werden die Beweise, die ich über ihn gesammelt habe, den Behörden in die Hände fallen«, entgegnete Culot gefasst. »Sämtliche Verbrechen des angeblichen Verlobten von Claire Engel werden aktenkundig. Sie dürfte nie wieder einen Fuß ins Kasino setzen, käme auch nur ein Teil davon ans Licht.«

»Dann haben wir wohl ein Patt. Ich kann mir nur sicher sein, dass du schweigst, solange du dir sicher bist, dass ich nichts verrate. Vielleicht ist es so am besten.«

»Ich vergesse, was ich über Claire weiß. Umgekehrt wirst du bis ans Ende deiner Tage und darüber hinaus aus deinem Gedächtnis verbannen, was in ihrer Stube passiert ist.« Culot streckte die Hand quer über das Grab aus, das sie geschaufelt hatten.

»Eine Bedingung habe ich noch«, sagte Theo. »Du behandelst Claire von nun an mit dem Respekt, den sie verdient.«

Kämpfte Culot mit sich? Ging ihm sein sonderbares Ehrgefühl so weit, dass er den Bruch ihres Arrangements riskierte? Endlich gab er sich einen Ruck. »Abgemacht.«

Theo schlug ein. Dann machten sie sich abwechselnd daran, das stille Grab von Hermann Engel für immer mit Erde zu füllen.

25

»Und schließen Sie um Himmels willen hinter sich ab, wenn Sie gehen!«

Martha Seibold raffte ihr schwarzes Kleid und eilte ebenso stürmisch aus der Stube, wie sie die Worte ausgestoßen hatte. Seit Claire nach unten gekommen war, um an ihrem freien Tag, der selten genug auf einen Sonntag fiel, ein Frühstück einzunehmen, wuselte ihre Vermieterin schon herum. Sie hatte etwas vom Pfarrer gemurmelt, mit dem sie über Einzelheiten eines bereits abgeschlossenen Mietvertrags reden musste. Offenbar ein einträgliches Geschäft, das sie da eingefädelt hatte, aber Claire hatte, selbst in Gedanken versunken, nicht nachgefragt. Es war offensichtlich, dass der Witwe das Treffen wichtig war, zu dem sie jetzt aufbrach.

Claire schluckte den Ärger über die überflüssige Erinnerung hinunter. Es war es nicht wert, sich darüber aufzuregen. Eine wie Frau Seibold würde immer etwas zu bekritteln finden, auch wenn es unnötig war: Claire hatte noch nie vergessen abzuschließen.

Vorn schlug die Tür zu, Frau Seibolds Schritte entfernten sich rasch. Claire atmete tief durch. Sie war allein.

Endlich. Natürlich hatte sie ihr eigenes Zimmer, aber auch nach all den Wochen fühlte es sich immer noch nicht wie ihres an. Der karg möblierte Raum war ein Ort, an dem sie nach den Schichten im Kasino müde ins Bett fiel, mehr nicht. Wach und mal ganz für sich, um in Ruhe ihren Gedanken nachzuhängen, war sie seit Monaten nicht gewesen. Daher genoss sie das Frühstück ausgiebig, kochte sich ein zusätzliches Ei zu dem, das schon kalt auf sie gewartet hatte, und erlaubte sich, den schal schmeckenden Kaffee, den Frau Seibold ihr vorgesetzt hatte, wegzuschütten und frischen aufzubrühen. Sie sog den Duft tief durch die Nase ein, öffnete das Fenster, um die Geräusche der erwachenden Stadt in sich aufzunehmen. Das Rattern eines Fuhrwerks, die Stimmen der Menschen, die Glockenschläge der Kirche.

Dies hier konnte eine der letzten Mahlzeiten sein, die sie in der Pension einnahm. Alles hing davon ab, ob die Bénazets ihr eine Festanstellung anboten oder nicht. Was bedeutete ihr Zögern? Waren sie sich uneins darüber, ob sie Claire als Croupière behalten wollten? Oder wollten sie ihr die Nachricht, dass ihre Dienste nicht mehr benötigt wurden, so spät wie möglich geben, weil sie sonst befürchteten, sie würde ihren Verpflichtungen bis zum Saisonende weniger verantwortungsbewusst nachkommen? Claire wollte solch negative Überlegungen nicht zulassen, es passte nicht zu ihrer allgemein optimistischen Haltung. Diese hatte sie sogar schon dazu verleitet, sich auf Verdacht nach einer anderen Unterkunft umzuschauen. Sie hatte da ein prächtiges Apartment mitten in der Stadt entdeckt, zwei lichtdurchflutete Zimmer, Ausblick bis zum Kurhaus ... Ach, wie herrlich wäre das! Mit einem Gehalt als Croupière und dem üblichen Trinkgeld könnte sie sich eine so noble Bleibe leisten. Bislang hatte sie jede Münze, jeden Schein bei sich aufbewahrt. Zwar hatte sie es nicht wie die meisten Leute in einen Sparstrumpf unter ihre Matratze gesteckt, sondern in ihrem Kleiderschrank, aber wohl war ihr dabei nicht gewesen. Umso schöner war die Wendung, die sich vor einigen Tagen zugetragen hatte: Sie hatte Maximilian von Hohenberg, Sohn des Besitzers der Hohenberg'schen Finanzanstalt, auf der Lichtentaler Allee getroffen, und zwar nicht allein. Beate Leberecht hatte ihn mit ihr zu verkuppeln versucht, doch er hatte schnell das Interesse verloren, als Claire ihn bei seinen Besuchen im Kasino nicht zu weiteren Schritten ermuntert hatte. Er schien sein Glück und den Segen der Eltern ohne Beates Hilfe gefunden zu haben, denn er hatte Claire die etwas pummelige Frau an seiner Seite als seine Verlobte Julia Lecroix vorgestellt. So war das Gespräch ungezwungen und freundschaftlich verlaufen, und Claire hatte sich erkundigt, welche Vorteile eine Verwahrung ihrer Ersparnisse bei ihnen für sie brächte. Maximilian hatte nicht gezögert und ihr einen Termin in der Bank für den folgenden Tag gegeben, um sie zu beraten. Schnell waren sie sich da einig geworden, und so lagerte ihr Geld nicht nur sicher in einem Tresor, sondern wuchs ohne ihr Zutun langsam, aber stetig ein wenig an.

Vor dem Spiegel im Flur stehend richtete Claire sich ihren Hut und bemerkte das Funkeln in ihren Augen. Ja, sie freute sich. Sie war gleich mit George an der Liebfrauenkirche verabredet, deren Schläge gerade verklangen. Ein erster Annäherungsversuch nach dem unglücklich gelaufenen Ausflug zum Zisterzienserkloster. Seitdem hatte unausgesprochen die Frage zwischen ihnen gestanden, wie es mit ihnen weitergehen sollte. George nahm offenbar an, dass sie ihm nach Sussex folgen würde, Claire sah ihre Zukunft hier in Baden-Baden. Entsprechend steif und vorsichtig waren die letzten Begegnungen gewesen. Keiner wollte auf das Thema zu sprechen kommen. George hatte ihr auf der Suche nach sicherem Terrain von der stimmigen Verbindung der Architektur der Kirche von Romantik, Gotik und Barock und von dem hohen Sakramentshäuschen vorgeschwärmt. Sie hatten festgestellt, dass Claire zwar den in alle Himmelsrichtungen weithin sichtbaren, mit einer Haube bedeckten Glockenturm kannte, das Gotteshaus selbst aber nie betreten hatte.

Wenig später – und selbstverständlich, nachdem Claire die Pension abgeschlossen hatte – legte sie den Kopf in den Nacken, um zu der vergoldeten Petrusfigur auf dem Turm zu schauen, als sich ihr von hinten zwei Hände über die Augen schoben. Sie brauchte nicht zu raten, wer dieses Spiel mit ihr trieb. Georges markanter Duft nach Rosen und Kampfer verriet ihn, sein Atem kitzelte an ihrem Ohr. Sein auf ihren Nacken gehauchter Kuss ließ sie erschauern. Claire drehte sich in seiner Umarmung, verlangte nach einem weiteren Kuss, diesmal auf den Mund, und erwiderte ihn, als George ihn ihr schenkte.

Die Zärtlichkeit fiel kurz aus. Claire spürte Georges Anspannung, bevor er sich von ihr löste. Er betrachtete sie – und lachte auf. »Dir kann man nichts vormachen, nicht wahr? Entschuldige, meine Gedanken sollten allein dir gehören. Aber gerade ist mein Vater nach Iffezheim aufgebrochen, um mit der Rheinischen Dampfschifffahrt den Rückweg nach England anzutreten.«

»Und du bleibst noch einige Tage. Was hat er dazu gesagt?«

George bot ihr den Arm, gemeinsam schlenderten sie Richtung Portal. »Oh, er war kurz davor zu explodieren. Aber ich habe es nicht dazu kommen lassen, sondern ihm alles an den Kopf geworfen, was mich schon so lange bedrückt.«

»Oh George, das hast du wirklich getan?« Claire freute sich, war das doch ein erster Schritt in die richtige Richtung.

»Ja, ich habe ihm gesagt, dass *er* den Unfall nie überwunden hat. Dass er sich nur nach außen hin stolz und kämpferisch gibt, in seiner Partei, seinen Anhängern gegenüber, sich in Wahrheit aber noch immer nicht mit seinem Schicksal abgefunden hat. Einem Schicksal, für das ich nicht länger die Verantwortung übernehmen kann, ja, nie hätte übernehmen sollen.«

Claire machte große Augen. »Und das hat er eingesehen?«

»Du hast ein falsches Bild von ihm. Er liebt mich. Und natürlich hat er mich gebeten, ihn zu begleiten. Beinahe gefleht hat er. Er hat erkannt, dass er mich mehr braucht als ich ihn, und das nicht wegen seines körperlichen Leidens. Dafür gibt es Bedienstete. Nein, ihm geht es wie allen Menschen, Claire, er hat Angst vor dem Alleinsein. Das gilt noch mehr, weil er sich selbst als Krüppel sieht. Wenn schon sein Sohn sich nicht um ihn kümmert, wer sollte es dann?«

Claire war überglücklich über die Entwicklung. Das hätte sie nicht für möglich gehalten, aber vielleicht hatte sie nicht tief genug in Lord Bedfords Seele geblickt. Oder er hatte es bestens verstanden, die Gefühle für seinen Sohn zu verbergen. Wie auch immer, George war geblieben. Claire betrachtete ihn im Vorbeigehen, als er ihr die Pforte des Gotteshauses aufhielt. Im Inneren empfing sie Kühle. Imposante Säulen und Rundbögen schmückten die Kirche ebenso wie etliche sakrale Kunstwerke. George hatte nicht übertrieben. Nach wie vor beschäftigten ihn jedoch die Gedanken an seinen Vater, das war nicht zu übersehen.

»Du sorgst dich um ihn«, flüsterte Claire, als sie sich bekreuzigte, knickste und in eine Bank schob, um den Innenraum auf sich wirken zu lassen.

George setzte sich neben sie. »Ich kann es nicht von einem Tag auf den anderen abschütteln, also ja.«

Claire ergriff seine Hand. »Das sollst du auch nicht. Es zeichnet dich als Menschen aus. Aber wenn er dich wirklich liebt, wird er es akzeptieren. Dein Vater ist selbst für sein Leben verantwortlich und du für deines.«

»Und deins, Claire. Wenn du mich lässt.«

Ihre Rechte zuckte in seiner, als wolle sie heraushüpfen. Die Gedanken surrten wie ein Bienenschwarm durch ihren Kopf. Sie wich seinem Blick aus, suchend huschte ihrer umher. Schließlich entzog sie ihm auch die Hand und wies nach vorn. »Das Sakramentshäuschen ist wirklich außergewöhnlich schön.«

Ihr Herz klopfte. Wie würde er auf ihr Ausweichen reagieren? Anders als befürchtet: Er sprang auf, hielt ihr die Hand hin, ein Blitzen in den Augen. »Wenn dir das gefällt, warte erst, was ich dir noch zeigen will!«

Claire erhob sich, und im nächsten Moment rannte George mit ihr nach draußen und über den Marktplatz die Gassen der Altstadt hinab. Er ließ sie los und stürmte voraus. Mit der einen Hand drückte sie sich den Hut auf den Kopf, die andere raffte den Saum des Kleids, damit sie nicht darüber stolperte, während sie sich mühte, mit ihm Schritt zu halten. Immer wieder warf er ihr ein Lachen über die Schulter zu, johlte wie ein Junge, der im Spiel auf die Oos zuhielt.

»Platz da, Platz da!«, rief er einer Gruppe gutsituierter Herrschaften auf der Brücke zu und preschte im nächsten Moment schon mitten zwischen ihnen hindurch. Claire lief hinterher und konnte das Lachen über die verdutzten Gesichter nicht mehr zurückhalten. Georges Freude war ansteckend. Erst auf der Lichtentaler Allee wurde er langsamer, und sie schloss auf. Außer Atem hakte sie sich bei ihm ein, damit er nicht erneut davonstürmte.

»Wohin bringst du mich?«, fragte sie nach einer Weile, als sie ihr Tempo dem der anderen Spaziergänger angepasst hatten.

Die Frage schien George erneut anzustacheln. Er war voller Vorfreude auf das, was er präsentieren wollte. Aber erinnerte die Unruhe, mit der er mal hierhin, mal dorthin schaute, nicht auf unangenehme Weise an sein wildes Klavierspiel? Wiederholte sich die Manie etwa? Zumindest erreichten sie endlich ihr Ziel. George blieb stehen, wartete darauf, dass Claire erkannte, wohin er sie geführt hatte.

Sie befanden sich noch immer auf der Allee. Auf der einen Seite floss die Oos träge dahin, auf der anderen reihten sich gepflegte Gärten hinter Mäuerchen und gusseisernen Zäunen aneinander. In prunkvollen Villen lebten wohlhabende Familien oder betuchte Gäste, die sich ein solches Sommerquartier leisten konnten. Sie standen vor einem Gebäude, an dem die Arbeiten gerade abgeschlossen zu sein schienen. Es wirkte, als hätte sich der Architekt vom Kurhaus inspirieren lassen. Die symmetrische Fassade, die den Eingang flankierenden Säulen. Es war aus hellen Ziegelsteinen gefertigt, die Fenster waren groß und mit kunstvollen Verzierungen versehen. Im Garten davor würden im nächsten Sommer sicher Rosen erblühen. Einige Stellen schienen für Statuen und dergleichen freigehalten, die noch angeliefert werden mussten.

»Wie gefällt es dir?«, fragte George.

»Ein sehr schönes Haus, aber wieso …?«

»Willst du es dir ansehen?« Noch bevor die Bedeutung dieser Frage in Claires Bewusstsein sickerte, bückte er sich, griff mit links unter ihren Kniekehlen hindurch, und im nächsten Augenblick lag sie quer auf seinen Armen. George schritt mit ihr auf das Tor zu. »Noch trage ich dich nicht als meine Frau über die Schwelle, aber unser neues Heim verlangt auch jetzt nichts Geringeres.«

Ihr Herzschlag setzte aus, hämmerte dann in schnellem Galopp los. »Lass mich runter!«

»Nur noch ein kleines …«

»Sofort!«

Verwirrt setzte er sie ab. Claire strich sich das Kleid glatt, tat, als müsse sie sich den Hut richten, um Zeit zu schinden. Wieder surrte der Bienenschwarm durch ihren Kopf, schlimmer als zuvor.

»Gefällt es dir nicht? Das wäre ein Jammer, denn der Kaufvertrag ist bereits unterzeichnet.«

»George, was hast du getan?« Er konnte doch nicht allen Ernstes ein Haus gekauft haben. *Eine Villa!*, korrigierte sie bei sich. Eine der prachtvollsten der ganzen Allee! Welche Unsummen hatte er aus einer Laune heraus ausgegeben!

Er breitete die Arme aus und bestätigte ihre schlimmsten Befürchtungen. »Na, ich habe sie für uns erworben. Ein Geschäftsmann hat in die Villa investiert und wollte sie gewinnbringend an den Mann bringen. Da habe ich zugeschlagen.« Er stutzte. Wenigstens schien ihm Claires Fassungslosigkeit aufzufallen. »Du hast doch gesagt, dass du in Baden-Baden bleiben willst. Habe ich das etwa falsch verstanden?«

»Nein. Ja. Ach, George!« Natürlich wollte sie bleiben, sofern sie eine Festanstellung im Kasino bekam.

»Aber nicht mit mir.« Ohne Vorwarnung schlug seine Stimmung um. Er griff sich an die Stirn, taumelte von Claire weg zum Zaun. »Ich törichter Idiot! Wie könnte eine Frau wie du mit einem Menschen wie mir glücklich werden?« Er sank an den Stäben hinab, kauerte in gebückter Haltung am Mäuerchen, den Kopf gesenkt.

Schnell trat Claire näher zu ihm.

»Nein, George, so darfst du das nicht sehen.« Sie fühlte sich auf besondere Weise zu ihm hingezogen, vielleicht liebte sie ihn wirklich. Aber stand diese Liebe auf einem soliden Fundament – oder war sie nur aus Claires Gefühl entstanden, dass da jemand war, der sie brauchte und dem sie aus dem Jammertal helfen konnte? War das der Reiz gewesen? Wäre das eine Basis für eine Ehe? Und was war mit George selbst? Da hatte er sich halbwegs von den Schuldgefühlen befreit, die ihn all die Jahre bei seinem Vater gehalten hatten, und wollte sich im nächsten Moment an die Person binden, die ihm den Anstoß dazu gegeben hatte? Er stürzte sich von einer Abhängigkeit in eine neue, suchte sein Glück wieder bei jemand anderem, statt in sich selbst. Was für eine Verantwortung er Claire damit ungefragt auftrug! Unwillkürlich richtete sie sich auf. Nein, diese Rolle würde sie nicht annehmen. Sie hatte ihm zu der Erkenntnis verholfen, dass seine Beziehung zu seinem Vater nicht heilsam war. Sie hatte ihn dazu ermutigt, seinen eigenen Weg zu gehen. Dass er ihn daraufhin mit ihrem verknüpfte, fühlte sich falsch an.

Und da war die seelische Erkrankung. Wie groß war ihr Anteil an der impulsiven Handlung, ein Anwesen wie dieses zu erwerben? Von einer Sekunde auf die nächste war er dann gerade vor ihren Augen in Verzweiflung gestürzt, weil ihre Reaktion nicht so ausgefallen war, wie er es sich erhofft hatte. Mit welchen Kapriolen seines Gemüts war noch zu rechnen? George brauchte Hilfe. Aber sie konnte sie ihm nicht geben.

»Ich dachte, wir hätten eine Zukunft.« Er erhob sich, und es tat weh zu sehen, dass das Feuer in seinen Augen erlosch.

Claire legte sich die passenden Worte zurecht, um ihn ein letztes Mal aufzufangen. »Wenn unsere Wege miteinander verwoben sind, werden sie sich wieder vereinen.« Sie sprach schnell weiter, wollte ihm nicht zu viel neue Hoffnung schenken: »Aber es ist der falsche Zeitpunkt, das zu entscheiden, George. Es wird sich zeigen. Mein Traum liegt hier in Baden-Baden, das hast du richtig erkannt, und ich hoffe so sehr, dass ich bleiben darf! Aber wie kann es ein gemeinsames Leben geben, wenn du noch keines für dich allein hattest?«

Er schluckte schwer, aber sie schien etwas in ihm zu erreichen. Sie atmete erleichtert durch, als er aufsah und sie keine Wut, keinen Hass in seinem Blick entdeckte. »Bist du dir sicher, Claire?«

»Ja, das bin ich.«

Noch einmal senkte er den Kopf, und sie kämpfte gegen den Impuls, ihn tröstend in den Arm zu nehmen. Aber ihr Entschluss stand, so sehr er sie in diesem Moment selbst schmerzte. George hatte die Liebe in ihr geweckt, aber die Tatsache, dass sie nie über die Saison hinausgedacht hatte, bewies es: Irgendwo tief in ihr drinnen war ihr von Anfang an klar gewesen, dass es nicht von Dauer sein würde. »Mach den Verkauf rückgängig oder beauftrage jemanden, es für dich zu erledigen. Aber kehre vorerst zurück in deine Heimat, George. Schau, was das Leben dort für dich bereithält.« Vielleicht würden sie sich nächstes Jahr wiedersehen, wenn er erneut nach Baden-Baden kam und sie dann noch da war. Vielleicht wäre dann alles anders, und sie bekämen noch eine Chance.

Claire drehte sich um und schritt, ein wenig beklommen, aber mit der Gewissheit im Herzen, das Richtige getan zu haben, auf die Lichtentaler Allee hinaus.

26

Ende Oktober 1847

»Ein Rheingauer!«

Theos Schwager begutachtete die Flasche Wein, die Claire ihm an diesem Abend als Gastgeschenk überreichte. Und offensichtlich auch als kleine Wiedergutmachung für ihr plötzliches Verschwinden aus dem Grandhotel, auch wenn Günther und Beate annahmen, dass ein kurzzeitiges Unwohlsein der Grund gewesen war.

»Der Händler meinte, das Schloss Johannisburg wäre weithin bekannt für seine hervorragenden Weine.«

»Da hat der gute Mann recht«, tönte Günther und zwinkerte Claire zu. »Lange halten wird er aber nicht. Er hat die perfekte Temperatur, um ihn gleich heute zu genießen.«

Das schien Beate anders zu sehen. »Der Hauptgang verlangt nach einem Rotwein, Günther. Ich habe eigens ein paar Flaschen Spätburgunder vom Weingut Becker kommen lassen.« Sie wollte ihm den Rheingauer abnehmen, um ihn an den Bediensteten weiterzureichen, der Claire den Mantel abgenommen und ihn sich vornehm über den Arm gelegt hatte. Es entstand ein kleines Gezerre um die Flasche, aus der Günther mit einem triumphierenden *Ha!* als Sieger hervorging. Eine Szene, die Theo unter anderen

Umständen sicher amüsiert hätte, doch er war mit seinen Gedanken immer noch bei der Beerdigung von Jasper Finken.

Claire erwies sich wieder einmal als feinfühlig. Behutsam vortastend, ob es ihm recht war, darüber zu sprechen, fragte sie, während sie Beate und Günther in den Salon folgten: »Weiß man inzwischen, was Herrn Finken genau widerfahren ist?«

Theo nickte. »Aus der Art der Verletzungen ließ sich der ungefähre Tathergang ableiten. Zur Ergreifung des Schuldigen hat dann aber letztlich ein Detail geführt, das fehlte.«

Theo schob ihr den Stuhl zurecht und wartete, bis sie sich gesetzt hatte. Vom Kopf des Tisches erklang ein *Plopp*, als Günther den Wein eigenhändig entkorkte. Claire schaute Theo mit großen Augen an. »Der Täter ist gefasst?«

»Heute erst, deshalb hat es noch nicht die Runde gemacht.«

»Wer war es?«

»Alwin Hartmann, ein stadtbekannter Halbseidener.« Theo seufzte. »Der schöne Alwin fängt die weniger betuchten Verlorenen vor dem Kasino ab. Er gibt sich verständig, bestärkt sie im Glauben, den Verlust schnell wieder wettmachen zu können. Er gewährt ihnen großzügigen Privatkredit. In ihrer Not achten die armen Schlucker nicht auf den Wucher, den die Zinsen bedeuten.«

Claire runzelte die Stirn. »Ein riskantes Geschäft. Er kann sich nicht darauf verlassen, sein Geld wieder zu erhalten.«

Theo wiegte den Kopf. »Ihm reicht es, wenn das hin und wieder geschieht. Denn dann steht ihm das Vier- bis Fünffache der Summe zu, die er verliehen hat.«

»Und hinter anderen«, schaltete sich Günther vom Kopfende aus ein, der ebenfalls über Alwins Geschäftsgebaren Bescheid zu wissen schien, »die mein werter Schwager als *verloren* bezeichnet, steht eine Familie. Sie muss nicht einmal reich sein. Kann der Kreditnehmer nicht zahlen, steht der schöne Alwin mit seinen Schlägern vor deren Tür und holt sich, was es zu holen gibt.«

»Und die, die weder Glück noch eine Familie haben?« Claire wusste die Antwort längst, das hörte Theo heraus, wollte sie aber von ihm bestätigt wissen.

Er nickte. »Bisher hat Alwin es nicht so weit getrieben. Mal ein gebrochener Arm, mal ein blaues Auge.«

»Und niemand hat ihn je gemeldet?« Claire war sichtlich fassungslos.

Günther übernahm es, sie aufzuklären. »Ich hatte schon den ein oder anderen seiner *Kunden* in meiner Praxis. Man kann ihnen nur vage Andeutungen entlocken. Doch sobald die Obrigkeit ins Spiel kommt, erzählen sie, dass sie hingefallen oder vor eine Kutsche gelaufen sind.«

Theo beugte sich vor. »Du musst verstehen, wie sein Geschäft funktioniert, Claire. Er will ja, dass jeder weiß, dass man ihn besser auszahlt. Aber nachweisen konnte man ihm bisher nichts.«

»Was hat ihn jetzt überführt?«

Theo tippte sich an die Stirn. »Jaspers Pagenmütze. Sie war fort.« Er sah die Irritation in Claires Augen. Sie hatte Jasper als regelmäßigen Besucher im Kasino gekannt, stets war er in entsprechender Garderobe im Kurhaus erschienen. Nun sollte er in seiner Uniform losgelaufen sein? Sie öffnete den Mund, aber Theo kam ihr zuvor: »Er hatte mir etwas Dringendes mitzuteilen. Dabei muss er Alwin und seinen Leuten in die Arme gelaufen sein. Sie haben ihn zusammengetreten, ihn einfach liegen gelassen und sich im *Goldenen Adler* einen Spaß mit der Mütze gemacht, sie sich gegenseitig zugeworfen und höhnisch aufgesetzt.« Er bekämpfte die lodernde Wut, die in ihm aufstieg, wann immer sich dieses Bild in seinem Verstand formte. »Zeugen, die von dem Überfall auf Jasper gehört hatten, haben das beobachtet und fanden es merkwürdig. Die Polizei wurde gleich hellhörig, und dann haben sich Alwins Leute bei der Befragung in Widersprüche verstrickt. Sie sind nicht gerade die hellsten.«

Claire legte sich die Hand auf den Brustkorb. Ihr schien Jaspers Schicksal zuzusetzen, obwohl sie ihn kaum gekannt hatte. Aber sie war nun mal ein mitfühlender Mensch und wusste zudem, dass Jasper ein guter Freund von Theo gewesen war. Sie fasste sich, wandte sich an Theo: »Hast du denn erfahren, was Jasper so dringend von dir wollte?«

»Eine private Angelegenheit.« Aus den Augenwinkeln bemerkte er Beates überraschtes Gesicht. Sie fragte sich sicher genau wie Günther und Claire, wieso er auf einmal so einsilbig war. Zu seiner Erleichterung erfüllte kurz darauf der Duft nach Muskatnuss den Raum. Die Bedienstete trug die edlen Porzellanschalen mit der Kürbissuppe herein und verhinderte so jede Nachfrage. Während das Mädchen die Vorspeise vor ihnen abstellte, lugte Theo zu Claire hinüber. Und traf eine Entscheidung.

Er hatte bis zu dieser Sekunde nicht gewusst, wie er sich ihr gegenüber verhalten würde. Ihr Halbbruder war tot. Verstorben im Kampf mit einem, der ihr ebenfalls übel hatte mitspielen wollen. Wenige Tage war es her, aber Theo kam es vor wie aus einem anderen Leben. Dennoch hätte Claire verdammt noch mal ein Recht darauf, all das zu erfahren. Und doch würde er schweigen. Denn Recht hin oder her, Theo hatte erlebt, wie gelöst sie in der Zeit gewesen war, als sie annehmen musste, dass Hermann Engel die Stadt verlassen hatte. Wie sehr sie sich wieder dem Leben geöffnet hatte. Und nun sollte sie erkennen, welche Bestie er gewesen war? Nein, nie und nimmer würde er sie dem aussetzen. Immer würde die Schuld an ihr nagen, dass einer aus ihrer Familie Theo so Schreckliches angetan hatte, und auf ewig würde sie das Wissen umtreiben, dass Theo einer war, der einen Totschlag vertuschte.

Die Angestellte räumte die Suppenteller ab, für die Zwischenmahlzeit hatte Beate sich etwas Besonderes ausgedacht. Es gab Austern, mit einer Mischung aus Spinat, Anis und Pernod überbacken. Der Duft der Muscheln harmonierte mit den Gewürzen und kündigte ein wahres Geschmackserlebnis an, obwohl Theo Essen dieser Tage eher als Notwendigkeit betrachtete denn als Vergnügen.

Er hatte getan, was in seiner Macht stand. Hannas Mörder hatte seine gerechte Strafe bekommen, daran gab es nichts zu deuten. Und Jaspers Mörder würde sich vor Gericht verantworten müssen und ins Gefängnis wandern. Das musste genügen.

Eine tiefe Ruhe erfasste ihn, als er die getroffene Entscheidung durchdachte. Ja, es war richtig, einen Schlussstrich zu ziehen. Er wollte in die Zukunft sehen, aber wichtiger für ihn war, dass Claire dies konnte, was auch immer sie erwartete. Frei und unbeschwert.

Sie griff zum Glas, nahm einen Schluck Wein, sah dann in die Runde. »Ich habe auch etwas Privates zu verkünden.«

Was für eine wundersame Wandlung sie durchgemacht hatte. Sie hatte ihm vorgeworfen, dass er sie *naiv* genannt hatte. Vielleicht war sie das nie gewesen, das sah er inzwischen ein. Sie war mit einem Traum nach Baden-Baden gekommen, hielt unbeirrbar an ihm fest. Als Croupière wuchs sie über sich hinaus, wirkte reifer, erwachsener. Eine Entwicklung, die seiner Hanna nie vergönnt war. Umso glücklicher durfte er sich schätzen, Claire ein Stück weit auf diesem Weg begleitet zu haben – obwohl er ahnte, was jetzt kam. Er kämpfte die Tränen aus Melancholie und Glück nieder, die ihm die Sicht zu vernebeln drohten, während er wie Beate und Günther wartete, was sie zu sagen hatte.

Beates Gedanken trieben wohl in eine ähnliche Richtung wie seine. Sie ergriff vor Aufregung Günthers Hand, lag ihr doch so viel daran, Claire endlich unter der Haube zu sehen. In Günthers Miene stand Wehmut. Ihm gefiel die Vorstellung vielleicht nicht, dass Claire die Liebe ihres Lebens gefunden haben könnte, obwohl ihm zu jedem Zeitpunkt in dieser Saison klargewesen sein musste, dass seine kleine Schwärmerei für sie nicht mehr als eine Seifenblase war. Ein stilles Vergnügen, das man sich gönnte, wenn man in die Jahre kam. Beate hingegen plante im Geist schon die Verlobungsfeier und vergaß darüber, dass die Leberechts zwar eine Art Familie für Claire geworden waren, sie aber nach wie vor ihre eigene hatte.

Theo war nicht überzeugt, dass sie die richtige Wahl traf. Doch er würde so tun, als freue er sich für sie. Das war er ihr schuldig.

»Ich habe mich von George Bedford getrennt«, sagte sie.

Beate klappte der Mund auf. Offenbar sah sie all ihre schönen Pläne vernichtet. Doch schon im nächsten Moment trat ein altbekanntes Blitzen in ihre Augen, das auch Günther nicht entging.

»Und schon denkt sie über die nächsten geeigneten Kandidaten für dich nach«, lachte er und hob das erneut gefüllte Weinglas. »Sicher hast du eine ganze Liste, meine Liebe, die es in den kommenden Tagen abzuarbeiten gilt.«

Theo stimmte in das Lachen ein. Jasper möge in Frieden ruhen, aber hier spielte sich das pralle Leben ab. Wie seine Schwester schaute! Ertappt, beleidigt. Und kämpferisch. Ja, sie konnte nicht aus ihrer Haut, und Claire würde sich bald wieder der einen oder anderen Aufwartung erwehren müssen. Die Arme konnte sich auf eine ganze Armee an Interessenten gefasst machen, wenn Beate die Sache wieder in die Hand nahm.

Theo selbst war erleichtert. Er war Claire gegenüber ehrlich gewesen: Er schätzte George Bedford als Menschen hoch ein, doch sein wechselhaftes Gemüt würde auch die Frau an seiner Seite belasten. Für Claire wünschte er sich Besseres.

Dass seine herausfordernde Art zumindest zum Teil der Grund für ihren Entschluss gewesen war, bestätigte sie auf eine entsprechende Frage von Günther: »Ich bin inzwischen ebenso fest wie ihr davon überzeugt, dass George ärztlicher Behandlung bedarf. Anders wird weder für ihn noch für eine Frau jemals ersichtlich sein, ob seine Gefühle echter Liebe entspringen oder nur der Manie.«

Günther nickte bestätigend. »Eine treffende Umschreibung der Umstände. Auch wenn ich für dich wünschte, es wäre anders.«

Das Gespräch driftete in einen ärztlichen Fachvortrag über verschiedene Formen seelischen Leidens ab, bis das

Mädchen schließlich den Hauptgang servierte, Rinderfilet auf einem Bett aus Kartoffelgratin, begleitet von glasierten Karotten. Dazu gab es eine Trüffeljus. Theo lief das Wasser im Mund zusammen, sein Hunger schien auf einen Schlag zurückgekehrt zu sein.

»Es ist köstlich«, sagte Claire nach einigen Bissen an Beate gewandt. »Ich weiß, dass Köchinnen ihre Geheimnisse gemeinhin nicht verraten. Aber meine Mutter wäre sicher dankbar, wenn ich ihr dieses Rezept mitbringen könnte.« Sie lächelte, hatte wohl Theos fragenden Blick bemerkt. »In vier Tagen ist die Saison zu Ende. Ich werde noch zur kleinen Versammlung bleiben, zu der die Bénazets für Montag eingeladen haben. Danach fahre ich nach Sinzheim. Ich weiß ja noch nicht, wie es mit meiner Anstellung weitergeht, aber ich will auf jeden Fall meine Familie wiedersehen. Die letzten Monate waren aufregend, ich möchte persönlich davon erzählen, nicht bloß in Briefen. Und nach all dem Trubel freue ich mich auf einige Wochen der Ruhe in der Heimat.«

»Spätestens zur neuen Saison kehrst du aber zurück«, sagte Theo.

Sie hob die Schultern. »Wer weiß?«

»Die Bénazets sollten sich endlich mal äußern!«, bemerkte Beate. »Das ist doch keine Art, eine junge Frau so hinzuhalten!«

»Wahrscheinlich ist es für sie so selbstverständlich, dass Claire bleibt, dass sie völlig vergessen, dies auch vertraglich festzuhalten.« Günther hatte den von Claire mitgebrachten Riesling beinahe allein geleert, seine Wagen waren gerötet, sein Blick verklärt. »Heißa! Dann erwarten wir dich in der kommenden Saison jeden Abend zum Essen!«

Theo hätte nichts dagegen, er hatte Claire sehr lieb gewonnen. Aber wenn die Bénazets wider aller Zuversicht doch anderer Meinung über ihre Rolle in der nächsten Saison waren, würde sie sich andernorts bewerben. Sie würde keine andere Anstellung mehr als die einer Croupière annehmen.

27

Was für ein rundum gelungener Abend! Aber war wirklich alles wieder gut? Jetzt, da Claire das Zusammensein Revue passieren ließ, während Theo ihr den Mantel reichte und sie sich anschickte, das Haus der Leberechts zu verlassen, beschlich sie das Gefühl, dass er etwas vor ihr verheimlichte. Er griff zu seiner Jacke, leicht schwankend, weil er zwar kaum vom Rheinländer, dafür aber ausreichend vom Spätburgunder getrunken hatte. Claire hielt ihn zurück. »Du bleibst besser hier.«

»Nixda«, nuschelte Theo. »Ist spät, ich bring dich.«

Sie lachte. »Und wer bringt dich dann wieder her? Nein, heute gehe ich allein, Theo. Und so spät ist es noch gar nicht. Es sind noch genügend Menschen unterwegs.« Wie um ihre Worte zu bestätigen, rumpelte vor dem Haus eine Kutsche. Sie hielt, Claire hörte das Schnauben der Pferde. Wahrscheinlich hatten Nachbarn der Leberechts den Abend bei einer der geselligen Veranstaltungen verbracht und ließen sich heimbringen.

Beate öffnete ihr die Tür und überraschte sie mit einer herzlichen Umarmung zum Abschied. »Richte deinen Eltern, wenn du demnächst heimfährst, bitte unbekannterweise Grüße von uns aus. Wir wünschen dir eine erholsame Zeit in Sinzheim. Aber wir freuen uns schon darauf, dich bald wieder zu sehen.«

»Jawollja!«, rief Günther im genau richtigen Augenblick, und die rührige Szene endete mit allgemeinem Gelächter und einem spielerischen Hieb von Beate auf Günthers Arm. Auch in Theos Blick lag Wehmut darüber, dass Claire schon bald in eine Kutsche steigen und Baden-Baden verlassen würde. Bevor ihr dies zu naheging, lief sie die Stufen hinab, trat auf den Bürgersteig – und wich nur mit Not der aufschwingenden Tür des Gefährts aus, das direkt vor dem Haus der Leberechts gehalten hatte.

Ein Mann von vielleicht dreißig Jahren sprang aus der Kabine, als hätte er Dringendes zu erledigen. Claire lag ein Kommentar auf den Lippen, dass seine Eile ihr beinahe eine blutige Nase beschert hätte, da rief von oben schon Günther mit schwerer Zunge herunter: »Friedrich!«

Der Mann grinste bis über beide Ohren. »Onkel Günther! Ich sehe, du hast es dir gut gehen lassen. Hast du denn noch einen Tropfen für jemanden übrig, der eine Woche früher anreist als angekündigt?«

Der Fremde hatte Claire nicht bemerkt. Wenigstens schien die kühle Abendluft Theo weit genug auszunüchtern, dass er ihre Verwunderung sah. Er kam herunter, begrüßte den Neuankömmling und drehte ihn dann so, dass Claire ihn anschauen konnte.

Das Alter hatte sie richtig geschätzt. Er war von mittlerer Statur, aber seine aufrechte Haltung und sein selbstbewusstes Auftreten verliehen ihm Präsenz. Sein dunkles, dichtes Haar war sorgfältig frisiert und fiel in lockeren Wellen über seine hohe Stirn. Die tiefblauen Augen ruhten von einer Sekunde zur anderen auf Claire, der Ausdruck durchdringender Ernsthaftigkeit ließ einen Schauer über ihren Rücken kriechen. Und doch fühlte sie sich nicht wie ein Backfisch, dem in Gegenwart eines attraktiven Herren schwummerig wurde. Im Gegenteil, sie fühlte sich *gesehen* und konnte den Blick ebenso ernst und tief erwidern.

»Darf ich vorstellen?«, drang Theos Stimme wie aus einem anderen Universum zu ihr durch. »Dr. Friedrich Leberecht, der Sohn von Günthers älterem Bruder aus Rastatt.«

Der Moment inniger Verbundenheit verflog. Claire fand sich in der Realität wieder und mahnte sich, dort zu bleiben. Auch George Bedford hatte sie auf Anhieb fasziniert, doch sie hatte erkennen müssen, dass die gegenseitige Anziehung nicht ausgereicht hatte. Dennoch schenkte sie Friedrich Leberechts Äußerem eine zweite Musterung. Seine stilvoll gewählte Kleidung unterstrich sein Auftreten, der burgunderrote Anzug war maßgeschneidert.

»Und wen haben wir hier?« Jede Silbe klang wohlüberlegt und bedacht.

Er streckte die Hand aus, und Claire beobachtete wie eine Zuschauerin, wie ihre eigene sich hob und in seine legte, damit er einen Handkuss andeuten konnte. Dabei fiel ihr ein Makel an ihm auf, der sie mehr faszinierte als sein bisheriges Auftreten. Dem Ringfinger der rechten Hand fehlte ein Glied, eine Narbe zeugte von einer bereits länger zurückliegenden Verletzung.

»Mademoiselle Claire Engel«, hörte Claire Beates Stimme von der Treppe her, gefolgt von ihren hastigen Schritten. Sie schob Theo zur Seite. »Eine sehr, sehr gute

Freundin der Familie, und wie es der Zufall will, ist sie ebenso unverhei…«

»Friedrich wird in der kommenden Saison als Teilhaber in meine Praxis einsteigen«, unterbrach Günther sie. Er hatte es schwankend auf den Bürgersteig geschafft, legte jetzt den Arm um Beates Hüften und freute sich sichtlich, sowohl den Weg herunter als auch die Worte ohne Stolpern hinter sich gebracht zu haben.

Friedrichs Blick war nicht nur durchdringend, ihm schien auch nichts zu entgehen. Claire spürte Hitze in ihren Wangen, als er die Hand hob, die sie nach Günthers Erklärung noch einmal betrachtet hatte. Er wackelte mit dem Ringfinger. »Ein Unfall in den ersten Jahren meiner Ausbildung, der mir meine Zukunft als Chirurg verwehrt hat. Aber ich habe mein Glück in der Allgemeinmedizin gefunden und freue mich, Gästen und Einwohnern von Baden-Baden zur Seite zu stehen.«

Claire sah den kurzen Anflug von Schmerz in seinen Augen, bevor er ihn verbergen konnte. Ja, er war glücklich, bald als Badearzt zu praktizieren. Doch die Chirurgie war sein Traum gewesen, dem er hinterhertrauerte.

Beate seufzte. »Deine Unterstützung ist bitter nötig, Friedrich. Ich sage Günther schon lange, dass er sich seine Patienten besser auswählen muss. Aber er lässt alles und jeden herein, der an die Tür klopft.«

Der derart Beschuldigte hob den Zeigefinger und gab erneut ein lautes *Jawollja!* von sich. »Schuldig im Sinne der Anklage.« Es kam als *schulliimsinne* heraus. »So bin ich, und daran gedenke ich nichts zu ändern. Einwände? Nein? Bitte, danke. Friedrich, komm, wir haben noch einen ausgezeichneten Likör einer örtlichen Brennerei im

Keller. Lass ihn uns suchen!« Er wankte davon und stieg die Treppe hoch, als erklomm er den Hausberg der Stadt, den Merkur.

Friedrich sah ihm mit belustigter Miene nach, machte aber keine Anstalten, ihm zu folgen. Er wandte sich wieder Claire zu und betrachtete sie. »Nun wissen Sie das Gröbste über mich, und ich wäre neugierig, mehr über Sie zu erfahren, Mademoiselle Engel.«

Beate verstand dies als Stichwort, um Claire in den höchsten Tönen zu loben: »Wie gesagt, Claire ist eine gute Freundin der Familie. Sie ist erst diese Saison nach Baden-Baden gekommen und arbeitet im Kasino als erste weibliche Croupière. Findest du das nicht auch eine herausragende Leistung einer so jungen und vor allem unverheirateten Frau, Friedrich?«

»Und als Freundin der Familie durften mein Onkel, meine Tante und Theo sich heute Abend an Ihrer Gesellschaft erfreuen? Hätte ich das gewusst, hätte ich den Kutscher zu mehr Eile angetrieben. Aber ich nehme an, wir können bald wieder mit Ihrem Besuch rechnen?«

Erneut warf Beate einen Kommentar von der Seite ein. »Wenn es nach Günther ginge, im nächsten Jahr jeden Abend.«

Theo hatte nach der Begrüßung das Schauspiel seiner Schwester und seines Schwagers schweigend verfolgt. »Claire wird demnächst zu ihrer Familie in Sinzheim aufbrechen und vermutlich erst in einigen Monaten zurückkehren.«

»Ein Jammer«, sagte Friedrich mit echtem Bedauern in der Stimme. »Eine Frau in einem Männerberuf. Wie fortschrittlich. Ich lasse Sie nur unter der Bedingung gehen, dass Sie mir versprechen, mir nach Ihrer Rückkehr mehr über sich zu ...«

»Friedrichchen!«, schallte es da lallend aus dem Haus. »Der Liköhör!«

»Günther!« Beate wirbelte herum, raffte ihr Kleid und rauschte die Stufen hinauf. »Du machst alles kaputt! Lass die jungen Leute in Ruhe miteinander reden!«

Claire lachte. Sie hatte nicht nur die Stadt, sondern auch die Menschen in ihr Herz geschlossen. Allen voran Theo und die Leberechts. Und wenn Friedrich dazugehörte, würde sie ihn so oder so kennenlernen. Mit dem Versprechen, nach ihrer Rückkehr mehr von sich zu erzählen, verabschiedete sie sich endgültig, spürte noch einige Meter weit, die sie die Straße hinabschritt, Friedrichs Blick in ihrem Rücken. Sie drehte sich um und lächelte ihm zu.

28

»Herzlichen Glückwunsch zu Ihrer ersten erfolgreichen Saison in Baden-Baden.«

Claire traute ihren Ohren nicht. Stand sie im großen Saal des Kasinos wirklich Frederic Culot gegenüber, der bislang kaum ein freundliches Wort mit ihr gewechselt hatte, oder saß sie einem Doppelgänger auf? Er bot ihr sogar die Hand, damit sie ihre hineinlegte und er einen förmlichen Kuss andeuten konnte. Es rief andere Empfindungen hervor als Friedrich Leberechts ähnliche Geste letzte Woche, war aber nicht weniger überraschend. Ihr war schon in den vergangenen Tagen aufgefallen, dass Culot ihr nicht mehr die kalte Schulter zeigte wie sonst, sondern sie stets aufs Freundlichste begrüßte. Ein plötzliches Interesse an ihr als Frau unterstellte sie ihm nicht. Sie hatte da ihre eigenen Vermutungen über sein Privatleben. Aber so wenig ihres ihn anging, kümmerte seines sie. Es kam auf die Arbeit an, und da hatte sie sich kaum etwas zuschulden kommen lassen.

Claire versuchte, Culot zu ergründen, aber er war und blieb undurchschaubar. Sie würde in seiner Nähe stets wachsam bleiben.

Genau wie in der Nähe von Martha Seibold. Mit steinerner Miene hatte sie ihr am Morgen beim Frühstück einen Brief hingehalten, der gerade eingetroffen sein musste.

»Aus England«, wusste die Witwe, die es sich nicht hatte nehmen lassen, nach dem Absender zu sehen. »Von Monsieur Bedford. Was er wohl schreibt?« Das würde ihre Vermieterin niemals erfahren, dachte Claire mit einem Lächeln und nahm den Umschlag aus schwerem Papier entgegen. Obwohl sie liebend gern gewartet hätte, bis sie allein war, siegte ihre Neugier. Sie wandte sich ab, damit die neugierige Seibold ihr nicht über die Schulter sah und mitlas, öffnete das Schreiben und überflog eilig die Zeilen.

George war seinem Vater nach der gescheiterten Präsentation der Villa an der Lichtentaler Allee sogleich nachgereist, hatte ihn in Iffezheim eingeholt und mit ihm die Schifffahrt den Rhein hinab und weiter nach England angetreten. Er wäre nicht in sein altes Muster verfallen, schrieb er und berichtete von langen Gesprächen mit dem Lord und dem langsam, aber stetig wachsenden gegenseitigen Vertrauen. Sie wollten ein neues – »besseres, liebe Claire, besseres!« – Verhältnis zueinander aufbauen. Sein Vater habe sogar den Kontakt zu einem Arzt namens Conolly hergestellt, der sich in London mit einem umfassenderen Verständnis seelischen Ungleichgewichts hervortat und auf modernere Methoden als die allgemein übliche Charakterbildung setzte. George war optimistisch, sein Leiden zwar vielleicht nicht überwinden, aber ausgeglichener mit ihm leben zu können.

»Und?«, hatte Frau Seibold es nicht mehr ausgehalten, und Claire hatte sie wissen lassen, dass es George gut ging.

Sie las die Zeilen ein zweites Mal. Seine Schrift wirkte

harmonisch. Keine übermäßigen Schwünge, aber auch keine Krakelei, als könne er den Stift kaum halten. Sie glaubte, einen gefassten George herauszulesen, der seinen Brief mit der Hoffnung auf ein Wiedersehen in der kommenden Saison schloss. Ob *sie* sich darauf freute, konnte sie nicht sagen. Zu frisch war der Abschied. Und dann gestern die unerwartete Begegnung mit Friedrich Leberecht.

Ihre Gedanken wurden jäh unterbrochen, als die Bénazets in den Saal traten. Sie hatten sich für die Versammlung, zu der sie das gesamte Personal gebeten hatten, herausgeputzt. Jean Jacques trug eine mit Zierknöpfen versehene Jacke aus feinster blauer Wolle, ein Halstuch schmückte den Kragen des Hemds. Das bodenlange Seidenkleid seiner Frau war mit einer Vielzahl von Schleifen, Rüschen und Stickereien geschmückt. Die Haare hatte sie hochgesteckt, die Frisur mit Perlen besetzt, als sei sie Gastgeberin einer abendlichen Galaveranstaltung und habe den Geldadel um sich, nicht bloß die Angestellten des Hauses. Edouard Bénazet war mit schwarzem Gehrock und Nadelstreifenhose wie üblich weniger auffällig gekleidet als sein Vater. Er wirkte stets angespannter als sein alter Herr, der *roi de Bade*, der schon lange die Attitude eines gefeierten Königs angenommen hatte. Für einen kurzen Augenblick rollte Edouard genervt mit den Augen, als sein Vater eine der Kellnerinnen, die an diesem Tag als Einzige noch arbeiten mussten, herbeiwinkte. Er drückte erst seiner Frau, dann ihm eine Sektschale in die Hand, bevor er sich selbst eine nahm und seine Rede begann: »Erfolgreiche Monate liegen hinter uns, nicht nur für die Spielbank, sondern für ganz Baden-Baden. Adelige, Künstler, Politiker, Musiker, Schriftsteller. Alle, die im letzten Jahr hier waren, sind wiedergekommen. Und werden sich auch in der kommenden Saison die Ehre geben, wie sie mir reihum versprochen haben. Und sie werden jedem, dem sie bis dahin begegnen, sagen, dass es nur einen Ort in Europa gibt, an dem man einen Sommer verbringen kann: Baden-Baden!« Er hob das Glas. »Auf uns wartet also eine Menge Arbeit im nächsten Jahr, meine Damen, meine Herren, und ich hoffe, Sie dann allesamt glücklich und zufrieden an Ihren Plätzen zu sehen. *Santé!*« Er nahm einen kräftigen Schluck.

Claires Hals war wie zugeschnürt. Die Saison war vorüber, und sie wusste nicht, ob der letzte Satz auch sie einschloss. Noch vor der Versammlung war sie voller Aufregung in Lindemanns Büro gestürmt und hatte ihn gebeten, ihr später an diesem Tag einen Termin bei Jean Jacques Bénazet zu geben. Sie konnte einfach nicht mit dieser Ungewissheit nach Sinzheim fahren. Sie würde heute eine Entscheidung erzwingen, ob sie wieder als Croupière arbeiten durfte oder nicht. Aber sie hatte nicht vor, ihn auf dieser kleinen Feier anzusprechen – ihr Anliegen war existenziell, kein leichtes Geplauder zwischen den anderen.

Das perlende Getränk schwappte im Glas, weil ihre Hand vor Aufregung zitterte. Sie lehnte sich mit dem Rücken gegen eine Säule. Ihre Knie waren so wackelig, dass sie fürchtete, die Balance zu verlieren.

Neben Jean Jacques nippte Edouard am Champagner. Ihm schien die Zusammenkunft eher eine lästige Pflicht zu sein. Er ließ es notgedrungen über sich ergehen, folgte seinem Vater, als der seine Rede beendete und zwischen seinen Angestellten herumschritt und mit jedem ein freundliches Wort wechselte.

Claire hatte sich inzwischen mit Theo etwas abseits gestellt, um Culot zu entkommen, der ihr übereifrig einen neuen Champagner geholt hatte, als das erste Glas geleert war. Claire hatte dankend abgelehnt. Nun stand Culot verloren mit zwei Sektschalen in den Händen da. Seit Theo sich zu ihr gesellt hatte, hielt er Abstand.

Theo kreiste mit den Schultern, um sich zu entspannen. Dabei rutschten ihm die Ärmel der Uniformjacke hoch, und Claire sah, dass sein schlimmer Ausschlag fast vollständig abgeheilt war. »Theo, das ist ja wunderbar, dass du die lästige Hautkrankheit losgeworden bist!«, sagte sie erfreut.

Er grinste. »Ja, nicht wahr? Es geht doch nichts über einen Schwager, der sich mit den richtigen Salben auskennt.«

Claire musterte ihn von der Seite. Er klang so geheimnisvoll, aber er schien es damit bewenden lassen zu wollen.

»Wer ist das?«, fragte sie mit einem Nicken auf einen Neuankömmling, der durch einen Farn und andere Gäste halb vor ihrem Blick verborgen war. Theo zuckte mit den Schultern. Ihn schien es nicht weiter zu kümmern. Eine Überraschung, denn bisher hatte er noch jedes neue Gesicht genau unter die Lupe genommen. So aber verfolgte er beinahe desinteressiert, wie der ältere Bénazet mit dem Fremden in Richtung der Büroräume ging … und kehrte schlagartig zur gewohnt wachsamen Aufmerksamkeit zurück, als Edouard auf sie zuhielt.

»Mademoiselle Engel, würden Sie bitte kurz mitkommen?«, sagte der Sohn des Besitzers. »Sie haben doch ohnehin einen Termin im Direktorat, nicht wahr?« Er ging voraus, ohne nachzusehen, ob Claire ihm folgte.

Theo berührte sie am Arm. »Soll ich dich begleiten? Wir könnten sagen, dass du …«

Sie schüttelte den Kopf. »Er hat sich recht klar ausgedrückt.« Sie zögerte. »Du kanntest den Mann wirklich nicht?«

Theo verneinte, blickte ihr in die Augen. »Sollte dir etwas merkwürdig vorkommen, halte dich bedeckt. Am besten sage gar nichts, bevor du nicht mit mir gesprochen hast!«

Theos Aufregung verwirrte sie, doch lange zögern durfte sie nicht. Der junge Bénazet hatte schon fast den Flur erreicht, schaute ungeduldig über die Schulter.

Claire schritt durch die Menge, glaubte die Blicke aller Anwesenden auf sich zu spüren. Culot, Yves, Estelle ... Sie alle mussten sich fragen, was hier vor sich ging. Edouard Bénazet wartete vor Lindemanns Vorzimmer, bedeutete ihr mit einer knappen Geste, einzutreten und gleich ins Büro durchzugehen. Der Assistent blickte kurz von seinem Schreibtisch auf und lächelte. Claire konnte nicht erkennen, ob es ermunternd oder mitfühlend gemeint war. Die Gedanken schwirrten durch ihren Kopf. Auf was musste sie sich einstellen? Auf eine angespannte Atmosphäre auf jeden Fall, etwas anderes ließ das distanzierte Verhalten des jungen Bénazets nicht erwarten.

Aber weit gefehlt! Im Büro traf sie Jean Jacques Bénazet in bester Stimmung an. Er lachte, klopfte dem Fremden auf die Schulter und wandte sich um, als sein Sohn die Tür schloss. »Ah, Mademoiselle Engel!«, rief er überschwänglich, eilte herbei und begrüßte sie auf französische Art mit Küsschen auf die Wangen. »Sie müssen jemanden kennenlernen, kommen Sie, kommen Sie.« Im nächsten Moment fühlte Claire sich von ihm vor den Neuankömmling geschoben. Trotz seines jungen Alters von vielleicht Ende zwanzig strahlte er eine gewisse Größe aus, ohne sich dadurch in den Mittelpunkt zu stellen. Ein gepflegter Bart verlieh dem markanten Gesicht etwas Weiches. Seine Jacke betonte starke Schultern, die Hose saß um schlanke Beine. Claire glaubte, den französischen Schnitt zu erkennen und wurde in dieser Annahme bestätigt, als er sich mit einer eleganten Verbeugung vorstellte.

»Claude Duchamp. *Enchanté*, Mademoiselle Engel.«

Claire deutete ein Nicken an. Und nun?

»Möchten Sie sich setzen?«, bot Bénazet senior an und wies auf einen der Stühle am Konferenztisch.

Claires bekam Herzklopfen. Befürchtete er, dass ihr die Beine versagten bei dem, was sie ihr zu sagen hatten? Edouard kam herbei, um ihr den Stuhl zurechtzurücken. Er wartete, bis sie Platz genommen und ihr Kleid gerichtet hatte, dann trat er wieder zu seinem alten Herrn und dem Franzosen.

»Der Vater des werten Monsieur Duchamp war einer unserer wichtigsten Croupiers in Paris. Er hat hervorragende Arbeit geleistet«, begann der ältere, senkte leicht den Kopf. »Wir hätten ihn mit nach Baden-Baden genommen, aber leider hat er sich gegen einen Umzug entschieden. Dann wurde er krank. Claude war bis zum Ende bei ihm. Jetzt will er ihm den letzten Wunsch erfüllen und in seine Fußstapfen treten.« Seine Miene hellte sich auf, er klopfte dem jungen Mann, der die kurze Eröffnung und Erinnerung an seinen Vater mit Fassung getragen hatte, erneut auf die Schulter. »Und dabei unterstützen wir ihn liebend gern. Das sind wir seinem Vater schuldig. Monsieur Duchamp wird also in der nächsten Saison bei uns angestellt sein.« Jetzt sah er Claire an. »Wir erachten Sie als integre und moralisch einwandfreie Person, Mademoiselle Engel. Entsprechend werden Sie unsere Entscheidung nachvollziehen können.«

Claire war froh, dass sie saß. Sie spürte die Schwäche nicht nur in ihren Beinen und Händen. Ein Zittern erfasste ihren ganzen Körper, das sie nur mit größter Anstrengung vor den anwesenden Herren verbergen konnte. Ein Strudel wirbelte in ihrem Kopf. Sie verstand, ja, und anstelle der Bénazets hätte sie wohl ähnlich gehandelt. Auch sie hätte diesem Duchamp eine Chance gegeben. Bei all der Gönnerhaftigkeit waren die Bénazets aber in erster Linie Geschäftsmänner. Der junge noch mehr als der stets begeisterungsfähige ältere. Da er irgendwann das Ruder übernehmen würde, hatte er sich in dieser Sache wohl das letzte Wort erbeten. Und das besagte, seiner förmlichen Haltung nach zu urteilen, die keine Vermutung über sein Innenleben zuließ, dass kein Bedarf an weiteren Croupiers bestand. Jemand musste weichen, damit sie Duchamp einstellen konnten. Was passte da besser, als den Vertrag mit der Saisonkraft nicht zu verlängern? Himmel, in was hatte sie dich da hineingesteigert? Die Welt war noch nicht so weit, dass Frauen unter den gleichen Bedingungen wie Männer eingestellt wurden. Doch sie würde nicht aufgeben! Ja, sie liebte Baden-Baden und die Menschen, die sie hier kennengelernt hatte, aber sie würde Croupière bleiben. Wenn nicht hier, dann anderswo. Sie schluckte die Tränen hinunter, die in ihr aufstiegen. Die Blöße, vor den Herren zu weinen, würde sie sich nicht geben.

»*Mon dieu*«, gab Claude von sich und war mit schnellen Schritten bei ihr. »Sie sind ganz blass, Mademoiselle Engel«, sagte er.

Claire betrachtete ihn wie durch einen Nebel. Er wirkte erschrocken, und sie glaubte keinen Moment, dass er geahnt hatte, was sein Vorankommen für ihre berufliche Zukunft bedeutete. Er blickte sich um. »Ist es möglich, der Dame ein Glas Wasser zu bringen?«

»Natürlich.« Edouard Bénazet wandte sich zur Tür. »Lindemann! Ein Wasser, rasch!«

Auch dem älteren Bénazet stand die Sorge ins Gesicht geschrieben. »Mademoiselle Engel?«

Der Assistent eilte schon herbei, Claire nahm das Glas dankbar entgegen. Während sie trank, legte sie sich ihre Worte zurecht. Wenn sie gehen musste, dann wie sie gekommen war. Mit erhobenem Haupt. Sie würde nicht den Eindruck hinterlassen, den zu viele Männer von den Frauen hatten: dass sie zu oft Opfer ihrer Gefühle waren und es deshalb gute Gründe gab, wichtige Aufgaben nur *dem starken Geschlecht* zu übertragen. Wie zum Beispiel, sie an Roulettetische zu stellen. Sie brachte ein Lächeln zustande, von dem sie hoffte, dass es ihre Verletzung verbarg. »Ich verstehe, Monsieur Bénazet. Unter diesen Umständen werde ich niemandem im Weg stehen.«

»Im Weg stehen?«, echote der Direktor. »Wie meinen Sie das?«

»Nun, ich ... ich ...« Claire atmete tief durch. Sie hatte verstanden, was er mit seiner Einleitung über den Vater des jungen Mannes erzählt hatte, konnte die moralische Verpflichtung nachvollziehen. Sie richtete sich auf. Claude nahm die Veränderung zur Kenntnis, zog sich mit einem Nicken von ihr zurück und nahm wieder seinen Platz ein. »Ich nehme an, Sie stellen nur begrenzt Mitarbeiter für die Tische ein«, sagte sie. »Daher werden Sie meinen Vertrag nicht verlängern. Ich habe keinerlei Ansprüche, keine Rechte, und ich werde Ihnen mit Sicherheit keine Schwierigkeiten machen. Danke, dass Sie mir eine Chance gegeben haben, auch wenn es nicht gereicht hat. Monsieur Duchamp wünsche ich von Herzen eine erfolgreiche Saison und dass er danach bleiben darf.« Sie erhob sich.

Dem Direktor klappte der Mund auf. Claude Duchamp sah zwischen Claire und den Bénazets hin und her. »Ich wusste nicht, dass ...«

Edouard Bénazet unterbrach ihn mit einem lauten Lachen, das wohl keiner der Anwesenden ihm zugetraut hätte. Selbst sein Vater wirkte erstaunt. Edouard hielt sich den Bauch, schüttelte den Kopf und rieb sich eine Träne aus den Augen. »Mademoiselle Engel! Wo denken Sie hin! Wir wären Narren, Sie gehen zu lassen. Das habe doch sogar ich begriffen.«

Mit entsetzter Miene wandte sich Jean Jacques an Claire. »Das haben Sie doch nicht wirklich angenommen?«

Sie spürte eine Ader an ihrer Schläfe pochen. Hatte sie seine Worte so falsch verstanden? Es schien so, denn Edouard lachte noch immer. Sie räusperte sich, um ihre Verlegenheit zu überspielen. »Aus welchem Grund hätten Sie mich sonst zu diesem Gespräch bitten sollen?«

»Weil Claude Duchamp jemanden brauchen wird, der ihn unter seine Fittiche nimmt«, erklärte Jean Jacques Bénazet.

Die Worte brauchten ein paar Sekunden, bis Claire ihre Bedeutung verstand. »Ich ... ich soll ihn einarbeiten und anleiten? Wäre dafür nicht Monsieur Culot zuständig?«

Dies schienen die Bénazets schon miteinander besprochen zu haben. Sie wechselten einen schnellen Blick, Edouard übernahm das Sprechen. »Monsieur Culot ist noch immer unser Erster Croupier. Aber er scheint in den letzten Tagen der Saison etwas ... derangiert gewesen zu sein. Mit den Gedanken nicht ganz bei der Sache. Wir tragen ihm das nicht nach, vertrauen darauf, dass es nur eine vorübergehende Ermüdung war, die er in den Wintermonaten überwinden kann.«

»Bei Ihnen haben wir das Gegenteil beobachtet«, fügte Jean Jacques hinzu. »Sie sind noch einmal aufgeblüht. Die Gäste schätzen Sie, wir tun es ebenso. Was läge da näher, als Ihnen den werten Claude anzuvertrauen?«

Eine Woge der Erleichterung flutete durch Claire. Ihr Traum war nicht zerronnen. Im Gegenteil, sie durfte ihn weiterleben, nachdem die Bénazets ihr mit dieser Geste zusätzliches Vertrauen schenkten. Und eine Aufgabe, auf die sie sich freute. Bisher war sie diejenige, die gelernt hatte. Nun würde sie ihr Wissen weitergeben.

»Also«, wandte sich Jean Jacques Bénazet an sie. »Können wir auch in der Saison 1848 mit Ihnen rechnen, Mademoiselle Engel?«

Claire sah kurz zu Claude, ehe sie den Kasinodirektor anlächelte. »*Mais oui, Monsieur.*«

Nachwort und Dank

Der sagenhafte Aufstieg Baden-Badens im 19. Jahrhundert zur Sommerhauptstadt Europas war geprägt von den Visionen und der Unternehmerlust bedeutender Persönlichkeiten. Wie im Prolog kurz angerissen, waren es zunächst Antoine Chabert und sein Sohn Joseph, die erste Schritte unternahmen, um das Interesse der High Society Europas zu wecken. Den Durchbruch aber schafften ab 1837 Vater und Sohn Bénazet, die das Kasino der Stadt nach französischem Vorbild gestalteten und keine Kosten und Mühen scheuten, um Künstler, Politiker, Intellektuelle und Adelige anzulocken.

Vor allem Jean Jacques Bénazet, dem man schnell den Beinamen *roi de Bade* gab, erkannte das Potenzial des Glücksspiels, mit dem er die Stadt zu neuem Glanz führte. Er investierte nicht nur in die Spielbank, sondern auch in luxuriöse Hotels, und gestaltete den Park an der Lichtentaler Allee, die sich unter seiner Regie zur Flaniermeile entwickelte, auf der sich die Prominenz der ganzen Welt traf.

Quellen besagen, dass die Bénazets nur des Französischen mächtig waren. Aus Gründen der Lesbarkeit haben wir darauf verzichtet, einen sprachlichen Wechsel jedes Mal hervorzuheben.

Laut Duden sind die beiden Schreibweisen *Casino* und *Kasino* zulässig. Wir haben uns für die Variante mit »K« entschieden, um uns von anderen Werken abzuheben.

Den Baden-Badener Stadtteil Lichtental fanden wir in unseren Quellen auch in der alten Schreibweise *Lichtenthal*, vor allem in Bezug auf das Kloster. Aus Gründen der Einheitlichkeit haben wir die Version ohne »h« gewählt.

Über diese besondere Blütezeit der Schwarzwaldstadt haben wir uns bei zahlreichen Besuchen, bei Stadttouren und Führungen durch das Kasino informiert und den historischen Rahmen für unsere Geschichte geschaffen. Den realen historischen Charakteren, die uns bei der Recherche begegneten, haben wir, wie in jedem unserer Romane, unsere fiktiven Figuren zur Seite gestellt.

Unsere Claire ist ihrer Zeit weit voraus: Erst 1994 absolvierten erstmals zwei Damen in Baden-Baden den Croupiers-Anfängerkurs und standen danach als Aushilfs-Croupières zur Verfügung. In unserer Vorstellung ist es aber durchaus denkbar, dass eine junge Frau im 19. Jahrhundert einen solchen Wunsch entwickelt und es sich nicht gefallen lässt, ausgeschlossen zu sein. Vielleicht gab es eine solche Frau wirklich, und sie taucht lediglich in den Geschichtsbüchern der Spielbanken nicht auf …

Besonders hilfreich bei unseren Forschungen war uns das Stadtmuseum Baden-Baden, das folgende Broschüre herausgegeben hat: »Reise ins Weltbad – Baden-Baden als touristisches Ziel im 19. Jahrhundert« (Sandra Eberle, Heike Kronenwett, Walter Metzler, Idar-Oberstein 2019).

Über die Geschichte der Spielbank informiert außerordentlich detailliert und spannend das von der Spielbank Baden-Baden herausgegebene (und leider vergriffene) Buch »Faites Votre Jeu – Die Geschichte der Spielbank« (Klaus Fischer). Von unschätzbarem Wert war für uns auch das digitale Stadtarchiv von Baden-Baden, in dem sich ein Großteil der Ausgaben des Badeblatts befindet, das für unsere Geschichte von so entscheidender Bedeutung ist. Wie im Roman erwähnt, enthielt die Zeitung akribische Informationen über an- und abreisende Gäste sowie Anekdoten und Anzeigen.

Gerne haben wir während des Schaffensprozesses ein weiteres Mal »Der Spieler« von Fjodor Dostojewskij (Frankfurt 2022, übersetzt von Swetlana Geier) gelesen und uns Inspirationen für Spielbankeinsätze und Abläufe am Roulettetisch geholt.

Über die Vorliebe der Russen für Baden-Baden haben wir uns u.a. in dem Band »Verheißung und Dekadenz – Baden-Baden und die russische Literatur im 19. Jahrhundert« informiert (Marion Voigt, Freiburg 2024). Allerdings ist Maxim Smirnow in unserer Geschichte komplett unserer Fantasie entsprungen, was uns das größtmögliche Figurenpotenzial ermöglichte.

Unser großer Dank geht an Stefanie Zeller vom Lübbe Verlag, die von Anfang an an unsere Geschichte geglaubt hat, an Anna Hahn für ihr wie immer wertvolles Lektorat, an

Niclas Schmoll von der Agentur Meller und Rosi Kern von der Agentur Brauer für das unermüdliche Engagement und die professionelle Sicht auf unsere Ideen. Josua Straß von der mehrfach prämierten Buchhandlung Straß in Baden-Baden war uns bei der Überarbeitung des Romans nicht nur mit seinen Ortskenntnissen eine unschätzbar große Hilfe. Danke dafür! Auch Marion Voigt, die uns in der Testphase mit wichtigen Hinweisen unterstützt hat, gilt unser Dankeschön. Danke außerdem an Sebastian »Basti« Müller vom SWR in Baden-Baden, der das fertige Manuskript gelesen hat.

Und wie immer danken wir unseren Familien: Frank Dräger für seine kritischen Fragen, seinen Blick aufs Wesentliche und viele wegweisende Diskussionen; Fiona Jule Dräger für ihre frische Sicht auf einen historischen Roman und ihre detaillierten Korrekturen, Fragen und Hinweise; Carmen Wolz für den Rückhalt in mitunter stressigen Phasen.

Wir freuen uns, wenn Ihnen unser Roman gefallen hat und Sie uns auch in Band 2 folgen. Dann können Sie auch miterleben, wie Edouard Bénazet das Lebenswerk seines Vaters übernimmt und aus dem Schatten des übergroßen *roi de Bade* tritt.

Die abschließenden Worte überlassen wir dem bereits erwähnten Badeblatt. Zwar aus dem Jahr 1846, dennoch so passend zum Ende einer Saison.

»Der November sagt der Frau Saison Lebewohl: Leb wohl, mein Schatz, leb wohl! Er machte gestern ein gar trübes Ge-

sicht, der grämliche Geselle; alle Augenblick meinte man, er wollte weinen, das Herz war ihm so schwer, er weinte aber nicht, denn Tränen sind unmänniglich, dachte er, und im nächsten Jahr kommt Frau Saison doch wieder, und dann wäscht, badet und putzt sie sich, wie immer, isst, tanzt, trinkt, spielt, reitet, fährt, spaziert, schenkt dem ein Blümchen, der ein Sträußchen, dem einen Apfel, der eine Traube, dem eine Gans, der eine Leber, dem Zerstreuung, der Gesundheit, dem einen Bratspieß, der eine Brosche, dem eine Frau, der einen Mann. Kurz und gut, Herr November, geben Sie sich zufrieden, Frau Saison kommt wieder.«

(Badeblatt für die großherzogliche Stadt Baden 1846)

Folgen Sie uns auf Facebook, Instagram und LinkedIn, um über alle Ankündigungen und Termine auf dem Laufenden zu bleiben.

Martina Sahler und Heiko Wolz, im Mai 2024